조선 세자빈
실종 사건

조선 세자빈 실종 사건　2

초판 1쇄 찍은 날 ｜ 2015년 01월 01일
초판 3쇄 펴낸 날 ｜ 2018년 08월 06일

지은이 ｜ 서이나
펴낸이 ｜ 서경석

편집책임 ｜ 조윤희

펴낸곳 ｜ 도서출판 청어람
등록번호 ｜ 제1081-1-89호
등록일자 ｜ 1999. 5. 31
어람번호 ｜ 제11-00011호

주소 ｜ 경기도 부천시 부일로 483번길 40 서경B/D 3F (우) 14640
전화 ｜ 032-656-4452 팩스 ｜ 032-656-4453
http://www.chungeoram.com
E-mail ｜ chungeorambook@daum.net

ISBN 979-11-04-90031-0　04810
ISBN 979-11-04-90029-7　(SET)

2

**조선 세자빈
실종 사건**

서이나 장편 소설

도서출판 청어람

목차

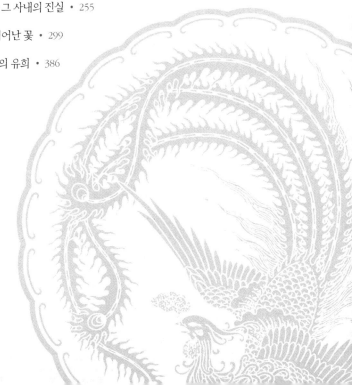

1장
춘화를 그리는 화공

생각보다 부지런히 발을 놀린 결과, 홍과 사림은 드디어 서쪽 부두 마을에 당도할 수 있었다. 그곳은 항구 마을답게 굉장히 사람이 많고 활기찬 기운이 가득했다. 태어나서 이토록 많은 사람을 보는 건 처음이었기에 홍은 눈을 휘둥그렇게 뜨고서는 미리 준비해 둔 종이에 그림을 그리며 기운 넘치게 걸어 다녔고, 사림은 그런 그녀의 뒤를 쫓으며 사람들에게 이리저리 치이는 꼴에 넘어질까 조마조마한 시선으로 눈을 떼지 못하고 있었다.

"꼬맹아, 앞 좀 보고 다녀!"

결국 참다못한 사림이 소리쳤지만, 이미 저만치 사람들에게 휩쓸려 간 홍의 귀엔 들리지 않았다. 사림이 한숨을 내쉬면서 사람들을 밀치며 성큼성큼 다가간 순간, 누군가 홍이와 쾅 하고 부딪히면서 그녀가 휘청이자 사림이 재빨리 그녀의 어깨를 잡아주었다.

"아! 고맙습니다, 형님."

"너 여기서 넘어지면 바로 밟혀 죽는다, 밟혀 죽어."

"전 항상 죽는 걸로 결론이 나는 것입니까?"

"하면, 쥐톨만 한 게 밟히면 살겠냐?"

홍은 입을 쭉 내밀며 얼른 그에게서 벗어났고, 사림은 홍이와 부딪힌 녀석이 은근슬쩍 발을 빼려고 하자 녀석의 뒷덜미를 단번에 낚아챘다.

"그리고 넌 좀 서봐라."

"이, 이거 놓으십시오!"

"형님! 제가 앞을 잘못 본 것인데, 놓아주십시오."

홍은 행여나 사림이 사람 한 명 잡을까 봐 그를 말렸지만, 사림은 바둥거리는 녀석의 손을 뒤로 확 꺾었다. 그러자 녀석의 손에서 뭔가가 툭 하고 떨어졌다. 바로 홍이에게서 훔친 안료통이었다.

"어, 내 안료!"

"이게 감히 누굴 털어? 목숨 여러 개 들고 다니냐? 엉?"

"젠장."

순간, 좀도둑이 소매 끝에서 단검을 빼어 들더니 사림이 미처 피하기도 전에 그의 손등을 찔러 버렸다.

"혀, 형님!"

"악! 저 새끼가 진짜! 아오!"

사림의 우렁찬 비명을 틈 타 좀도둑이 사람들 사이로 달아나기 시작했고, 홍은 다급하게 그의 손을 붙잡았다. 제법 깊이 베였다. 피가 손등을 타고 주르르 흘러내리자, 홍은 제 손으로 그의 상처를 누르려고 했다. 하지만 사림이 그런 그녀의 손을 얼른 치웠다.

"됐다, 피 묻어."

"하지만!"

"정말로 목숨 여러 개 들고 다니나 보네."

"형님?"

놀람과 다급함에 떨리던 그녀의 목소리가 어느새 불길함에 그를 불렀지만, 사림의 눈에는 이미 뵈는 것이 없었다. 통증마저 잊은 채 그의 입꼬리가 살벌하게 올라가고 있었고, 회색 눈빛이 점점 탁해지면서 살벌한 어조로 짧게 내뱉었다.

"하면 그 목숨 구경이나 해보자."

"아, 안 됩니다, 형님. 일단 조금만 진정을……."

하지만 사림은 이미 시퍼런 칼을 빼어 들고서 좀도둑이 도망친 방향으로 순식간에 뛰어가 버렸고, 홍은 불길함이 실체가 되면서 그를 미친 듯이 불렀다.

"안 됩니다, 형님! 형님!"

얼마나 귀신같은 속도로 뛰어갔는지, 얼마 지나지 않아 녀석을 발견한 사림은 더더욱 짙은 냉소를 머금으며 마침내 도망치는 녀석의 발목을 향해 돌멩이를 집어 던졌다.

"악!"

짧은 비명 소리가 채 끝나기도 전에 사림은 넘어진 녀석의 목덜미로 칼을 내밀었다. 좀도둑은 흡사 야차와도 같은 사림의 모습에 기겁을 하며 벌벌 떨기 시작했다.

"내가 세상에서 가장 싫은 게 뭔 줄 아냐? 바로 아픈 거다. 그런데 감히 네가 내 피를 봤냐?"

"자, 잘못했습니다! 아이고, 잘못했습니다! 한 번만 살려주십시오!"

"세상엔 주는 대로 받는다는 말이 있지. 쉽게 말하면 눈에는 눈, 이에는 이. 나도 네놈 피 좀 제대로 한번 보자!"

"사, 살려주십시오! 제발 살려주십시오! 악!"

하지만 들은 척도 하지 않고서 그대로 칼자루를 꽉 움켜쥐고 칼을 휘두르려는 순간, 뒤에서 뭔가 보드랍고 따뜻한 것이 와락 파고들면서 그의 움직임이 움찔하고 말았다.

"죽이면 안 됩니다! 절대로 죽이면 안 됩니다!"

어느새 그의 뒤를 쫓아온 홍이 눈을 질끈 감고서 그를 와락 끌어안으며 온몸으로 사림을 말리고 있었다. 그리고 그녀의 손길에 사림은 쇠사슬에라도 묶인 것마냥 몸을 움직일 수가 없었다. 등 뒤에서 점점 더 진하게 느껴지는 그녀의 체온과 물컹하면서도 미묘한 느낌. 사림의 얼굴이 점점 빨갛게 달아오르면서 이내 가슴께가 욱신거리며 심장이 빠르게 뛰자 사림은 처음으로 당황함을 느끼고선 홍을 얼른 떼어냈다.

"뭐, 뭐 하는 거냐, 위험하게!"

"절대로 사람을 죽이면 안 됩니다. 그러시면 안 됩니다, 형님!"

"누, 누가 죽인다고 했냐! 칼등으로 치려고 했어, 칼등으로!"

사림은 말을 더듬으며 궁색한 변명과 함께 여전히 바닥에 엎어져서 바들바들 떨고 있는 녀석을 칼등으로 몇 대 패주고선 꺼지라고 했고, 좀도둑은 사림의 마음이 바뀔까 봐 아주 꽁지 빠지게 사라져 버렸다.

그는 여전히 쿵쾅거리는 심장을 두드리며 고개를 돌렸다. 뭔가 이상했다. 지금 아주 제대로 뭔가.

"제가 괜한 오지랖을 떨었습니다."

"뭐?"

사림은 다시금 고개를 휙 돌렸다. 그러자 홍은 머리를 긁적이며 미안한 눈빛으로 말했다.

"저는 또 형님이 그 칼로 사람을 벨까 봐……. 제가 너무 형님을 나쁘게 생각하고 있었나 봅니다. 죄송합니다."

"아, 아니, 그게……."

아주 아닌 생각은 아니니까. 사림은 정말로 녀석의 피를 볼 작정이었다. 물론 죽이기까지는 아니어도.

홍은 사림을 향해 성큼성큼 다가왔고, 그는 저도 모르게 뒷걸음질치고 말았다.

"뭐, 뭐냐?"

"손 말입니다, 손."

"손?"

그녀는 어느새 사림의 손을 휙 잡아서는 상처를 살폈다. 다행히도 피는 멎은 상태였다.

"아픈 거 싫어하신다고 하지 않으셨습니까."

"아, 그건······."

어릴 적에 너무 많이 맞고 자라서. 멍이 마를 새도 없이 그리 맞고 살아서 사림은 아픈 것이 제일 싫었다. 자기 자신이 아픈 건 참을 수 있었지만, 그리 아픈 모습을 보이면 어머니가 울었기 때문에. 어머니가 슬퍼하는 모습이 너무나 견딜 수 없이 싫었다.

홍은 그의 상처 위로 호호, 입김을 불었다. 따스한 숨결이 상처에 와 닿으며 사림이 움찔거렸지만, 이상하게 피하고 싶진 않았다.

"호, 호, 호. 이런 것으로 낫진 않겠지만, 그래도 예전에 어머니가 이리 해주시면 조금은 아픈 것이 덜했습니다."

"순 엉터리."

"하핫."

"네 안료는?"

"아, 그게…… 깨져 버렸습니다."

"뭐야? 역시 저걸 그냥 확!"

사림이 다시금 성질을 버럭 내자, 홍은 얼른 고개를 가로저으며 그를 말렸다.

"저는 괜찮습니다! 신경 쓰지 마십시오! 그저 형님께 고맙습니다. 그리고 제 말 들어주신 것도 너무 감사합니다."

"네 말을 들은 게 아니고 원래 칼등으로 패려고 했어, 칼등으로! 그나저나 너, 발목은 괜찮냐?"

"예! 이제 정말 다 나은 모양입니다. 하나도 안 아픕니다. 이것 역시 형님 덕분입니다."

"덕분은 무슨."

그렇게 사림은 투덜거리면서 저를 쫓아오느라 삐뚤어진 홍의 패랭이를 고쳐 매어주고선 먼저 걸음을 옮겼다. 하지만 홍의 조그만 발걸음 소리를 들으면서, 제 손에 남아 있는 그녀의 온기에 입꼬리가 슬쩍, 아주 슬쩍 올라가면서 정말로 통증이 사라지고 있었다.

다시금 사람들이 모여 있는 장시로 나온 홍은 주위를 두리번거리며 사림에게 말했다.

"이곳에 며칠 정도 있을 테지요?"

"며칠까지는 아니더라도 오늘 밤은 보내야겠지."

"그러면 잠잘 곳도 필요하고, 중요한 밥도 먹어야 할 텐데……."

홍의 말끝이 흐려지면서 사림 역시 난감한 표정을 지었다. 산속을 헤맬 때는 몰랐는데, 지금 현재 그들은 가진 돈이 없었다.

사림은 도적질을 하긴 했지만 그 돈을 자신을 위해 쓴 적은 없었다. 홍 역시 집을 나오면서 아버님의 돈을 한 푼도 가져오지 않았다. 이대로라면 밖에서 노숙하며 굶어야 할 판이었다.

"어째 넌 돈 한 푼 없이 돌아다니고 있었냐?"

"사실 저도 집을 나선 지 얼마 되지 않았습니다. 그러다가 산속에서 자객들과 마주치고, 형님을 만나고……."

그러고 보니 참 엄청난 일들이 한꺼번에 일어나기는 했다.

사림은 잠시 머리를 긁적이다가 이내 먼저 앞으로 나섰다.

"기다려 봐라, 내가 돈을 구해볼 테니."

"도적질은 아니 되십니다!"

"뭐? 내가 도적질을 하긴 했어도 그걸 날 위해 써본 적은 없다."

"그럼 무슨 다른 재주가 있으십니까?"

어쩐지 홍의 눈동자 가득 의심이 피어오르자 사림은 더더욱 황당한 표정을 지으며 살짝 기분이 나빠졌다. 대체 나를 뭐로 보고!

"너 지금 날 너무 무시하는 거 아니냐? 그럼 네가 돈을 구해보던가! 너야말로 그림 조금 그리는 재주밖에 없으면서. 유명한 화공이 아니고서야 그림이 돈이 되겠느냐? 차라리 춘화처럼 돈이 되는 걸 그리던가."

사림은 살짝 삐친 마음과 홍을 슬쩍 골려주려는 심보에 말을 꺼

냈지만, 홍은 진정 모르겠다는 눈빛으로 되물었다.

"춘화라고요? 그게 무엇입니까? 유명한 서첩입니까?"

"하? 뭐야. 진정 몰라서 묻는 것이냐?"

그러자 홍이 정말로 고개를 갸웃거리자 사림은 답답한 듯 가슴을 쳐댔다.

"너 정말 사내가 맞긴 한 것이냐?"

"어찌 자꾸 의심을 하십니까! 키가 작다고 자꾸 사내가 아니라고 하십니까!"

홍은 들켰을까 봐 조마조마하여 일부러 소리를 높였다.

그런데 진짜 춘화가 뭐지? 스승님은 그런 서첩에 대해선 말씀하신 적이 없으신데. 사내라면 다 알고 있어야 하는 건가?

"한데 어찌 사내놈이 춘화를 몰라! 좋다. 이 형님이 진정한 사내의 세계를 알려주지."

사림은 홍의 어깨를 끌어안고서 근처의 책방으로 들어섰다. 책방에는 다양한 책들과 함께 선비들이 서책을 고르고 있었다. 홍역시 눈을 휘둥그렇게 뜨고서 명에서 들여온 그림 서첩 등을 구경했다. 스승님께서 서첩을 보여주시긴 했지만, 이런 명나라의 서첩은 처음이라 볼수록 진귀하기만 했다.

"어이, 주인장! 주인장 없소!"

사림은 시끄럽거나 말거나 주인장을 크게 불러댔고, 곧이어 통통한 몸을 이끌고서 명나라 옷을 입은 책방주인이 쪼르르 뛰어왔다.

"예, 예, 찾으시는 서책이라도 있으십니까? 저희 책방은 명나라 상인과 아주 친밀한 관계를 유지하고 있기에 다른 책방보다 무수히 많은 책을 가지고 있지요. 아마 없는 것이 없을 것입니다!"

그는 책방주인의 귀를 잡아당기고서 살며시 속삭였다.

"거 좋은 것 좀 없소? 죽어가던 거기도 발딱 살아날 정도로 아주 기가 막힌 거."

책방주인은 사림의 음흉한 미소와 영문을 모르겠다는 홍을 번갈아 바라보며 손가락 하나를 치켜 올리면서 어디선가 붉은 책 하나를 꺼내왔다.

"이게 어제 명에서 바로 들어온 따끈따끈한 것이지요. 죽어가던 거기가 살아날 정도가 아니라, 아주 오늘 밤 잠 못 드실 겁니다."

사림은 호기심이 가득한 눈망울로 저를 빤히 바라보는 홍에게 그 붉은 책을 건네주었다.

"원래 얌전한 고양이가 부뚜막에 먼저 올라간다고, 너무 빠져들면 안 되는데 말이지."

그렇게 홍은 두근두근한 마음으로 붉은 책 천천히 펼쳐 보았다. 그러자 온갖 망측하고 남세스러운 그림이 펼쳐져 있었다. 남자와 여자가 옷을 벗고 안겨 있는 그, 그런…… 그런!

"이, 이, 이게 대체!"

그녀의 얼굴은 붉어지다 못해 터질 듯이 달아오르며 차마 시선을 어디 둬야 할지 몰라 했다. 그러자 책방주인은 피식 웃으면서 말했다.

"아이고, 우리 어린 도련님께서는 너무 센 모양입니다."

사림 역시 생각보다 더한 반응에 살짝 뻘쭘한 기분이 들었다. 뭐랄까. 마치 해서는 안 될 짓을 한 것 같은? 사림은 홍에게서 얼른 책을 빼앗았다.

"이제 뭔 줄 알겠지? 이런 게 돈이 된다는 거다, 꼬맹아."

"정녕 저런 것이 돈이 되는 것입니까?"

홍은 정말이지 믿을 수가 없었다. 저런 망측한 것이 돈이 되다니. 사내들이라면 정말 저런 것을 다 아는 것인가? 다 보는 것이고? 하면 설마…….

아니다. 생각을 하지 말자. 홍은 떠오르는 누군가를 억지로 지워내려 고개를 마구 흔들었다.

"물론 돈이 되기는 합니다. 이건 명에서 들여오긴 했지만 하급이고, 최상급은 돈을 어마어마하게 받을 수 있지요. 하지만 요즘 그런 최상급은 이런 책방에서 구하기 쉽지가 않습니다."

"쉽지가 않다니?"

"죄다 경매로 풀리고 있지요! 그것도 아니면 밀거래로 풀리던가. 해서, 이런 작은 책방엔 이런 하급밖에 없어서 돈이 많이 되지는 않습니다."

사림은 밀거래나 경매로 춘화가 거래된다는 말에 기가 막힌다는 듯 헛웃음을 쳤다.

"아주 아랫도리에 환장한 사내들이 즐비하구만. 물론 나는 그렇게까지 해서 춘화를 보진 않는다. 암!"

그는 저도 모르게 홍을 의식해서 말을 내뱉고는 대체 왜 자신이 이런 변명을 하고 있는지 알다가도 모르겠다며 머리를 긁적였다. 하지만 홍은 다른 생각에 잠겨 있었다. 저런 것이 돈이 되긴 된다는 소리가 아닌가. 특히 더 좋은 그림이라면.

"제가 그려봐도 되겠습니까?"

"뭐?"

"돈이 되는 걸 그려야 한다고 형님께서 그러지 않으셨습니까. 하니, 제가 그려보겠다고요."

"아무리 그래도 네가 저걸 어떻게!"

하지만 홍은 이미 자리를 잡고 앉아 재빠르게 먹을 갈고 얼마 남지 않은 안료통을 꺼내 들었다.

책방주인은 신기한 듯 눈을 빛냈고, 사림은 미치고 팔짝 뛰겠는데 자신이 먼저 내뱉은 말이라 차마 적극적으로 말리진 못한 채 그런 홍을 바라볼 수밖에 없었다.

어느새 곱게 먹을 다 간 홍은 세필 붓에 적당히 농도를 맞추고서 커다란 눈에 굳은 의지를 드러내며 책방주인을 향해 말했다.

"잘 그리면 값을 제대로 주셔야 합니다."

"제가 장사치치고는 그림 보는 눈이 좋습니다. 쉽지는 않을 것입니다."

"두고 보십시오."

그리고 이내 홍이 아주 집중하는 시선으로 과감하게 선을 긋기 시작했다.

아까 전 잠깐 보았던 춘화들이 떠올랐다. 망측하긴 했지만 그래도 여인과 사내의 몸을 굉장히 섬세하게 나타냈던 것 같았다. 한 번도 사람의 몸을 그리 적나라하게 본 적은 없었다.

그녀의 붓끝 아래에서 여인의 모습이 무척이나 세심하게 그려지고 있었다.

하지만 야하다는 느낌보다는 아름답다는 느낌이 강했다. 새하얀 살결을 타고 곱고 은은하게 그려지는 여체의 선. 이내 사내의 손길이 떠오르며 남녀의 뭉클하면서도 닿지 못할 시린 연정이 그림 속에 고스란히 담기고 있었다.

책방주인은 떨리는 시선으로 그림을 바라보았고, 사림은 그림보다는 빠르게 움직이는 그녀의 손가락을 타고 연신 꿈틀거리는 그녀의 목덜미를 지나 집중하는 그녀의 눈동자를 빤히 바라보았다. 생동감이 느껴졌다. 그것도 아주 뜨겁게. 그 열기가 제게 전해지는 것처럼, 사림은 어느새 하염없이 홍을 바라보고 있었다.

그렇게 마지막으로 색까지 더해지자, 춘화라고 하기엔 너무나도 아름다운 그림 한 점이 완성되었다.

"완성했습니다."

홍을 빤히 보고 있던 사림은 그녀와 눈이 마주치자 얼른 박수를 쳤다.

"이야! 네가 그림 그리는 놈이 맞긴 맞구나."

사림의 칭찬 한마디에 홍은 어깨를 으쓱하고서는 그림을 살펴보고 있는 책방주인을 향해 슬그머니 물었다.

"어떻습니까? 돈을 받을 수 있을 정도입니까?"

하지만 책방주인은 말이 없었다. 홍은 영 아닌 건가 하는 생각에 살짝 시무룩해지려는 찰나, 갑자기 책방주인이 홍의 손을 덥석 잡으면서 감격에 찬 눈으로 외쳤다.

"어찌 이리 고운 얼굴로 춘화도 저리 아름답게 그리십니까! 화공은 그림 화(畵)가 아니라 꽃 화(花)의 화공(花工)이 틀림없으십니다!"

"예? 예?"

"기가 막힐 정도로 섬세한 밑그림에 색을 더하니 그야말로 살아숨 쉬는 듯 생동감이 넘칩니다! 특히나 너무나도 절절한 이 감정! 춘화가 아니라 진정 명화를 보는 듯합니다."

"정말이십니까? 정말이요? 하면 돈을 받을 수 있는 것입니까!"

"드려야지요! 한데 더 그려주시면 아니 되십니까? 돈은 두 배로 더 쳐드리겠습니다!"

칭찬뿐만 아니라 돈을 더 주겠다고 했지만 홍은 마냥 기쁜 표정을 지을 수 없었다. 그림을 더 그릴 수 있기는 했지만.

"그림을 더 그릴 수는 있으나, 안료가 남아 있는 것이 별로 없습니다."

처음부터 안료를 그리 많이 챙겨온 것도 아닐뿐더러 아까 깨뜨린 것도 아쉬웠다. 책방주인은 딱한 표정으로 고개를 끄덕였다. 딱 봐도 떠돌이 화공 같은데 안료같이 비싼 것을 많이 들고 다닐 리가 없었다. 재능이 참으로 아까웠다.

"하면 그릴 수 있는 만큼 그려주십시오. 부탁드립니다."

홍은 어차피 돈이 필요했던 참이었기에 흔쾌히 고개를 끄덕이고서는 우쭐한 마음에 사름을 바라보았다.

"형님은 이제 제가 먹여 살리겠습니다. 아무 걱정 마시고, 이 아우를 믿으십시오!"

"꼬맹이 녀석, 아주 제대로 빠져들었구나. 이래서 얌전한 고양이가 부뚜막에 먼저 올라간다고 하지. 그러면 넌 여기서 잠시 그림 그리고 있어라."

"예? 형님은 어디 가십니까?"

"내가 할 일 없이 네 그림 다 그릴 때까지 기다려야겠냐? 정보도 얻어야 하고, 이래저래 할 일이 많으시다."

"아! 그러시지요. 하면 다녀오십시오. 전 여기서 기다리고 있겠습니다."

"너무 늦진 않을 게다. 행여 저 장사치가 널 부려먹거나 수상한 짓을 하면."

"수상한 짓?"

"하여튼! 그러면 말해라. 아주 줘 패줄 테니까."

"하핫, 알겠습니다."

"사내자식이 그리 웃음 헤프게 흘리지 말고."

사림은 잠시 머뭇머뭇 망설이다가 이내 그녀의 패랭이를 툭툭 두드려 주고서는 책방을 빠져나갔다. 홍은 그런 사림의 뒷모습을 바라보며 피식 웃었다.

항상 저를 염려하고 걱정하는 모습이 진정 규헌 오라버니 같았다. 그리고 보니 오라버니는 잘 계시려나. 혹, 저를 찾고 있을지도 모른다. 우연이라도 마주치는 일은 없어야 하는데.

"화공, 화공!"

"예!"

책방주인의 목소리에 홍은 정신을 번쩍 차렸다. 그래, 지금은 딴생각할 여유가 없지!

홍은 책방주인이 안내해 준 책방의 작은 방에 자리를 잡았다.

"이곳에서 그리면 됩니다, 화공. 혹여 출출하거나 필요한 게 있으면 말씀하시고."

"예. 전 너무 신경 쓰지 마시고 볼일 보십시오."

"그러면 방해가 될지도 모르니, 전 이만. 잘 부탁드립니다, 화공."

그렇게 책방주인이 사라지고, 홍은 먹을 갈면서도 얼마 남지 않은 안료에 애써 참고 있던 묵직한 한숨을 내쉬었다.

"이번에 돈을 좀 받으며 한두 개 정도는 살 수 있지 않을까. 안 되려나……?"

✻

책방주인은 홍이 그린 그림을 연신 감상하며 감탄을 금치 못했다. 마치 여인이 그린 듯 굉장히 섬세한 먹선이다. 특히나 그림에서 묻어나는 이 절절함!

"춘화로 치부하기엔 기막힌 명화로군."

"그렇지요? 춘화라고 하기엔 너무 아까운……. 아이쿠!"

갑자기 어깨 너머로 들려온 낯선 목소리에 책방주인이 흠칫하며 고개를 돌리자, 그곳에 점잖은 선비가 그의 어깨 너머를 타고 그림을 훔쳐보고 있었다. 바로 춘화의 출처를 찾고 있던 담이었다.

"뭐, 찾으시는 것이 있으십니까?"

책방주인은 곁눈질로 담을 이리저리 살펴보았다. 꽤 비싸 보이는 갓 너머로 말간 얼굴과 아무 무늬 없이 새하얀 도포이긴 했지만 역시나 비싸 보이는 비단이다. 그리고 금으로 꼬아 만든 세조대. 그저 서 있는 것만으로도 범상치 않은 기운이 흘렀다. 분명 돈 좀 있는 집 자제가 확실했다.

'옳거니!'

"그 춘화 말이오."

책방주인은 벌써부터 젊은 화공의 그림에 관심을 두는 이가 생기자, 역시 제 심미안은 틀림이 없다고 여기며 그림을 펼쳐 보였다.

"그림 보는 안목이 있으십니다. 젊은 화공이 그린 것인데, 아주 제대로지요."

담은 그림을 유심히 살펴보았다. 여인과 사내의 은밀한 만남을 담고 있으나, 안타깝게도 헤어져야 하는 절절한 연심을 담고 있었다.

그는 저도 모르게 자꾸만 그 그림에 시선이 가고, 가슴께가 찌릿해졌다. 그저 경매로 팔리는 춘화의 행방을 찾고 있었을 뿐인데.

"젊은 화공이라 했소?"

"예! 얼굴도 참 고운 화공입죠."

그는 살며시 그림 위로 손을 대었다. 그러다 책방주인을 향해 뭔가 끌리듯 말을 이었다.

"혹, 이 화공을 만나볼 수는 없소? 그림 값은 제대로 쳐주겠소."

책방주인은 제대로 한몫 챙기겠구나, 하는 생각에 더더욱 환한 미소를 지으면서 손뼉을 쳤다.

"때마침 지금 이곳에 있습니다. 선비님께선 아주 운이 좋으십니다."

이곳에 있다는 말에 다급한 마음이 밀려들었다.

그렇게 담은 책방주인의 뒤를 따랐다. 한 걸음, 한 걸음 가 닿을 때마다 심장이 함께 쿵쾅거렸다. 그리고 마침내.

"화공, 화공, 잠시 안으로 들어가도 되겠습니까? 화공을 만나보고 싶어 하는 분이 계십니다."

책방주인은 아무리 불러도 대답이 없자, 조심스럽게 문을 스르르 열었다. 하지만 그곳에 있어야 할 화공은 보이지 않았다. 혹, 그냥 떠난 건가 싶었지만 가지고 온 짐은 그대로 있었다.

"어딜 가셨지? 쪽문으로 나가셨나."

"……."

"제가 찾아보겠습니다. 잠시만 기다려 주십시오."

담은 책방주인의 말에 고개를 끄덕였다. 사실 보이지 않으면 그냥 발길을 돌리면 그만이다. 지금 그는 해야 할 일이 있었으니까. 하지만 이상하게 이 그림을 그린 화공을 꼭 만나고 싶었다. 머리가 아니라 가슴속에서 뭐라 말할 수 없는 감정이 그의 발목을 꼭 붙잡고 있는 듯했다.

그때, 책방 안으로 무랑이 담을 찾아 걸어왔다.

"이곳에 계셨습니까?"

"뭔가 알아낸 것이냐?"

"그게……."

무랑이 말을 아낀다. 분명 쉽게 입을 열 얘기가 아니라는 뜻일 터. 잠시 후 책방주인이 고개를 갸웃거리며 돌아오자, 담은 웃으면서 품 안에서 투전판에서 벌었던 돈 전부를 책방주인에게 주었다.

"찾는 것은 되었소. 아무래도 오늘은 만날 연이 아닌 것 같으니 이 그림만 사가겠소. 혹, 또 다른 것은 없소?"

"지금 그리는 중이었는데. 다음에 꼭 한 번 들러주십시오. 선비님을 위해 몇 점 빼놓고 기다리고 있겠습니다."

책방주인은 생각보다 더한 거금에 눈을 휘둥그렇게 뜨고서 넉살 좋게 웃음을 지었고, 담은 잠시 망설이다 말을 이었다.

"혹, 그 화공이 어디서 묵을 예정인지 나중에 들렀을 때 가르쳐 주었으면 하오. 꼭 한 번 만나고 싶으니까."

"예, 그리 하겠습니다."

그렇게 담은 미련이 남은 시선으로 텅 빈 방을 한 번 더 바라보고서는 그렇게 어렵사리 걸음을 돌렸다.

책방을 빠져나온 무랑은 담의 손에 쥐어진 그림을 힐끔 쳐다보고서는 가볍게 입을 놀렸다.

"도련님께서 그런 그림이 취향이신 줄 몰랐습니다. 하긴, 예전엔 세자 저하와 김 도령의 소설도 막 돌려 읽고 그러셨지요? 우리

도련님도 사내셨습니다."

"쓸데없는 소리 그만해라. 그저 그런 그림으로 남기엔 아까워서 그런 것이니."

그리고 개인적으로 자꾸만 눈길이 가고 마음이 갔다. 저도 모르게 가 닿는 손길이 아릿하고 서운한 감정을 넘어 아프기까지 한. 처음엔 맹월과 관련이 있는 건가 싶었지만, 그건 아닌 것 같았다.

"맹월의 자금줄이 춘화가 확실한 듯합니다."

담은 잠시 딴생각을 하다가, 무랑의 낮아진 목소리에 정신을 바짝 차렸다.

"역시나 뭔가를 알아낸 모양이구나."

"상단에 춘화를 제공하는 화공을 찾았습니다. 한데……."

"한데?"

무랑의 표정이 창백하게 일그러지면서, 그림을 움켜쥔 담의 손에도 슬쩍 힘이 들어갔다.

"이미 죽었습니다. 자살처럼 위장했으나, 분명 타살의 흔적이 보였습니다. 아마도 그들이 먼저 손을 쓴 듯합니다."

그렇다면 맹월이 이곳 어딘가에 있다는 말.

담은 조금 전 아련했던 눈빛을 순식간에 지워내며 빠르게 움직이기 시작했다. 그렇다면 이곳에서 어영부영 보낼 시간이 없었다.

"죽였다는 것은 벌써 우리의 낌새를 눈치챘다는 것. 하나 누군지는 모르겠지. 지금부터 춘화 거래를 주도하는 상단과 그 배후를 모조리 찾는다. 그들이 팔고 있는 건 결코 춘화 따위가 아니야."

❊

책방주인은 거물급으로 보이는 선비를 그대로 보낸 것이 영 아쉬운 듯, 때마침 사라져 버린 화공이 원망스러웠다. 분명 아까까지만 해도 있었는데 그새 어디로 사라진 걸까? 그때, 주인의 예감대로 쪽문이 열리면서 그토록 찾아 헤매던 홍이가 말간 얼굴로 들어섰다.

"어라? 왜 여기 계십니까?"

"화공이야말로 대체 어디 계셨습니까! 한참을 찾았는데!"

"아, 찾으셨습니까? 창 너머로 불어오는 바닷바람이 좋아서 잠시 나갔었습니다. 바다를 제대로 본 적이 없어서. 게다가 밖에 좋은 황토가 있는 게 아닙니까? 안료로 좀 만들어볼까 했는데 소금기가 너무 많아서 포기했지요. 그래도 어떻게 안 될까 이래저래 살피다가 늦었습니다. 그런데 어찌 저를……?"

홍은 눈동자 가득 아쉬움이 뚝뚝 묻어나는 책방주인의 안색을 살피며 조심스럽게 묻자, 그는 진한 한숨을 푹 내쉬면서 말했다.

"조금 전 웬 거물급, 아니, 훤칠한 선비님께서 화공을 찾았습니다."

"저를요? 전 그런 훤칠한 선비와 연이 없는데?"

아, 혹시 규헌 오라버니인가? 오라버니가 벌써 내 행방을 찾으신 건가? 하지만 내가 이리 남장을 하고 있다는 사실은 모르실 텐데.

홍은 덜컥 두려운 마음에 안색이 딱딱하게 굳어졌지만, 책방주인은 고개를 가로저으며 말했다.

"화공의 그림이 팔렸습니다! 아주 마음에 드시는지 화공을 직접 만나고 싶다고 했었지요. 다른 그림도 사고 싶다고 하셨는데."

"저, 정말입니까? 정말로 제 그림이 팔렸습니까?"

"예! 아주 좋은 가격에 팔렸습니다."

홍은 그림이 팔렸다는 말에 믿을 수 없다는 표정으로 두 손을 꼭 잡았다.

처음이었다, 자신의 손으로 직접 돈을 벌어본 것은. 그것도 사내가 아닌 여인인 자신이 그림으로 돈을 벌어본 것이다. 비록 변복을 하기는 했지만, 그래도 모든 것이 너무나도 기적 같았다.

"좋다고 하시던가요? 정말로 마음에 드신다고?"

그녀가 벅차는 감정을 주체하지 못한 채 떨리는 목소리로 묻자, 책방주인은 연신 고개를 끄덕였다.

"화공을 꼭 만나고 싶어 했습니다. 행선지까지 물으시면서요. 혹, 묵을 곳은 있습니까?"

"아니, 그게 아직……."

"정해지면 제게 꼭 말해주십시오. 아! 그리고 다음 그림도 꼭 제게 주셔야 합니다. 꼭입니다, 꼭!"

그렇게 책방주인은 홍에게 신신당부를 받아내고서 기분 좋게 사라졌고, 홍은 그때까지 얼떨떨한 기분으로 방에 들어와 아직 아무것도 그려지지 않은 백지를 멍하니 바라보았다. 기분이 묘했다. 남에게 제 그림을 준 적은 딱 한 사람밖에 없었다. 바로⋯⋯.

'저하의 예진.'

온 마음을 다해 안녕을 고하며 그렸던 예진이자 어진. 눈물도 뒤엉켜 엉망이었을 테지만.

"정녕 누굴까. 한 번 만나보고 싶은데."

제 그림을 좋게 평해주고 후하게 가격을 쳐준 그 선비가 궁금했다. 뭐, 다시 오신다고 하셨으니 그때 만나면 되지 않을까? 어쩌면 귀중한 연이 될지도 모르고.

그렇게 홍은 즐거운 마음으로 붓을 들어 올렸다. 백지 위로 스며드는 먹빛이 유난히 더 고와 보였다.

✻

홍과 헤어진 사림은 마을로 들어서면서 봐두었던 내기판으로 향했다. 그곳엔 수많은 사람이 모여 판돈을 걸고 있었는데, 바로 칼로 승부를 겨뤄 이기게 되면 판돈에서 얼마큼을 가져가는 내기판이었다. 사림은 처음부터 이곳에서 여비를 마련할 작정이었다.

자신이 할 줄 아는 재능은 오직 칼 쓰는 것이 전부였으니까. 물론 꼬맹이 녀석이 돈을 번다고 하지만, 그 돈에만 의지할 생각은 없을뿐더러 지금 그는 꼭 사야 할 것이 있었다.

"자, 자! 삿갓남에게 도전할 도전자를 받고 있습니다! 이기기만 하면 두 배요, 두 배!"

"여기 도전하겠소."

사림은 여유로운 표정으로 칼을 빼어 들며 자신과 대련할 남자를 바라보았다. 검은색 삿갓으로 얼굴의 반을 가리고 있어 면상이 제대로 보이진 않았지만, 쥐고 있는 칼자루가 많이 해어진 것을 보아 제법 칼을 잡은 사내였다.

'뭐, 비실비실한 놈한테 이겨봐야 재미가 없지. 양심도 찔리고.'

그렇게 모여 있는 사람들이 사림과 삿갓남에게 돈을 걸면서 승부가 시작되었다. 어느 순간 사람들의 웅성임이 들리지 않았다. 사림은 최대한 집중을 하며 빈틈을 노리려고 했지만, 틈이 없었다.

'어쭈?'

그때, 삿갓남의 칼이 먼저 치고 들어왔다. 사림은 가볍게 막았지만 칼끝이 미세하게 흔들리면서 손아귀에 힘이 전해졌다. 제법 묵직한 칼이다. 한데도 빠르기가 보통이 아니다.

다시 한 번 팽팽하게 맞부딪히면서 사림이 슬쩍 뒤로 물러섰다. 그저 가볍게 이기고 여비 좀 챙기려고 했더니, 이런 내기판에 있을 솜씨가 아니었다. 오랜만에 자신과 동등하게 칼을 맞대는 자를 이런 곳에서 만나게 될 줄이야.

그의 회색빛 눈동자가 점점 흥분으로 짙어지면서 피가 끓어오르기 시작했다.

'간만에 아주 재미지겠는데?'

이번엔 사림의 칼이 날렵하게 상대의 옆을 노렸다. 하지만 피할 것을 예상하고서 먼저 발을 놀려 휘둘렀는데, 그는 사림의 생각과는 달리 피하지 않고 정면으로 칼과 맞부딪쳐 왔다. 다시금 챙! 큰 힘이 울린다. 그리고 사림이 다시 움직일 틈도 없이 먼저 치고 빠져 버렸다.

'빨라! 그것도 아주.'

게다가 움직임을 읽는 시야 범위가 굉장하다.

사림은 칼자루를 고쳐 쥐고서 틈 없이 상대를 파고들기 시작했다. 휘두르면 휘두를수록 빨라지는 칼날에 마주치는 소리가 점점 더 날카롭게 울리면서 응원하던 사람들의 목소리가 점점 침묵으로 바뀌고 있었다. 그들도 이런 대련은 처음이었다. 숨이 막힐 만큼 가쁜 움직임.

그 순간, 막고 있던 삿갓남의 칼이 공격적으로 변하면서 처음으로 사림의 발끝이 주춤했다. 하지만 그것을 놓치지 않고 파고들면서 어느 순간 두 사람의 거리가 완전히 좁혀지게 됐다. 이렇게 되면 방어할 거리가 없어지게 된다.

'이대로 가면 진짜로 피 한번 보겠는데?'

하지만 삿갓남의 칼이 순간 주춤하며 사림의 칼과 동시에 엮여들었다. 두 사람은 움직임을 멈추고서 서로를 바라보았다. 삿갓 너머의 시선이 사림을 똑바로 바라보며 거친 목소리가 낮게 울렸다.

"초에서 왔는가?"

단숨에 알아보는 그의 한마디에 사림은 피식 웃으며 대꾸했다.

"왜, 눈동자 색이 기분 나쁘냐?"

"색이 무슨 상관이지? 제대로 잘 보이기만 하면 되지."

"뭐?"

순간, 삿갓 너머로 사내의 왼쪽 눈을 본 순간 사림은 움찔했다. 백안. 아니, 한쪽 눈이 완전히 멀어버린 듯 보였다. 그런데도 이리 시야가 넓고 빈틈이 없단 말인가?

'이 사람, 도대체……'

그때 삿갓남이 먼저 칼을 내려놓으며 말했다.

"기권이오. 저 사람이 이겼소."

사람들의 아우성과 환호성 속에서 사림은 굳어진 시선으로 등을 돌리려는 그의 팔목을 거칠게 붙잡았다.

"대체 뭐 하는 짓이냐."

"무엇을 말인가?"

"기권? 지금 장난해? 제대로 칼을 들고 끝장을 보자고!"

하지만 그는 여전히 얼굴을 가린 채 비틀린 제 손목을 단번에 풀어내며 말했다.

"조만간 그럴 날이 있을 거네. 그땐 목숨을 걸어야 할 거야. 자네 말대로 완전 끝장을 볼 테니 말이지."

"뭐?"

하지만 그는 사람들 사이로 유유히 사라졌고, 사림은 그런 그를 쫓으려고 했지만 어느새 그를 붙잡고 상금을 쥐어주는 통에 완전히 놓쳐 버리고 말았다.

사림은 제 손에 묵직하게 느껴지는 돈을 바라보면서 미간을 찡그렸다. 찜찜하다. 이건 절대로 이긴 것이 아니다. 만약 끝까지 갔더라면 이 상금이 제 손에 없었을지도 모른다.

"대체 뭐 하는 놈이야?"

✻

그 자리를 벗어난 삿갓남은 북적이는 장시 속에 잠시 걸음을 멈추고서 제 손을 바라보았다. 손아귀가 조금 발갛게 부어 있었다. 엄청난 힘과 속도로 파고들던 녀석의 칼. 아마 시간이 지나면 지날수록 더욱 집요했을 것이다. 상대가 저보다 강한 상대임에도 불구하고 더더욱 그랬을 테지. 마치 늑대처럼.

"첫째 놈은 아주 글러먹은 쓰레기더니, 그래도 둘째는 제법 피를 진하게 물려받았군. 그런데 얄궂게도 서자란 말이지."

회색빛 눈동자와 칼솜씨를 보고 단번에 알 수 있었다. 녀석이 병판 유장준의 서자, 초의 피가 섞였다는 그 녀석이라는 사실을. 물론 이 사실을 아는 사람은 아마 별로 없을 것이다. 자신도 그의 밑에서 우연찮게 알게 된 사실이니까.

아주 예전, 자신이 아직은 나라의 녹을 먹던 병조의 개였을 때 당시 당상관이었던 유장준과 칼을 섞은 적이 있었다. 그에게 지금의 오른쪽 눈을 잃었지만, 그만큼 대단하고 존경할 만한 실력자였다. 물론 지금은 노론의 숨은 실세이자 품은 뜻과 가는 길이 서로 다른 정적. 다시 만난다면 그때와는 달리 어느 한쪽의 숨통이 끊어지겠지만.

"그나저나 그 쓰레기 녀석이 행방불명이라더니, 저 녀석을 이용하는 모양이군."

그만큼 유장준의 속내가 어지럽다는 것. 다른 이를 믿지 못할 정도로. 그나마 반 토막이라도 제 핏줄에 걸어보는 것이겠지. 그나저나 대체 누가 겁도 없이 병판의 집안을 건드린 것인가. 이는 노론을 건드린 것과 같다. 아니면 정말 단순한 행방불명인지. 그 머저리 같은 놈이라면 그럴 수도 있기는 하지만.

"수장 어른."

누군가 그를 부르는 목소리에 고개를 돌렸다. 그러자 그곳엔 춘화 경매를 유도했던 거래장 행수가 고개를 숙이고 있었다.

"무슨 일이냐?"

"일이 틀어진 듯합니다. 누군가 박 화공의 뒤를 캐고 있었습니다."

"해서?"

"일단 박 화공을 자살로 위장해 죽였습니다. 뒤를 캐는 자가 누군지 파악하려고 했으나, 아직은 어렵습니다. 하지만 역시 동궁전이 움직이는 것이 아니겠습니까?"

"그럴지도."

삿갓남이 묘한 미소를 지으며 쓰고 있던 갓을 더욱 깊숙이 내렸다.

그가 바로 세자에게 반기를 들고 있는 역당 맹월의 수장 비형이었다.

"일단 뒤를 밟힌 이상, 이곳을 떠야 합니다."

"아니, 아직은 이곳에서 팔아야 할 물건이 남아 있다."

"하지만!"

"춘화를 그릴 화공이 필요한데……."

비형이 말끝을 흐리며 주변을 살피던 찰나, 눈빛을 번뜩이며 한곳에 멈춰 섰다. 그의 시선을 사로잡은 것은 한 책방주인이 들고 있는 그림 한 점이었다. 분명 책방주인은 춘화라고 하면서 그림을 팔고 있었으나 춘화라고 하기엔 노골적이지 않고, 하지만 아니라고 하기엔 남녀가 달빛 아래 서로 손을 엮고 있는 모습이 제법 야릇한 정취가 묻어나고 있었다.

"수장 어른?"

"꽤 쓸 만한 화공을 구할 수 있을 것 같구나."

"예?"

비형은 쓰고 있던 삿갓을 조금 올리고서 흥정을 하고 있는 책방 주인에게 다가가 앞에 그보다 많은 돈을 툭 던졌다.

"원한다면 돈을 더 주겠소. 이 그림을 그린 화공을 만날 수 있겠소?"

책방주인은 갑자기 나타나 화공을 만나고 싶다는 낯선 사내의 모습을 미심쩍은 눈길로 쓱 훑어보았다. 얼굴을 가리고 있는 모양 새가 너무나도 수상했다. 게다가 사내의 일행으로 보이는 자는 안 면이 있는 자였다. 춘화 거래를 독점으로 하고 있는 상단의 행수. 그래서 더더욱 화공과 만나게 하고 싶지 않았다. 저들에게 화공을 빼앗길 것 같아서.

'이제야 조금 돈줄이 보이나 했더니! 그새 냄새를 맡고서는!'

"흠. 그것이……."

"주인장, 아무래도 제가 형님을 찾아봐야겠습니다. 혹시나 형 님께서 저를 찾으시거든 저 앞 사거리에……. 어? 혹시 이분이 제 그림을 사간 그 선비님이십니까?"

하필이면 이때 봇짐을 챙겨 든 홍이가 그들과 마주쳤다. 책방주 인은 속으로 홍을 원망했다. 분명 훤칠한 선비라고 했는데, 저 모 양새가 어딜 봐서 훤칠한 선비란 말인가!

"이 화공이오?"

"그게⋯⋯."

비형은 답하지 못하는 책방주인을 보다가 이내 홍에게 직접 말을 걸었다.

"이 그림을 화공이 그린 것이오?"

"아, 예. 혹 제 그림을 사신 선비님이십니까?"

"선비는 아니지만, 화공의 그림을 막 사려는 참이오. 그런데 놀랍군. 그림만큼이나 화공의 모습도 이리 곱다니. 여인이라 착각하겠소."

"아하하하, 그런 얘기를 자주 듣긴 합니다. 하나 어느 여인이 저런 춘화를 그리겠습니까? 저는 아주 건장한 사내입니다."

홍은 움찔한 마음에 안 해도 되는 얘기까지 하고 말았다. 하지만 여기서 사내라고 들킬 수는 없지 않은가?

"춘화치곤 참 아름다운 그림이오. 해서 화공에게 부탁할 것이 있는데, 그림을 몇 점 더 그려주었으면 하오. 값은 달라는 대로 드리지."

제 그림을 좋게 봐주는 사람을 또 만났다는 사실에 좋았지만, 홍은 금세 난감한 표정을 지었다.

"부족한 솜씨를 그리 높게 평해주셔서 감사합니다. 하지만 그 청은 들어드릴 수가 없습니다."

"어째서?"

"그러고는 싶으나 남은 안료가 하나도 없습니다. 저 그림에 쓰인 안료가 마지막이었습니다."

"그런 것이라면 걱정하지 마시오. 안료는 이쪽에서 준비해 줄 것이니. 그것도 최상급으로. 원한다면 그림을 그린 뒤, 남은 안료를 전부 다 드리겠소."

"그것이 참말입니까?"

"물론이오. 다 드리겠소."

안료를 전부 다 주겠다는 말에 홍이 눈을 빛냈다. 안 그래도 받은 돈을 전부 안료 사는 데 쓸 수가 없어서 고민이었는데. 이렇게 되면 꿩 먹고 알 먹고가 아닌가!

그렇게 홍은 풀이 죽은 책방주인에게 형님께 잠시만 이곳에서 기다려 달라는 말을 전해달라 청하고선 비형을 따라나섰다.

책방주인은 떠나가는 홍의 뒷모습을 바라보며 연신 아쉬운 입맛을 다셨다.

✳

주막과 도박장, 기방을 오가면서 사림은 도준의 행방을 쫓기 위해 정보를 모으고 있었다. 그런데 호월산에 대한 소문이 심상치가 않았다. 호랑이만큼이나 도적들이 들끓는 곳인데, 어느 순간 도적놈들이 사라져 버렸다고. 하늘로 솟았는지 땅으로 꺼졌는지 알다가도 모를 일이라고 했다. 그런 기분 나쁜 소문 때문에 산군(호랑이)을 잡으려는 포수들 빼고는 걸음이 뜸하다고 했다.

"대체 그런 곳을 유도준은 왜 간 거지? 여자랑 술만 쫓아다니는 호색하고 얼빠진 놈인데. 처녀귀신한테 홀리기라도 했나."

그렇게 사림은 대충의 정보를 얻고서 책방 앞에 도착했다. 하지만 어쩐 일인지 곧장 들어가지 못하고 그답지 못하게 어영부영하고 있었다. 그러다가 품 안에서 뭔가를 몇 개 꺼내 들었다. 바로 내기판에서 번 돈으로 산 안료였다. 어찌나 값이 비싼지, 세 개밖에 살 수가 없었다. 그래도 기분은 한결 나았다. 깨져 버린 것과 더불어 돈을 벌기 위해 안료를 다 써버리는 것이 못내 마음에 걸렸었다. 절경 하나 그리겠다고 호월산으로 가는 간 큰 놈인데 고작 이런 곳에서 안료를 다 써버리면 정작 거기서는 무엇으로 그림을 그린단 말인가?

"하여간 그놈도 얼빠진 놈이라니까. 이건 아껴뒀다가 절경인지 뭔지 그거 그릴 때만 쓰라고 해야지. 다른 데 쓰면 가만두지 않을 테다. 암! 이 사림님이 주는 건데 춘화 같은 데에 쓰일 물건이 아니다, 이거지."

그렇게 사림은 이걸 받고 좋아할 홍을 떠올리며 들뜬 기분을 억지로 꾹 누른 채, 책방 안으로 들어섰다.

"꼬맹아, 꼬맹아! 그림 다 그렸냐!"

"아이고, 이제 오셨습니까?"

"주인장, 꼬맹이는?"

"화공을 찾는 사람이 있어서 갔습니다. 금방 올 것이니 여기서 조금 기다려 달라고 하던데."

"꼬맹이를 찾는 사람? 그런 사람이 어디 있어?"

사림은 홍이가 누군가와 함께 나갔다는 말에 저도 모르게 주먹에 힘이 들어갔다.

"춘화 거래를 주도하는 상단이 있다고 했지요? 거기 행수가 데려갔습니다. 그놈들, 어디서 그리 빠르게 냄새를 맡았는지, 내가 먼저 찾은 화공을 이렇게 홀라당 빼앗아가다니! 화공도 그러는 거 아닙니다. 저한테 그림을 다 주기로 했으면서 어떻게!"

"거기가 어디야?"

"예?"

"그 상단, 어디냐고!"

※

"상단을 찾았습니다!"

무랑이 가빠오는 숨을 내뱉을 새도 없이 담의 앞에서 숨을 헐떡이며 말을 쏟아냈다.

"몇 개월 전에 갑자기 나타난 상단인데, 처음엔 그림 거래만 하더니 갑자기 춘화 거래가 활발하게 이뤄지고 있다고 합니다. 거래판을 주도하는 것도 이 상단이라고……."

몇 개월 전 갑자기 나타났다. 담은 그날 거래를 유도하던 행수를 떠올렸다. 혹시 어쩌면 그들이…….

"그 상단이 어디냐."

"이쪽으로."

담은 쓰고 있던 갓 대신 삿갓으로 얼굴을 완전히 가리고서 칼자루를 움켜쥐었다. 아무래도 피를 좀 보게 될 것 같았다. 게다가 그들이 정말로 맹월이라면 자신의 얼굴을 결코 들켜선 아니 된다.

그렇게 담은 무랑과 함께 어둠 속으로 빠르게 몸을 숨겼다. 어느새 하늘빛이 기분 나쁜 검붉은빛으로 서서히 물들어가고 있었다.

＊

비형과 행수를 따라 도착한 곳은 꽤 규모가 큰 상단이었다. 많은 사람들이 바쁘게 움직이고 있었는데, 의아한 것은 그 누구도 이쪽으로 시선을 돌리지 않는다는 것이었다. 그 정도로 바빠 보이는 탓도 있었지만.

"이쪽으로."

자꾸만 다른 곳에 정신 팔던 홍은 비형의 목소리에 애써 정신줄을 꽉 잡고서 어느 말끔한 방으로 들어섰다. 좋게 말해서 말끔한 것이지, 책장과 탁자밖에 없는 다소 삭막한 방이었다.

"내가 가끔 사용하는 방이오. 다른 곳에 작업실을 마련하고 싶었는데, 보시다시피 다들 일이 좀 바빠서 말이오."

"아닙니다. 어느 곳이든 상관없습니다."

비형은 다시금 짧게 사과를 했고, 행수는 챙겨온 종이와 벼루를 내려놓고선 최고급 안료도 준비가 되었다며 잠시 자리를 비웠다.

순간 썰렁한 공기가 스쳤다. 홍은 어색한 분위기에 애써 헛웃음을 지으며 비형을 바라보았다. 하지만 그는 여전히 삿갓을 쓰고 있어 표정을 확인할 수 없었다.

"이곳에서 편하게 그림을 그리시오."

"한데, 몇 점 정도 필요하신 것입니까?"

"열 점 정도가 필요하오."

"아, 생각보다 많네요."

홍은 조금 난감한 표정을 지었다. 그 정도로 그리려면 오늘 밤을 꼬박 새워야 할 텐데. 사림 형님께 제대로 설명하지 못하고 온 것이 조금 마음에 걸렸다.

"무슨 문제라도?"

"사실 제가 일행이 있습니다. 빨리 끝날 줄 알았는데, 조금 걱정하고 있을 것 같아서……."

"혹, 그 책방에서 기다리고 있는 것이오?"

"아마도 그럴 것입니다."

"그럼 내가 데려오겠소. 그림을 다 그리고 따로 묵을 곳이 없다면 이곳에서 묵도록 하시오.”

홍은 그렇게까지 할 필요는 없다고 말했다. 너무 민폐를 끼치는 것 같았으니까. 하지만 비형은 고개를 가로저으며, 그저 좋은 그림만 그려달라고 부탁했다.

“그렇다면 그 호의 정말 감사히 받겠습니다. 부족한 실력이지만, 마음에 드실 수 있도록 아주 최선을 다하겠습니다.”

그녀는 살포시 미소를 지으면서 그에게 고개를 숙였다. 비형은 그런 홍의 미소를 잠시 바라보다 아까보다 조금 더 부드러워진 어조로 입을 열었다.

“너무 그리 환하게 웃지 마시오.”

“예?”

“그리 환하게 웃으면 내가 너무 미안해지니까.”

미안해지다니, 대체 뭐가 미안해진다는 거지? 하지만 비형은 묘한 여운만 남긴 채, 걸음을 뒤로 돌렸다.

“내가 옆에 있으면 불편할 것이니, 이만 나가보겠소. 곧 저녁 식사도 보내주겠소. 하면 수고해 주시오.”

그렇게 그가 방을 빠져나가고, 홍은 어딘가 조금 이상하긴 했지만 그래도 제 그림을 좋게 봐주고, 이렇게까지 배려해 주는 모습에 고마운 사람이라고 생각했다. 그나저나……

“붓은 내 걸 쓰면 되고. 먹은…….”

홍은 살며시 먹을 갈아보았다. 촉감이 굉장히 부드럽고 좋은 먹이었다. 특히나 향이 아주 일품이었다. 이 정도면 농도도 적당할 것 같고. 그리고 종이.

"어?"

종이를 만진 홍은 고개를 갸우뚱거렸다. 생각보다 종이가 너무 얇았다. 보통의 종이보다 훨씬 더. 이런 종이에 그림을 그리면 오래 보관하기가 어려울 텐데. 금방 변질이 되거나 종이가 망가지는. 도대체 왜 이런 종이를 놔둔 거지?

"잘못 주신 건가?"

✻

"말씀하신 최상급의 안료입니다."

행수는 상단의 부하에게서 안료를 받아 들고선 일일이 확인을 하며 짧게 말했다.

"새로운 화공을 데려왔다. 그림이 완성되는 대로 남아 있는 물건도 모조리 처리해서 경매를 열 것이야. 지금 상황은?"

"남아 있는 다섯 점의 작업이 곧 끝날 것입니다."

"그럼 그것과 나머지 물건까지 모조리 처리한 뒤 떠날 테니 그 차비도 함께 서둘러. 시간을 너무 오래 지체해선 안 돼. 이미 우리의 뒤를 캐는 자들이 생겼으니."

"알겠습니다. 걱정 마십시오."

행수는 마지막 안료를 확인하고서 잠시 주변을 살피다가 이내 조심스럽게 고개를 돌렸다.

그리고 그런 그들의 모습을 멀지 않은 곳에서 담과 무랑이 지켜보고 있었다. 무랑은 행수가 내뱉은 말들을 하나하나 새겨듣고 있었다.

"아무래도 다음 경매를 끝으로 이곳을 뜨려는 모양인 듯합니다. 그렇다면 역시 저들이 맹월……."

담은 행수가 걸어가는 방향을 끝까지 눈으로 좇으며 낮게 속삭였다.

"새로운 화공이 그림을 다 그리기 전에 우리는 그 물건이라는 것을 찾아야겠다. 춘화는 아무래도 그 물건을 위장하기 위한 수단일 터."

"하면 저자의 뒤를 따라가 볼까요?"

무랑은 상단의 부하를 가리키며 말했고, 담은 어쩐지 자꾸만 행수가 사라진 방향이 마음에 걸렸다. 그 새로운 화공이라는 자도. 하지만 이내 고개를 돌리고서 부하의 뒤를 미행하기 시작했다.

✻

한참 동안 먹을 갈자, 먹향이 점점 더 짙어지면서 적당한 흑색을 띠게 되었다. 그리고 때마침 도착한 행수가 홍에게 안료를 건네주었다.

"아주 최상급의 안료들만 가져왔소."

홍은 그가 준 안료를 보고선 눈을 휘둥그렇게 떴다. 태어나서 지금껏 이렇게 좋은 안료는 처음이었다. 도화서에서나 쓸 법한 최상급의 안료. 육안으로 보는 빛깔이며 발색까지. 분명 값이 어마어마할 최상급이었다. 자신이 아무리 영상의 여식이라도 이런 것을 돈 주고 구하긴 어려울 것이다.

"이리 귀한 것을 써도 되는 것입니까? 게다가 남는 것은 가져도 좋다고 하셨는데……."

행수는 단번에 제대로 안료를 알아보는 홍의 모습에 조금 놀란 기색을 감추며 고개를 끄덕였다.

"좋은 그림만 그려주시오. 그러면 그 안료는 전부 화공의 것이 될 테니."

"한데, 주신 종이가 너무 얇습니다. 이러면 그림을 오래 보관하기 어려울 터인데 잘못 주신 것이 아닙니까?"

"맞게 준 것이오. 그 종이는 명에서 들여온 아주 귀한 것이오. 그러니 조심해서 그려주시오."

"아! 알겠습니다."

그렇게 행수가 방을 나서고, 홍은 제 품에 가득 담겨진 안료를 보고선 입꼬리를 길게 늘어뜨렸다. 얼른 이 고운 빛깔들을 사용해보고 싶었다. 그림 속에서 얼마나 은은하게 빛나게 될지. 어떤 식으로 그림을 살아 숨 쉬게 할지. 얼른 보고 싶은 욕심이 마구마구 샘솟았다.

홍은 얇은 종이가 찢어지지 않도록 조심스럽게 펼친 뒤, 적당히 갈아진 먹물을 세필 붓에 묻히려는 순간,

쿠쿵!

"아!"

밖에서 들려온 엄청난 폭발음에 그녀는 저도 모르게 비명을 지르면서 주춤한 탓에 벼루가 바닥으로 떨어지고 말았다. 홍은 굳어진 표정으로 다시금 소리에 귀를 기울였다. 하지만 언제 폭발음이 들렸냐는 듯 주변은 고요했다.

"대체 뭐지? 방금 전 그 소리는……."

아, 먹물!

홍은 그제야 바닥에 떨어진 벼루를 살폈다. 하지만 이미 바닥에 전부를 쏟아버리고 말았다. 이 귀한 것을 이렇게 날려 버리다니!

"아까워라! 다시 갈아야 하나……."

그보단 바닥에 쏟아진 먹물을 정리해야만 했다. 이대로 놔두면 더러워질 테니까. 하지만 정리할 틈도 없이, 바닥에 고여 있어야 할 먹물들이 안으로 스며들고 있었다. 마치 바닥이 텅 빈 것처럼.

"뭐지? 왜 안으로 스며들었지?"

홍은 의아한 생각에 바닥을 손으로 더듬었다. 나무로 만들어진 것 외에는 이상한 점이 없는데……. 그때, 더듬던 손길이 움찔하

면서 멈춰들었다. 패인 곳이 있었다. 그것도 손가락 두 개 정도가 들어갈 크기. 그녀는 무심코 손가락을 끼워보았다. 그러자 바닥이 덜컹거렸다. 힘을 주고 당기면 열릴 것 같은데.

"에이, 설마 무슨 바닥이 열……."

하지만 열렸다. 바닥이 열리고 있었다!

홍은 마른침을 꿀꺽 삼키고서 조금 더 힘을 당겨 바닥을 완전히 열어버렸다. 캄캄한 안쪽. 하지만 공간이 꽤 넓고 깊어 보였다.

대체 이게 뭐지? 비밀 공간인가? 그런 게 이런 상단에 왜 있는 거야? 그냥 창고 같은 건가?

뭔가 심장이 빠르게 뛰어오르면서 불길한 느낌이 솟구쳤다. 봐서는 안 될 것 같은 느낌.

그래, 괜히 이상한 일에 휘말리지 말자. 그냥 창고 같은 거야. 상단에 귀한 물건을 보관하는 그런.

홍은 얼른 다시 문을 닫으려고 했다. 하지만 순간 안에서 달큼한 향기가 풍겨와 그녀의 후각을 사로잡으며 움직임을 붙잡았다. 무척이나 기분 좋은 향이다.

"……."

결국 그녀는 호롱불 하나를 손에 쥐고서 뭔가에 이끌리듯 안으로 들어갔다.

캄캄한 공간에 호롱불빛이 희미하게 흔들렸다. 뭔가 차가운 공기가 느껴지는 것이 바깥으로 통하는 길이 있는 듯했다.

"역시 비밀 통로인가?"

하지만 향기가 점점 더 짙어지는데. 그때, 흔들리는 불빛 사이로 홍은 뭔가를 발견할 수 있었다. 좀 더 가까이 다가가 호롱불을 들어 올린 순간,

"하아. 이, 이게 대체……."

짧은 탄성과 동시에 그녀의 눈동자가 미친 듯이 흔들리면서 저도 모르게 쥐고 있던 호롱불을 놓쳐 버릴 뻔했다.

✽

상단의 수하를 미행하던 담과 무랑은 수하가 들어간 문 앞에서 동시에 걸음을 멈추었다. 안쪽에선 사람들의 목소리가 연신 들려왔다. 하지만 별다른 이야기가 들리지 않자, 두 사람은 서로 눈빛을 주고받았고, 잠시 후 무랑이 아주 조심스럽게 문을 열었다. 그리고 그 문틈 사이로 문제의 그 춘화가 보였다.

"도련님."

"쉿!"

담은 춘화를 들고 있는 자의 움직임을 하나도 놓치지 않고 바라보았다. 아무래도 여긴 작업장 같았다. 대체 무엇을 위한 작업장인지는 모르겠지만. 바로 그때,

"아주 조심히, 조심히 붙여!"

타박을 받은 이가 고개를 끄덕이며 다른 그림을 바닥에 조심스럽게 내려놓고서 그 위로 춘화를 겹쳐서 붙이고 있었다. 두 눈으로 보고도 무랑은 저 상황을 이해할 수가 없었다.

"도대체 저게 무슨……?"

하지만 담은 여전히 침묵을 지킨 채 끝까지 그들의 움직임을 살폈다. 역시나 예상대로 춘화는 눈속임이었다. 그렇다면 그들이 말하는 물건이라는 것. 진짜로 팔고 있는 것은 춘화 뒤로 숨겨진 저 그림이라는 건데. 대체 저 그림이 뭐지? 저 그림이 뭐기에 저렇게까지 숨기면서 팔고 있는 거지?

"너 지금 뭐 하는 거야!"

순간 험악한 목소리가 울렸고, 담은 얼른 옆으로 시선을 돌렸다. 그곳엔 웬 남자가 그림에 코를 박고서 온몸을 떨며 어쩔 줄 몰라 하는 표정을 짓고 있었다.

"그거 내려놔! 안 내려놔!"

하지만 남자가 말을 듣지 못한 채 미친 사람처럼 그림을 움켜쥐자, 그곳을 관리하는 사내가 그자의 뒤통수를 때리며 그림을 빼앗았다. 하지만 머리를 맞았으면서도 남자는 그림을 달라는 듯 손을 뻗고 있었다. 그런데 그 표정이 이상했다. 아주 맛이 간 것 같은…….

"지금 뭐 하는 거야. 귀한 물건에 흠이라도 낼 참이야?"

"그, 그게…… 그게! 아아아!"

"하? 뭐야. 너 한두 번이 아닌데? 중독된 거야? 벌써 환각이 일어나고 있는 거냐!"

"아, 아닙니다. 아닙니다!"

"아니긴 뭐가 아니야! 벌써 맛이 가고 있는데. 이 녀석 당장 치워, 들키기 전에!"

"아닙니다! 제발, 아닙니다!"

끌려가는 순간에도 온몸을 바들바들 떨면서 눈자위가 뒤집힌 모습을 보며 담의 표정이 차갑게 굳어지고, 무랑 역시 말을 아끼며 낮게 속삭였다.

"설마……."

"아편이다. 저 그림은 아편으로 만들어진 거야. 그걸 속이려고 춘화로 눈속임을……."

그 순간,

"밖에 누구냐!"

담과 무랑은 얼른 몸을 옆으로 피했다. 하지만 이미 너무 늦어버렸다. 둘은 서로에게 눈짓을 하고선 칼자루를 꽉 움켜쥐었다. 그러곤 문이 벌컥 열림과 동시에 무랑이 먼저 칼을 휘둘러 녀석의 입을 막았다. 죽이면 안 된다. 이들은 역당의 무리. 모조리 목숨이 붙어 있는 채로 궐로 압송해야만 했다.

"젠장!"

아수라장이 된 작업실에서 누군가 폭약을 밖으로 던져 터뜨렸다. 쾅! 하는 소리가 주변을 울렸다. 담이 재빨리 칼을 휘둘러 녀석을 무를 끓렸지만, 다른 쪽에서도 갑자기 불꽃이 튀어 오르며 연기가 피어 오르기 시작했다. 이 미친놈들이 이곳에 불을 지른 것이다.

"도련님!"

"안 돼! 막아!"

하지만 살아 있던 자들이 일제히 뭔가를 입에 털어 넣으며 피를 토하기 시작했다. 무랑과 담이 말릴 틈도 없이 순식간에 모조리 자결해 버렸다. 게다가 물증인 그림도 타들어가고 있었다. 그림이 타들어가자, 연기 속에서 아편의 향기가 더더욱 짙어지며 머리가 울리기 시작했다.

춘화 거래가 아니다. 아편 밀거래! 감히 이들은 아편 밀거래를 하고 있었던 것이다. 권세가들 역시 처음부터 이 사실을 알고서 춘화를 사간 것이다.

"얼른 이곳을 나가야 합니다! 계속 있다가는 위험합니다!"

담은 눈으로 보고도 믿기지 않는 광경에 입술을 깨물었다.

"대군마마, 어서!"

"여기 물건이 다가 아닐 것이다. 남은 물건을 찾아야 해. 이대로 맹월을 놓칠 수는 없다!"

그때, 그의 머릿속으로 행수가 안료를 들고 향했던 곳이 떠올랐다. 어쩌면 그곳에 있을지도 모른다. 담은 칼을 들고 불길을 뚫으며 달리기 시작했다. 하지만 달리는 걸음이 너무나도 무거웠다. 그들은 단 한 치의 망설임도 없이 자결을 택했다. 목숨보다 맹월을 지키는 것이 더 중요했다는 뜻. 그만큼 그들의 결속력은 상상한 것 이상이었다. 그만큼, 그렇게 해야 할 만큼……

'지금의 왕실을 그토록 증오한다는 말인가.'

❄

막 책방으로 향하려던 비형은 멀리서 울리는 폭약 소리에 흠칫하며 고개를 돌렸다. 그러자 저 멀리서 검은 연기가 피어오르고 있었다. 저곳은 분명 작업장. 설마!

"수장 어른! 수장 어른!"

행수가 다급한 목소리로 그를 부르며 달려왔다. 비형은 애써 침착함을 유지하며 입을 열었다.

"작업장이냐?"

"놈들이 뒤를 밟았습니다. 서둘러 빠져나가야만 합니다!"

"작업장은!"

"전부 불태웠습니다. 아이들은, 모두 자결했습니다."

"……."

자결. 저 뜨거운 불길 속에서 모두 다 자결했단 말인가.

차가운 무언가가 울컥이며 치솟았다. 하지만 감정에 깊게 흔들릴 시간이 없었다. 저들이 목숨까지 걸어가며 지키려고 했던 것을 수장인 자신이 거두어야만 했다.

"나머지 물건을 챙겨서 빠져나간다. 그리고 여길 전부 다 불태워 버려!"

✳

흔들리는 호롱불빛의 너머로 무언가가 뚜렷하게 그녀의 시야로 파고들었다. 바로 벽면을 가득 채운 그림들. 썩 잘 그린 그림은 아니었다. 그런데 그림에서 풍기는 알싸하고 독특한 향기. 보통 안료로 색을 낸 것이 아닌 듯싶었다. 이 향의 원인은 이 안료 같은데……

그녀는 잠시 그림을 더듬다가 이런 상황이 낯설지 않다는 느낌을 받았다.

"예전에 저하랑 그림 밀거래를 잡을 때도 이런 것 같았는데. 설마 이번에도……"

그때, 위에서 발자국 소리가 들려왔다. 홍은 본능적으로 상황이 좋지 않다는 걸 깨닫고서 서둘러 밖으로 빠져나왔지만, 입구에 서 있는 비형과 마주하고 말았다.

'늦었다.'

"다 보았소?"

비형은 여전히 삿갓으로 얼굴을 가린 채 담담한 어조로 물었고, 홍은 그저 입을 꾹 다물었다. 순간 차가워지는 목소리.

"혹시 네가 내 뒤를 캐고 있던 자냐?"

만약 이 대답도 하지 않으면 큰일 날 것 같았다. 민홍. 침착하자. 무조건 침착해야 해.

"무슨 소리를 하시는지 모르겠습니다. 저는 그저 그림을 그리기 위해 이곳으로 온 것일 뿐, 제 그림을 좋게 평하셔서 저를 데려온 것이 아니십니까? 오히려 다른 목적이 있으셨던 분은 나리인 것 같습니다."

홍은 침착하게 허리를 꼿꼿하게 세웠다. 애써 표정을 숨기며 보이진 않지만 상대방과 제대로 눈을 마주하려고 노력했다. 예전에도 느낀 것이지만, 결코 자신이 겁에 질렸다는 내색을 해서는 안 된다. 틈을 보이는 순간 끝장이다.

비형은 이 상황에서 저를 똑바로 마주 보는 홍의 모습에 엷은 미소를 지으며 한 걸음 앞으로 다가왔다.

"역시, 이렇게 미안할 일이 생기고 말았군."

섬뜩한 소리와 더불어 비형의 칼이 홍의 목을 정확히 겨누었다. 하지만 홍은 눈 하나 꿈쩍하지 않았다. 그녀는 죽음이 무섭지 않았다. 그런 건 두려운 게 아니었다. 그녀가 가장 두렵고 무서워하는 것은 어느새 그런 것이 아니게 되었다.

그리고 그러한 눈동자에 놀란 것은 비형이었다. 그저 곱게만 생긴 화공이라고 여겼는데, 눈빛이 공허했다. 죽음 앞에 두려워하지 않을 자가 없는데 이 화공은 눈동자가 텅 비어 있었다. 대체 이 화공의 정체가 무엇이란 말인가? 분명 평범한 화공은 아닌 것 같은데…….

"재미난 눈빛이군. 예쁘장하기만 한 화공이라고 생각했던 점을 사과해야겠어."

"……."

"그대의 그림을 좋게 평한 것은 거짓이 아니었다. 진심이었어. 그렇기에 빼어난 화공을 이리 잃어 참으로 슬프군."

"저를 죽이는 것으로 결론이 난 것입니까?"

"보지 말아야 할 것을 그대가 보았다. 내겐 지켜야 할 목숨이 많기에, 봐줄 수가 없다."

하지만 그가 어떤 인물이든 보지 말아야 할 것을 보았으니, 안타깝지만 살려둘 수가 없었다. 어쩌면 정말로 자신의 뒤를 캐는 그자들과 한패일지도 모르고.

그렇게 비형의 칼날이 홍의 목덜미에 좀 더 깊이 와 닿았고, 어찌나 살벌하게 날이 섰는지 연약한 그녀의 목덜미에선 어느새 피가 흐르고 있었다.

"그래도 예를 갖춰 고통 없이 죽여주마."

"고마워해야 하는 겁니까?"

"그리 곱게 웃지 마라, 진짜 미안해지니까."

그렇게 그의 손아귀에 힘이 들어갔고, 홍은 끝까지 두 다리로 버티며 비형을 바라보았다. 삿갓이 흔들리면서 얼핏 그의 눈동자가 보이는 듯했다. 자신만큼이나 공허한 백안. 마침내 칼날이 그녀의 목을 단숨에 베어내려는 순간!

"수장 어른! 수장 어른!"

행수가 다급한 목소리로 안으로 뛰어 들어왔다. 비형은 잠시 움직임을 멈췄고, 홍 역시 참았던 숨을 꿀꺽 삼키며 정신을 집중했다.

"이 근처에 전부 불을 질렀습니다. 그런데 웬 미친놈이 날뛰고 있는데……."

때마침 멀리서 희미한 목소리가 들려왔다.

"꼬맹아! 살아 있냐! 너희 꼬맹이한테 털끝만큼의 상처라도 나 있으면 다 뒈져!"

사람의 목소리. 홍은 그 목소리를 듣는 순간 덜컥 겁이 밀려왔다. 행여나 자신 때문에 그가 다칠까 봐. 위험해질까 봐.

비형은 처음으로 흔들리기 시작하는 홍을 보면서 허한 웃음을 흘렸다. 자신의 죽음 앞에선 그토록 태연했으면서, 남은 저리도 걱정된단 말인가? 게다가 저 목소리는…….

"아는 사이인가?"

홍은 움찔한 시선으로 비형을 바라보았다. 형님과 내가 아는 사이라는 걸 들켜선 안 돼. 그럼 진짜 형님도 위험해질 거야!

"물건을 챙겨서 밖으로 나간다."

"예, 수장 어른!"

그렇게 행수가 먼저 지하 공간으로 들어갔고, 비형은 남아 있는 홍을 바라보다 이내 칼을 내려놓았다.

"이러한 일로 또다시 마주치는 일이 없었으면 좋겠군. 내 망설임은 오늘이 마지막일 테니까."

그렇게 덜컹이는 소리와 함께 지하 바닥이 닫히면서 그도 함께 사라졌다. 저곳에 그림만 보관하는 것이 아니라 밖으로 나가는 출구도 있는 모양이다. 그래서 바람이 느껴졌던 것이고.

홍은 그제야 벌렁대는 심장을 붙잡고서 참았던 숨을 몰아쉬었다. 애써 누르고 있던 긴장감이 삽시간에 퍼지면서 다리가 후들거리고, 목덜미가 따끔거렸다. 하지만 이대로 시간을 허비할 순 없었다. 얼른 사람을 만나야 했다. 게다가 공기 중으로 뒤섞여 들어오는 매캐한 이 연기……

'이대로 가다간 전부 타 죽을 거야.'

홍이 대충 봇짐을 끌어안고서 문을 열려는 순간, 다급한 발소리가 들려왔다. 설마 다른 녀석들인가? 그녀는 입술을 깨물고서 얼른 책장 뒤로 몸을 숨겼고, 그와 동시에 문이 벌컥 열리면서 두 명의 사내가 들어왔다.

'흐읍!'

홍은 다시금 숨을 꾹 누르고서 봇짐을 꽉 끌어안았다. 그리고 천천히, 아주 천천히 고개를 들었다. 하지만 역시나 삿갓을 쓰고 있어 얼굴이 정확히 보이지 않았다.

'역시 한패인가? 어쩌지? 일단 계속 숨어 있어야 하나? 이러다

사림 형님이 위험해지시는데…….'

그때, 귓가에 울리는 한 목소리에 홍의 머릿속이 하얗게 변해 버렸다.

"이미 도망친 듯합니다. 이 일대의 불을 지른 것도 그들일 것입니다. 아주 용의주도합니다."

한 사내가 앞으로 걸어 나왔다. 삿갓으로 얼굴을 가린 채 초조한 듯 주먹을 움켜쥔 그는 바로 담이었다.

아편을 그림으로 만들어서 밀거래를 하려고 했다. 이는 맹월 같은 역당들이 할 수 있는 거래가 아니었다. 특히나 아편을 그리 대량으로 들여오기는 쉽지가 않다. 분명 맹월도 누군가에게서 아편을 빼돌린 것이 확실하다. 그렇다면 대체 누굴까. 이런 대량의 아편을 그림으로 이용한다는 발상을 한 이는.

'맹월 말고도 다른 역당들이 있는 것인가? 그게 아니라면 설마…….'

그의 눈빛이 한층 낮게 가라앉으면서 묵직한 숨을 눌렀다. 그들일 리가 없다. 그럴 수가 없었다. 그들이 지금의 세자를 건드릴 이유가 전혀 없었으니까.

"비밀 통로가 있을지도 모른다. 샅샅이 뒤져라."

"예."

책장 뒤에 숨어 있던 홍은 가슴을 꾹 눌렀다. 심장이 미치도록 쿵쿵 뒤흔들렸다. 그녀는 차마 앞을 보지 못한 채 다시금 고개를 숙였다. 본능적으로 떨려오는 숨결. 봇짐을 움켜쥔 손끝이 흔들리면서 아무 생각도 떠오르지 않았다.

'아닐 거야. 그럴 리가 없어, 그럴 리가……. 그분은 지금 유배 중인데. 하지만 저 목소리. 저 목소리…….'

어찌 잊을 수가 있을까. 결코, 단 한 순간도 잊은 적이 없는 목소리인데. 매 순간순간 그녀의 모든 것을 뒤흔드는 세자 저하. 이담, 그의 목소리.

홍은 천천히 고개를 들었다. 흐릿한 시선이 어느 순간 뚜렷하게 보이면서 한 사내가 눈에 담겼다. 그때 그 사내가 쓰고 있던 삿갓을 천천히 벗었다. 낯익은 얼굴이 보이면서 그녀의 움직임이 완전히 멎어버렸다. 아니, 온 세상이 멈춰 버린 것 같았다.

"저하……."

다시는 소리 내어 부를 수 있을 거라 여기지 못했는데. 떠오르기만 해도 가슴께가 벅차오르는 그 이름을 입 밖으로 내뱉었다. 그리고 정말로 그가 있었다. 이담. 지금 이곳에, 바로 제 눈앞에 그분이, 그분이…….

"대군마마, 불길이 더욱 거세어집니다. 아무래도 여기는 이미……."

무랑은 어느새 연기가 스미는 것을 보고선 담을 걱정했다. 하지만 그는 천천히 주위를 둘러볼 뿐이었다. 흐트러진 종이와 안료들. 아무래도 그들을 완전히 놓쳐 버린 듯했다.

"돌아가자."

"예. 제가 먼저 앞장서겠습니다."

무랑은 안도의 숨을 내쉬고서 앞장서서 걸음을 옮겼다. 그렇게 담이 뒤돌아섰다.

홍은 저도 모르게 그런 그의 모습을 더 보기 위해서 한 발을 내디뎠다. 그러다가 봇짐에서 뭔가가 툭 떨어져 굴러갔다. 바로 그가 주었던 당주홍의 안료통.

'안 돼!'

홍은 눈을 질끈 감았다.

툭, 하는 소리에 담은 고개를 돌렸다. 그러곤 제 발치 앞으로 또르르 굴러온 안료통을 멈칫하며 바라보았다.

"대군마마?"

"……."

무랑은 경계의 눈빛으로 칼을 빼어 들었다. 하지만 담은 천천히 손을 뻗어 안료통을 주워 들 뿐이었다. 순간 떨리는 시선과 손길. 담은 짧게 숨을 내쉬고서 그것을 꽉 움켜쥐고는 걸음을 한 발, 한 발 앞으로 옮겼다.

그의 발걸음 소리가 쿵, 쿵, 쿵, 울려왔고, 그와 동시에 홍의 심장 소리 역시 크게 떨려왔다. 하지만 차마 눈을 뜰 수가 없었다. 아무것도 볼 수가 없었다.

그리고 마침내 발걸음 소리가 멎으면서 낯익은 손길이 홍의 손목을 붙잡고 당겼다.

"하아!"

"……."

허공에서 홍과 담의 시선이 마주쳤다. 그가 눈앞에 있다. 정말로, 눈앞에 있었다. 이번 생에서는 다시는 보지 않을 것이라고, 우연으로라도 볼 일이 없을 것이라고 생각했는데.

붙잡힌 손목에서 온기가 느껴지고, 그와 동시에 심장이 뜨겁게 뛰어오르며 뭐라 말할 수 없는 감정이 그녀를 뒤흔들었다. 그대로였다. 열일곱 살, 어린 소녀의 마음에 첫정이라는 설레고 뜨거운 숨을 불어 넣었던 그 사내의 모습.

애써 억눌렀던 기억이 그녀의 가슴으로부터 번져 나와 봇물 터지듯 잠식되어 그녀의 숨을 앗아가 버렸다. 그리고 이 순간 떠오르는 말은 단 하나.

'보고, 싶었습니다.'

매번 꿈에서 찾아 헤매었고, 순간순간 걱정이 밀려들었고, 마지막 숨이 멎던 그 순간에도 하고 싶었던 말은 단 하나.

'저하가 너무 보고 싶었습니다.'

하지만 그의 눈동자에 비친 감정은 모르겠다. 그는 여전히 홍의 손목을 붙잡고서 그녀를 빤히 바라볼 뿐이었다. 그러다 이내 쥐고 있던 안료통을 그녀에게 건네며 입을 열었다.

"그대의 것이오?"

담담히 울리는 그의 목소리에 홍의 심장이 다시금 쿵 하고 내려 앉으며, 아련하게 차올렸던 감정이 아릿하게 스미며 눈가가 시큰 거렸다. 이미 예상했었지만, 그랬지만······.

"이곳에 끌려온 화공이 아니오?"

"······맞습니다."

역시나······ 그는 기억하지 못했다. 자신에겐 어제와도 같은 그 생생한 기억이, 지금 그에겐 일어나지도 않은, 어쩌면 앞으로도 일어나지 않을 일이었으니까. 그러니까 지금 나는 그에게 그저,

'낯선 사람일 뿐이다.'

갑자기 제 손목에 새겨진 상처가 욱신거리며 아파왔다. 아주 많이, 아파왔다.

2장
무엇으로 엮일 연이란 말인가

여전히 그는 그녀의 손을 잡고 있었다. 하지만 홍은 흉터의 쓰라림에 입술을 깨물었다. 이것이 진정 흉터의 욱신거림인지, 아니면 감정의 고통인지는 알 수 없었지만.

그때, 무랑이 이쪽으로 다가오자 홍은 현실을 직시했다. 그러곤 먼저 그의 손을 놓았고, 담은 여전히 그런 홍을 물끄러미 바라보았다. 그의 눈동자는 지나칠 정도로 고요하기만 했다.

"대군, 아니, 도련님."

무랑은 갑자기 책장 뒤에서 튀어나온 홍을 보며 경계의 눈초리로 칼을 빼어 들었다. 겉보기엔 그리 위협이 될 만한 자는 아닌 듯했지만, 그래도 의심을 늦출 수는 없었다.

"맹월일지도 모릅니다."

무랑의 짧은 속삭임. 담은 홍의 체온이 스친 제 손을 꽉 움켜쥐고선 그녀의 손을 바라보며 말했다.

"손에 묻은 먹물과 봇짐. 맹월이 아니다. 그들이 새로 데려온 화공이야."

"하지만 그리 위장하고 있는 건지도 모릅니다."

하지만 담은 여전히 괜찮다는 듯 고개를 가로저으며 무랑의 칼을 내려놓게 했다. 그리고 이 상황을 그저 바라만 보고 있는 홍에게 다가가 여전히 가지고 있던 안료통을 조심스럽게 내밀었다.

"텅 빈 것 같긴 한데, 버려도 되는 것이오?"

홍은 그의 손에 쥐어진 안료통을 바라보았다. 그러곤 이내 머뭇거리며 그것을 챙겼다.

"고맙……."

하지만 말이 제대로 나오질 않았다. 애써 가슴께에 억누르고 있던 응어리가 말문을 막아버렸기 때문이다.

그 모습이 너무 고통스러워 보여서 담은 살짝 미간을 찡그리며 품 안에서 무명천을 꺼내주었다.

"입을 막으시오, 연기 때문에 숨 쉬기가 더 어려워질 것이니."

아마도 그는 연기 때문에 고통스러워한다고 여기는 모양이었다. 뭐, 차라리 그게 모양새는 더 나아 보였다. 그녀는 더는 그를 마주 보지 못한 채, 고개를 숙이며 천으로 입을 막아버렸다. 마치 자꾸만 터져 나오려는 무언가를 밀어 넣듯 손끝에 힘을 더더욱 꽉 주었다.

그나저나 그는 대체 왜 여기에 있는 걸까. 유배 중이 아니었던 가? 듣자 하니 뭔가 이번 일에 관련되어 있는 것 같은데, 또 밀거 래인가? 더는 세자도 아니라면서 왜 또 이런 일에 휘말리고 있는 건지……. 다른 건 몰라도 그때나 지금이나,

'항상 위험한 곳에 계시는 분. 해서 제가 마음이 놓이질 않습니 다.'

홍은 아주 조심스럽게 고개를 들었다. 여전히 그는 자신의 앞에 서 있었다. 그는 자신을 모르고, 자신도 지금의 그는 모르는 사람 이나 마찬가지다. 하지만 그때나 지금이나 똑같이 떨렸고, 떨리 고, 떨린다.

그녀는 제 손에 쥐어진 안료통을 바라보았다. 마치 처음 이것을 받았을 때처럼. 그래서 말문이 막혀 버린 걸까. 왜 하필 이것이 떨 어진 걸까. 왜 하필 그에게 굴러간 걸까.

"꼬맹아!"

그 순간, 잊고 있던 목소리가 날카롭게 스치면서 홍이 아차, 할 새도 없이 문이 쾅 열리며 한껏 성이 난 사람이 모습을 드러냈다.

무랑은 갑작스러운 소란에 다시금 칼을 빼어 들었고, 담은 홍의 앞에 서서 그녀의 시야를 완전히 가려 버렸다. 정말이지 낯익은 그의 뒷모습이었다.

사람은 아수라장이 된 방 안에서 정확히 홍을 바라보았다. 영문

모를 사내의 뒤에서 엉망이 된 채 서 있는 모습. 특히나 흐트러진 봇짐을 움켜쥔 모습에 사림의 회색빛 눈동자가 더욱 탁하게 가라 앉으며, 이미 쥐고 있던 칼자루에 더욱 힘을 주고는 지독히도 서늘한 목소리로 감히 제게 칼을 겨누고 있는 무랑을 노려보았다.

"감히 건드렸냐?"

"넌 대체 누구……!"

하지만 말을 끝맺기도 전에 날카로운 마찰음과 함께 무랑은 사림의 칼을 막아내야만 했다. 무랑은 저도 모르게 흠칫하며 살짝 뒤로 밀려냈다. 굉장한 속도와 힘. 그저 막기만 하는데도 손아귀가 얼얼해지며 통증이 밀려들었다.

홍은 갑작스러운 상황에 떨리는 숨을 토해냈다. 그가 오해하고 있다. 이대로 가다가는 그가 무랑을 죽일지도 모른다!

하지만 앞으로 나서려는 홍을 담이 거칠게 막아 세웠다.

"무슨 짓이오."

"비켜보세요."

"위험하오."

"형님은 제 일행이에요. 이러다간 둘 다 다친다고요!"

담은 그녀의 손목을 잡으려 했지만, 홍은 그런 그를 단호하게 밀어내고서는 사림을 향해 외쳤다.

"사림 형님! 오해예요! 그만 싸워요, 형님!"

하지만 사림은 멈추지 않았다. 오히려 칼날이 더더욱 맹렬해지고 있었고, 무랑은 그런 칼을 막아내기에 급급해 보였다. 조금만 방심해도 목이 날아간다. 정말로 무랑이 죽을지도 모른다.

홍은 입술을 꽉 깨물고선 사림을 향해 달려갔고, 담은 그런 그녀의 모습에 눈동자가 빠르게 흔들리며 다급하게 소리를 질렀다.

"안 돼!"

하지만 홍은 마지막 한 발을 내딛고서 사림을 붙잡았다.

"형님! 죽이면 안 돼요!"

그 순간 사림이 멈칫했고, 무랑도 그제야 숨을 내쉬며 떨리는 자신의 손을 바라보았다. 갈수록 빨라지는 속도와 힘에 손아귀가 붉게 헐어 있었다. 그런데도 당사자는 전혀 지쳐 보이는 기색 없이 멀쩡하다. 대체 뭐 저런 괴물이 다 있는 건지!

사림의 눈동자가 그제야 제 바로 앞에 서 있는 홍을 바라보았다. 하지만 목덜미에 새겨진 상처에 다시금 표정이 일그러지면서 탁한 목소리가 새어 나왔다.

"너, 다쳤잖아."

"네? 아, 그게…….."

홍은 그제야 목덜미를 더듬었다. 그러고 보니 그 사람의 칼날에 조금 베였지.

그때, 둔탁한 발걸음 소리와 함께 담이 그녀에게로 다가서려고 하자, 사림이 본능적으로 그런 그를 거칠게 밀쳐 냈다.

"넌 뭐야? 네가 이렇게 만든 거야?"

"미친 새끼처럼 칼 휘두른 놈한테 들을 말은 아닌 것 같은데?"

"뭐?"

"하마터면 네가 휘두른 칼에 내 수하가 죽을 뻔했다. 그리고 겁 없이 거기에 끼어들어 간 저 멍청한 화공도 같이. 저까짓 목덜미 상처가 아니라 완전히 목이 날아갈 뻔했다고."

"저까짓 상처? 내가 말하는데 이 꼬맹이 목숨은 내 거야. 그런 데 감히 누구 목숨에 흠집을!"

"그만!"

홍은 점점 험악해지는 두 사람을 말리기 위해 사림의 손을 더욱 꽉 붙잡고 외쳤다. 그제야 두 사람의 시선이 그녀에게로 향했다. 정말이지 어쩌다가 일이 이 지경까지 오게 된 걸까!

"둘 다 아니니까 좀 조용히 해요. 이미 당사자들은 여길 떠났다고요. 여기 있는 사람들은 아무런 관련이 없다고요!"

사림은 제 손을 꽉 붙잡은 홍의 손길에 그제야 표정이 좀 가라앉았다.

처음 상단에 들어섰을 때부터 불길한 느낌이 들었고, 멀리서 울리는 폭발음에 심장이 미치도록 뛰었다. 이 녀석이 너무 걱정돼서……. 그러다 상단 전체로 불길이 번지면서 주체할 수 없는 두려움에 떨림이 밀려들었다. 그래서 정말 딱 미친놈처럼 찾아 헤맸다. 비록 사내구실 못 할 정도로 비실비실한 놈이지만, 반드시 무사하길 바랐다. 저 커다란 눈망울이 어찌나 보고 싶었는지 모른다.

사림은 저도 모르게 손을 뻗어 홍이를 안아버리고 싶었지만, 꾹 참고서 뒤로 넘어가 버린 그녀의 패랭이를 고쳐 매어주고는 가볍게 쥐어박으며 말했다.

"알았다. 알았으니까, 넌 좀 있다 보고, 그럼 너희는 대체 뭐길래 여기 있나?"

사림의 시선이 정확히 담을 향했고, 무랑은 어느새 담의 옆에 서서 여전히 욱신거리는 손을 뒤로 감추고 있었다.

담은 사림의 손을 잡고 있는 홍을 잠시 바라보다 이내 입꼬리를 틀어 올리며 사림과 시선을 마주했다. 굉장히 차가운 미소. 순식간에 그의 주변으로 공기가 달라진 기분이 들었다.

"내 정체를 알게 되면 그쪽이 힘들어질 텐데."

"하? 이건 또 뭔 개소리야."

"그만큼 내 정체에 대한 무게가 무거워서 말이지."

"지랄 말고 불어. 아니면 여기서 죽던가."

무례하기 짝이 없는 말에 무랑이 나서려고 했지만, 담은 그런 그에게 틈을 주지 않고서 홍과 시선을 스치며 낮게 속삭였다.

"난 춘화를 가장한 아편 밀거래 현장을 잡기 위해 잠행 중인 포도청 종사관이다."

그의 말에 눈빛이 흔들린 사람은 홍과 무랑이었다.

종사관이라니. 대군에서 종사관? 말도 안 된다. 왜 저런 거짓말을 하는 거지?

무랑 역시 말도 안 되는 소리에 심장이 덜컹거렸다. 물론 변복을 하고 있기는 했지만 대체 언제부터 종사관이 되셨단 말인가!

사림은 담의 모습을 미심쩍은 시선으로 훑었다.

"지금 이 상황에서 네가 종사관이라고 하면 아, 종사관이시군요. 하면서 믿겠냐?"

"의심이 많은 자로군."

"조심성이 많은 거지."

"그리 조심성이 많다면 내 정체를 그리 끝까지 알려고 하진 않을 텐데. 괜히 휘말릴 테니 말이야."

"그건 그때 가서 생각하는 거고."

"좋다. 그때 가서 후회하지 말거라."

담은 품 안에서 신분패를 보여주었다. 정말로 포도청 종사관을 뜻하는 신분패.

무랑은 저도 모르게 헛웃음이 터질 뻔했다. 대체 저런 것은 언제 준비하셨단 말인가? 자신에겐 말도 없이!

하지만 담은 떨떠름한 표정을 짓고 있는 사림에게 태연하게 신분패를 흔들어 보이고선 다시금 그것을 품 안으로 숨겼다.

"자, 이렇게 내 정체를 알게 되었으니, 이제 그 책임을 져야지. 나라의 명으로 잠행 중인데 그것을 들켰으니 말이야."

"그래서 어쩌라고? 강제로 입이라도 틀어막아 보시게?"

"좀 더 배운 사람으로서 그럴 수는 없지. 그쪽처럼 주먹부터 나가는 야만적인 성품이 아니라서."

"뭐?"

담은 다시금 홍을 바라보았다. 여전히 감정이 보이지 않는 눈빛. 그의 걸음이 그녀에게로 와 닿았고, 사림이 다시금 그를 막으려고 했지만 이번엔 담이 사림의 손을 거칠게 쳐내면서 홍에게 단도직입적으로 물었다.

"이왕 이렇게 내 신분을 알았으니, 협조를 좀 해줘야겠소."

"무슨 말씀이십니까?"

"그들에 대해 뭔가 기억나는 것은 없소? 뭐든 아는 대로 말해주었으면 하오."

어쩐지 그가 자꾸만 자신의 시선을 좇는 듯한 느낌이 들었다. 피하고 싶은데도 피할 수 없도록. 홍은 지금 이 상황을 이해할 수 없었지만, 일단 진정하고선 기억을 더듬었다.

"이곳 바닥에 비밀 공간이 있습니다. 그곳에 그림이 아주 많았는데, 수상한 향기가 나는 그림이었습니다. 아마 아편으로 그려진 그림이었겠지요."

비밀 공간이라는 말에 무랑은 재빨리 바닥을 살피기 시작했다.

"하나 지금은 그곳을 통해 도주했을 것입니다. 밖으로 나가는 통로와도 연결된 듯했으니까요."

"인상착의는?"

"한 사람은 이곳의 행수라고 했고, 다른 자는 잘 모르겠습니다.

삿갓으로 얼굴을 가리고 있어서……. 단지 얼핏 본 것은……."

사림과 담은 어느새 홍의 목소리에 집중하고 있었다. 그리고 그녀가 내뱉은 말 한마디에 사림의 표정이 움찔했다.

"백안이었습니다."

백안. 설마 자신과 칼을 겨루었던 그 삿갓남인가?

사림의 변화를 눈치챈 담이 짧게 물었다.

"혹, 뭔가 아는 건가?"

"알긴 뭘 알아!"

하지만 사림은 대답하지 않은 채 고개를 돌려 버렸다. 어쩐지 저 영문 모를 놈이 아주 마음에 들지 않았다. 게다가 그 삿갓남은 자신도 그 정체가 궁금했고.

담은 분명 뭔가를 아는 듯한 사림의 태도가 신경 쓰였지만, 쉽사리 입을 열 것 같지 않았기에 다시금 홍에게 집중했다.

"혹시 보았다는 그 그림들을 기억하오?"

"워낙 정신이 없어서 지금은 솔직히 잘 모르겠습니다."

"시간이 지나면 기억이 날 것이오."

"그건……."

"여기까지 대답해 줘서 고맙소."

또다시 그의 시선과 엮여 들어가고, 홍은 숨을 꾹 참고서 미세하게 피어오르는 열기와 점점 진해지는 울림에 사로잡히고 있었다. 누가 먼저라고 할 것도 없이 연신 눈을 마주한다. 마치 뭔가를 찾기라도 하는 것처럼 서로의 눈을 그렇게, 그렇게······.

그때, 사림이 홍의 어깨를 끌어당겼다.

"사내놈들끼리 뭘 그렇게 빤히 봐."

"그쪽은 대체 화공과 무슨 관계인 거지?"

"그야 우리는!"

찰나의 정적이 흘렀다. 무슨 관계라고 말해야 하지? 근데 뭔가 관계라는 게······. 잠깐, 지금 무슨 생각 하는 거야!

사림의 얼굴이 점점 시뻘겋게 변해갔고, 홍은 또 서로 으르렁댈까 봐 얼른 둘 사이로 끼어들었다.

"형님입니다, 제 형님."

"뭐?"

"닮지 않았는데."

"친형제는 아니지만 거의 친형제와 같은 의형제입니다."

"아, 결국엔 의형제일 뿐이다?"

뭔가 비아냥거리는 듯한 담의 목소리가 사림은 영 거슬렸지만, 의형제라는 말 자체가 그다지 마음에 들지 않았다.

'그럼 대체 뭘 바란 건데?'

그때, 비밀 공간을 발견한 무랑이 담에게 다가와 귓속말로 속삭였다. 역시나 물건은 안에 없다는 말. 하지만 그쪽을 통하면 불길을 피해 상단을 빠져나갈 수 있을 거라는 말.

그때 얼핏 멀리서 사람들의 웅성거림이 들리는 듯했다. 더 이상

이곳에 오래 있을 수는 없었다.

"인기척을 느꼈겠지? 일단 저길 통해 빠져나가는 것이 우선 같은데."

사림 역시 바깥 상황이 심각하다는 걸 느끼고는 홍의 봇짐을 빼앗아 들고서 그녀를 먼저 비밀 통로로 들여보냈다.

그렇게 비밀 통로로 들어가 밖에서 보이지 않게 입구를 막고 그들은 출구를 향해 걷기 시작했다. 홍은 어느 순간 제 앞에 서 있는 그의 뒷모습을 가만히 바라보았다. 혹시 남장을 해서 못 알아보는 걸까 했지만, 안료통을 보고도 모른다면 그건 모르는 것이었다. 그가 그걸 잊었을 리는 없으니까. 그걸 잊었다면 자신이라는 존재 자체를 잊은 것이니까.

"괜찮냐?"

사림의 목소리에 홍은 애써 정신을 차렸다.

"저는 괜찮습니다. 오히려 형님께 죄송합니다. 제 걱정 많이 하셨지요?"

"그러게 네가 애냐? 잠깐 한눈판 사이에 그렇게 쫄래쫄래 따라가게! 하여튼 한시도 눈을 뗄 수가 없지."

"다음엔 꼭 주의하겠습니다."

"기억해라, 네 목숨은 내 거라고. 너조차도 함부로 다루면 안 된다고."

"예, 형님."

이젠 너무나도 자연스럽게 사림은 홍의 짐을 들었고, 홍은 그런 그의 옆을 걸었다.

담은 그런 사림과 홍의 발걸음 소리를 들으며 잠시 느리게 숨을 내쉬곤 이내 걸음을 재촉했다.

비밀 통로를 통해 무사히 상단을 빠져나온 홍과 사림은 그대로 책방으로 향했다. 그런데 책방에 당도한 사림의 표정이 다시금 험악하게 일그러졌다. 바로 무량과 담이 그들의 뒤를 따라온 탓이었다.

"대체 뭐냐? 왜 여기까지 따라와? 종사관이 그렇게 할 일이 없냐? 도망친 그놈들 뒤꽁무니나 쫓아가라고!"

"그 입 좀 가볍게 놀리지 마라. 내가 분명 잠행 중이라고 했을 텐데? 그리고 나도 이 책방에 볼일이 있어 온 것이다."

"볼일?"

"그래, 볼일."

홍은 사림의 뒤에서 담을 힐끔힐끔 쳐다보았다. 이곳에서의 볼일이 무엇일까? 아니, 그보다는.

'이제 헤어져야겠지. 어차피 서로 가는 길이 다르니까. 그리고⋯⋯.'

"네놈이 이런 책방에서 무슨 볼일이 있다는 거야. 바른대로 말해라. 지금 우리 쫓아서⋯⋯."

"아이고, 선비님!"

그때 책방주인이 담을 향해 환한 미소를 지으며 달려왔고, 홍은 설마 하는 표정으로 책방주인과 담을 바라보았다. 선비님이라면…… 혹시 그 훤칠하다는 선비가.

"그 화공이 머무는 곳을 알아내셨소? 아니면 그 화공의 다른 그림이라도."

"네? 아. 알고 같이 계신 것이 아니셨습니까? 선비님께서 찾으시는 그 화공이……."

담 역시 움찔한 시선으로 홍을 바라보았다. 그러다 이내 헛한 미소가 스쳤고, 홍은 자신을 향해 스치는 그 미소에 마치 예전의 그를 보는 것 같아 미묘한 떨림이 가슴께를 파고들었다.

"그 춘화를 그린 화공이 그대였소?"

"제 그림을 사가신 선비님이 나리셨습니까?"

그러고는 저도 모르게 미소를 지었다. 대체 이번 생에서 당신과 나는 무엇으로 엮일 연이란 말인가.

담은 잠시 그녀를 바라보다 이내 사람을 향해 정식으로 말했다.

"처음 분명 내 정체에 대한 무게를 알게 되었을 때, 그것을 책임져야 한다고 말했다."

"그래서?"

"그러니 나는 너희들을 이대로 그냥 보낼 수가 없구나."

"하? 역시 서로 피를 좀 봐야겠다?"

"우리는 화공이 기억하는 그림이 필요하고, 또 누군가 입을 다물고 있는 정보 또한 필요하다."

사림은 살벌하게 담을 노려보았지만, 담 역시 그 기세에 눌리지 않았다. 한때 하늘이라 불리던 세자였다. 그러한 기백이 세자위에서 물러났다고 해서 쉽사리 사라지는 것은 아니었다.

"저는 그 그림을 기억하지 못합니다. 그러니 도움이 되지 못할 것입니다."

"아니."

"……"

"그대는 기억할 것이오, 반드시."

단호한 목소리와 시선이 홍을 옭아매며 붙잡았다. 마치 도망치지 말라고 말하는 것처럼. 똑바로 보라고 말하는 것처럼.

"그러니 함께 갔으면 좋겠소. 이건 부탁이오."

"하? 미친놈. 동행? 우리가 어딜 가는 줄 알고 동행하자는 거냐!"

사림은 어림도 없다는 듯 펄쩍 뛰었지만 담은 여전히 홍을 바라보고 있었다. 한시도 눈을 떼지 않고서.

"가는 곳이 어디오?"

"……호월산입니다."

아닐 것이다. 그것까지 같지는 않을 것이다. 절대로, 절대로.

"잘되었군. 우리가 가는 곳도 호월산이오."

"네놈이 이젠 거짓부렁까지! 왜? 그 밀거래 도적놈들의 소굴이 거기라도 되냐!"

"역시 너무 많은 걸 알아버렸으니 이대로는 절대 보낼 수 없다."

"정말이라고?"

"그렇다."

사림은 거짓은 아닌 듯한 담의 말에 입술을 깨물었다. 그 수상한 삿갓남의 근거지가 호월산이란 말인가. 게다가 호월산을 두고 돌고 있는 수상한 소문들. 유도준이 사라진 곳도 호월산. 대체 그곳에서 무슨 일이 벌어지고 있는 건지!

"하? 정말 개 같네."

"그게 나한테 하는 소리면 양반 모독죄다."

"염병하고 자빠졌네. 어차피 잠행 중이라며. 그럼 양반도 뭣도 아니지!"

"이게 진짜 듣자 듣자 하니까!"

결국 참다못한 무랑이 앞으로 나서자, 사림은 비릿하게 웃으며 무랑의 손을 힐끔거렸다.

"아직 그 손이 얼얼할 텐데?"

"내 손이 뭉개지는 한이 있더라도 네놈의 버르장머리는 고쳐야겠다! 딱 봐도 어려 보이는 자식이!"

"내가 원래 나한테 위아래 없는 건 못 참아도 남한테 위아래 없는 건 참는 성격이라."

무랑과 사림이 서로를 향해 살벌한 실랑이를 벌이고 있을 때, 담은 다시 한 번 홍에게 말했다.

"함께 가겠소?"

"훗날 내가 보위에 오르게 되면."

"호월산으로 말이오."

"그때 꼭 함께 가자. 꼭, 함께 가는 것이다. 너는 그림을 그리고, 나는 그러한 너를 바라보면서 말이다."

흩어진 기억이 흘러넘치면서 간절히도, 그리도 바라던 얼굴이 그녀의 시야로 선명히 떠오르며 그의 목소리가 너무나도 다정하게 속삭여졌다.

도대체 왜 다시 이리 엮이는 것일까. 도대체 무엇 때문에. 그렇게 내밀어진 손을 나는 왜 외면하지 못하는 것일까. 그때처럼 그저 그를 돕고 싶기만 하는 걸까.

"……."

담의 손끝이 파르르 떨려왔다. 대답이 없는 모습에 뭔가 초조함을 느끼며 다시금 입을 열려는 순간,

"도와드리겠습니다."

"지금 그게 무슨 말이냐!"

실랑이를 벌이고 있던 사림은 돕겠다는 홍의 말에 기막히다는

표정을 지었지만 홍은 고개를 끄덕였다.

"제 도움이 필요하시다면 도와드리겠습니다. 어차피 가는 길 역시 같으니 말입니다. 하나 제가 끝까지 그 그림을 기억하지 못한다면, 제가 도움이 되지 않는다고 판단된다면, 그땐 제가 그냥 떠날 수 있도록 해주십시오."

홍은 단호하게 선을 그었다. 서로 필요에 의한 관계일 뿐이라고. 그리고 그런 홍을 향해 담 역시 고개를 끄덕였다.

"그리 하겠소."

"……."

"하나, 반드시 기억할 것이오."

"어찌 그리 자신하시는지 모르겠습니다."

"그냥 내 감이오. 한데 이름이 무엇이오?"

그러고 보니 서로 이름조차 묻지 않고 있었다. 하긴 자신은 그의 이름을 알고 있었으니까. 뭐라고 말해야 할까. 홍, 그 이름을 말해야 할까.

"현."

"……."

"자현입니다."

결국 제 이름을 밝히지 않았다. 사림 역시 다른 이름을 내뱉는 홍을 의아하게 바라보았지만 나서지는 않았다.

"내 이름은 담. 그냥 담이오."

담. 이담. 단 한 순간도 잊어본 적이 없었던 이름. 하나 단 한 번도 입 밖에 낼 수도 없었던 그 이름. 언젠가 그 이름을 꼭 불러보고 싶었는데.

"잠행 중이시라면서 그리 이름을 가르쳐 주어도 되는 것입니까?"

"이름으로 불러도 되오."

"그냥 나리라고 하겠습니다. 어차피 깊이 맺어 좋을 연은 아니지 않습니까."

이번엔 홍이 먼저 고개를 돌리며 걸음을 옮겼다. 사림은 뭔가 굉장히 마음에 들지 않는 표정으로 그런 홍을 뒤따라갔고, 무랑 역시 탐탁지 않은 표정으로 입을 열었다.

"무모합니다. 고작 저런 화공이 그림을 기억하겠습니까? 그러다가 꼬리라도 밟히게 되면……. 게다가 저 무례한 녀석은 위험하기까지 합니다."

하지만 담은 홍에게서 시선을 떼지 않았다. 단단하기만 하던 그의 눈동자가 삽시간에 흐트러지면서 이내 그토록 보이지 않던 감정이 일렁였다.

"지금은 기억하지 못하지만, 반드시."

"예?"

"기억할 것이다, 반드시. 하나 그래도 기억하지 못한다면. 그래도 상관없다. 내겐, 그것은 중요치 않으니."

단호하게 돌렸던 걸음과는 달리 홍의 표정은 한없이 일그러지고 있었다. 하지만 스스로에게 새겼다. 무슨 연인지는 모르지만, 다가가지 않을 것이라고. 그를 도와줄 테지만 그뿐이라고. 꿈과도 같은 그때의 연을 다시 맺지는 않을 것이라고.

　'저하께서 저를 기억하지 못하듯, 저 또한 지금의 저하는 알지 못합니다. 그러니 부디 스쳐 지나가는 연이길 간절히, 또 간절히 바라옵니다.'

✳

　해가 중천에 떴음에도 불구하고 날이 흐렸다. 아무래도 한바탕 쏟아질 것 같아 책방주인은 가판대의 책을 정리하면서 화공이 그려주고 간 그림을 흐뭇하게 바라보았다. 이토록 좋은 그림을 그냥 꽁으로 주고 가다니. 며칠 더 머물렀으면 하였는데, 그리 일찍 가서 너무나도 서운하기만 했다.

　"그나저나 한바탕 퍼부을 것 같은데……."

　"주인장."

　"아이고, 손님! 뭐 찾으시는 것이 계십니까? 저희 책방은 명의 상인들과 가깝게 지내고 있는……."

　"혹, 이런 여인을 보지 못했소?"

　책방주인은 뜬금없는 질문에 손님이 아니라는 것을 눈치채고선 그를 힐끔 쳐다보았다. 행색이 꽤 멀리서 온 사람 같았다. 뭔가 위험해 보이는 느낌에 책방주인은 마른침을 꿀꺽 삼키며 그가 내민 용모파기를 바라보았다. 굉장히 고운 여인이 그려져 있었는데, 딱 봐도 어느 귀한 집의 규수 같았다.

"실종이라도 된 것입니까?"

"그런 건 알 필요 없고. 혹, 본 적 있소?"

"그게……."

그는 다시금 용모파기를 빤히 바라보았다. 어쩐지 조금 낯이 익은 것 같기도 했다. 대체 어디서 이런 고운 여인을 봤지? 이런 미모를 보았다면 결코 잊을 리가 없는데.

"아! 화공."

"화공?"

"아, 아닙니다. 화공과 비슷해서 착각을 한 모양입니다. 이 그림을 그려준 화공이 참으로 고운 얼굴을 가지고 있었지요."

책방주인은 그에게 그림을 펼쳐 보이며 피식 웃었다.

"하나 화공은 사내였습니다. 물론 여인처럼 꾸며놓으면 여인이라고 착각할 만큼 곱상한 외모기는 했지만."

"혹, 그 화공이 어디로 갔는지 아시오?"

"저는 모르지요. 이른 아침에 이곳을 완전히 떠났습니다."

명을 받고 궐을 나온 이후, 어쩌면 조선을 떠나려고 할지 모른다는 생각에 명나라로 갈 수 있는 항구 마을부터 뒤지고 있었다.

어디를 가도 흔적을 찾을 수 없었는데.

책방주인에게서 용모파기를 받아 든 백각은 의심의 눈빛으로 화공에 대해 물었다. 곱상한 외모의 사내라. 어쩌면 남장을 하고 다닐 수도 있겠구나.

"그 화공에 대해서 자세히 말해주시오. 생김새며 다른 일행이 있었는지. 어느 쪽으로 갔는지. 조금이라도 생각나면 다 말해주시오."

그러고는 책방주인에게 돈주머니를 두둑하게 던져 주었다. 의심을 넘어 확신이 드는 순간, 백각의 눈빛이 매섭게 빛나기 시작하면서 이 사실을 빠르게 서찰에 적어 나가기 시작했다.

✽

허청은 미약하게 흔들리는 호롱불 아래, 바들바들 떨고 있는 사내를 노려보더니 이내 쥐고 있던 찻잔을 망설임 없이 집어 던졌다. 와장창 깨지는 찻잔 속에 그녀의 목소리가 폭풍처럼 휘몰아쳤다.

"해서, 아직도 찾지 못했단 말이냐!"

"송구하옵니다, 마마. 하오나 아시다시피 그들이 워낙 신출귀몰한 자들이라 아무리 찾아도 흔적조차 찾을 수가 없었사옵니다. 또한 그 정도의 물건이라면 대량으로 풀렸을 것인데, 그런 흔적조차 없고……."

"하? 하면, 그들이 그것을 다 먹어버렸겠느냐! 그들 역시 그것으로 군자금을 마련하고자 할 터인데! 감히, 하늘과도 같은 저하의 목숨을 노릴 군자금을!"

"하오나 마마!"

"되었다. 어차피 이미 늦었을 것이다. 차라리 무조건 여기서 덮고 가야 해."

"예?"

사내는 여전히 바들바들 떨면서 무서운 표정으로 저를 노려보고 있는 허청을 힐끔 쳐다보았다. 뒤로 넘실거리는 그림자가 마치 악귀와도 같이 저를 삼킬 듯 그 기세가 매섭기만 했다.

"이 일이 결코 저하의 귀에 들어가선 아니 된다. 절대로 아니 돼! 물건과 관련된 자들을 모조리 죽여라."

"아, 예!"

"이 일까지 실패하진 않겠지? 더 이상 나를 실망시키지 마라. 이제부터 이 일은 너와 나만 알고 있어야 한다."

"물론이옵니다, 마마. 한데 이제부터 자금은?"

허청은 눈을 질끈 감았다. 노론의 뒤를 봐주고 자신을 보호할 자금 마련을 위해 아편 밀거래를 아주 오랜 시간 공들여 준비 중이었는데, 그것을 하필이면 맹월에게 빼앗겨 버렸다. 아깝지만, 꼬리가 밟히게 되면 더욱 위험해질 터. 차라리 그들에게 끝까지 뒤집어씌우는 것이 나았다.

"다른 길을 모색해야지. 그만 나가보아라."

“예, 마마.”

그렇게 그가 조심스럽게 귀궁을 빠져나가고, 허청은 다시금 분노로 떨려오는 손을 꽉 움켜쥐었다. 안 그래도 세자빈 때문에 불안한데, 거대한 자금줄마저 잃어버리게 되다니. 하지만 이런 일로 무너질 수는 없었다. 고작 이까짓 일로.

‘그래, 이제 시작이지. 아직 나는 내가 쥔 패를 제대로 펼치지도 않았으니!’

✳

어둠 속에 음울하게 보이는 궐 안으로 차가운 발걸음 소리가 울리고 있었다. 그와 마찬가지로 딱딱하게 굳어진 휘서의 표정. 그는 흑룡포를 꽉 움켜쥐고서 귀궁을 향해 걷고 있었다.

맹월이 생긴 이유. 그것은 정비의 소생인 윤영대군이 세자위에서 밀려난 것에 대한 반기도 있었지만, 지금껏 눈감고 있었던 노론의 만행을 더는 견디지 못한 백성들의 반기이기도 했다.

어쩌다 보니 자신의 뒷세력이 된 노론의 기세가 거세지면서 각종 고리대금과 더불어 탐욕스러운 사태들이 벌어지고 있었다. 그런 노론을 등에 업은 핏줄이 왕위에 오르게 되었으니, 결국 백성들은 살기 위해 맹월을 만들게 되었다. 물론 자신도 언제 어떻게 노론들에 의해 끈 달린 인형이 될지 모르는 상황. 하지만 아직은 노론의 세력이 필요했다. 그러니 용상에 오를 때까지는 그 작태를 눈감아줄 수밖에 없었다. 하나 맹월은 반드시 처단하고 가야만 했다. 하늘은 바뀌었고, 절이 싫으면 중이 떠나야 할 테니까.

"세자 저하."

어느새 귀궁에 와 닿은 휘서는 고개를 조아리고 있는 진 상궁을 무시한 채 어둠이 서린 궐을 바라보았다.

아편 밀거래에 관한 것은 형님으로부터 전해 들을 수 있었다. 그리고 그 말을 듣자마자 그는 그 배후가 누구인지 알 것 같았다. 바로 청이, 그 아이라는 사실을. 그렇게 가만히 있어주길 바랐는데. 그냥 있어주기만 하면 되는데!

그렇게 휘서는 귀궁 안으로 들어섰다. 그의 눈빛은 싸늘하기 그지없었고, 안 그래도 위태롭던 호롱불이 점점 더 작아지고 있었다.

허청은 갑작스러운 휘서의 방문에 당황했지만 내색하지 않고서 입꼬리를 부드럽게 늘어뜨렸다.

"세자 저하를 뵈옵니다."

휘서는 아무 말 없이 허청을 바라보았다. 머리부터 발끝까지 어느 곳 하나 아름답지 않은 곳이 없다. 빼어난 미인만 태어난다는 초의 피가 섞인 여인. 그 미모 때문에 초의 여인들은 대부분 불운한 운명을 타고난다. 사내의 노리개가 되거나 노예로 팔려가 평생을 제 미모를 저주하며 살아가는.

"세자 저하?"

"그대가 자꾸 이런 식으로 나온다면 지금처럼 내 곁에 있을 수 없을 것이다."

"……."

그는 그녀를 향해 한 걸음을 옮겼다. 코끝으로 자신을 미혹하는 향기가 파고들었다. 칠흑 같은 머리카락과 백옥같이 새하얀 살결 아래로 온갖 독기를 품고 있는 양귀비.

"무슨 말씀을 하시는 것이옵니까?"

"맹월이 거래하고 있는 아편 밀거래. 다른 이는 몰라도 나는 알지. 그게 원래는 노론의 자금줄이 되어야 했다는 걸. 그리고 그 물건이 너에게서 나왔다는 사실도!"

허청은 마른침을 삼켰다. 대체 이 사실을 어찌 저리 상세하게 알고 있단 말인가. 혹, 저하께서……

'내게 사람을 붙인 것인가?'

하지만 그녀는 흔들림 없는 시선으로 휘서를 바라보았다. 지난 수년간을 오직 기다리고 버텨온 그녀였다. 표정과 감정을 숨기는 것은 그녀에겐 일도 아니었다.

"예, 제가 하려고 한 것입니다. 그것들이 저의 목숨을 지켜줄 테니까. 저하께서 저를 외면하셨으니, 이 궐에서 살아남기 위해선 뭐든 독하게 붙잡아야 하니까요."

"그게 지금!"

"알고 계십니까? 저하께서 저를 보는 눈빛이 대군 때와는 너무나도 달라진 사실을. 물론 용상에 오르셔야 하니 저 같은 계집은 더 이상 안중에도 없는 것이겠지요. 하나 서운하지 않습니다. 그러셔야 하니까요. 더욱 독하고 강하게 그리 용상에 오르셔야 하니까요."

그가 세자위에 오르던 순간, 허청은 제 손을 놓고서 홀로 궐로 들어가는 그의 뒷모습에 한순간이라도 그를 믿고 있었던 모든 것이 무너짐을 느꼈다. 하지만 버렸다. 용상에 오르려면, 그가 강해져서 자신의 복수를 이루어주려면 그리 해야 했으니까.

'그저 용상에만 올라주면 된다. 그저 그 자리에 오르기만 한다면……'

변했다고 말하는 그녀의 말에 휘서는 차가운 뭔가가 울컥이면서 저도 모르게 외쳤다.

"나는 변한 것이 없다! 그대에 대해 처음부터 아무것도 변하지 않았어!"

"……."

"그대가 무엇을 원하는지 알고 있다. 하나 세자빈은 안 돼. 절대로 그대의 자리가 아니야. 이번 아편 밀거래 건은 내가 덮을 것이다. 그러니 그저 가만히 있어라. 아무것도 하지 말고 그저 가만히 있어."

"어차피 세자빈마마께서는 지금까지도 깨어나지 못하고 계시는데. 하물며 깨어나신다고 해도 세자빈에 제대로 오르실 수 있을지 그것도 장담하지 못하는데. 하면 저하의 곁에 있는 유일한 제가,

한 번쯤은 꿈꿀 수 있는 것이 아닙니까?"

휘서는 허청을 노려보았다. 분명 그녀는 세자빈이 행방불명된 사실을 알고 있다. 그날 백각을 막아선 것이 우연은 결코 아닐 것이니. 하지만 그렇다고 그 사실을 제 입으로 담을 수는 없었다. 그녀에게 빌미를 줄 수는 없었으니까.

허청도 그 사실을 알고 있었다. 심증은 있으나 물증이 없으니.

'결코 저하께서 그 사실을 먼저 발설하실 수는 없으실 테지요. 그러니 저는 끝까지 모른 척하면서 영상의 여식을 찾을 것입니다. 찾아서 확인할 것을 확인한 뒤……'

"물론 꿈꿀 수는 있겠지. 네 말대로 지금 내 옆에 있는 여인은 너밖에 없으니. 하지만 앞으로도 그리될까?"

휘서는 등을 돌렸다. 온기가 사라져 간다. 그저 바라보기만 하여도 충분히 사내를 뒤흔드는 그러한 온기가…….

"후궁전은 아직도 많이 비어 있음이다. 영상이 아니더라도 우상, 좌상, 형판, 예판, 대사헌! 그것도 아니면 병판의 서녀 따위가 아닌 귀한 여식까지. 세자빈은 그런 핏줄이 이어받는 것이다. 내 곁에 있을 수 있는 여인들은 단지 미색만 가지고 있다고 될 수 있는 것이 아니야. 게다가 그 자리에 다른 뜻을 품고 있는 여인이라면 더더욱!"

차갑게 내뱉어지는 그의 말에 허청은 아무렇지 않으려고 했지만 조금은, 조금은 마음이 아팠다. 하지만 처음부터 이러한 관계였다. 자신의 오랜 복수를 위해, 처음부터 그를 이용하려고 했던 것은 자신이니까.

"저하께서 말씀하신 그 귀한 핏줄의 여식들이 저하의 곁에 있을 수는 있겠지요. 하나 그들과 저는 다릅니다. 저하께서 부정하시려고 해도 소첩은 저하의 첫 번째 여인이고 또한."

허청은 휘서의 앞으로 다가가 다시금 고운 미소를 지으며 그의 손을 자신의 배로 끌어당기고선 속삭였다.

"감축드리옵니다, 저하. 제가 저하의 용종을 이리 품었사옵니다. 소첩은 저하의 첫 번째 여인이고, 또한 저하의 첫 아기씨를 품은 여인이옵니다."

순간, 휘서의 눈동자가 알 수 없는 감정으로 휘몰아쳤다.

"회임을 지금까지 숨겨온 것인가?"

"숨긴 것은 아니옵니다."

아니, 숨긴 것이다. 혹시나 이런 일을 대비하여, 회임을 빌미로 화를 면하기 위해.

휘서는 곧장 귀궁을 빠져나왔다. 그리고 거친 걸음 끝에 그녀의 배에 닿았던 자신의 손을 아주 잠시 바라보았다. 희미하게 느껴지는 온기. 가늘게 떨리는 시선. 하지만 이내 눈을 질끈 감았다 뜨고서 그를 기다리고 있던 내관을 향해 외쳤다.

"의관! 당장 의관을 귀궁으로 들라고 전하라."

"예, 저하. 그리고 백각이 서찰을 보내왔사옵니다."

휘서는 백각이라는 말에 재빨리 서찰을 받아 들고 펼쳐 보았다. 그리고 빠르게 읽어 내려가는 그의 눈빛이 떨리면서 이내 서찰을 구겨 버렸다.

세자빈이 어쩌면 남장을 하고 있을지도 모르겠다는 말. 정확한 목적지는 알 수 없으나, 보았다는 사람의 말과 방향으로 보건대,

"호월산. 하필이면 호월산이라니."

허청, 그 아이가 회임을 하였다. 태어난 아이가 진정 왕자라면 그녀는 세자빈을 결코 가만두지 않을 터. 때마침 행방불명된 이 절호의 기회에서 어떻게든……

허청은 제 배를 소중하게 끌어안았다. 아직은 비록 그 누구도 반기지 않는 아기지만 그녀에겐 유일한 희망이자 자신의 모든 것이었다.

"너는 반드시 네 아비의 뒤를 이을 왕이 될 것이다. 이 나라 조선의 왕. 해서 이 어미의 사무친 복수를 해주겠지. 나를 기망하고, 욕보이고, 천대했던 모든 이들을 네가 죽여줘야 한다. 그러기 위해선."

민홍. 너는 죽어야만 한다. 반드시 죽어야만 해!

3장
회색 눈동자를 가진 사람들

쉼 없이 호월산으로 향하던 걸음을 잠시 멈춘 사림은 저만치서 심각한 얘기를 나누고 있는 담과 무랑의 모습을 노려보며 혀를 찼다.

"저것들 때문에 길이 더 지체되고 있잖아."

그렇게 툴툴대고 있기는 했지만, 본래 성격대로 더 괄괄거리지 못하는 이유는 바닥에 주저앉아서 숨을 헐떡이고 있는 홍이 때문이었다.

일단 일행 자체가 남의 눈에 띄어 좋을 이들이 없었기에 좋은 길로 가지 못하고 험한 산길을 택한 것이 문제였다. 물론 겉으로 내색하지 않고 있었지만 저 꼬맹이 녀석이 얼마나 힘들어하고 있을지 알기에 사림은 툴툴거리면서도 홍의 패랭이를 고쳐 매어주었다.

"절대 그럴 수는 없습니다! 절대로!"

무랑은 단호한 시선으로 고개를 가로저었지만, 담 역시 순순히 물러날 생각이 없었다.

"이렇게 가다가는 너무 늦어. 그러니 네가 먼저 춘곽으로 가서 상황을 살피라는 것이다. 분명 맹월은 그곳에서 마지막 물건을 빼돌리려고 할 것이다. 하지만 눈 뜨고 그리 당할 수는 없어."

"하지만 도련님, 아니, 대군마마. 어찌 대군마마를 이곳에 홀로 두고 저 혼자 떠난단 말입니까! 특히 저자 때문에 안 됩니다. 위험합니다!"

"난 네 보호를 받자고 너를 데리고 다니는 것이 아니다."

담의 서늘한 어조가 무랑의 어깨를 짓눌렀다. 그 모습에 무랑은 고개를 숙이며 입술을 깨물었다. 이미 저리 강경하게 나오신다면 그 고집을 꺾을 수는 없다. 결국 무랑은 짙은 숨을 삼키며 낮게 속삭였다.

"꼭 무사히 오셔야 합니다. 절대로 다치지 마시고, 위험한 일에 휘말리지 마시고."

"부탁한다, 랑아."

담은 다소 미안한 마음에 무랑을 다독였고, 그렇게 무랑은 호월산으로 넘어가는 마지막 마을, 춘곽을 향해 재빠르게 걸음을 옮겼다.

사림은 먼저 떠나가는 무랑의 뒷모습을 바라보며 이쪽으로 걸어오는 담에게 여전히 마땅치 않은 어조로 입을 열었다.

"그러지 말고 네 녀석도 같이 가지 그러냐? 저 녀석이 널 아주 걱정하다 못해 애틋해 죽던데."

"시끄럽다. 또 그 입이 아주 심심한가 보구나?"

"뭐!"

또다시 서로 언성을 높이는 모습에 중간에 낀 홍은 무거운 한숨을 내쉬었다. 솔직히 서로 사이가 좋을 거란 예상은 눈곱만큼도 한 적이 없었다. 그런데 이 정도일 줄은 몰랐다. 이곳으로 오는 내내 두 사람은 마치 서로를 못 잡아먹어서 안달 난 사람들 같았다. 물론 사림 형님은 원래 성격이 그러시니 이해를 했지만.

"……."

홍은 정말이지 믿을 수 없다는 시선으로 담을 바라보았다. 그마저도 이럴 줄은 몰랐다. 사림의 말을 은근슬쩍 다 받아치면서 그의 심기를 아주 제대로 건드리고 있었다. 그 옛날 완벽하기 그지없던 세자 저하께서, 참을성과 인내력 많기로 소문났던 분이 도대체!

"오냐. 오늘 한번 끝장을 내보자!"

"그놈의 끝장 소리, 질리지도 않느냐?"

"두 분 다 그만!"

결국, 홍이 자리에서 벌떡 일어나서는 사림과 담의 팔목을 붙잡았다. 이번엔 정말로 화가 났다. 사이좋게 지내라는 것도 아니고, 그냥 목적지에 도착할 때까지만이라도 조용히…….

그 순간 사림의 눈빛이 번뜩였고, 담은 홍의 손목을 잡아당기며 함께 바닥에 엎드렸다.

"지금 뭐 하는!"

"쉿!"

담은 홍의 입을 막았다. 그러곤 눈짓으로 가리키며 방향을 살피자, 저 멀리 사람들이 지나가고 있었다. 하지만 도적이나 산적처럼은 안 보이는데…….

그때, 사림이 칼자루에서 손을 떼며 짧게 말했다.

"노예상이로군. 누가 도망쳤나?"

"노예상?"

"호월산으로 가는 길목은 주로 상인들이 다니거나 노예상이 다니고 있소. 워낙 도성과 떨어진 곳이라 관리들의 눈을 피하기가 쉽지."

"그만큼 무법천지지. 이런 길을 너 혼자 오려고 했으니 목숨이 여러 개가 아니고서야……."

그들이 지나가는 걸 확인한 후에야 고개를 돌린 사림은 홍을 안고 있는 담의 모습에 아까보다 더 무섭게 눈을 번뜩이며 담의 손을 치우려고 했지만, 그는 잽싸게 홍을 번쩍 안아서는 그녀를 일으켜 세워주었다.

갑작스러운 그의 행동에 가장 놀란 것은 홍이었다. 커다란 손이 그녀의 허리를 단단히 붙잡으며, 그 찰나의 순간에 익숙한 체온이 고스란히 느껴졌다.

"너, 너, 이 미친놈! 남색이냐? 엉! 남색이야!"

"그저 일으켜 준 것뿐이다. 그리 생각하는 네놈이 남색 아니냐?"

"뭐가 어째! 그게 어딜 봐서 그냥 일으켜 주는 꼴이야! 엉!"

하지만 담은 사림의 말을 태연하게 무시하고선 여전히 멍하게 서 있는 홍의 옷을 털어주었다. 손길이 사뭇 다정했다. 물론 표정은 담담하기만 했지만.

"노예상이 돌아다니는 것을 보았으니, 이렇게 지체할 시간이 없을 텐데? 날이 저물기 전에 이곳 정도는 떠나야 하는 거 아닌가?"

사림은 저를 무시하는 듯한 담의 행동이 무척이나 마음에 들지 않았지만, 그의 말이 틀린 것이 없었기에 애써 화를 누르며 먼저 고개를 돌렸다.

"일단 여기 있어라. 노예상이 어느 방향으로 움직였는지 보고 올 것이니. 너! 또 우리 꼬맹이한테 허튼수작하면 종사관이고 나발이고 뒈졌어."

"정말이지 양반을 참으로 우습게 여기는군."

"양반이 별거냐?"

그러고는 순식간에 사림은 걸음을 저만치 옮겨갔고, 홍은 조금 걱정되는 시선으로 사림의 뒷모습을 바라보다 그제야 그와 단둘이 남게 되었다는 사실이 머릿속을 스쳐 지나갔다.

'아직은 단둘이 있기에는!'

홍은 고개를 돌리지 않았다. 안 그래도 조금 전 일어난 행동에 마음이 진정되질 않고 있었다. 하지만 담은 그런 그녀에게 스스럼없이 다가와서는 뒤로 넘어간 패랭이를 향해 손을 뻗으려고 했지만, 홍이 잽싸게 그의 손을 뿌리쳤다.

"되었습니다. 제가 하겠습니다. 그리고 사림 형님의 말씀처럼 너무 가깝게 붙지 마십시오. 일어나는 것도 제가 혼자 일어날 수 있습니다. 그렇게 오해 사실 만한 행동 하지 마십시오."

제 얼굴을 보지도 않는 홍의 모습이 담은 영 마음에 들지 않는 듯 미간을 찡그리며 입을 열었다.

"정녕 내가 남색일까 봐? 해서 화공에게 마음이 있어 보이오?"

"그것이 아니라!"

순간, 고개를 올린 홍은 갑자기 쓱 하고 다가온 담의 시선에 숨이 멎을 뻔했다. 너무나도 가까운 거리에서 그의 뜨거운 숨결이 느껴지고, 저를 빤히 보는 눈동자가 희미하게 휘늘어지며 이내 귓가로 그의 목소리가 다정하게 울려왔다.

"한데 왜 이리 긴장하오?"

"긴장이라니요! 당치 않습니다."

홍은 억지로 화를 내고선 그에게서 멀어지려고 했지만, 담이 잽싸게 그녀의 허리를 다시금 끌어당겨 꼼짝도 못 하게 만들었다.

"도, 도대체!"

"근데 이상하군. 내가 정녕 남색인가? 어찌 자꾸 이리 화공을 보게 되는지 모르겠소."

"하?"

"하나 이건 화공 때문이지. 가까이에서 보니 참으로 곱소. 처음에도 느낀 것이지만. 해서 그림도 그리 고왔던 것인가?"

홍은 온몸으로 밀려드는 묘한 열기에 더는 참지 못하고서 있는 힘껏 담을 밀쳐 냈고, 이번엔 그도 순순히 뒤로 물러섰다.

"만약 사실이라면 더더욱 나리를 조심해야겠습니다. 저는 남색이 결코 아니니 말입니다!"

"농이오, 농. 뭔지는 모르지만 화공에게 미운털이 단단히 박힌 것 같소. 참 안타깝군. 난 화공이 썩 마음에 드는데. 특히 그대의 그림이."

"……."

"날 너무 미워하진 마시오. 아주 많이 서운하니까."

"절대로 나를 먼저 밀어내지 마시오. 아주 많이 서운하니까."

홍은 다시금 떠오른 예전의 기억에 속으로 한숨을 내쉬었다. 이리 계속 붙어 있게 되니 점점 그때의 기억이 선명하게 떠오르며 그녀를 괴롭힌다. 물론 예상도 했고 각오도 했지만, 그가 이런 식으로 자꾸 제게 성큼성큼 다가올 줄은 몰랐다. 그래, 이건 확실히 억울하다. 아주아주! 자신만 이리 괴로워해야 하다니!

"이런, 벌써 오는군. 정말 아쉽게도."

담의 시선이 홍의 어깨 너머로 향했고, 홍은 속으로 기뻐하면서 사람을 부르려고 했지만, 어쩐지 혼자가 아닌 듯한 그의 모습에 의아한 표정을 지었다.

그의 한쪽 어깨에 웬 사람이 축 늘어져 있었다. 가까이 다가가니 사내가 아닌 여인이었다. 그것도 눈이 붕대로 가려진 여인.

담은 산에서 한바탕 뒹군 듯한 여인의 몰골을 보고선 사림을 향해 미심쩍은 시선으로 물었다.

"설마 노예상과 싸워서 데려온 것은⋯⋯."

"내가 그리 착한 놈으로 보이냐? 내 평생 직접 나서서 목숨 구한 녀석은 꼬맹이뿐이다."

"이 여인은?"

"아까 전의 노예상에게서 도망친 것 같다. 가다가 주웠지."

사림은 여인을 바닥에 아무렇게나 눕혀놓았다.

"많이 다친 듯합니다. 어서 치료를 해야⋯⋯."

혹시 눈을 많이 다친 건가 싶어 눈을 가린 붕대 쪽으로 손을 뻗으려는 순간, 여인이 홍의 손목을 덥석 잡더니 이내 벌떡 일어나 그녀의 목에 단검을 겨누고서 인질로 붙잡아 세웠다. 분명 붕대로 눈을 가리고 있었는데, 마치 앞이 보이는 것마냥 굉장히 빠른 움직임이었다.

사림은 너무나도 기가 막힌 상황에 어이없다는 듯 비릿하게 웃으며 가볍게 칼을 빼어 들었다.

"역시 안 하던 짓은 끝까지 안 해야 하는 건데. 괜히 주워왔어."

"가까이 오면 이놈을 죽일 것이다!"

여인이 칼자루를 더욱 꽉 움켜쥐며 홍의 목숨을 위협했다. 그러자 사림의 미소가 점점 짙어지면서 그의 회색빛 눈동자가 더더욱 살기를 머금기 시작했다.

"오냐, 죽여봐라. 그전에 네년 손모가지부터 분질러 놓을 테니."

그 상황에서 담은 홍이만을 빤히 바라보았다. 그녀 역시 자신이 인질로 잡힌 상황이면서도 굉장히 침착하게 담을 빤히 바라보았다. 마치 뭔가 눈빛으로 얘기하는 것처럼. 그러자 담은 엷은 미소를 지으며 고개를 끄덕였다.

그렇게 사림이 칼을 빼어 들고서 달려 나가는 순간, 담이 발을 쓱 내밀어 사림의 발목을 정확히 걸어버렸고, 이내 쾅 하는 소리와 함께 사림이 바닥으로 아주 볼썽사납게 넘어지고 말았다.

"아이쿠, 실수."

그와 동시에 홍은 저를 붙잡고 있는 여인의 손목을 콱 깨물었고, 안 그래도 헐겁게 잡고 있었던 터라 너무나도 쉽게 홍은 그녀에게서 벗어날 수가 있었다.

"하아, 하아, 이 망할 자식. 양반이고 나발이고 뒈졌어!"

폼 나게 달려가다 대자로 엎어져 버린 사림은 붉으락푸르락해진 모습으로 정녕 담을 죽일 듯이 노려보았고, 담은 태평하게 흐트러진 도포 자락을 털어내며 입을 열었다.

"제발 상황을 봐가면서 그 무식한 칼을 휘둘러라. 아무리 배움이 부족하다고 하지만 그래도 겸손과 경거망동 정도는 알아야 하는 거 아닌가?"

"나 역시 네놈의 그 경거망동한 행동에 분기탱천하여 가만두지 못하겠다!"

그렇게 사림이 담을 향해 씩씩거림을 참지 못하며 성큼성큼 다가간 순간, 담은 홍을 바라보며 짧게 말했다.

"화공이 네놈을 말려달라고 했다."

"녀석이 언제!"

"예, 말려주길 바랐습니다."

홍은 여전히 여인을 바라보며 말했다. 그러자 사림과 담의 시선 역시 동시에 여인에게로 향했다. 그녀는 무척이나 겁에 질린 듯 바들바들 떨고 있었다.

"저 여인은 처음부터 저를 죽일 생각이 없었습니다. 그저 겁에 질려서 살기 위해 취한 행동일 뿐입니다."

여인은 가려진 시선으로 제 손목을 붙잡으며 고래고래 소리를 질렀다.

"다가오지 마! 네놈들 뜻대로 안 될 거야. 날 잡으면 그대로 확 죽어버릴 거야! 그렇게 데려가고 싶으면 내 시체라도 데려가 보던가!"

역시나. 그녀는 자신들을 노예상으로 오해하고 있었다. 그래서 저를 인질로 붙잡고도 연신 바들바들 떨면서 속삭였다.

"살려줘요. 제발, 살려줘요. 제발, 제발⋯⋯."

홍의 눈빛이 낮게 가라앉으면서 한 걸음 앞으로 다가서선 조심스럽게 입을 열었다.

"우린 노예상이 아닙니다. 당신을 잡아서 팔 생각은 전혀 없습니다. 그저 쓰러진 당신을 구한 것뿐입니다."

"구한 게 아니라 그냥 주워⋯⋯. 윽! 너 임마, 진짜!"

담은 눈치 없이 보태려는 사람의 옆구리를 사정없이 찔렀고, 사림은 회색빛 눈동자를 번뜩였지만, 이내 홍을 빤히 바라보았다.

"그걸 어찌 믿어! 아무도 못 믿어. 아무도 안 믿어! 오지 마! 오지 마!"

여인은 칼을 마구 휘두르며 발악하기 시작했다. 하지만 계속 이런 식으로 버티면 여인도 위험했다. 결국 홍은 성큼성큼 걸음을 옮기기 시작했고, 그 모습에 담과 사림이 동시에 그녀를 말리려고 했지만 홍이 짧게 외쳤다.

"오지 마요!"

"뭐?"

"위험하오!"

"됐으니까 절대로 오지 마요. 두 분이 오는 게 더 도움이 안 되니까. 괜히 부채질하지 말라고요!"

고작 쬐끄만 그녀의 기세에 밀려 사림과 담은 움찔하고 말았다. 그 틈에 홍은 여인에게 더욱 가까이 다가갔고, 그녀는 오지 말라고 외치면서 연신 뒷걸음질을 쳤지만, 이내 홍이 아주 거세게 여인의 손목을 붙잡고 당겼다. 그리고 아주 찰나의 시간. 담과 사림은 아주 불안하게 홍을 바라보았다. 그런데 당최 무슨 얘기를 하는지 들리기는커녕 잘 보이지도 않았다.

"대체 뭐야. 뭐 하고 있는 거야?"

"……."

그래도 혹시나 몰라 담과 사림이 칼자루를 움켜쥐고 있을 때, 여인이 홍의 손을 잡고서 순순히 이쪽으로 걸어왔다.

"뭐야. 대체 무슨 엿 발린 소리를 한 거냐? 설마 꼬맹이 너, 여인들 꾀는 재주가 있는 거냐?"

"그런 거 아닙니다. 그저 상황 설명을 잘한 것뿐입니다!"

담은 아무 말 없이 홍을 바라보았다.

홍 역시 그런 그의 눈빛에 잠시 고개를 들어 마주 보았다. 조금 전처럼 묘한 눈빛이 스쳐 지나간다. 이상하게 그는 제 눈빛을 전부 읽는 것만 같았다. 솔직히 처음엔 기대하지 않았다. 그의 눈빛을 보면서 사림 형님을 막아달라는 표정을 짓기는 했지만 정말로 그렇게 해줄 줄이야.

'자꾸 이렇게 다가오면 안 되는데…….'

담은 홍에게서 시선을 돌려 여전히 그녀의 손을 꽉 잡고 있는 여인을 향해 물었다.

"갈 곳은 있는 것이오?"

여인은 잠시 머뭇거리더니 이내 입을 열었다.

"이 근처에 제 가족이 있습니다."

"가족?"

사림은 의아한 표정을 지었다. 대체 이 첩첩산중에 누가 산단 말인가? 하지만 여인은 이내 말을 이어 나갔다.

"조금만 지나가면 평원이 있습니다. 제 가족은 그곳에서 말을 키우며 유목 생활을 하고 있습니다. 그래서 염치없지만, 거기까지 데려다주실 수 있으십니까? 제가 혼자 갈 수도 있지만 다리가……."

여인의 발목에선 터진 상처의 피가 다시금 새어 나오고 있었다. 게다가 앞도 안 보이는 것 같은데 혼자 보내기가 껄끄럽기도 했고.

사림은 잠시 하늘을 바라보았다. 곧 날이 저물 것이다. 게다가 노예상들이 완전히 사라진 것도 아니고, 그러니 이런 야산에서 밤을 보내는 것은 조금 위험했다. 사림과 담은 동시에 같은 생각을 하며 홍을 바라보곤 고개를 끄덕였다.

"좋다. 대신 우리도 거기서 하루 정도 신세 질 수 있겠지?"

"예, 물론입니다."

"그럼 이런 일은 절대 안 하는데 상황이 상황인 만큼 내가 널 업고……."

"아니요! 이분이랑, 이분이랑 제가 같이 가겠습니다."

여인은 사림의 손을 한사코 거부하며 오직 홍의 팔목을 더욱 꽉 움켜쥐었다. 그러자 홍은 여인의 여린 어깨를 다독이면서 황당한 표정을 짓고 있는 사림에게 말했다.

"예, 형님. 제가 데려가겠습니다."

"하? 정말로 저 여인을 꾀신 것이냐? 쬐끄만 녀석이 능력 좋구나. 내가 널 너무 무시했다, 무시했어."

"그런 것이 아니라니까요! 사림 형님이 무서워서 그런 것입니다."

"하? 내가 뭐가 무서워! 그저 남들보다 조금 더 사내다운 것뿐이야. 그에 비해 네놈은……."

사림은 저도 모르게 홍의 얼굴을 두 손 가득 잡고서 당겼다. 동그란 눈망울과 새하얀 얼굴 위로 아직 솜털이 남아 있었고, 뜨겁게 내쉬는 숨결이 그에게 와 닿자 뭔가 이상한 기분이 울컥 밀려들면서 표정이 딱딱하게 굳어지기 시작했다. 그러면서 그녀의 얼굴을 감싼 손아귀에 힘이 들어가 버렸다.

"형님? 형님? 이거 좀 놓으십시오! 아픕니다! 아파요!"

"......"

결국, 넋을 잃어버린 사림의 뒷덜미를 담이 덥석 잡고선 거칠게 밀어내 버렸다. 그러곤 차가운 시선으로 그를 노려보며 짧게 외쳤다.

"이제 보니 네놈이 남색인 모양이구나!"

"뭐, 뭐가 어쩌고 저째!"

사림은 그제야 정신을 차리고선 벌겋게 달아오른 얼굴을 숨기며 일부러 담에게 화를 돌려 버렸다. 젠장, 왜 이런 기분이 드는 거지. 저 녀석은 사내라고, 사내! 그것도 춘화도 능청스럽게 그리고, 지나가던 여인도 꾀어내는 상남자!

"왜 그리 말을 버벅대지? 정녕 찔리는 것인가?"

"그러고 보니 네놈이 감히 내 발을 걸고 넘어져?"

"갑자기 말을 바꾸는 것이 이상하지만, 무식하게 칼을 휘두르니 무식하게 멈추는 수밖에. 본디 무조건 돌진하는 멧돼지는 다리를 걸어 잡는 법."

"그래서 내가 멧돼지라고? 아오! 이걸 진짜!"

홍은 다시금 시작된 두 사람의 실랑이에 한숨을 내쉬고선 여인
의 어깨를 잡고서 먼저 걸음을 옮겼다. 이젠 나도 모르겠다. 뭐,
서로 죽이기야 하겠나.

"제 이름은 자현입니다. 이름이 무엇입니까?"

"……연목아입니다."

"참 어여쁜 이름입니다. 한데 눈은 노예상에게서 다친 것입니
까?"

"아, 아닙니다. 원래 이런 것입니다."

목아는 다시금 야무지게 붕대를 매고선 고개를 푹 숙였다.

담은 혼자 괄괄거리는 사림을 무시하고서 먼저 걸음을 돌렸다.
그러자 사림이 잠시 머뭇거리다 이내 그를 불러 세웠다.

"어이."

"뭐냐?"

"삿갓. 그거 가지고 있지? 나 좀 빌려줬으면 하는데."

담은 뜬금없는 소리에 고개를 돌렸다. 그러고는 사림의 회색빛
눈동자를 빤히 바라보았다.

"갑자기 그 회색 눈동자가 거슬리는 것이냐?"

"노예상들이 내 눈동자 색을 보면 아마 끝까지 잡으려고 달려들
것이다. 나 혼자라면 상관없이 모조리 죽여 버리면 그만이지만."

"……"

"괜히 꼬맹이가 휘말리면 안 되니까. 그리고 녀석, 내가 사람

죽이는 거 싫어하는 것 같고, 피 보는 것도 싫어하는 것 같고. 그 냥 조용히 피하려고 그런다."

노예상에게 가장 최상급의 노예는 바로 초의 사람들이었다. 회색빛 눈동자를 지닌 유일무이한 존재. 사내든 여인이든 닥치는 대로 잡아서 높은 양반 댁의 노예로 팔아넘기거나, 기방의 노리개로 팔곤 했다.

담은 아무 말 없이 삿갓을 넘겨주었다. 그러곤 홍이 지나간 자리를 바라보며 말했다.

"네 성격답지 않게 화공을 끔찍이도 생각하는군."

"……그런가."

사림은 삿갓으로 제 얼굴을 완전히 가려 버렸다.

"녀석을 보면 차마 지켜주지 못했던 누이동생이 생각나서 그런다. 그런 것뿐이야."

"……그렇군."

"고맙다."

"그런 소리를 너한테 들으니까 소름 돋는군."

"나도 소름 돋으니까 닥쳐. 다신 이런 일 없어."

담은 엷은 미소를 띠며 먼저 걸음을 옮겼고, 사림은 뒤를 살피면서 천천히 따랐다.

한참을 걸어가던 목아의 걸음이 잦아들었다. 시야를 가로막던 나무들이 갑자기 사라지면서 탁 트인 평원과 더불어 깎아내린 듯한 절벽으로 철썩이는 파도 소리가 귓가에 울렸다. 그와 함께 파랗게 펼쳐진 하늘. 홍은 생각보다 멋진 풍경에 절로 기분이 좋아졌다.

목아는 가려진 시선으로 잠시 머뭇거리다 이내 허공을 향해 울먹이는 목소리로 소리를 질렀다.

"아버지! 아버지!"

그러자 멀리서 그녀의 목소리 듣고는 웬 덩치 좋은 사내가 목발을 짚고서 허겁지겁 이쪽을 향해 달려왔다.

"모, 목아야!"

"아버지!"

목아 역시 소리가 들려온 방향을 향해 달려가 와락 안겨들었다. 떨리는 손끝으로 서로의 존재를 더듬으며 어쩔 줄을 몰라 했다. 마치 지금 이 순간이 꿈인 것마냥, 와 닿은 체온에도 믿을 수가 없어 했다.

"내가 얼마나 너를 찾았는데……. 노예상을 보았다는 사람들의 말에 얼마나, 얼마나……."

"도망쳤습니다. 그리고 이분들이 저를 구해주셨고요."

그의 시선이 홍에게로 향했고, 그녀는 뻘쭘한 표정을 지으며 얼른 제 뒤에 서 있는 사림을 가리키며 말했다.

"제가 아닙니다. 여기 형님께서 쓰러진 목아를 데려온 것입니다."

"어? 나는 그냥 지나가다 주워온 것뿐인데……."

하지만 그는 사림의 말이 들리지 않는지 어느새 그의 손을 잡고 울먹거렸다.

"고맙소. 정말, 정말로 고맙소! 이렇게 다시 딸을 잃는 줄 알았는데……."

"그리 고마우면 하룻밤 신세 좀 질 수 있겠소?"

"물론입니다! 신세뿐입니까? 아주 잔치를 벌여 드려야지요!"

담은 사내의 뒤로 제법 여러 마리의 말들이 달리는 모습을 보았다. 게다가 군데군데 큰 천막들이 무리를 이루고 있었다. 유목민들치고는 규모가 꽤 커 보였다.

"말들을 제법 크게 키우고 계십니다."

"여기 유목민들은 다 가난하고 버려진 자들입니다. 그러니 악착같이 살아서 이 정도로 일군 것이지요."

"유목민이라면……."

"예, 다시 이동을 해야지요. 특히 노예상들이 노리고 있으니 더 빨리 움직일 것입니다. 자, 오늘은 고마운 은인들이 오셨으니 푸짐하게 대접하겠습니다."

그는 목아와 함께 다른 유목민들에게 달려가 기쁜 소식을 알리며 음식 준비를 서둘렀고, 사림은 입맛을 가득 다시면서 성큼성큼 걸어갔다.

"크, 오랜만에 술맛 좀 보겠구나."

홍은 잠시 시선을 먼 곳에 두었다. 시원하게 쏟아지는 파도 소리와 더불어 해가 저물어가면서 붉은빛이 넘실거리고 있었다.

"하늘이 참 아름답소."

담의 속삭임에 홍은 그를 바라보았다. 담은 뒷짐을 지고서 고개를 뒤로 꺾으며 하늘을 올려다보고 있었다. 그의 얼굴위로 살포시 스치는 미소. 그러면서 그의 목소리가 다시금 그녀를 건드렸다.

"아니 그렇소?"

"그러합니다."

"매번 보는 하늘이 아니더냐."

예전엔 이리 하늘을 보는 것도 힘들어하였는데. 그런 마음의 여유도 없고, 저토록 드넓은 하늘을 버거워도 했는데. 지금은 스스로 아름답다고 말할 만큼 여유가 있는 걸까. 세자위에서 물러나 무슨 영문인지 종사관이라며 변복까지 하고 돌아다니는 지금이 더 좋은 걸까?

"이곳에서라면 밤에 별이 잘 보일 것이오."

"예?"

"별 구경하기 딱 좋겠소."

어느새 그는 그녀를 바라보며 더더욱 짙은 미소를 지었고, 그 모습에 홍은 저도 모르게 가슴이 두근거려 먼저 걸음을 옮겨 버렸다. 담은 그 모습을 잠시 바라보다 다시금 하늘 쪽으로 시선을 두었다.

"여전히 너무, 아름답구나."

⁂

해가 완전히 저문 밤. 밖에선 한바탕 잔치가 벌어졌다. 목아의 아비이자 유목민들의 우두머리인 우석을 중심으로 여러 유목민들이 너도나도 나와서 술판과 고기 상을 펼쳤고, 그 사이에서 사림은 삿갓을 깊게 눌러쓴 채 아주 좋아라, 죽어라 마셔댔다. 담 역시 그 자리에 끼었지만 사림처럼 막 나가진 않았다. 술잔을 받아 드는 손짓에도 조심성이 묻어났고, 서로 나눠 마시는 그 속에서도 홀로 군계일학마냥 기품이 느껴졌다. 그렇기에 여러 여인들이 그런 담을 훔쳐보며 연신 까르르 웃음을 터뜨리고 있었다.

홍은 술잔을 받아 드는 척하면서 슬그머니 자리를 빠져나와 인적이 드문 천막으로 걸어갔다. 그곳에는 목아가 그녀를 기다리고 있었다.

"무슨 일이십니까?"

홍은 저를 몰래 따로 보자고 한 그녀에게 의아한 표정으로 물었고, 목아는 커다란 수건을 건네주면서 말했다.

"지금 다들 정신이 팔려 있으니, 이곳으로 오는 이들이 없을 것입니다. 그러니 몸을 좀 씻으십시오. 여인임을 숨기고 계셨으니, 씻는 것이 가장 불편했을 것이라 여겨서……."

목아의 배려에 홍은 환하게 웃었다. 사실 그녀를 안심시킬 때 목아의 손으로 제 가슴을 누르게 했다. 나도 여인이라고, 우린 노예상이 아니라고 그렇게 그녀를 설득할 수 있었다.

"고맙습니다. 안 그래도 제대로 씻지를 못했었는데."

"혹시 모르니 제가 망을 보도록 하겠습니다."

그렇게 목아가 천막을 빠져나갔고, 홍은 그녀의 따뜻한 배려에 엷은 미소를 지으며 조심스럽게 옷을 벗기 시작했다. 패랭이를 벗어내고 상투를 풀고, 가슴을 꽉 조였던 옷들을 전부 벗어내니 새하얀 살결과 숨통이 트이듯 쏟아지는 조그만 가슴 아래로 한기가 밀려들었다.

그녀는 어깨에 닿지 않는 짧게 자른 머리카락을 잠시 매만져 보았다. 처음 이 머리카락을 자르는 순간, 모든 미련과 지난날의 연까지 모두 끊어내리라 다짐했는데…….

"다시 만나게 될 줄이야."

게다가 그리도 소원하던 호월산으로 함께 가게 될 줄이야.

홍은 이미 데워진 뜨거운 목욕물에 천천히 몸을 담갔다. 따뜻한 기운이 온몸으로 파고들면서 애써 누르고 있던 긴장감이 풀어지는 기분이 들었다. 그러다 문득, 저만치서 아른거리는 목아의 그림자를 보고서 조심스럽게 입을 열었다.

"제가 여인임을 숨긴 이유가 궁금하지 않으십니까? 물론 물어보지 않아서 감사하지만……."

"누구나 사연이 있고 숨기는 것이 있지 않습니까. 여인이 사내의 복색으로 이리 다니는 것이 어려운데, 그만큼 더더욱 비밀이어야 하는 것이겠지요. 그런 비밀을 제게 말해주신 순간, 저는 화공을 믿었습니다. 그러니 염려 놓으셔요. 절대 말하지 않을 것입니다."

"그리 말씀해 주어서 고맙……."

그 순간 갑자기 목아가 천막을 강하게 흔들었고, 홍은 이내 입을 꾹 다물고서 몸을 바짝 낮추었다. 누군가 이쪽으로 온 것이다.

※

주는 술을 족족 다 받아 마신 사림은 거하게 취해서는 비틀거리는 걸음으로 뒷간을 찾아 헤매다가 홀로 서 있는 목아를 발견했다.

"여긴 뒷간 없냐? 아무 데서나 막 싸도 되는 건가?"

"좋으실 대로 하시면 됩니다. 그런데 여기 말고 다른 곳으로 가십시오."

처음부터 지금까지 차갑기 그지없는 목아의 목소리에 사림은 슬쩍 미간을 찡그리며 그녀에게로 걸어왔다.

"너, 따지고 보면 널 주워온 건 난데 굉장히 배은망덕하다? 내가 남한테 배은망덕한 건 참아도 남이 나한테 배은망덕한 건 못 참아서 말이지. 그리고 노예상에 잡혀갈 뻔한 주제에 이렇게 캄캄한 밤에 혼자 서 있고 말이야."

"오지 마십시오."

목아는 한 걸음 뒤로 물러섰고, 사림은 그런 목아를 빤히 쳐다보았다. 특히 붕대로 가린 눈을. 그러다 어느 순간 그녀가 움찔하는 것을 느끼고선 입꼬리를 틀어 올리며 호들갑스럽게 외쳤다.

"어? 네 옆에 쥐!"

그러자 목아가 흠칫 놀라며 고개를 옆으로 돌리더니 이내 헛웃음을 지으며 사림을 노려보았다.

"장난하십니까?"

"장난은 네가 치고 있는 거 아닌가?"

사림은 성큼성큼 다가와 또다시 뒷걸음질치려는 목아의 손목을 덥석 잡았다.

"이게 무슨!"

"보통 진짜 눈이 안 보이면 확인하려고 들지 않지. 어차피 안 보일 테니까."

"……."

"너, 눈 보이지? 그렇지?"

목아는 마른침을 꿀꺽 삼켰다. 그리고는 어떻게든 그의 손아귀에서 벗어나기 위해 발버둥 치기 시작했다.

"그게 당신이랑 무슨 상관이야! 이거 놔!"

하지만 사림은 그녀의 붕대를 완전히 풀어버렸다. 그러자 목아는 흠칫 놀라면서 얼른 고개를 숙여 버렸고, 사림은 그런 그녀의 턱을 잡고서 자신과 눈을 마주치게 했다. 몇 번의 실랑이 끝에 목아가 눈물을 머금고서 사림을 노려본 순간, 두 사람은 동시에 눈을 크게 뜨고서 허한 숨을 삼켰다.

"회색 눈동자……."

목아는 삿갓 너머로 선명하게 보이는 회색 눈동자를 바라보았다. 사림 역시 눈물에 일그러진 회색 눈동자를 보고선 그대로 그녀의 손을 풀어주었다.

"하, 뭐야. 너도 초에서 온 거냐? 아님 초의 피가 섞인 거냐?"

그녀는 떨리는 숨을 삼키고서 잠시 천막 쪽을 바라보다 사림의 손을 붙잡았다.

"뭐야? 놔달라며?"

"여기서 할 얘기는 아닌 것 같은데."

"못 할 게 뭐 있어. 여기 사람이 어디 있다고."

하지만 목아는 사림을 억지로 잡아끌었고, 사림은 순순히 끌려가면서 천막 사이로 얼핏 보이는 여인의 그림자에 헛기침을 하고서 그녀의 뒤를 따라나섰다.

※

　홍은 그제야 주변이 조용해진 걸 느끼고선 얼른 옷을 입고서 슬쩍 밖으로 고개를 내밀었다. 목아가 보이질 않았다. 대체 무슨 일인 거지? 얼핏 사림 형님의 목소리를 들은 것 같았는데.

　그렇게 머리도 채 말리지 못하고 쭈뼛쭈뼛한 걸음으로 천막 밖으로 나온 순간, 누군가 그녀의 어깨를 건드렸다.

　"악!"

　"나요, 나. 담!"

　담은 얼른 홍의 두 어깨를 잡았고, 그녀는 낯익은 목소리에 덜컹거리던 심장을 붙잡고서 그를 노려보았다.

　"대체 뭡니까! 그리 기척도 없이! 사람 간 떨어지게 하려고 작정을 하셨습니까!"

　"소피보러 오면서 기척을 내고 다니오? 나 여기에 소피보러 왔다! 하고?"

　"그건 아니지만!"

　"왜 그리 놀란 것이오? 물기도 다 말리지 못하고. 고뿔 걸리겠소."

　담은 물방울이 뚝뚝 떨어지는 그녀의 짧은 머리카락을 안타깝게 바라보았다.

　"괜찮습니다."

"괜찮긴 뭐가!"

그는 무거운 한숨과 함께 홍의 손에 쥐어져 있던 수건을 빼앗아 머리를 말려주기 시작했다. 홍은 연신 자신이 하겠다며 수건을 빼앗으려고 했지만, 담은 고집스럽게 그녀의 머리카락을 연신 쓸어내렸다. 머리카락 사이사이로 그의 온기가 스친다.

홍은 얼핏얼핏 보이는 그의 모습을 훔쳐보았다. 바람결에 달큼한 술 냄새가 풍겨왔다. 뭐가 그리 마음에 안 드는지 눈빛이 잔뜩 굳어져 있었지만, 손길은 너무나도 다정하고 따뜻했다.

"이제 되었소. 안 그래도 비실비실해 보이는데, 알아서 몸 좀 챙기시오."

"고맙습니다."

"그럼 이제 가보겠소?"

"예?"

담은 홍의 손목을 스스럼없이 잡아당겼다.

"왜, 왜 이러십니까? 어딜 가는 것입니까!"

"약속하지 않았소?"

"대체 무슨 약속 말입니까?"

대체 무슨 소리를 하는 거야! 약속? 무슨 약속? 대체 어떤 약속!

"같이 별 보자고 하지 않았소?"

"하아? 대체 언제 말입니까?"

"오늘이 별 구경하기 딱 좋다고."

"그게 어찌 약속이 됩니까!"

하지만 담은 홍을 막무가내로 끌고 갔다. 어느 순간 주변의 풍경이 바뀌어갔다. 절벽 근처에서 들려오는 파도 소리가 더욱 세차게 그녀의 가슴께를 울렸고, 푸른빛의 초목은 달빛에 물들어 신비롭게 반짝거렸다.

"하늘."

"……."

"하늘을 보시오."

담은 천진난만한 웃음을 지으며 손가락으로 하늘을 가리켰다. 그리고 그 손가락 끝을 따라 하늘을 바라본 홍은 제 눈앞에서 펼쳐진 무수한 별빛에 숨이 막힐 듯했다.

짙은 먹빛 하늘 위로 수천, 수만 개의 별꽃들이 휘늘어지게 피어 금방이라도 그녀에게로 쏟아질 듯, 그 빛을 발하고 있었다.

담은 그녀의 옆에 서서 잡았던 손목을 아래로 스르르 풀어 내렸다. 그의 손길이 손목을 타고서 손등을 지나 마지막 손가락까지 느릿하게 스쳐 지나갔다.

"어떻소? 기가 막히지 않소? 아마 호월산 경치 못지않을 것이오."

하지만 홍은 대답을 할 수 없을 만큼 별에 푹 빠져 있었고, 담은 그런 그녀의 모습에 피식 웃으며 별 대신 제 옆에 있는 그녀를 바라보았다. 지금의 별보다 더 빛나고 있는 그녀의 모습을.

담은 그 자리에 털썩 주저앉고서는 제 옆을 톡톡 두드리며 말했다.

"누워서 보면 더 잘 보일 것이오."

"누워서요? 바로 옆에?"

"사내들끼리인데, 설마 부끄럽소?"

그의 어조에 웃음기가 서리자, 홍은 발끈한 표정으로 보란 듯이 그의 옆에 앉았다.

"아닙니다! 사내들끼리 무엇이 부끄럽겠습니까!"

그러고는 몸을 뒤로 눕혔다. 바닷바람이 불기는 했지만 그렇게 차갑지는 않았다. 그래도 담은 조금 신경이 쓰이는 듯 입고 있던 도포를 벗어 그녀에게 덮어주었다.

"괜찮습니다."

"아직 머리가 덜 말랐소. 그리고 바닷바람을 무시하지 마시오, 다른 바람과는 다르니. 정녕 고뿔에 걸려서 골골대고 싶은 것이오? 그럼 길이 많이 늦어질 테고, 늦어지면 사림, 그자가 굉장히 싫어할 텐데."

일목요연하게 맞는 말만 쏙쏙 하는 담의 모습에 홍은 뭐라 반박하지 못하고는 우물거리며 도포 자락을 꼭 붙잡았다. 어느새 온몸으로 그의 체취가 느껴졌다. 게다가 도포에 남아 있던 그의 체온까지 스미면서 어느새 그녀의 심장을 두드리고 있었다. 조용히, 조용히, 그리고 빠르게.

파도 소리가 커서 다행이었다. 그에게까지 자신의 심장 소리가 들리지 않을 테니까.

'그래, 조금은 이렇게, 이렇게 있는 것도 나쁘지 않은 것 같아.'

홍은 어느새 신비로운 밤 풍경에 푹 빠져들었다. 그 모습에 담은 엷은 미소를 지으며 편하게 바닥에 누워서 하늘을 바라보았다. 하늘을 가득 메울 정도로 별들이 아주 촘촘하게 박혀 있었다. 억겁의 시간 속에서도 같은 자리에서 빛났을 별들.

"저 별들은."

"⋯⋯."

"저 자리에서 그대로 단 한 번도 움직이지 않고 아주 먼 과거에서부터 지금까지 빛나는 것이오. 쌓이고 쌓인 시간만큼 빛이 바래기도 하고 더 빛나기도 하고."

그의 낮고 깊은 어조가 파도 소리를 멎게 하고 울려온다. 홍은 아련한 시선으로 별을 바라보며 속삭였다.

"아주 오랫동안?"

"우리가 상상할 수 없을 만큼."

그렇다면 그때의 시간에도 저 별들은 있었을까? 다 보았을까? 그럼 다 기억하고 있지 않을까?

우리는 지금의 서로를 알지 못하는데, 저 별들은 먼 그때부터 지금까지 다 기억하고 있는 걸까? 그렇다면 대신 말해주었으면 좋겠다. 자신이 현이라는 이름을 가진 이가 아닌 민홍이라고. 내가 당신을 아주 많이, 많이…….

하지만 이내 홍은 고개를 가로저었다.

무슨 생각을 하는 거야. 이미 끝난 거야. 더는 그때처럼 살지 않 겠다고 다짐했잖아. 우연으로라도 마주쳐도 그냥 지나치기로 했 으면서. 그가 옆에 있어서 흔들리는 건가? 그런 건가?

'정신 차려, 민홍.'

지금 보는 별이 설사 과거의 별과 같다고 해도, 지금 별 아래 있 는 사람은 같지 않아. 절대로 같지 않아.

그때, 담이 몸을 일으켜 세웠다. 그러고는 홍을 빤히 바라보았 다. 그녀는 저도 모르게 긴장해서는 숨을 꿀꺽 삼키며 말을 더듬 었다.

"왜, 왜요? 제 얼굴에 뭐가 묻었습니까?"

"……."

"나리?"

"담."

"……."

"내 이름은 담인데, 정녕 한 번도 안 불러줄 것이오?"

"안 부를 것입니다."

"훗, 어찌 그리 매정하오. 그리 단호하게 말하니까 조금 서운한 데."

홍은 더는 이 분위기를 견딜 수가 없었다. 너무 많은 별빛에 취해 버린 것 같았다. 그래, 그런 거야.

결국 그녀는 몸을 일으켜 세웠다. 그러고는 그를 똑바로 보지 못한 채 말했다.

"나리께서 말씀하신 대로 조금 춥네요. 그러니 이만 먼저 가보겠……."

하지만 담이 홍의 손을 잡았다. 그러곤 바닥에 떨어진 도포를 그녀의 어깨에 잘 매어주었다. 그의 손끝이 그녀의 가슴께를 스치고, 마치 뭔가가 풀려나듯 심장박동 소리가 귓가에 윙윙거리며 그녀를 뒤흔들었다.

'안 돼. 들켜 버릴 것 같아.'

"별들이 비록 수많은 시간을 지나서 그 빛이 바래기도 하지만, 그래도 모든 순간은 기억하고 있지."

"……."

"절대로, 절대로 잊지 않아."

그의 목소리가 가슴속부터 발끝까지 퍼져 나가 그녀를 붙잡았다.

대체 그가 무슨 말을 하는 걸까? 잊지 않는다니. 설마, 설마…….

홍의 눈동자가 불안하게 흔들리기 시작했고, 담은 그런 그녀를 담담하게 바라보았다. 그녀의 손끝이 천천히 그를 향해 뻗어가기 시작했다. 무의식적으로 그를 잡으려고 하는 듯. 아니라고, 괜찮다고 애써 부정하던 모든 것들이 점차, 점차 무너지면서 그렇게……

그 순간, 그의 입꼬리가 슬쩍 올라가자 홍은 정신을 차렸다.

"화공의 그림을 또 보고 싶소. 그리게 되면 나한테 가장 먼저 파는 것이오. 난 화공과 많이, 아주 많이 가까워지고 싶으니까. 언젠가 꼭 내 이름도 불러주고."

"싫다고 했습니다. 그리고 제 그림 값은 꽤 비쌉니다."

"훗, 나도 흥정을 꽤 잘하는 편이오."

뜨겁게 차오르던 온기가 순식간에 차갑게 가라앉으면서 이상하게 눈물이 날 것만 같았다.

그렇게 홍은 그가 준 도포 자락을 움켜쥐고서 걸음을 돌렸다. 마음이 미치도록 울렁거린다. 이젠 정말 뭐가 뭔지 알 수가 없다. 그렇지만 정말로 나를 기억한다면 왜 저리 모르는 척을 하는 걸까. 설마 내가 싫어진 걸까? 그래서 그런가?

손목의 흉터가 더욱더 욱신거리며 그 통증이 심장을 꽉 조이는 것 같았다.

"아니야. 그건 아닐 거야. 그냥 날 모르는 거야. 기억 못 하는 거야."

그래, 나의 착각이다. 그냥 별에 취해서 그런 거야. 그도 술에 많이 취했고. 그래서 그런 거야.

차라리 이렇게 생각하는 게 마음이 덜 아팠다. 정말로 그가 나를 기억하고서도 외면하는 것이라면. 그런 거라면. 견딜 수 없을 것 같았다. 정말로, 그럴 것 같았다.

담은 홍의 보이지 않는 발자국 위를 따라 걸으며 속삭였다.

"먼 과거에서부터 지금까지 그 자리에 별이 있었듯, 나 역시 마찬가지요."

✳

사림을 끌어당겼던 목아는 천막과 멀어지고서야 잡고 있던 손을 얼른 떼어냈다. 마치 더러운 뭔가를 잡기라도 한 듯 마구 인상을 찡그리자, 사림은 기가 막히다는 표정을 지으며 제 손을 마구 흔들었다.

"내가 무슨 버러지라도 되냐? 그렇게 아주 싫다는 표정으로 사람 기분 나쁘게. 나도 썩 좋지는 않았어!"

"……."

어느새 술기운이 확 사라진 듯했다. 사림은 말똥한 정신으로 다시금 목아의 회색빛 눈동자를 빤히 보았다. 주변이 어두워서 얼핏 검정색 같아 보였지만, 분명 회색빛이었다. 술김에 잘못 본 것도 아니란 말이었다.

"하. 좀 이상하다고 생각은 했지. 노예상들은 최상급의 노예를 원하는데, 눈도 멀어버린 여인을 왜 이렇게 잡으려고 안달을 할까. 게다가 너 역시 안 보이는 사람치고는 주변 환경에 전부 다 반응하고 있었고."

목아는 사람이 쓰고 있는 삿갓을 바라보며 여전히 차가운 어조로 단도직입적으로 말했다.

"당신도 회색 눈동자라면 초의 사람이거나 아니면 초의 피가 섞였다는 것일 텐데, 내 입장을 잘 알겠지? 그러니 조용히 넘어갔으면 해."

"하? 내가 뭘 한다더냐? 그런데 왜 갑자기 그렇게 말이 짧아? 너 나이가 몇이냐? 내가 남한테 위아래 없는 건 참아도 나한테 위아래 없는 건 못 참……."

"내일 당장 여길 떠나. 이곳에 또 초의 사람이 있다는 것을 알게 되면 노예상들이 결코 가만두지 않을 거야."

그렇게 목아는 사람에게서 벗어나 멀리 걸음을 옮겼다. 사람은 제 말을 단칼에 잘라 버린 그녀에게 버럭 화를 내다 이내 뒷모습을 바라보며 씁쓸한 표정을 지었다.

'네가 내 곁에 있었다면, 너 역시 저 아이와 같은 기구한 팔자였겠지? 그렇겠지, 청아?'

사람과 멀어진 목아는 떨리는 가슴을 붙잡았다. 이곳에서 초의 사람을 또 만나게 될 줄이야……. 그렇다면 서둘러 저들을 보내야만 했다. 괜히 자신 때문에 노예상에게 휘말릴 수도 있었다.

'그들은 절대 나를 포기하지 않을 테니까. 내가, 내가 보지 말아야 할 것을 보고 말았으니까!'

"제가 알아서 갈 수 있습니다. 키가 작다고 어린애는 아닙니다."

"알고 있소. 나도 내 갈 길 가는 것이오. 그리고 난 한 번도 화공의 키를 말한 적 없소. 괜한 자격지심 아니오?"

그때 멀리서 들리는 사람의 목소리에 목아는 얼른 붕대로 눈을 가리려고 했지만, 그녀를 먼저 발견한 홍이 목아를 불렀다.

"어, 목아 낭자!"

"하? 내 이름은 안 불러주면서 처음 만난 여인의 이름은 그리 막 불러주는 것이오? 역시 그자의 말처럼 저 여인과 그렇고 그런……."

"그런 거 아니라니까요! 어, 낭자, 붕대를 푼 것이오?"

어느새 그녀에게로 다가온 홍은 고개를 숙이고 있는 목아를 바라보았고, 그녀는 잔뜩 굳어진 시선으로 몸을 움직일 수가 없었다.

어쩌지? 다시 붕대를 감아야 하나? 하지만 저들도 그가 초의 사람인 걸 알고 있잖아. 그럼 괜찮지 않을까?

하지만 그날 이후로 남에게 눈을 보인 적은 한 번도 없었다. 그래서인지 자꾸만 두려움에 몸이 떨려왔다.

"낭자, 어디 아픈 것이오?"

홍은 고개를 숙인 채 떨고만 있는 목아의 모습에 어쩔 줄을 몰라 했고, 담은 그저 담담한 시선으로 뒷짐을 진 채 그런 상황을 지켜보았다. 결국 목아는 갈라진 어조로 속삭였다.

"아니에요. 그런 게 아니라……."

그렇게 그녀가 마른침을 꿀꺽 삼키고서 고개를 든 순간, 정확히 담을 보고서 흠칫 놀라더니 자신도 모르게 한마디를 내뱉었다.

"세자 저하……."

그리고 그 한마디에 담의 표정이 딱딱하게 굳어지고, 홍 역시 흠칫하며 떨리는 시선으로 목아를 바라보았다.

그를 어떻게 아는 거지? 그보단 눈이 보이는 거야? 게다가 회색…….

"눈이 보이는 것이오? 그것보단 회색……."

하지만 목아는 홍의 목소리가 들리지 않았다.

진정 내 눈앞에 있는 사람이 그분인가? 그분이 맞는 건가? 세자 저하, 윤영대군…….

"미, 미안, 미안해요!"

"낭자!"

하지만 목아는 도망치듯 그 자리를 빠져나가 버렸고, 홍은 그런 목아를 따라가지 못한 채 그 자리에서 우뚝 서 있는 담을 힐끔힐끔 쳐다보며 목아를 떠올렸다.

뭐지? 분명 눈동자 색이 회색이었어. 그럼 초의 피가 섞인 건가? 그런데…… 어떻게 그를 아는 거지? 그것도 대군마마도 아닌……

'세자 저하라고?'

설마, 서로 아는 건가? 아는 사이인가?

"화공. 혹, 뭔가를……."

"예? 무슨 말이십니까, 나리?"

일단 모른 척해야만 했다. 그래, 난 듣지 못한 거야.

담은 살며시 고개를 돌려 홍을 잠시 보다가 이내 한숨을 삼키며 살짝 풀어진 도포 자락을 더욱 단단히 매어주었다.

"화공, 먼저 갈 수 있겠소?"

"예? 아, 뭐……."

"그럼 미안하오. 나 먼저 실례하겠소. 딴 길로 가지 말고 곧장 사람에게 가시오."

그렇게 담이 먼저 걸음을 옮겼고, 홍은 그런 담의 모습을 초조하게 바라보았다. 분명 목아에게 가는 걸 테지. 대체 무슨 일이 일어나고 있는 거야.

✳

목아는 미친 듯이 발을 놀렸다. 머릿속에 흐릿하게 떠오르던 얼굴이 점점 선명해지면서 조금 전 그 사내의 얼굴과 겹쳐지기 시작했다. 잘못 본 것이 아닐까? 그럴 리가 없는데. 절대로 그럴 수가 없는데. 한데 그분이 어떻게 여기에…….

어느 순간, 그녀는 걸음을 멈추고서 헐떡이는 숨을 꾹 눌렀다. 그러고는 아주 천천히, 천천히 고개를 돌리자, 역시나 그가 서 있었다. 그리고 이젠 정말 확신할 수 있었다, 자신이 잘못 본 것이 아니라는 것을.

"왜 따라오십니까."

"조금 전 날 뭐라고 불렀지?"

"전 아무 말도 하지 않았습니다."

담의 미간이 딱딱하게 굳어지면서 이내 성큼성큼 다가와 그녀를 거칠게 나무 기둥 쪽으로 밀쳐 버렸다. 쿵 하는 소리가 허공에 울리고, 짙은 어둠 속에서 담의 눈동자가 차갑게 번뜩거렸다. 지금 이 순간, 별빛이 쏟아지는 그런 낭만은 없었다. 반짝이는 별빛조차도 얼음 조각처럼 차갑게 부서지고 있었다. 그리고 그런 냉혹한 공기에 목아는 떨리는 입술을 꽉 깨물었다.

"뭐라고 했는지, 묻고 있지 않느냐."

숨이 막힐 듯한 어조. 하지만 그녀는 침착하게 끝까지 부정했다.

"다시 한 번 말씀드리지만, 전 아무 말도 하지 않았습니다. 이리 죄 없는 사람을 함부로 대해도 되는 것입니까? 그것이 아니면 혹, 나리께서도 제가 초의 여인임을 알고 궁금하신 것입니까?"

"……."

붙잡은 어깨가 미세하게 흔들리고 있었다. 하지만 그럼에도 불구하고 입을 열지 않았다. 결국 담은 목아를 풀어주었다. 그러자 목아는 다시금 도망치듯 그 자리를 빠져나갔고, 담은 그런 목아의 뒷모습을 바라보며 무겁게 속삭였다.

"분명, 나를 알고 있다, 분명."

게다가 무슨 이유인지 그걸 숨기려 하고 있어. 끝까지 숨겨주는 것이라면 좋겠는데…….

❀

인적 드문 깊은 산속에 허름한 오두막 굴뚝 위로 연기가 피어오르면서 낮에 사림이 보았던 노예상 몇 명이 질린 기색으로 고개를 숙이고 있었다.

"이 근처를 샅샅이 뒤졌는데도 그 계집이 안 보입니다."

"아무래도 유목민들에게로 돌아간 듯합니다."

"그러니까 처음부터 확실하게 잡아뒀어야지!"

굵직한 목소리가 쩌렁쩌렁하게 울려 퍼지고, 노예상들은 하얗게 질린 표정으로 고개를 더욱 푹 숙였다.

"면목 없습니다, 행수 어른."

장작더미 너머로 멧돼지를 통째로 굽고 있던 노예상단의 행수, 융은 더벅머리를 거칠게 쓸어 올리며 자리에서 일어섰다. 그가 움직일 때마다 동물 뼈로 만들어진 장신구가 찰랑거렸고, 최고급 호랑이 가죽으로 만든 겉옷이 부드럽게 출렁였다.

"그들이 움직이기 전에 다시 잡아와야 한다. 괜히 더 귀찮은 일 만들지 말고. 이대로 놓쳐 버리면 그분께서 단단히 노하실 거야. 그리되면 우리 장사도 물 먹는 거 알고 있지?"

"예, 행수 어른!"

"반드시 내 눈앞에 데려와. 그 신비한 회색 눈동자, 그 앙칼진 눈동자를 데려오라고. 그분도 더는 오래 기다리지 못하시니까."

그렇게 융은 다시금 멧돼지를 굽기 시작했고, 뜨거운 불길 속에서 그의 잔인한 미소가 함께 일렁이고 있었다.

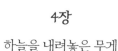

4장
하늘을 내려놓은 무게

이른 아침. 사림은 여전히 삿갓을 쓰고서 술기운과 함께 덮쳐온 피곤을 억지로 억누르며 우석이 마련해 준 고기를 굽고 있었고, 홍은 바로 옆에서 먹을 갈면서 제 앞에 앉아 있는 담을 조심스럽게 살폈다. 그는 연신 한곳만을 응시하고 있었다. 그리고 그 시선 끝에는 목아가 있었다. 어제 이후로 서로를 굉장히 신경 쓰는 듯한 느낌을 받았다. 그렇다고 대놓고 무슨 얘기를 했냐고 물을 수도 없고.

'차라리 그녀에게 살짝 물어볼까? 아니야, 그러다 괜히 내가 그의 정체를 알고 있다는 걸 알게 되면 더 골치 아파져.'

목아는 여전히 눈에 붕대를 하고서 아침 준비에 집중하는 듯했지만, 자신을 빤히 쳐다보는 시선에 자꾸만 손이 떨려왔다. 괜찮은 척하려고 해도 쉽지가 않다. 일부러 눈을 가린 건데도 마치 바로 앞에서 마주 보는 듯한 긴장감이 감돌았다. 그러다 결국 옮기려고 했던 물동이를 떨어뜨렸고, 하필이면 사림이 정성스럽게 굽고 있던 고기 위로 쏟아지고 말았다.

"악! 내 고기! 야! 너 지금 어제 일 때문에 나한테 시비 거는 거냐? 엉!"

목아는 정신을 확 차리고서 여전히 저를 보고 있는 담의 시선을 피하며 물동이를 집어 올렸다.

"그런 거 아니야. 지금 건 미안해."

"하? 그래도 사과할 줄은 아는 모양이지? 그러게 괜히 눈도 보이면서 붕대로 묶고 댕기지 말고 풀고……."

사림이 그녀의 붕대를 건드리려는 순간, 그녀가 그의 손을 차갑게 밀치며 앙칼지게 소리쳤다.

"건드리지 마!"

"하? 더럽고 치사해서 안 건드린다, 안 건드려! 그런데 너 왜 자꾸 말이 짧냐고!"

그때 담이 자리에서 일어섰고, 그 작은 움직임에도 목아는 흠칫하며 얼른 걸음을 뒤로 옮겨 버렸다.

"아무튼, 미안해."

허겁지겁 사라지는 그녀의 모습. 그리고 곧이어 담 역시 홍과 사림에게 말했다.

"난 아침은 사양하겠소."

그렇게 목아가 남긴 발자국 뒤를 담이 따르며 사라졌다. 저 멀리서 파도 소리만이 울리고, 어쩐지 어색한 공기가 감돌았다. 홍은 먹을 갈던 손을 멈추고서 불안한 시선으로 텅 빈 자리를 바라보았다. 또 그녀를 따라간 걸까? 정말이지 계속 이렇게 신경 쓰고 싶지 않은데…….

"저 두 사람 왜 저러냐?"

"네?"

사림은 다시금 고기에 불을 지피기 시작했다.

"뭔가 서로 되게 불편해하면서도 신경 쓰고 있는 것 같은데. 뭐야, 설마 네가 찜한 여자를 저 양반 나부랭이 놈한테 빼앗긴 거냐?"

"그런 거 절대로 아니라고 했잖습니까! 그런 사이 절대로 아닙니다!"

홍은 사림을 밉지 않게 노려보면서 확실하게 말했다. 그러곤 나머지 먹을 다 갈고서 종이를 펼쳐 들었다. 잡생각이 날 때는 그림을 그리는 것이 최고였다. 괜히 사서 고민하고 있지 말자. 그래, 그래.

오늘은 유난히 구름 한 점 없이 맑은 하늘이었다. 그래서 하늘 풍경을 그릴 생각이었다.

"그런데 형님, 어제 목아 낭자를 만났던 사람이 사림 형님이셨습니까?"

"어찌 알았냐? 거기 있었어? 분명 거긴 아무도 없었는데. 물론 천막에 사람이 있긴 했지만 그건 분명 여자 그림자……."

사림은 고개를 들고서 홍을 빤히 쳐다보았고, 그녀는 속으로 움찔하고서는 애써 태연하게 말을 이었다.

"낭자에게 들었습니다, 자신이 초의 사람이라고. 사림 형님도 알고 있다고."

"아, 그래?"

그는 대수롭지 않게 다시금 고기에 집중했다. 하긴 분명 여인의 그림자였다. 남자라고 하기엔 선이 너무 고왔어. 물론 저 녀석이 사내치곤 호리호리하긴 하지만.

"그럼 이제 형님을 무서워하지 않겠네요. 뭔가 동질감 같은 게 있을 테니까."

하지만 사림은 실소를 머금었다.

"근데 왜 눈을 가리고 다니지? 눈동자가 참 예쁜데, 형님처럼."

그녀가 환하게 웃으며 말하자, 사림은 고개를 들고서 홍을 바라보았다.

"내 눈이 예쁘냐?"

"네. 형님은 듣기 싫으실지도 모르지만 예쁩니다."

"그래서 그런 거야."

붓을 놀리던 손끝이 멈칫하면서 홍은 그제야 저를 빤히 보고 있는 사림과 눈을 마주했다.

"그게 무슨……?"

"그래서 숨기는 거라고. 너무 예쁘니까, 다들 탐내서. 그것 때문에 불행해지니까. 그러니까 이건 예쁜 게 아니라 저주받은 눈동자야."

사림은 삿갓을 더욱 깊게 눌러썼다. 그러곤 일렁이는 불길을 바라보며 무척이나 담담한 목소리로 마치 남의 이야기를 하듯 자신의 이야기를 했다. 그 이야기는 그의 차가운 회색빛 눈동자 뒤로 감춰져 있던 조그만 소년의 이야기였다.

"나는 어머니 쪽이 초의 사람이었다. 굉장히 아름다우셨지. 그리고 그런 어머니의 모습만큼 초도 아름답다고 했어. 난 조선에서 태어났기 때문에 단 한 번도 가본 적이 없지만, 이곳보다 훨씬 작고 좋은 곳이라고. 너무나도 그리운 그러한 곳이라고 어머니가 항상 말씀하셨어."

어머니는 항상 어린 자신을 재우면서 자장가처럼 초에 대한 얘기를 했었다. 그 목소리는 항상 물기에 젖어 아련했었고, 가끔씩은 어머니의 손등 위로 뜨거운 눈물방울이 맺혀 있다는 것도 알고 있었다.

항상 어머니의 눈동자에 박혀 있던 나라. 그래서 꼭 한 번 가고 싶었다. 어머니의 유골함을 들고서. 마지막 숨은 그곳에서 잠들기를 바라면서…….

"조선은 결코 자신과 다른 것을 받아들이지 못했어. 그렇기에 초의 회색빛 눈동자를 경멸했지. 괴물이라고 손가락질받고, 핍박받고, 버러지라고 밟히면서도 제대로 울 수조차 없었다. 내가 울면 어머니가 더 슬퍼하셨어."

"……."

"그러면서도 회색빛 눈동자를 탐했지. 노예와 노리개로 마구잡이로 잡아가고. 뭐, 거기에 비하면 나는 안전하기는 했지."

그녀도 초라는 이름은 참으로 생소했다. 조선에서 초로 가는 것은 국법으로 엄히 금하고 있었으니까. 그래서 회색빛 눈동자를 이리 가까이에서 보는 건 처음이었다. 물론 아예 없었던 것은 아니다. 유허청, 그 여인도 회색빛 눈동자였지. 또 회색빛 눈동자를 어디선가 봤었던 것 같은데…….

'이상해, 기억이 날 듯하면서 나지 않으니.'

홍은 사림을 살며시 바라보았다. 그의 눈동자는 마치 새벽의 바다 같았다. 신비롭게 출렁이는 새벽의 바다. 그것은 밤바다와는 또 다른 묘한 매력이 깃들어 있었다. 그런데 그런 아픔이 있었을 줄이야. 그래서 그녀도 그렇게 눈을 가린 것이구나. 노예상에게 그리 쫓겼던 것이구나.

"어릴 적엔 저주받은 눈동자라고 내 자신도 날 혐오했었어."

홍은 잠시 사림을 바라보았다. 매번 강하기만 하던 사람인데. 가끔은 늑대처럼 무섭고 냉혹한 그러한 사람인데 지금은 조금 달라 보였다. 그래서 저도 모르게, 이러면 안 되는 걸 알면서도 손을 뻗어 그의 머리카락을 조심스럽게 쓰다듬었다.

사림은 갑작스러운 그녀의 손길에 움찔하며 고개를 들었다. 그러자 그녀가 엷은 미소를 지으며 조그맣게 속삭였다.

"잘, 견디셨습니다. 아주 잘, 이겨내셨습니다, 형님."

토닥토닥 거리는 그녀의 손길. 사림은 저도 모르게 살며시 눈을 감았다. 예전에 어머니가 해주시던 것이 떠올랐다.

"잘했다, 사림아. 그렇게 견디는 것이다. 참고, 참고, 참다 보면 언젠가는 다 지나가게 될 거야. 아픈 것도 사라지게 될 거야."

어머니, 정말 그리될까요? 지금, 그렇게 아픔이 사라지고 있는 걸까요? 고작 저 조그만 체온 때문에?

사림은 눈을 뜨고선 괜히 쑥스러운 마음에 홍의 이마를 가볍게 밀쳤다.

"쬐끄만 한 것이 형님한테 건방지게."

"하핫, 잘못했습니다, 형님."

"너. 그리 웃지 마."

"예?"

"사내자식이 그리 웃으니까 누이동생이 떠올라. 그리고 못나보여."

그는 맘에도 없는 말을 툭 내뱉었고, 홍은 누이동생이라는 말에 괜스레 움찔했다.

"어, 어찌 사내보고 아우도 아니고 누이동생을 닮았다고 하십니까! 한데, 누이동생이 있으셨습니까?"

그 순간, 그리도 담담하게 말하던 그의 목소리가 살짝 일그러지면서 꼬챙이를 움켜쥔 손에 힘이 들어갔다. 그리고 이내 잔뜩 잠긴 목소리.

"있었지, 목숨까지 걸고 지켜주고 싶었던 아이가. 한데 지키질 못했다. 그래서 지금도 아주 많이, 마음에 걸려."

사림은 자신의 왼손을 바라보았다. 상처투성이의 왼손. 이 손으로 청이의 조막만 한 손을 놓쳐 버린 것이 마지막이었다. 그 여린 아이의 온기가 사라지고, 이 왼손은 핏빛으로 물들었다. 매번 아프게 아프게 와 닿는 이름. 그래서 그 아이 하나 제대로 지키지 못했기 때문에 다시는 그 누구도 지킬 수 없다고 생각했다. 책임질 수 없다고 생각했다. 그렇기에 가족이니 연이니 하는 것들은 절대로 맺지 않고 지내왔었는데.

"……."

그런 자신이 저 아이를 구했고, 또한 형제를 맺었고, 지켜주고 싶었다.

"그 누이도 형님을 보면서 많이 아팠을 겁니다."

"뭐?"

어느새 홍은 마지막 선을 그었다.

"소중한 이가 자신을 지키기 위해 아파하고 힘들어했다면, 그 모습을 지켜봐야만 하는 이에게도 너무나도 끔찍한 일일 테니까."

붓을 쥔 그녀의 손이 움찔하며 눈동자가 서글프게 휘늘어졌다. 그러곤 본능적으로 흉터를 조심스럽게 더듬었다.

"혹, 너도 있었던 것이냐?"

하지만 그녀는 그저 웃기만 했다. 그 미소가 너무 아파 보였다. 왠지 다시는 보고 싶지 않을 정도로 가슴이 쓰려왔다.

사림은 품 안에서 지금껏 주지 못했던 안료를 꺼내 잠시 머뭇거리다 이내 그녀의 손에 쥐어주었다.

"형님, 이건?"

"호월산 절경인가 뭔가 그릴 때만 써야 한다. 아무 데나 막 쓰지 마. 특히 춘화는 절대로 안 돼! 이 사림님이 직접 사서 주는 거니까. 귀한 곳에만 써."

쑥스러움을 참지 못하고 저도 모르게 목소리를 높여 버렸지만, 홍은 환하게 웃으며 안료를 소중히 움켜쥐었다.

"감사합니다, 형님. 꼭 귀한 곳에만 쓰도록 할게요, 꼭!"

그녀의 해맑은 웃음소리가 다시금 울리자, 쓰렸던 가슴 위로 다시금 따뜻한 온기가 스미면서 뭔가 심장이 빠르게 뛰어올랐다. 웃지 말라고 한 것은 거짓이다. 웃는 게 못생겼다는 것도 거짓. 저 아인 웃을 때 가장 어여쁘다.

'사내에게 할 소리는 아니긴 하지만.'

뭐, 지금은 별로 신경 쓰고 싶지 않았다.

그렇게 그녀의 그림은 완성되었고, 고기도 적당히 구워졌고, 어쩐지 평소보다 다른 아침을 그렇게 맞이하고 있었다.

❋

아침 이후로 하루 종일 담의 모습이 보이질 않았다. 사실 그들은 오늘 이곳을 떠나려고 했지만, 우석이 자신들도 내일 이곳을 떠난다면서 마지막으로 하룻밤만 더 지내다 가라고 그들을 붙잡았다. 아주 귀한 말젖으로 담근 술로 사림을 유혹하면서 말이다. 결국, 그 술에 넘어간 사림은 마지막 밤까지 아주 부어라, 마셔라 술판을 벌이고 있었다.

홍은 아침에 그렸던 그림을 바라보며 뚱한 표정을 짓고 있었다.

"대체 뭐야, 가장 먼저 자신한테 팔라고 했으면서. 사야 할 사람이 왜 코빼기도 안 보이는 거냐고."

근데 정말로 왜 하루 종일 보이지 않는 걸까. 아직도 목아 낭자와 함께 있는 건가? 정말로 무슨 일이 있나. 그냥 물어볼까? 물어봐?

"어이, 화공. 자네도 한잔하지! 저 영감이 이 술을 꺼내놓은 건 기적이라고!"

"아, 아니, 그게, 저기……!"

누군가 홍의 빈 잔에 하얀 술을 가득 부어주었고, 그녀는 지금 껏 술잔을 피하고 있었지만 다 마실 때까지 움직이지 않을 기세로 그가 서 있자 하는 수 없이 술잔 들어 올렸다.

"킁킁!"

뭐, 향은 달콤한 듯했다. 그렇게 쓰진 않겠지? 한 잔 정도면 취하지도 않을 거고.

그렇게 그녀가 아주 조심스럽게 술잔에 입을 대려는 순간, 누군가의 손이 불쑥 나타나 술잔을 가볍게 빼앗아 버렸다.

"아직 우리 화공은 어려서 이런 술은 마시면 안 되오. 그러니 내가 대신 마시겠소."

어느새 나타난 담이 그녀의 술을 단숨에 삼켜 버리며 그녀의 옆에 털썩 주저앉았다.

"어리지 않습니다!"

홍은 괜히 볼멘소리를 하면서 그의 안색을 살폈다. 평소와 달라 보이는 건 없는데. 그때 고개를 돌린 담과 시선이 마주쳤고, 홍은 헛기침을 하며 슬쩍 눈을 돌렸다.

"흠흠! 대체 하루 종일 어디 계셨습니까?"

"걱정했소?"

"걱정 안 합니까? 하루 종일 안 보였는데."

"그래서 보고 싶었다?"

"어찌 말이 그렇게 흘러갑니까?"

"난 후자가 더 좋아서 말이오."

담은 뭔가를 이리저리 살피더니 이내 피식 웃으면서 그녀의 옆에 놓인 그림을 잽싸게 가져갔다.

"아, 그건!"

"흐음."

제법 진지하게 그림을 살피는 담의 시선에 홍은 저도 모르게 긴장해서는 손끝을 꽉 붙잡았다.

"흠. 춘화가 아니로군."

"하? 사내가 어찌 그리 호색하십니까. 내놓으십시오!"

"춘화를 그리는 화공에게 들을 말은 아니지 않소? 그리고 나에게 팔려고 이리 기다리고 있었던 것이 아니오?"

"아닙니다, 이리 내놓으십시오!"

홍은 뭔가 속이 퍽 상해서는 담에게서 그림을 빼앗으려고 바동거렸지만 담은 쉽사리 그림을 주지 않았다.

"어허, 화공의 그림은 내가 다 산다고 하지 않았소."

"나리가 원하는 춘화가 아니질 않습니까."

"뭐, 이 그림도 나쁘진 않소. 사실 화공이 그린 그림도 춘화라고 하기엔 너무 예뻤지. 솔직히 말해보시오. 화공도 진정한 춘화를 잘 모르는 것이 아니오?"

"나리는 아주 잘 아시는 모양입니다."

"나야 뭐……."

그때 담의 시선이 한곳에서 멈추었고, 그와 동시에 홍의 심장이 불쾌하게 쿵 하며 흔들렸다. 그리고 그곳엔 목아가 있었다. 한데 평소의 그녀 모습이 아니었다. 눈을 가리던 붕대를 풀고 있었고, 곱게 땋은 댕기 머리 사이로 어여쁘게 분칠도 하고, 곱게 옷도 갈아입고 서 있었다. 굉장히 단정하고 아름다운 모습. 사림도 마시던 술잔을 내려놓고선 허한 표정을 지었다.

"뭐야, 저 계집. 대체 무슨 꿍꿍이속이야."

우석은 목아를 데리고 와서는 정식으로 소개를 했다.

"내 딸이 원래 이렇게 어여쁘고 참한 아가씨지. 어미가 초의 사람이었소. 그대도 삿갓을 벗어도 되오. 이미 목아에게 다 들었소. 이렇게 초의 사람을 만나게 될 줄이야. 반갑군."

사림은 안 그래도 답답해했던 삿갓을 벗으면서 헝클어진 머리를 쓸어 올렸다.

"정확히 말하면 나도 초의 사람은 아니오. 한데 대체 어찌 초의 여인을 만난 것이오?"

우석은 일렁이는 불꽃을 바라보았다. 주변의 유목민들은 여전히 시끌벅적하게 춤을 추고 노래를 부르고 있었지만 어쩐지 이곳만 분위기가 가라앉으면서 서로 다른 감정으로 자리를 지키고 있었다.

홍은 불안한 시선으로 목아와 담을 번갈아가며 바라보았다. 두 사람은 애써 서로를 의식하지 않으려고 하는 듯 보였다.

"어디서부터 말을 해야 하나. 나는 한때 궐에서 수문장으로 일했었소. 그러다 노예로 끌려가던 아내를 구하게 되었고, 서로 연정에 빠져 딸을 낳았지."

궐의 수문장이라는 말에 담의 눈빛이 번뜩였다. 홍 역시 어느새 우석의 말에 귀를 기울이고 있었다.

"하지만 그녀는 그리 오래 살지 못했소. 갑자기 집 안으로 판관 조씨가 들이닥쳤지."

우석의 표정이 한없이 일그러지면서 갑자기 술병을 찾기 시작했다. 조씨라는 말에 담의 표정도 함께 일그러졌다. 판관 조씨. 그당시 노론의 앞잡이였던 그가 얼마나 악명 높은 자인지 잘 알고 있었다.

"그저 잠깐 빌린 돈이 어마어마하게 부풀려져 집안을 쑥대밭으로 만들었지. 그리고 그녀를 끌고 가서, 끌고 가서……."

우석은 차마 뒷말을 잇지 못한 채 떨리는 손길로 술잔을 단번에 비워 버렸다. 목아는 그런 그를 안아주었다. 홍도 뭐라 말을 이을 수가 없었다. 사림은 그저 말없이 술잔을 비웠고, 담은 입술을 굳게 다물었다.

그 당시 판관 조씨는 백성들에게 고리대금을 뒤집어씌워 막대한 부를 축적하고 있었다. 물론 그 자금은 전부 다 노론의 손에 들어갔지만. 그 덕분에 노론의 신임을 얻어 지금은 궐 안 의금부에서 지내고 있었다.

"그녀는 자결을 했소. 정말이지 당장에라도 그놈을 찢어 죽이고 싶었지만, 내겐 지켜야 할 딸이 있었소. 사랑스러운 목아. 그래서 끝까지 궐의 문을 지키며 악착같이 살았소. 그래도 희망은 있었으니까. 그 짐승만도 못한 놈들이 천벌을 받을 날이 올 것이라는. 그런데."

"그 희망마저도 하늘은 무참히 짓밟아 버렸지요."

목아의 싸늘한 목소리가 담을 향했다. 그녀는 더는 그를 피하지 않고 똑바로 쳐다보며 말했다.

"하늘이 바뀌었지요. 우리 집안을 풍비박산 내어버린 그 악귀와도 같은 이들을 품고 있는 이가 새로운 하늘에 올랐지요."

"……."

"연녕대군께서 세자위에 오른 뒤, 모든 것이 산산조각 나버렸습니다. 그래도 실낱같은 희망을 잡고 있었는데. 노론에게 천벌을 내릴 수 있는 분은 윤영대군마마. 오직 그분이 보위에 오르는 것이었으니까요. 한데 그분이 우리를 버렸습니다. 버린 것입니다."

"해서 더는 미련두지 않고 궐을 나와 이리 초원을 떠돌고 있는 것입니다. 더는 그곳에 희망은 없었으니까."

홍은 저도 모르게 손으로 입을 가렸다. 목아와 담은 서로 알고 있는 사이가 아니었다. 목아는 그를 원망하고 있었다.

'저하.'

그녀는 담을 바라보았다. 하지만 그의 표정을 알 수가 없었다.

목아는 그 자리를 떠났고, 담도 따라 일어나 그녀의 뒤를 쫓아갔다. 홍은 움직일 수가 없었다. 그저 걱정이 가득한 시선으로 그의 뒷모습을 좇을 뿐이었다.

'담. 이담⋯⋯.'

그는 왜 지금 세자위에 있지 않는 걸까. 도대체 무슨 이유 때문에 그를 기다리는 백성들을 저버리고 지금 이 자리에 있는 걸까. 그 역시 노론을 용서치 못하면서. 그들의 작태를 용서치 못하면서, 도대체 왜⋯⋯.

사림은 우석의 술잔에 술을 따라주면서 홍을 바라보았다. 어쩐지 그녀의 눈빛이 조금 전 그 눈빛과 비슷했다. 서글프게 휘늘어진 시선. 그리고 그의 가슴으로 통증이 아릿하게 스몄다. 그때보다 조금 더 아픈 그러한 통증이⋯⋯.

✶

목아는 걸음을 멈추지 않고 계속 걸었다. 그리고 그 뒤를 담이 따라가다 이내 참지 못한 채 소리를 질렀다.

"해서 그대는 날 원망하고 있는 것인가! 내가 그대들을 버렸다고 생각해서!"

"아니십니까? 저하께서, 아니, 대군마마께서 버리신 것이 아니십니까?"

그녀는 담을 노려보았다. 회색빛 눈동자가 잔인하게 일그러지며 산산이 부서지고 있었다. 원망과 분노. 그리고 서글픔. 모든 감정이 어지럽게 뒤엉켜 그녀를 삼키고 있었다.

"설마 그들의 악행을 모르고 계셨다는 말은 하지 못하시겠지요? 누구보다 그들에게 목숨을 위협받고 계셨으니까. 또한 저하도 그들에게 씻을 수 없는 원한을 품고 계시니까. 세자 저하는 저희의 희망이었습니다. 저희의 고통을 누구보다 잘 알고 계셨으니까요. 한데!"

백성들의 피고름을 빨아먹는 노론을 막을 수 있는 건 오직 윤영대군뿐이었다. 그의 어머니인 현비마마께서 그들의 손에 어찌 돌아가셨던가. 해서, 그들은 그가 보위에 오를 날을 손꼽아 기다리고 있었다. 그가 몰래 노론에게 당한 백성들을 구제하고 도와주며, 성군의 자질을 갖춘 완벽한 세자 저하셨기에. 자신들의 고충을 가장 잘 이해해 주고 계셨기에 그들은 믿고 기다렸다. 희망을 가지고 썩어빠져 버린 조선을 바로잡고 새로운 태양이 되어주실 것이라고. 그런데 세자위가 바뀌었다는 소식을 들었다. 그것도 노론이 품고 있는 연녕대군으로. 결국 노론의 기세는 꺾일 날 없이 더더욱 치솟으면서 어머니를 죽음으로 내몬 그들이 의기양양하게 서 있는 꼴을 지켜봐야만 했다.

처음엔 세자위를 물러났다는 말에 노론의 간악한 술수인 줄 알았다. 하지만 그것이 아니었다.

"저는 궐에서 무수리로 지냈었습니다. 그래서 듣고 말았지요. 대군마마께서 세자위에서 스스로 물러나셨다는 사실을! 연녕대군 마마에게 세자위를 직접 건네주셨다는 사실도! 원망하냐고요? 예, 원망합니다. 대군마마를 미치도록 원망하고 있습니다!"

궐에 들어온 지 딱 반년이 되던 해였다. 목아는 매번 그랬듯, 물 동이를 머리에 지고 있었다. 초의 여인이기에 밖에서 지내는 것보 다는 고된 일을 하더라도 궐 안에서 지내는 것이 더 안전했다. 또 한 아버지도 궐에 계셨으니까.

"이쪽으로 가면 수라간으로 가는 지름길이었는데."

우물에서 수라간으로 가는 길은 멀었다. 하지만 동궁전을 끼고 가면 가깝기에 목아는 아주 조심스럽게 걸음을 옮기던 찰나, 누군 가의 목소리에 마른침을 꿀꺽 삼키며 얼른 기둥 뒤로 몸을 숨겼 다. 목소리가 좀 더 뚜렷하게 들려왔다. 사내의 목소리. 목아는 아 주 조심스럽게 고개를 내밀었다. 하지만 모습이 선명하게 보이지 는 않았다.

'누구지? 일단 그냥 자리를 피해야 하…….'

"세자 저하!"

순간, 저하라는 말에 목아의 심장이 철렁 내려앉으며 걸음이 굳 어지고 말았다. 저하라면…… 세자 저하? 혹, 지금 저분이 윤영대 군. 저분이 바로 세자 저하. 목아는 떨리는 손을 꽉 붙잡으며 엿들으면 안 되는 걸 알면서도, 보면 안 되는 걸 알면서도 고개를 더욱 내밀어 제 시야로 그의 모습을 담았다. 훤칠하고 준수한 외모에 평범한 무명 도포를 입고 계시는,

'세자 저하.'

저분이 바로 자신들이 믿고 기다리는 그분이다. 간악한 그들에게서 자신들을 구해줄, 또한 어머니의 원한을 풀어드릴!

그때, 생각지도 못한 말에 심장이 다시금 쿵 하고 내려앉았다. 하지만 아까와는 달랐다. 모든 것이 무너져 내리는 기분이었다.

"유배라니, 절대로 있을 수 없사옵니다. 그럴 수는 없사옵니다. 설마 이것도 의도하신 것입니까? 정녕 세자 저하의 속내를 모르겠습니다!"

한 사내의 절규 끝에 또 다른 사내가 고개를 돌렸다. 그가 바로 지금의 세자, 윤영대군 이담이었다.

그는 먼 곳을 바라보았다. 겹겹이 싸여진 구중궁궐.

단 한 번도 이곳에서 벗어나겠다는 생각을 한 적은 없었는데. 어쩐지 차분해진 그의 시선이 담담하게 궐을 그리며 하나하나 모든 것을 내려놓고 있었다. 아마 이 생에서 다시는 이 궐로 돌아오는 일은 없을 것이다.

"세자 저하!"

"너는 나를 세자라고 부르지 마라. 그 이름의 무게를 나는 이미

버린 지 오래다. 이 궐을 떠나기 위해서 유배를 택한 것이다."

"……"

"내가 원해서 그런 것이니, 랑아. 부디 나를 좀 이해해 다오."

"……저하."

그때, 멀리서 관군들이 다가오고 있었다. 하지만 유배인을 대하는 모습이 아닌 굉장히 깍듯하게 대군의 예를 갖추고 있었다.

"대군마마, 저희를 따르시옵소서."

그렇게 담은 순순히 그들의 뒤를 따랐고, 무랑도 더는 묻지 않은 채 묵묵히 걸음을 옮기려는 순간, 뒤에서 휘서의 목소리가 굉장히 절박하게 들려왔다.

"형님! 형님!"

하지만 담은 고개를 돌리지 않았다. 가는 걸음 역시 멈추지 않았다. 오히려 관군들이 눈치를 보면서 담에게 조심스럽게 입을 열었다.

"잠시 걸음을 늦추어도 되옵니다."

"멈추지 말고 가거라. 전하의 명인데, 사사로이 걸음을 늦출 수는 없다."

그렇게 담은 오직 정면을 바라본 채 휘서에게서 멀어졌고, 휘서 역시 멈추지 않는 그의 걸음을 바라보며 표정이 차갑고 괴롭게 일그러졌다. 금방이라도 눈물이 떨어질 것 같았다. 입 밖으로 내뱉지는 못했지만 온몸이 떨리면서 그를 향해 오열하고 있었다.

"제가 세자위에 오르게 되면. 저는 형님을, 형님을!"

그렇게 휘서의 시선 안에서 담의 모습이 완전히 사라져 버렸다. 그 순간 휘서의 두 눈에서 그토록 누르고 있던 눈물이 주르르 흘러내리고 차마 담지 못한 목소리가 허공으로 허하게 흩어졌다.

"죽일지도 모릅니다. 이 자리를 빼앗기지 않기 위해서. 이 자리를 지켜야 하는 간절한 이유가 있으니까. 애써 참고 또 참고 있었는데. 도대체 왜!"

피 끓는 괴로움이 묻어나며 결국 휘서는 담과 다른 방향으로 걸음을 옮겼다. 다시는 같아질 수 없는. 만날 수도 없는 그러한 길을 향해서.

목아는 손으로 자신의 입을 막으며 숨을 꾹 눌렀다. 하지만 주체할 수가 없었다. 정신이 혼미해지면서 믿었던 모든 것이 무너지고 있었다. 세자 저하께서 더는 세자 저하가 아니시란 말인가? 스스로 물러나신 건가? 그것도 노론의 배경을 타고난 연녕대군에게 그 자리를 내어주고서? 우리를 버린 것이다. 놓아버린 것이다.

"어, 어떻게…… 어떻게……."

무너진 가슴 위로 흘러드는 지독한 배신감의 무게가 그녀를 짓누르며 목아는 밀려오는 절망과 슬픔을 견딜 수가 없었다.

시간이 지난 지금도 마찬가지였다. 바라거나 잊히는 것 없이,

오히려 선명하게 다시금 떠오르고 있었다.

"……."

목아는 담을 정확히 바라보았다. 그때와 똑같았다. 전혀 흔들림 없는 시선과 눈빛. 그는 정녕 세자위를 스스로 내려놓은 것이다. 그것도 결코 한 치의 미련도 후회도 없이. 그렇다면 자신도 한 번 하늘을 버린 이에게 미련 두지 않을 것이다. 더는 상처받지 않을 것이다. 완벽하기 짝이 없었던, 진정한 성군이 될 것이라 칭송받았던 왕재. 하지만 이제 그런 세자 저하는 더 이상, 없다.

"맹월."

"……."

"맹월은 지금의 세자와 노론 외척을 무너뜨리기 위해 만들어졌지만."

한마디 한마디, 하나도 빠짐없이 모든 말들이 담에게 칼날이 되어 흩어지고 있었다.

"윤영대군마마께 걸었던 모든 희망이 무너져 스스로 일어난 백성들입니다. 태양을 섬기던 이들이 달을 택했습니다. 그것도 눈먼 달. 스스로 자신들의 눈을 감고, 귀를 막아 피와 살을 깎는 고통으로 부모와도 같이 여겼던 태양을 멀리하고 있는 것입니다. 맹월이 마마께 우호적일 것이라 결코 여기지 마십시오. 그들은 마마를 원망하고 있으니 말입니다."

그렇게 목아는 더 이상의 미련 없이 걸음을 돌렸다.

담은 그렇게 멀어지는 그녀를 잡지도, 무슨 말을 하지도 못했다. 그 어떤 것이든 변명으로 들릴 테니까. 또한 헛된 희망이 될 수도 있으니까.

"하아……."

가슴께가 답답하게 막혀오면서 숨이 제대로 쉬어지질 않았다. 애써 괜찮은 척하던 눈빛이 복잡미묘하게 흔들리고 있었다. 저들이 바라는 그 어떤 것도 자신은 해줄 수가 없었다. 자신은 다시 세자위에 오르지 않을 테니까. 그러지 않을 테니까.

이것은 하늘에서 내려온 자신이 감당해야 할 대가이며, 무게였다.

❋

담과 목아가 함께 사라진 뒤로, 홍은 걱정되는 마음에 연신 같은 자리를 맴돌고 있었다. 그리고 어느새 공기가 달라지면서 까만 하늘 위로 푸르스름한 빛이 감돌며, 달빛이 점점 새하얗게 변해가고 있었다. 곧 해가 떠오른다. 공기 중으로 매서운 바닷바람이 스미면서 한기가 감돌고 있었다.

홍은 그 자리에서 발을 동동 구르며 붉게 얼어버린 손으로 입김을 불었다.

"호오, 호오."

하지만 전혀 따뜻해지지 않았다. 마치 지금 그녀의 마음처럼 아무런 온기도 전해지지 못했다. 그때, 그녀의 어깨 위로 너무나도 익숙하게 도포가 내려앉으면서 그토록 기다리던 그의 목소리가 울려왔다.

"머리가 말랐어도 바닷바람을 무시하지 마시오."

"나리."

그녀는 얼른 고개를 돌려 그의 얼굴을 확인했다. 하지만 역시나 겉으로 보이는 모습으로는 그 속내까지 알 수가 없었다. 그래도 이렇게 눈앞에 있는 것만으로도 그토록 시리던 마음이 점차 온기로 차오르는 것 같았다.

"괜찮으십니까?"

"무엇이?"

"그러니까, 그게……."

머뭇거리면서 물었지만 차마 사실대로 밝히면서 제대로 물을 수는 없었다. 자신이 그의 정체를 알고 있다는 것을. 그의 눈빛은 평소와 똑같은 듯 보였다. 그는 항상 그랬다. 매번 자신의 눈을 감기고, 귀를 막게 하고 모든 것을 혼자 감당했었다. 겉으로 웃으면서 괜찮다고. 다 괜찮다고. 그것이 너무 익숙한 사람이었으니까. 홀로 모든 것을 감당하는 것이. 그래서 그의 숨 쉴 틈이 되고 싶었었다. 그의 거대한 하늘에 그저 천천히 나는 나비가 되어서 조금이나마 그가 기댈 수 있도록. 하지만 결국, 자신 역시 그를 힘들게 하고 말았다.

담은 점점 무겁게 가라앉는 그녀의 눈동자를 바라보다 이내 그녀의 손을 잡고 당겼다.

"나리?"

"정말 끝까지 이름은 안 부르는군."

"어디 가는 것입니까?"

"별은 다 봤으니까, 이제 해 보러?"

"예?"

어느새 그녀는 익숙하게 그에게 끌려 튼실한 말 앞에 걸음을 멈추었다. 딱 보아도 품종이 제법 좋아 보이는 말. 담은 피식 웃으면서 그녀의 손을 잡고 말의 털을 함께 쓰다듬었다. 손끝으로 파고드는 보드라운 털의 감촉에 그녀는 저도 모르게 입꼬리가 부드럽게 풀렸다.

"우석에게 살짝 말해서 말을 빌렸지. 머리가 복잡할 땐 말을 타는 게 제일이니까."

"그럼 그동안 낭자 뒤를 따라다닌 게 아니라……."

"말을 탔었소. 혹 불안했었소? 내가 그녀 뒤를 따라다녀서?"

저도 모르게 내뱉은 말에 홍은 화르르 달아오르며 일부러 목소리를 높였다.

"불안했다니요! 제가 왜 불안해합니까? 남색도 아닌데."

"아니, 난 화공이 꾄 여자를 내가 낚아채어 갈까 봐 불안했냐고 물은 건데. 뭐요, 설마 그녀를 투기했던 것이오? 내가 신경 쓰여서?"

이런, 뭔가 그에게 말려든 기분이었다.

"그런 것이 아니라!"

"훗!"

그의 입가에 미소가 만연하는 것을 보고선 홍은 허탈하게 웃었다. 지금 대체 뭐 하고 있는 건지. 자신을 놀릴 정신이 있을 만큼 정말 괜찮은 걸까? 정말 그런 것이라면 일단 안심인데…….

담은 능숙하게 말에 올랐다. 그러고는 그녀에게 손을 내밀었고, 홍은 그런 그의 손을 잠시 망설이며 바라보았다. 말은 예전에 그와 타본 뒤로 처음이었다. 그것도 아주 오래전 이야기. 물론 지금과 같은 열일곱 살이었지만.

"겁을 먹은 것이오?"

"그런 것은 아닙니다."

"아니면 그냥 타기엔 높은 건가? 하긴 우리 화공은 아직."

담의 시선이 홍의 머리부터 발끝까지를 쭉 훑더니 이내 환한 목소리로 말했다.

"키가 밤톨만 하니."

"하아! 밤톨이라 부르지 말……."

순간, 그녀는 저도 모르게 입술 끝이 떨려왔다. 밤톨이라니. 지금 그가 자신을 밤톨이라고 부른 건가?

그때, 담이 말에서 내리더니 뭐라 말할 틈도 없이 그녀의 허리를 잡고서 단번에 말 위로 올려주었다.

"너무 긴장하지 마시오, 순한 녀석이니까."

그러곤 곧장 그녀의 뒤로 자리를 잡았다. 그의 손이 그녀와 함께 고삐를 잡으며 두근거리는 체온이 느껴졌다. 등 뒤로 느껴지는 미묘한 거리. 조금만 기대어도 그의 심장 소리가 들릴 듯한 그런 미묘한 거리. 홍은 차츰차츰 긴장이 쌓이면서 마른침을 꿀꺽 삼켰다. 하지만 어쩐지 조금 든든했다. 거대한 산이 자신을 감싼 것처럼.

"조금 달리겠소."

머리 위에서 기분 좋게 울리는 목소리 끝으로 말이 달리기 시작했다. 홍은 저도 모르게 고삐를 더욱 꽉 움켜쥐었고, 손등 위로 그의 손길이 더욱 단단하게 느껴졌다.

쿵쾅쿵쾅 달리는 말발굽 소리 너머로 그녀의 심장 역시 빠르게, 빠르게 뛰어올랐다. 세상이 뜀박질하듯 그녀에게 안겨들고, 하늘이 점점 환한 빛으로 물들어가고 있었다.

얼마쯤 달렸을까. 마침내 말이 벼랑 끝에 멈춰 섰다. 홍은 벅찬 숨을 내쉬며 약간 시린 하늘을 몇 번이고 눈을 깜빡이며 바라보았다.

저 멀리 수평선 너머로 태양이 찬란한 빛을 머금고서 떠오르고 있었다. 저 넓은 바다를, 그보다 넓은 하늘을 가득 채우며 차오르는 태양.

담은 말없이 그런 태양을 바라보며 조그만 목소리로 속삭였다.

"자신의 전부를 포기해 본 적이 있소?"

생각지도 못한 질문이 그녀를 뒤흔들었다.

"……예."

그리고 가슴 깊숙한 곳에서 아련한 목소리가 들려왔다. 전부를 걸어서라도 지금 이 사람, 눈앞의 이 사람을 지켜주고 싶었었다.

"기분이 어땠소."

"아무렇지 않았습니다. 그 전부보다, 그 전부를 걸어서라도 지키고 싶었던 것이 더 소중했으니까요."

그래서 망설임 없이 나의 목숨을 두 번 걸었었다. 내 목숨보다도 소중했으니까. 그 목숨과 바꿔서라도 지킬 수 없을까 봐, 오히려 그것이 두려웠었다.

"나리께선, 있으십니까?"

그것 때문에 세자위를 포기하신 것입니까? 당신에겐 전부와도 같았던 그 하늘을?

담은 잠시 홍을 내려다보았다. 그러곤 엷은 미소를 지으며 목소리가 한껏 부드럽게 내려앉았다.

"있소. 그리고 나 또한 절대로 후회하지 않소."

"……."

"무척이나 간절하고 소중한 약조를 지키기 위해서. 때문에 그 전부를 포기한 대가와 무게 역시 기꺼이 감당할 것이오."

홍은 고개를 돌려 그를 보고 싶었다. 지금 그의 모습을 보고 싶었다. 하지만 고개를 돌리려는 찰나, 등 뒤로 무게가 느껴졌다. 그가 슬며시 이마를 기댄 것이었다.

"조금만, 아주 잠시만."

등 뒤에서 그의 목소리가 아프게 와 닿았다. 홍은 그저 말없이 그를 받아주었다. 이런 사소한 것으로 그가 느끼고 있는 그 무게와 대가를 잠시라도 잊을 수 있다면. 예전처럼 그저 기댈 수 있도록.

담은 그녀의 조그만 어깨 위에서 눈을 감았다. 그 순간 자신을 무겁게 짓누르던 무언가가 스르르 녹아내리면서 위안이 되고 안심이 되었다. 고작 이 조그만 어깨 덕분에,

'숨이, 쉬어진다.'

새로운 태양이 떠오르고 있었다. 비록 아직은 그 빛을 제대로 발하지 못하고 있지만, 반드시 강하고 환한 빛이 될 것이다.

담은 그녀의 겹쳐진 손을 조심스럽게 잡았다. 그의 손가락이 그녀의 흉터에 가 닿았고, 그가 내쉬는 조그만 숨소리가 간지럽게 그녀의 가슴께로 파고들면서 서로의 심장 소리가 그렇게 빠르게 뒤엉켜 울리고 있었다.

※

새벽녘이 어스름하게 피어오르고, 목아는 지친 기색으로 천막으로 돌아왔다. 마음을 다잡아야 한다. 더 이상의 후회도, 실망도 있어선 안 된다. 특히 그들이 떠날 때까지 절대로 아버지께선 그가 세자 저하였다는 사실을 몰라야만 했다. 그렇게 고된 숨을 삼키며 이곳을 떠날 준비를 하려던 찰나, 그녀의 걸음이 움찔하면서 등줄기로 오싹함이 타고 내려갔다.

"하아……."

바닥으로 흩어져 있는 옷가지. 그녀는 떨리는 시선으로 고개를 들었다. 천막 안은 아수라장이었다. 물건들이 전부 엎어져 있었고, 사방을 마구 뒤진 흔적이 역력했다. 목아는 자꾸만 후들거리는 다리를 애써 붙잡으며 조심스럽게 뒷걸음질하려던 찰나.

"드디어 찾았네."

"하!"

낯선 사내의 목소리 끝으로 무언가가 그녀의 입을 단단히 틀어막았다. 목아는 미친 듯이 비명을 질렀지만 소리가 밖으로 새어 나가지 못했다. 벗어나려고 발버둥을 쳐도 역부족이었다.

"흐읍! 으으으읍!"

"시끄러! 내가 네년 때문에 얼마나 개고생을 한 줄 알아?"

"으으으읍!"

얼마 안 가 머리가 멍해지면서 발끝부터 서서히 감각이 사라지기 시작했다. 힘껏 조이고 있던 손이 사라지고, 목아는 바닥에 털썩 쓰러져서는 일어서려고 안간힘을 썼지만 몸에 힘이 들어가질 않았다.

"자고 일어나면 다 끝날 거다."

흐릿한 시선 너머 섬뜩한 그림자가 보였다. 비릿한 목소리. 끔찍이도 싫은 손길. 목아의 눈가로 눈물이 고이고, 이내 또르르 흘러내리면서 그녀는 그렇게 의식을 완전히 놓아버리고 말았다.

노예상들은 목아가 완전히 쓰러진 것을 확인한 후, 손과 발을 단단히 묶고서 보쌈을 한 뒤, 주변이 고요한 걸 확인한 후에야 재빠르게 그곳을 빠져나갔다.

✾

사림은 사방을 뛰어다니며 홍을 찾았다. 늦은 저녁에 사라진 녀석이 날이 밝아오는데도 여태 오질 않고 있었다. 그 양반 나부랭이 놈도 마찬가지. 혹, 둘이 같이 있는 건가.

"······."

어쩌면 같이 있을지도 모른다는 생각에 그의 미간이 슬쩍 굳어지면서 가슴께가 답답해졌다. 대체 뭐가 이리 마음에 안 들고 초조한 건지. 꼬맹이가 양반 나부랭이를 쳐다보는 시선도 좀 이상했고, 그 양반 나부랭이도 마찬가지.

사림은 뭔가 뒤숭숭한 기분에 연신 머리카락을 거칠게 쓸어 올리며 홍이를 찾고 있을 때, 걸음을 움찔하며 순간 그의 회색빛 눈동자가 매섭게 번뜩였다.

"이건 또 뭐야."

인기척이 느껴졌다. 하지만 유목민들의 인기척이 아니었다. 뭔가 살기가 느껴지는……. 사림은 본능적으로 칼자루를 꽉 붙잡고서 숨소리를 낮추었다. 분명 주변 공기가 싸했다. 게다가 흙바닥에 여기저기 엉킨 발자국. 유목민들이 신고 다니는 신발 자국과 달랐다.

"홍아."

사림이 설마 하는 생각에 칼을 빼어 들고서 달려 나가려는 찰나,

"형님?"

홍의 목소리가 사림의 발목을 붙잡았다. 밀려들었던 긴장감과 두려움이 삽시간에 사라지고 있었다.

홍은 담과 함께 사림에게로 걸어갔다. 대체 무슨 일인지 그는 굉장히 살벌한 표정으로 칼까지 뽑아 들고 있었다.

"무슨 일 있으십니까?"

그녀의 걱정스러운 어조에 사림은 억지로 표정을 풀었지만 역시나 담과 함께 있었던 모습에 기분이 영 이상했다.

"넌 괜찮냐?"

"네? 아, 전 아무렇지도 않습니다."

그래, 아무 말 없이 사라져서 걱정했겠구나. 홍은 괜스레 미안해져서는 사림을 향해 살포시 미소를 지어주었다.

"대체 무슨 일이냐? 아침 댓바람부터 칼까지 뽑아 들고."

담은 사림의 모습을 살피며 물었고, 그는 애써 이상한 감정을 털어내며 입을 열었다.

"유목민이 아닌 놈들이 온 것 같은데……."

잠시 말끝을 흐리던 사림의 눈동자가 다시금 번뜩였고, 담 역시 불길한 기색이 감돌았다.

"이런, 제기랄!"

뭔가를 눈치챈 사림이 거친 숨을 내뱉으며 달리기 시작했고, 담도 굳어진 시선으로 그 뒤를 따라 달렸다. 홍 역시 뭔지는 모르겠지만 분명 심상치 않음을 느끼고서 부지런히 그 뒤를 따랐다.

사림은 목아의 천막으로 기척도 없이 다급하게 들어섰다. 그리고 역시나 엉망이 된 모습을 보고선 입술을 꽉 깨물었다. 뒤따라 들어온 담과 홍 역시 말문이 막혀 버리고 말았다.

"모, 목아 낭자, 낭자! 낭자!"

홍이 떨리는 목소리를 애써 가다듬으며 사방으로 불렀지만 공허한 메아리만 감돌았다. 사림은 치밀어 오르는 화를 참으며 낮게 속삭였다.

"여기 없어."

"그, 그럼?"

"노예상."

담의 한마디에 홍의 안색이 창백하게 일그러진 순간, 쨍그랑 하는 소리와 함께 그곳에 우석이 넋이 나간 표정으로 벌벌 떨며 서 있었다.

"아저씨……."

"모, 목아야, 안 돼. 안 돼! 목아야!"

✳

정신을 잃었던 목아가 묵직한 신음을 내뱉으며 어렵게 눈을 깜빡이다 이내 화들짝 놀라서는 몸을 일으키려고 했지만 손과 발이 묶여 있어 움직일 수가 없었다. 그녀는 바싹 마른 입술을 깨물고서 바닥에 머리를 박은 채 주변을 살폈고, 이내 낯익은 광경이 들어오자 온몸이 먼저 반응하며 두려움에 숨을 쉴 수가 없었다. 이곳은, 이곳은…….

그때, 덜컥이는 소리와 함께 발걸음 소리가 쿵쿵 울리면서 이내 그녀의 앞에 멈춰 서서는 소름 끼치는 목소리가 목아의 숨통을 움켜쥐었다.

"결국 다시 이렇게 잡힐 텐데. 왜 그런 쓸데없는 짓을 해서 서로 힘 빠지게 말이야. 그렇지?"

"하아, 하아, 하아……."

가냘픈 숨소리. 말문이 막혀서 어떤 말도 나오질 않았다. 이것은 죽을 것 같은 공포감. 몸이 주체할 수 없을 만큼 떨려오면서 목아는 제대로 눈을 뜨기조차 어려웠다.

융은 그런 목아의 모습이 굉장히 마음에 드는 듯, 비릿한 미소를 머금으며 이내 그녀의 머리카락을 한 움큼 쥐고서는 억지로 고개를 들어 올렸다.

"흐윽!"

날 선 비명 소리. 융은 목아를 바라보았다. 하지만 그녀가 필사적으로 눈을 피하려고 하자 살벌한 어조로 외쳤다.

"날 똑바로 봐!"

"흡!"

목아는 공포에 질린 시선으로 융과 마주했다. 역시나 그 녀석이다. 자신을 처음 납치했던 이 노예 상단의 행수. 생각하는 것조차 끔찍한 잔인무도한 자. 이자는 인간이 아니다. 인간이라면 그런 금수보다 못한 짓을 할 수는 없다.

노리개로 팔려갈 아이들을 제외하고는 인정사정없이 복종 훈련을 시킨다. 그것도 아주 끔찍하게.

노리개로 팔려갈 아이들에겐 정신적인 고통을 새긴다. 치욕감과 모멸감을 견디게 한다는 명분으로 짐승만도 못한 짓을 서슴지 않게 하는.

융은 한 손으로 목아의 눈동자를 쓸어내렸다. 그의 손가락이 스쳐 간 자리 위로 소름이 돋아났다.

"역시 탐나는 눈동자야. 그분만 아니었어도 내 곁에 두었을 텐데. 아쉬워."

"……."

"넌 대체 왜 그런 분의 미움을 샀는지. 너도 누가 널 찾는지는 알고 있겠지?"

그분이라는 말에 목아는 누군지 단숨에 깨닫고서 입술을 깨물었다. 이자가 자신을 절대로 포기하지 못하는 진짜 이유.

"양제마마, 그분께서 널 무척이나 기다리고 계신다. 그분께서 널 어여삐 여기실지 아니면 네년의 숨통을 원하시는지는 알 수 없지만."

현 세자의 후궁, 유허청. 하지만 실체는 무척이나 무서운 여자. 목아는 그 여자가 숨겨야 하는 비밀을 듣고 말았다. 설마설마 했었는데, 역시나 이 노예상의 뒤에 그 여자가 있었던 것이다. 자신의 입을 틀어막기 위해서.

"그럼 나중에 보자고. 또 허튼수작하면 네년의 손모가지를 하나씩 잘라주지. 어차피 성한 몸으로 데려오라는 말씀은 없으셨으니까."

그렇게 융은 끝까지 웃음을 남기고서 그곳을 빠져나갔고, 바닥에 엎어진 채 목아는 가쁜 숨을 내쉬며 눈을 질끈 감았다. 그녀에게 끌려가면 자신은 그 자리에서 바로 죽을 것이다. 그녀의 비밀을 알게 된 순간, 그 비밀로부터 도망쳤을 때 미리 알아차렸어야 했는데. 결코 자신을 그냥 놓아줄 리 없다고. 차라리 조선을 떠났어야 했는데!

'아버지, 아버지!'

❋

결국 정신을 놓아버린 우석을 천막에 옮기고서 홍은 그의 옆에 붙어 연신 숨을 살폈다. 이미 모든 사실을 알게 된 유목민들은 초조한 기색을 보이더니 이내 자리에서 벌떡 일어나서는 단호한 표정으로 외쳤다.

"이대로 목아를 잃는다면 저 녀석도 산목숨이 아니여! 당장 목아를 구해와야 한다고!"

"맞어, 맞어! 우리가 전부 몰려가면 목아 정도는 구할 수 있을 겨!"

"그래! 감히 우리를 뭐로 보고. 당장 가자고, 가!"

감정적으로 흥분한 유목민들이 우르르 일어나서는 노예 상단을 쳐부수러 가자면서 천막 밖으로 향했지만, 사림이 그 앞을 막아서서는 이내 칼을 뽑아 들고서 입구 쪽을 향해 쿵 소리 나게 박아 넣었다. 그러곤 잔뜩 긴장한 유목민들을 향해 서늘한 어조로 말했다.

"이대로 우르르 몰려간다고 해결될 것 같아? 이대로 가면 전부
다 개죽음이야."

"그, 그래도 우리가 쪽수로……."

"쪽수로도 당신들이 져. 노예 상단이 얼마나 거대한지 알아? 잘
못 건드렸다가는 쥐도 새도 모르게 목숨이 날아갈 만큼 더러운 놈
들이라고. 사람을 사고파는 짐승만도 못한 놈들이라 그 어떤 짓을
할지 몰라. 당신들은 절대로 못 당해."

담은 홍의 옆에 서서 지금껏 한마디도 하지 않은 채 입을 다물
고 있었다. 하지만 그 모습이 더 무서웠다. 마치 폭풍 전야처럼 너
무나도 고요한 그 모습이.

"그럼 대체 어쩌자는 것이여. 이대로 목아를 잃을 수는 없지 않
은 겨!"

"일단 저쪽의 규모가 얼마나 되는지, 누가 있는지, 어디에 있는
지 그것부터 파악하는 게 우선이야."

"어디 있는지는 내가 아네."

의식을 잃었던 우석이 깨어나 어렵사리 입을 열었고, 몸을 일으
키려는 것을 홍이 애써 말리면서 얼른 물 한 잔을 쥐어주었다. 하
지만 우석은 물조차 거부하고서 처음보다는 침착하게 사람을 바
라보았다.

"어디 있는 줄 안다니?"

"그 정도 규모의 상단이 숨어 있을 만한 곳은 이 근처에서 한 곳뿐이야. 여기서 산 하나를 넘으면 그 아래 마을이 하나 있지. 예전에 역병이 돌아서 폐허가 되어버린 마을."

"폐허가 된 마을이라……. 뭐, 그 정도라면 숨어 있기 안성맞춤이긴 하지."

"무작정 쳐들어갈 수는 없고, 상황을 살필 첩자가 필요해."

이때껏 가만히 있던 담이 드디어 말문을 열었고, 사림은 담의 말에 생각에 잠겼다. 그러다 박아놓은 칼을 빼어 들고서 자신이 나서려는 순간, 갑자기 홍이 손을 번쩍 드는 바람에 엉거주춤한 자세로 멈춰 버리고 말았다. 물론 표정은 불길하게 굳어져 버린 채.

"제가 가겠습니다, 첩자."

"절대로 안 돼!"

"절대로 안 되오!"

그리고 그 불길한 생각이 명중하자 담과 사림은 서로 짜기라도 한 듯 동시에 안 된다고 소리를 질렀다. 그 소리가 어찌나 쩌렁쩌렁했던지, 유목민들은 물론이고 홍도 흠칫한 시선으로 두 사람을 바라보았다. 하지만 담과 사림은 절대로 물러서지 않겠다는 듯, 무시무시한 표정으로 연신 말을 내뱉었다.

"너 정말로 정신이 나간 거냐?"

"목숨을 여러 개 가지고 다니는 것이오?"

"아니면 사실은 화공이 아니라 초고수 검객인 거냐?"

"대체 왜 그렇게 간이 큰 것이오?"

"딱 봐도 비리비리한 것이, 넌 가면 바로 들켜. 바로 뒈진다고. 절대로 안 돼!"

"걱정하는 마음은 알겠지만 절대로 안 되오. 절대, 절대!"

아주 죽이 척척 맞아떨어지는 두 사람의 모습에 홍은 저도 모르게 허한 미소를 지었다. 서로 눈만 마주쳐도 죽일 듯이 달려들더니, 언제 저렇게 맘이 통하게 된 거지?

"어느새 그렇게 사이가 좋아지셨어요? 아무튼 아무리 말려도 제가 갈 거예요. 사실 저만 한 적임자도 없잖아요."

"뭐?"

"눈에 잘 띄지도 않고. 딱 봐도 수상해 보이지도 않고. 사림 형님은 너무 튀어요. 특히 그 눈동자. 들키면 저보다 사림 형님이 더 끝장이에요. 분명 그 성격에 칼을 마구 휘두를 거잖아요. 그럼 목아 낭자가 위험해요."

"그럼 차라리 내가……."

하지만 홍은 담의 말도 싹둑 잘라먹고서 냉정하게 말했다.

"나리도 안 돼요. 나리는 모르겠지만 척 봐도 귀티가 흐른다고요. 누가 봐도 의심투성이예요. 게다가 나리는 그 정체를 들키면 어쩌려고요? 숨겨야 하는 거 아니었어요? 그럼 끝까지 숨겨야죠. 왜 그렇게 막 나서려고 하세요? 무랑이 알면 난리 날 거예요. 그러니 이래저래 제가 딱이에요.”

눈을 동그랗게 뜨고서는 조목조목 따지고 들어오는 홍의 모습에 두 사내는 말문이 막혀 버리고 말았다. 게다가 그녀의 눈동자는 이미 결심으로 굳혀져 있었다. 저렇게 되면 저 고집을 절대로 꺾을 수가 없는데. 하지만 그녀를 그런 위험이 뻔히 보이는 곳으로 보낼 수는 없었다, 절대로!

“너, 거기가 어딘 줄 알아? 노예 상단이야. 가장 비열하고 더럽기 짝이 없는 노예 상단! 지난번과는 차원이 달라!”

“전 사내잖아요. 괜찮을 거예요.”

“사내라고 안 잡아가는 줄 알아? 너같이 반반한 얼굴이면 다 데려간다고!”

“그럼 웃으면서 다닐까요? 형님이 저 웃으면 못생겼다면서요.”

“야, 그건!”

결국 사림의 말문이 다시금 막혀 버렸고, 담은 그럴 줄 알았다는 듯 묵직한 한숨을 내쉬었다. 대체 뭘 먹으면 저렇게 따박따박 말을 잘하는지!

사림은 어떻게 좀 해보라는 시선으로 담을 노려보았고, 그는 흔들리는 시선으로 진지하게 홍의 앞에 섰다. 그러고는 애원하듯, 간절하게 속삭였다.

“이건 부탁이오. 제발 우리에게 맡기시오. 너무 위험해서 그런 것이오.”

홍은 그러한 담의 눈동자를 빤히 바라보았다. 걱정이 가득 묻어 나고 있었다. 진심으로 불안해하고 있었다. 그것은 사림도 마찬가지. 하지만 홍은 고개를 가로저었다.

"다 알아요. 하지만 이러는 와중에도 낭자는 어디로 끌려갈지 몰라요. 내가 갈게요. 다 생각이 있어요. 절대로 위험한 짓 안 해요. 위험해지면 바로 달려오면 되잖아요. 사림 형님도 나리도, 저 죽게 내버려 두지 않을 거잖아요."

이번엔 이쪽에서 애원하듯 간절하게 속삭이고 있었다. 사림과 담은 그러한 홍의 모습에 절로 한숨을 내쉬었다. 화를 내도 안 되고, 타일러도 안 되고. 이미 그녀를 말릴 수가 없는 것이다.

사림은 거칠게 머리를 쓸어 올렸다. 키는 저리 쥐톨만 한 것이 간땡이는 어찌 저리 배 밖으로 튀어나온 건지. 겁이 없어도 어찌 저리 없을까? 하긴 첫 만남 때도 저 녀석은 이상하게 죽음 앞에서 너무나도 초연했다. 마치 죽는 것 따위 아무렇지도 않다는 듯. 가장 원초적인 두려움 앞에서 무서울 정도로 태연하기만 했다. 사림은 오히려 그것이 조금 두려웠다. 저러다가 정말로 저 녀석이 죽어버릴까 봐. 아무렇지도 않게 제 목숨을 내놓아 버릴까 봐.

"하아⋯⋯. 진짜 뭐가 이렇게 겁이 없는 건지."

그는 복잡한 마음을 감추지 못한 채 고개를 돌려 버렸다. 안심이 되지 않지만, 불안해 미칠 것 같지만, 그래도 믿는 수밖에. 담 역시 마찬가지였다.

홍은 그들에게 미안했지만, 반드시 자신이 해야 하는 이유가 있었다.

우석은 홍의 손을 연신 잡으며 고맙다고 했고, 홍은 그런 그를 다독이며 잠시 담의 뒷모습을 바라보았다.

홍은 떠나기 전 목아의 천막으로 향했다. 여전히 엉망으로 흐트러진 천막. 그녀는 목아의 옷 하나를 붙잡고서 나지막이 속삭였다.

"내가 낭자를 구하는 것으로도 그 사람, 절대로 용서하진 않겠지만. 그렇게 쉽게 용서될 마음 아니라는 걸 알지만. 그래도, 그래도 말이에요, 조금만, 아주 조금만 봐주면 안 될까요?"

그분에게도 전부였어요, 그 자리는. 하늘을 버거워하면서도, 두려워하면서도 절대로 피하려고 한 적은 없었어요. 그런 그가 내려놓았다는 건 분명 이유가 있을 거예요. 아무 대책 없이 그러지도 않았을 거예요. 지금도 그 사람은 전부 다 감당하려 하고 있어요. 그러니까 조금만, 아주 조금만…….

홍은 엷은 숨을 내쉬고서 천막을 빠져나왔다. 그러자 사림과 담이 그녀를 기다리고 있었다.

"결심, 달라지지 않았냐?"

전혀 가능성이 없다는 걸 알면서도 사림이 물었고, 홍은 웃으며 고개를 가로저었다. 결국 사림은 묵직한 한숨을 쉬고서 먼저 등을 돌렸다. 담은 말없이 그녀의 옆으로 다가와 함께 걸음을 옮겼다. 어쩐지 이러한 상황이 홍에겐 더 든든한 것 같았다.

그렇게 그들은 우석이 말한 마을로 향했다. 그리 험하지 않은 작은 산을 넘자 바로 그 아래, 마을이 보였다. 대충 눈으로 봐도 여기저기 연기가 솟아나고 있었고, 지키는 보초들도 제법 되어 보였다.

홍은 긴장된 표정을 애써 떨치며 가져온 그림을 봇짐에 잘 챙겨 넣었다. 지금부터 홍은 춘화를 이용해 저들에게 의심받지 않고서 마을로 들어갈 작정이었다.

"다녀오겠습니다."

"조심, 또 조심이다. 무슨 일 있으면 그 피리 꼭 불고. 우린 밖에서 무조건 기다리고 있을 테니까."

이곳으로 오기 직전, 사림은 홍에게 조그만 피리를 쥐어주었다. 무슨 일이 있으면 꼭 불라고. 있는 힘껏 불어야 한다고. 그 소리 따라서 반드시 구하러 갈 테니까.

홍은 그가 준 피리를 소중히 움켜쥐고서 고개를 끄덕였다.

"네, 형님."

"그리고 괜히 실실 웃으면서 다니지 마. 너 웃으면 못생겼다고 한 거, 그거."

사림은 잠시 머뭇거리다가 이내 삐뚤어진 그녀의 패랭이를 고쳐 매어주고선 그녀의 어깨를 한 번 꽉 붙잡았다.

"그거 거짓말이니까."

그의 회색빛 눈동자가 오늘따라 유난히 선명하게 보이면서 그녀의 시선을 꽉 붙잡았다. 홍은 어쩐지 떨리는 듯한 그의 목소리에 야무진 표정을 짓고서 그를 안심시켰다.

"예! 절대로 안 웃을게요, 형님."

그렇게 홍이 자리에서 일어섰다. 하지만 이때까지 담은 그녀에게 한마디 말도 하지 않고 있었다. 겉으로는 그저 담담한 표정. 그녀는 그런 담을 힐끔 쳐다보며 머뭇거렸지만, 이내 한 걸음을 앞으로 당긴 순간, 담이 자리에서 일어서는 척하면서 그녀의 손을 잡고서 나지막이 속삭였다.

"언제나 화공의 앞에 내가 있을 것이오. 그러니 절대로 겁먹지 말고 두려워하지 마시오."

조그만 목소리가 큰 울림이 되어 애써 괜찮은 척 다독거리던 마음을 더욱 강하게 만들었다. 앞에 있을 것이라는 말. 정말로 그가 제 앞에 있는 듯, 안심이 되었다.

"……예, 나리."

그렇게 담은 어렵사리 홍의 손을 놓아주었다. 손가락 사이로 온기가 사라지면서, 어느새 가슴이 너무나도 허해져 갔다.

홍 역시 입안으로 맴도는 쓸쓸함을 억지로 삼키고서 걸음을 옮겼다. 사림은 홍의 뒷모습을 불안하게 바라보며 고개를 돌린 담을 향해 짧게 말했다.

"꼬맹이의 말처럼 정체도 숨기고 다니는 놈이 여기까지 올 필요는 없었어. 혹시 꼬맹이 때문에……."

"네 녀석보다 내가 더 연목아, 그녀를 구해야 할 이유가 있어."

"뭐?"

담은 서늘한 시선으로 마을 쪽을 응시했다. 어쩐지 그의 표정이 여러 가지 복합적인 감정으로 흔들리고 있었다.

5장
노예 상단

마을 가까이 다가선 홍은 깊이 심호흡을 했다.

민홍, 정신 똑바로 차리자. 이제부터 태연하게 행동해야 해. 절대로 수상하게 보여선 안 된다고. 이건 내 목숨뿐만 아니라 목아 낭자의 목숨까지 달려 있는 문제야!

그렇게 그녀는 잠시 주변을 살펴보다 움켜쥐기 좋은 돌멩이를 발견하고선 회심의 미소를 지었다. 이걸 이용해서 위장을 좀 해야겠다. ˙

잠시후.

"이보십시오! 거기 아무도 없으십니까!"

홍의 목소리가 쩌렁쩌렁하게 울리고, 주변에 있던 보초들이 잽싸게 그녀에게로 달려오더니 이내 뭐라 말할 틈도 없이 칼부터 꺼내 들었다. 굉장히 살벌한 분위기 속에서 홍은 마른침을 꿀꺽 삼키며 더더욱 다리를 절뚝거렸다.

"사, 살려주십시오!"

"넌 누구냐!"

"저, 저는 떠돌이 화공입니다. 서쪽 부두 마을에서 춘곽으로 가던 도중 보시다시피 이렇게……."

홍은 피가 새어 나오는 발목을 보여주었다.

"산짐승을 만나서 도망치던 와중에 이리 굴러 버렸습니다. 도저히 이 다리로는 얼마 못 가 또 산짐승을 만나게 될 것 같아 몸을 피할 곳을 찾다가 저리 연기가 나기에 온 것인데, 마을이…… 아닌가 봅니다?"

그녀는 최대한 불쌍한 표정을 지으며 몸을 벌벌 떨었다. 보초들은 홍의 모양새를 꼼꼼히 살폈다. 한바탕 구른 흔적이 역력하기는 했다. 게다가 발목 부상도 꽤 심한 듯 보였고. 하지만 그래도 경계를 늦출 수는 없었다.

"뒤져."

보초의 짧은 한마디에 옆에 있던 놈들이 홍의 짐을 뒤지기 시작했고, 그녀는 얼른 제 짐을 그들에게 주고서는 무릎을 꿇고서 연신 살려달라고 빌었다. 그런 와중에서 눈치껏 그들의 낯빛을 살폈다.

'지금까진 괜찮은 것 같기는 한데…….'

그나저나 예상한 대로 경계가 제법 살벌했다.

'역시 정신 바짝 차려야 해!'

한참 짐을 뒤지던 이들의 손에서 그림들이 쏟아져 나왔다. 그런데 나오는 그림들이 하나같이 낯부끄러운 춘화들! 보초들의 표정이 넋이 나가더니 이내 헛기침을 토해내며 입을 열었다.

"화, 화공은 맞는 듯싶습니다. 그런데 춘화를 그리는 듯합니다."

"춘화?"

"예, 맞습니다. 춘화로 먹고살고 있지요. 솔직히 평범한 그림으로는 입에 풀칠하기도 어려워서……. 서쪽 항구에서 춘화 경매도 했었습니다. 꽤 유명한데……."

설마 그것도 모르냐는 식으로 말하는 능청스러운 홍의 연기에 보초는 살짝 발끈해서는 목소리를 높였다.

"나도 잘 알고 있다. 서쪽 항구에서 춘화 거래가 활발하게 이뤄지고 있다는 것 정도는!"

"경매에서 최상급의 가격만 받는 것들입니다. 저를 좀 도와주십시오. 여기서 하루만 묵게 해주시면 지금 가지고 있는 것들을 전부 그냥 드리겠습니다."

홍은 재빠르게 가장 야릇하고 망측한 춘화를 쓰윽 내밀었고, 보초는 보기만 해도 아랫도리가 찌찔해지는 춘화에 마른침을 꿀꺽 삼켰다. 이는 옆에 서 있던 다른 이들도 마찬가지였다. 정말이지 사내들이란 어찌 이리 단순할까.

'뭐, 그래도 순조롭게 풀릴 것 같으니까.'

그녀는 한 번 더 춘화를 가까이 내밀었고, 결국 보초는 춘화를 얼른 챙겨 넣고서 슬쩍 고개를 끄덕인다.

"딱 하룻밤이다, 하룻밤!"

"예, 감사합니다!"

그렇게 홍은 마을 안으로 조심스럽게 걸음을 옮겼다. 이제부턴 하루에서 이틀, 못 해도 삼 일 정도로 늘려야 했다. 그렇게 조심스럽게.

'낭자를 찾아야 해, 최대한 빨리!'

마을 안으로 들어온 홍은 저도 모르게 움찔하고 말았다. 사방으로 굉장히 난폭해 보이는 사내들이 아주 많았다. 역시 악명 높은 노예 상단! 하지만 겉으로 보이는 마을은 평범해 보였다. 폐허이기 때문에 낡고 부서진 곳이 많기는 했지만, 그래도 짧게 머물기에는 적당한 듯싶었다.

'분명 여기 어디에 목아 낭자가 있을 텐데……. 어디로 가야 하지? 생각보다 너무 넓어.'

홍이가 힐끔힐끔 거리며 주변을 살피는 사이, 보초와 상단 사람들 사이에선 작은 말다툼이 일어나고 있었다.

"그렇다고 여기로 데려오면 어떡해? 행수님께 들키면 끝장이라고!"

그러자 보초는 품에 숨겨둔 춘화를 슬쩍 보여주며 속삭였다.

"이것 봐, 아주 끝내준다고. 게다가 서쪽 부두엔 이런 것에 큰돈이 오간다는데. 저 화공에게 몇 장 더 그리게 하면 우리 주머니를 두둑하게 채울 수 있어. 어차피 지금 행수님께서 자리를 비우셨으니까 하루면 돼, 하루."

그들은 보초의 손에 쥐어진 춘화를 보고선 저도 모르게 군침을 꿀꺽 삼켰다. 게다가 큰돈이라니. 요즘 들어 장사도 영 시원치가 않아서 주머니에 들어오는 돈이 적었는데.

"흠흠, 딱 하루야, 하루."

"으흐흐흐, 당연하지."

그렇게 보초는 멍하니 서 있는 홍에게 다가갔고, 그녀는 얼른 최대한 불쌍한 표정을 짓고서 그를 바라보았다.

"딱 하루다. 그리고 머물 동안 밥이며 약재도 줄 거다. 그럼 빚을 진 셈이지?"

"예?"

"빚을 진 거잖아! 우린 장사치들이야. 절대 공짜는 안 되지."

"그러면……?"

"춘화를 몇 장 더 그려. 내일 아침까지. 알겠지?"

"아, 그런 것은 쉽습니다."

"좋아. 따라와."

그렇게 홍은 보초를 따라 발을 절뚝거리며 따라나섰다. 그가 멈춰 선 곳은 낡은 창고 앞이었다. 겉모습만 낡은 것이 아니라 안쪽도 금방이라도 쥐가 나올 듯 더럽기 짝이 없었다.

홍은 돋아나는 소름을 억지로 눌렀다. 다른 건 몰라도 쥐는 정말로 싫은데!

"자, 여기 약초와 식사. 물건 제대로 잘 그려."

"예, 예, 아주 최상급으로 그리도록 하겠습니다."

그 말에 보초가 만족스러운 표정을 지으며 사라지자, 홍은 그제야 온갖 울상을 짓고서 일단 불부터 피웠다. 다행히 눅눅하거나 하진 않았다. 그래도 쥐가 나올 만한 환경인 것은 확실했다.

"침착하자, 민홍. 지금 쥐가 중요한 게 아니야. 그런 거 안 무서워."

하지만 말과는 달리 그녀의 눈동자는 연신 불안하게 사방을 살피고 있었다. 일단 식사를 챙기고. 식사라고 해봤자 그저 보리밥으로 만들어진 주먹밥이긴 했지만. 진짜 약초가 맞긴 한지, 일단 준 약초를 발목에 꼼꼼하게 감쌌다. 돌멩이로 너무 세게 찍어 내렸는지, 발목이 제법 퍼렇게 멍이 들어서는 욱신거렸다. 그래도 가볍게 움직일 수는 있을 것 같았다.

분명 그녀는 아무것도 먹지 못했을 테니까 이건 낭자를 주고. 그나저나 어떻게 움직이지? 다 잘 때까지 기다려야 하나?

"일단 마을 안 경계는 그리 심한 것 같지는 않은데."

홍은 문틈 사이로 주변을 살펴보았다. 돌아다니는 보초는 그리 많지 않았다. 그래도 혹시 모르니 조금 기다리는 게 나을 것 같았다.

그녀는 애써 호흡을 유지하려 노력하며 사림이 준 피리를 가볍게 쥐어보았다.

✳

서서히 날이 저물기 시작하고, 붉은빛이 내려앉은 후원으로 허청이 산책을 즐기고 있었다. 더 이상 그녀를 멸시하는 시선은 없었다. 그녀는 이제 세자의 용종을 품은 유일한 여인이니까.

그녀는 잠시 걸음을 멈추고서 붉게 타들어가는 하늘을 바라보았다. 그 속에서 그녀의 모습은 한 폭의 미인도를 보는 듯 너무나도 아름다운 모습이었다.

"마마, 마마!"

그때, 정막을 깨뜨리고서 진 상궁의 목소리가 다급하게 들려왔다. 허청은 자신의 배를 소중히 감싸고서 살며시 고개를 돌렸고, 진 상궁은 애써 숨을 누르고서 그녀의 귓가에 나지막이 속삭였다. 어느새 허청의 입꼬리가 올라가면서 회심의 미소를 지었다.

"확실한 것이냐?"

"물론이옵니다. 융, 그자가 직접 서신을 보내왔사옵니다."

"그래, 그렇다면 확실하겠지. 드디어 도망친 쥐새끼를 잡았구나."

융, 그자에게 부탁했던 일이 드디어 잘 풀린 듯싶었다. 곧 이곳으로 그 쥐새끼를 데려올 것이고, 그리되면 당장 그 숨통을 끊어 놓아 모든 흔적을 없애야만 했다.

"그 쥐새끼만 사라지면 그 일을 아는 자는 아무도 없다. 확실하게 해야 해."

"예, 마마."

허청은 기분 좋게 걸음을 옮기려다 이내 차가운 어조로 짧게 속삭였다.

"그런데 아직도 세자빈에 대한 소식은 없더냐?"

진 상궁은 일부러 피하고 있던 문제가 화두에 오르자 쩔쩔매며 고개를 숙였다. 마마께서 가장 고대하고 있을 그 소식은 여태 진전이 없었던 것이다.

"소, 송구하옵니다, 마마. 하지만 백각도 아직 찾지 못한 모양입니다. 대체 어디로 사라진 것인지 아주 감쪽같사옵니다."

"……."

"차라리 이대로 조선을 떠난 것이라면 좋을 텐데. 스스로 나간 것이라면 이 궐에 대한 미련이 없는 것이 아니겠사옵니까? 차라리 이대로 시간을 벌어서 영상 쪽에서 먼저 행방이 묘연하다는 것을 알게 된다면 입궐은 물 건너가는 것이 아니겠사옵니까? 그리되면 분명 마마께서 그 자리에 오르실 것이옵니다. 세자 저하의 용종을 품으신 마마가 아니시옵니까?"

진 상궁은 어떻게든 허청의 화를 피해가기 위해 온갖 아양을 떨었지만, 그녀의 표정은 쉽사리 풀리지 않았다. 오히려 더욱 냉정하게 상황을 판단하고 있었다.

"내가 가장 믿지 못하는 것이 사람의 마음이다. 언제 어떻게 변해서 이곳에 나타날지 몰라. 또한 나는 그 계집에게서 확인해야 하는 것이 있다. 계속 주시하여라, 특히 백각을."

"예, 마마."

그녀는 다시금 자신의 배를 소중히 쓰다듬고서 걸음을 옮겼다. 속삭이는 목소리는 무척이나 달콤했지만, 응시하는 회색빛 눈동자는 지독히도 차갑기 그지없었다.

"그래, 직접 보고 확인해야만 해. 그 계집도 나와 똑같이 되돌아온 것인지."

✾

날이 완전히 저물어 버렸고, 마을 안쪽으로는 보초들도 많이 사라진 듯싶었다. 홍은 기회를 엿보다가 이내 슬그머니 밖으로 빠져나왔다. 멀리서 보초들이 투전판 내기를 하는 소리가 왁자지껄 들려왔다. 그만큼 안쪽 경계는 많이 허술해진 듯싶었다. 그렇다면 지금 움직여야만 했다.

일단 그녀는 태연하게 걸었다. 혹시 들키더라도 의심 사지 않도록 당당하게 말이다. 그러면서도 눈은 전체적인 지형을 외우고 있었다. 마치 그림을 그리듯, 머릿속으로 하나하나 세심하고 꼼꼼하게.

'산속이라 그런지 규모가 큰 마을은 아니야.'

여러 채의 집들이 있기는 했지만 다 활용하는 것 같지도 않고, 정말로 잠시 머물었다가 가는 곳. 일단 안쪽부터 확인하는 게…….

"그래서 말이야……."

그때 이쪽으로 사람 목소리가 가깝게 다가오기 시작했고, 홍은 얼른 나무 뒤로 몸을 숨기고서 혹시 중요한 걸 들을 수 있지 않을까 하는 마음에 귀를 쫑긋 세웠다.

"뭐, 이제 곧 여길 떠나겠지? 정리를 해야 하나?"

"내일 아침에 행수님께서 오시면 아마 떠나지 않을까? 그 도망친 계집도 잡았으니 말이야."

"역시나 도성으로 가겠지?"

"그렇겠지. 그 계집을 원하시는 분이 도성에 계시다던데. 대체 어떤 높으신 양반이기에 행수님께서 저리 쩔쩔매시고 계시는지 궁금하군."

"하아, 도성보단 춘곽으로 가면 좋은데. 요즘 계집을 안아본 지가 언제인지."

"도성도 물이 좋아. 내가 아는 곳이 있으니까, 도착하면 같이 한잔 거하게 하자고."

그들의 목소리가 멀어지고, 애기를 전부 다 들은 그녀의 표정은 사색으로 굳어졌다. 내일 떠날지도 모른다고? 그건 너무 빠르다. 그럼 지금 당장 낭자를 구해야 하는 거잖아. 게다가 팔려갈 곳도 이미 정해진 것 같은데. 하필이면 도성이라니. 도성으로 향하면 자신은 더 이상 움직일 수가 없다. 분명 자신을 찾기 위해 오라버니와 아버님께서 움직이고 있을 테니까.

"지금 구해야 해. 그래야만 해."

이왕이면 어디에 있는지도 말해줬으면 좋았을 텐데. 일단 그들이 왔던 방향으로 달리기 시작했다. 이쪽은 마을의 입구와 가장 거리가 먼 곳. 그래서 그런지 경계가 더더욱 삼엄하기만 했다. 홍은 연신 나무나 울타리 너머로 이동하며 몸을 숨겼다. 그때 저 멀리, 연기가 솟아나는 곳이 있었다. 다른 곳과 다르게 그곳에만 따로 나무 기둥을 세워 벽을 만들어놨으며, 여러 명의 보초들이 번갈아가며 순찰을 돌고 있었다. 그녀의 숨소리가 제멋대로 빠르게 뛰어오르며 본능적으로 저곳임을 직감했다.

"까악! 살려주세요, 싫어요. 악!"

그때 벽 너머로 여인의 끔찍한 비명 소리가 울렸다. 하지만 너무나도 당연한 일인 듯 보초들의 표정엔 아무런 미동도 없었다.

그래, 이곳은 노예 상단이다. 그녀 말고도 다른 이들도 저곳에 붙잡혀 있는 것이다. 대체 얼마나 끔찍한 일을 저지르고 있는 것일까. 대체 무슨 일이 벌어지고 있기에.

그때, 허공을 가르는 날카로운 소리와 함께 그토록 울리던 비명 소리가 순식간에 멎어버렸다. 끔찍한 침묵. 그 침묵에 홍은 온몸이 떨려왔다.

"하아, 하아, 하아."

금방이라도 달려가서 확인하고 싶었다. 혹시 죽은 건가? 그런 건가? 하지만 저쪽으로 한 발자국도 다가갈 수가 없었다. 그렇게 하기엔 지키는 이가 너무 많았고, 자신이 들켜 버리면 목아 낭자의 목숨은 장담할 수가 없었다.

홍은 입술을 꽉 깨물고서 어렵게 발걸음을 뒤로 돌렸다. 어디 있는지 파악했으니, 얼른 사림 형님과 그를 불러야만 했다. 그래서 저곳에 있는 이들을 모두, 모두를 구해야만 했다.

'미안해요. 조금만, 버텨줘요.'

홍은 주머니에 있는 피리를 움켜쥐고서 사방을 살폈다. 인적이 드문 곳에서 피리만 불면 되는데. 어디로 가지? 어디가 좋지?

계속 시간을 끌 수가 없어서 그녀는 눈을 질끈 감고서 피리를 쥐어 올리려는 순간, 그대로 몸이 굳어지고 말았다. 어깨 너머로 섬뜩한 칼날이 그녀를 노리고 있었다. 그리고 이어 들려오는 목소리.

"웬 쥐새끼가 이렇게 뿔뿔거리며 돌아다니고 있는 거지?"

홍은 다시금 피리를 숨기고서 마른침을 삼켰다. 침착하자. 아직 들키진 않았어. 최대한 아무렇지 않게 행동하는 거야.

그녀는 천천히 고개를 돌렸다. 그리고 칼을 쥔 사내를 확인한 순간, 심장이 더더욱 빠르게 뛰었다. 굉장히 거친 선을 가진 사내였다. 머리부터 발끝까지 최고급 호랑이 가죽이 매끄럽게 내려왔고, 여기저기 동물 뼈로 만들어진 장신구가 기이한 소리를 내고 있었다. 굉장히 위험한 분위기를 풍기는 사내. 보기만 해도 온몸이 떨려왔지만 홍은 더더욱 주먹을 꽉 움켜쥐며 통증으로 두려움을 이겨내고 있었다.

"저, 저는 화공입니다. 발을 다쳐서 여기서 하루 신세를 지게 되었는데, 갑자기 소피가 마려워서 밖으로 나왔다가 길을 잃었습니다."

"화공? 고작 발 하나 다쳤다고 여기에서 신세를 진다? 여기가 무슨 주막인 줄 알아?"

"네?"

"여기 아무도 없어!"

마치 포효를 하듯 살벌한 목소리가 쩌렁쩌렁하게 울렸고, 그 목소리에 주변에 있던 보초들이 우르르 달려와서는 사색이 된 표정으로 고개를 푹 숙였다. 그들 모두 꽤나 당황한 안색이 역력했다. 대체 이 사람이 누구길래? 그 순간,

"해, 행수님! 행수님께서 어떻게……."

뭐야. 그럼 이자가 이 노예 상단의 행수야? 내일 온다고 하지 않았어? 어떻게 지금 여기에 있는 거지? 설마 지금 바로 떠나는 건가?

'그럼 안 되는데!'

융은 여전히 홍에게 칼을 들이댄 채 외쳤다.

"도대체 관리를 어떻게 하는 거야! 여기가 길 잃은 새끼들 다 받아주는 주막이야?"

그제야 융의 칼끝에 서 있는 홍을 보고서, 그녀를 처음 데려온 보초의 표정이 하얗게 굳어졌다. 도대체 저 화공은 왜 이곳에서 하필이면 행수님께 들켜서는!

"데려온 새끼 누구야!"

"……."

"두말하게 만드냐? 여기서 다 뒈져 볼래?"

결국 몇 명의 보초가 무릎을 꿇었고, 융은 그들은 잠시 바라보다 이내 칼을 거두고서 순식간에 무릎 꿇은 이들의 머리를 사정없이 걷어차 버렸다.

"으윽!"

여러 번의 발길질. 그 속에서 짧은 비명 소리와 함께 둔탁한 소리가 이어지면서 바닥으로 피가 고이기 시작했다. 홍은 저도 모르게 나오려는 비명을 억지로 손으로 틀어막았다. 보기만 해도 너무 잔인하고 끔찍한 광경이었다. 그런데도 저 사람의 표정엔 아무런 미동이 없었다. 마치 너무나도 익숙하고 당연하다는 듯. 마침내 융이 쓰러진 그들의 손바닥을 짓밟으며 냉소를 머금었다.

"명줄을 놓고 싶냐?"

"아, 아닙니다!"

"그런데 왜 이런 짓을 한 거지? 난 아무리 생각해도 죽여달라는 말로밖에 안 들리는데."

"그, 그게…… 돈벌이가 될 것 같아서……. 윽!"

"고작 화공 따위가 뭐?"

그때 그나마 덜 다친 사내가 살기 위해 변명을 늘어놓기 시작했다.

"그냥 화공이 아닙니다. 춘화를 그리는 화공입니다. 서쪽 부두에선 춘화를 값비싸게 팔 수 있다기에……."

"춘화?"

"실력이 상당합니다. 그저 그런 화공이 아닙니다!"

그는 얼른 품에 있던 춘화를 융에게 보여주었고, 그는 그 춘화를 받아 들고서 유심히 그림을 살폈다. 찰나의 순간에 홍은 온갖 감정이 휘몰아치고 있었다. 그때, 융의 시선이 홍에게로 향했고, 그녀는 저절로 허리를 꼿꼿하게 세우고서 양손을 꽉 붙잡았다.

"네가 그렸다고?"

"예? 예."

융은 천천히 홍을 향해 다가왔다. 그의 발자국 소리가 크게 울리면서 심장이 더욱더 빠르게 요동치기 시작했다. 위험한 자다. 온몸이 그렇게 경고하고 있었다. 자꾸만 섬뜩한 기분이 울컥울컥 밀려들면서 붙잡은 손끝이 자꾸만 파르르 떨려왔고, 홍은 억지로 손을 더욱 꽉 붙잡았다. 그 때문에 손바닥에 손톱이 박힐 만큼, 손등의 뼈가 하얗게 튀어나왔다. 하지만 태연하게 버텨야 한다. 절대로 그에게 속내를 들킬 수는 없다.

어느새 그녀의 앞으로 다가온 융의 시선이 홍의 온몸을 훑으며 지나갔다. 그러다 한 손으로 그녀의 여린 턱을 움켜쥐고서는 얼굴을 똑바로 바라보았다. 그녀는 저도 모르게 숨을 훅 하고 삼켰다. 무척이나 매섭고 맹렬한 시선. 마치 제 속을 꿰뚫는 듯, 그 시선에 완전히 묶여 버리고 말았다.

그때, 그의 입꼬리가 비릿한 곡선을 이루면서 다른 손으로 그녀의 손을 가볍게 붙잡았다.

"그리 긴장하지 마. 괜히 손바닥만 다치겠네. 발목도 다쳤다면서."

"아, 저도 모르게⋯⋯."

"그림이 좋군. 춘화치고는 천박하지 않아. 이 실력으로 우리 보초들을 꾄 모양이지?"

"⋯⋯."

"내 앞에서 그림을 그릴 수 있겠나? 춘화든 뭐든 상관없이. 내 마음에 들면 네 목숨을 살려주지. 그렇지 않으면 이 고운 얼굴에 제대로 흠을 내줄 거야. 여긴 주막이 아니야. 가볍게 머물다 갈 수 있는 곳이 아니라고. 넌 호랑이 굴에 들어온 거야. 그러니 정신 아주 바짝 차려야 해."

그의 낮고 굵은 목소리가 그녀를 뒤흔들었고, 홍은 결코 내색하지 않으며 최대한 자연스럽게 고개를 끄덕였다.

"알겠습니다. 최선을 다해 행수님께 그림을 바치도록 하겠습니다."

융은 그런 홍을 재미있다는 듯 바라보았다. 그러더니 이내 모여 있는 이들을 향해 외쳤다.

"일정을 바꾼다! 떠나는 것은 이틀 뒤다. 그리고 이 화공을 내 방으로 데려와라. 간만에 좋은 그림이나 하나 가져야겠다."

"예!"

그렇게 융이 먼저 돌아섰고, 그제야 홍은 후들거리는 다리에 힘을 주고서 가쁜 숨을 몰아쉬었다. 정말이지 이토록 분위기에 압도당해 공포를 느껴본 적은 처음이었다. 노예상의 행수. 그는 스스로 상대방의 그러한 공포를 즐기는 듯한 느낌이 들었다.

"이봐, 죽기 싫으면 서둘러."

다른 보초가 넋을 잃은 홍을 깨웠다. 그 역시 매우 초조한 낯빛이었다.

"아직 살았다고 안심하지 마. 그림이 행수님의 마음에 들지 않으면 넌 그 자리에서 끝장이니까.”

다시금 두려운 현실이 밀려들었다. 저자의 앞에서 그림을 그려야 하다니. 그냥 서 있는 것 자체도 버거운데. 하지만 정신을 바짝 차리지 않으면 죽는다. 자신만 죽는 게 아니라 목아 낭자도 죽을 수가 있다. 그나마 다행인 건 시간을 벌었다는 것. 이틀 뒤, 이틀 뒤라……. 잘하면 저자의 환심을 사서 좀 더 이곳에 대해 알 수 있을지도 모른다.

‘그래, 이건 기회야. 기회라고 생각해야 해.’

홍과 헤어진 융은 제 방으로 걸음을 옮기지 않고 조금 전 홍이 서성거렸던 노예들이 갇혀 있는 곳으로 향했다. 앞을 지키던 보초들은 생각지도 못한 융의 등장에 흠칫 놀라며 얼른 고개를 숙였다.

“행수님, 오셨습니까.”

“문 열어.”

“예!”

단단히 닫혀 있던 문이 열리고, 융은 그 안으로 서슴지 않고 걸음을 옮겼다. 안쪽은 둥근 마당을 중심으로 여러 채의 작은 집들이 빼곡하게 붙어 있었다. 지나칠 정도로 이어지는 침묵. 그것은 공포에 억눌린 공기였다. 융은 무심한 시선으로 주변을 살피다 이내 기방으로 팔려갈 여자 노예들이 있는 집 앞에 섰다. 문고리를 당기자 덜컹이는 소리와 함께 한구석에 모여 있는 여인들이 하나같이 새파랗게 질린 표정으로 고개를 푹 숙이고 있었다.

"……."

숨소리조차 들리지 않는다. 조그만 소리 하나도 잔뜩 억눌린 이곳은 그야말로 지옥 같았고, 이곳에 서 있는 융은 야차와도 같았다.

그는 모여 있는 여인들을 잠시 쭉 바라보더니 이내 손가락으로 한 명을 가리키며 짧게 말했다.

"저년 옷 벗겨."

"예."

융이 가리킨 여인이 입고 있는 옷은 고급 비단으로 만들어진 최상급의 옷이었다. 노예 경매를 위해선 일단 옷을 제대로 입혀야만 했다. 특히나 기방이나 노리개로 팔려갈 아이들은 더더욱. 그렇게 융은 옷만 가지고 그곳을 빠져나왔다. 어쩐지 그의 눈동자엔 흥미로운 빛이 역력했다.

"어찌 옷만 가져오십니까?"

그의 옆에 있던 수하가 의아함을 참지 못한 채 슬쩍 입을 열자, 융은 손가락 사이로 느껴지는 결 좋은 비단을 움켜쥐며 속삭였다.

"보통 사람들이 내 앞에서 겁에 질렸을 때 말이다."

"예?"

"그것을 그렇게 필사적으로 숨기려고 하진 않지. 손바닥에 상처를 낼 정도로 그렇게는 말이야. 그냥 벌벌 떨게 마련이야, 저기 갇혀 있는 계집들처럼."

"……."

"그런데 그걸 그렇게 필사적으로 숨긴다는 것은 다른 의도가 있다는 것이지. 속내를 감추려는 그러한 의도가. 으흐흐흐! 재미있는 것이 들어왔어."

그렇게 융은 묘한 미소를 머금고서 제 방으로 걸음을 옮겼다.

6장
위험스러운 눈길

사림과 담은 불안하고 초조한 기색으로 연신 마을 밖에서 동태를 살피고 있었다. 그런데 어쩐지 아까보다는 경계가 많이 허술해진 느낌이었다. 안에서 대체 무슨 일이 벌어지고 있는 거지? 설마 들킨 건가?

그 순간, 사림의 눈빛이 크게 움찔하면서 자리에서 벌떡 몸을 일으켜 세웠다.

"뭐야?"

담은 갑작스러운 그의 움직임에 굳어진 시선으로 사림을 응시했다.

"피리 소리다."

"뭐?"

"꼬맹이가 피리를 불었어."

사림은 칼자루를 움켜쥐고서 마을 아래로 달리기 시작했다. 담은 잠시 머뭇거리다 이내 그 뒤를 따라 달렸다. 피리 소리라니. 아무 소리도 들리지 않았는데? 대체 무슨 말을 하는 거지?

어느새 녀석들이 있는 마을 앞까지 다가온 사림은 걸음을 멈추고서 잠시 눈을 감았다. 그러더니 방향을 잡고서 칼자루를 빼어 든다.

"그 칼, 폼으로 들고 다니는 거 아니지?"

"정말 들은 거냐?"

"그 피리 소리는 나밖에 못 들어. 그리고 분명 들렸다."

무공을 통해 남보다 배는 뛰어난 감각을 지닌 사림은 자신만이 들을 수 있는 피리를 만든 적이 있었다. 그걸 이용해 보다 수월하게 탐관오리의 집을 거덜 내기 위해서. 그리고 분명, 제 귀에 그 피리 소리가 들렸다.

사림은 자꾸만 다급함이 앞섰지만 침착하고 냉정해지려고 노력했다.

"그럼 간다."

그의 짧은 한마디와 함께 사림은 눈 깜짝할 사이에 칼을 뽑아 들고서 마을을 지키고 있던 보초들을 단숨에 제압했다. 예전 같았으면 바로 죽였을 테지만, 그는 깔끔하게 기절시키는 수준으로 마무리했다. 담 역시 마지막 한 놈을 기절시킨 뒤, 보이지 않는 곳에 내동댕이쳤다. 그렇게 두 사람은 마을 안으로 들어섰다. 하지만 오히려 마을 안쪽에 경계는 더 허술했다.

그들은 어둠 속으로 몸을 숨기며 좀 더 주변을 살폈지만 역시나 인기척은 느껴지지 않았다. 오히려 조금 어수선한 느낌. 그럴수록 담과 사림의 마음은 더더욱 초조해지고 있었다. 이런 상황이라는 것은 분명 이들의 눈이 다른 곳으로 향하고 있다는 터.

'홍아……'

'……'

더 이상 기다리고 자시고 할 필요도 없이 사림과 담은 피리 소리가 들린 방향으로 달리기 시작했다. 지금 두 사람의 마음을 가득 채운 것은 단 한 사람. 가장 미치도록 보고 싶은 사람도 단 한 사람.

'조금만, 조금만 더!'

'버텨다오!'

사림은 피리 소리가 들렸던 곳으로 달려갔고, 담 역시 굳어진 표정으로 그런 그의 뒤를 바짝 따랐다. 마침내 사림의 걸음이 한곳에 멎었다. 무척이나 낡은 창고 같은 곳이었다. 담은 딱 봐도 쥐가 나올 듯한 모습에 엷은 한숨을 내쉬며 짧게 물었다.

"이곳이 확실한 거냐?"

"분명 여기서 들린 소리이긴 한데."

"한데?"

"인기척이 안 느껴진다."

인기척이 없다. 그렇다는 것은 안이 텅 비었다거나 아니면.

사림은 저도 모르게 떠오르는 끔찍한 생각에 얼른 머리를 털어내고서 재빨리 벌컥 문을 열었다. 하지만 그곳에 홍은 없었다. 무척이나 더럽고 어두운 방 안으론 그저 을씨년스러운 분위기만 감돌고 있을 뿐이었다. 그래도 사림은 속으로 안심했다. 자신이 상상했던 그런 일은 아니었으니까. 꼬맹이가 다쳤거나 아니면 죽어 있다거나.

담은 조심스럽게 안으로 들어섰다. 안쪽은 더더욱 쥐가 나올 것만 같은 공간이었다. 애초에 사람이 있을 만한 곳이 아니었다.

"쥐라도 나오면 어쩌려고……."

"이봐, 여기."

그때 사림이 담을 불렀고, 손가락으로 탁자를 가리켰다. 거기엔 홍이 써둔 짧은 서신과 약도가 그려져 있었다.

—이곳에 묶인 낭자가 있는 것 같아요. 저는 지금 이곳 행수에게 가서 그림을 그릴 거예요. 아마 얼마 동안 시선을 붙잡을 수 있을 테니까 서두르셔야 해요.

담은 정갈하게 쓰인 그녀의 필체를 보고서 그리 위험한 상황은 아니라는 걸 판단했다. 그랬다면 필체가 조금이라도 흔들렸을 테니까. 게다가 신변이 위험해서 피리를 분 것이 아니라 이것을 알려주기 위해 피리를 불었던 것이다.

✳

홍은 자신의 봇짐을 챙기면서 밖에 서 있는 보초들을 힐끔힐끔 쳐다보았다. 물론 이것이 기회일 수도 있었지만, 어떻게 보면 실패할 수도 있으니 다른 방도 역시 생각해야만 했다.

'일단 내가 행수에게 가면, 모든 시선이 그쪽으로 몰릴 것이다.'

그리되면 상대적으로 바깥쪽의 경계가 소홀해질 터. 게다가 행수의 시선도 어느 정도 자신이 붙잡아둘 수 있으니 차라리 이쪽이 좀 더 가능성이 있어 보였다.

'내가 그렇게 시선을 잡아두면 사림 형님과 그가 이곳으로 들어올 수 있을 거야. 그럼 목아 낭자를 구할 수도 있을 거고.'

그렇다면 그들을 이쪽으로 불러야 하는데. 지금 그녀가 할 수 있는 방법은 딱 하나.

홍은 주머니에서 느껴지는 피리를 조심스럽게 움켜쥐었다. 이걸 불면 분명 사림 형님이 달려오실 것이다. 문제는 여기서 불어버리면 보초가 수상하게 여길 것인데. 어떡하지? 하지만 방법이 이것밖에……. 휘파람이라고 속여볼까? 과연 속아 넘어갈까?

그녀는 조심스럽게 피리를 꺼내보았다. 겉으로 보기엔 그저 평범한 피리 모양이었다. 긴장감이 흐르고, 밖에서는 보초가 아직 멀었냐며 퉁명스럽게 그녀를 재촉하고 있었다.

'그래, 일단 해보자. 해보고 큰 소리를 치는 거야.'

홍은 조심스럽게 피리를 입에 물었다. 그리고 얼마나 큰 소리가 나는지 아주 잠깐 불어보았지만.

'뭐지?'

그녀는 의아한 표정을 지으며 피리를 바라보았다. 그러고는 혹시나 하고 이번엔 좀 더 크게 불었지만 이상하게 피리에선 아무런 소리도 나질 않았다. 고장 난 건가? 아니, 사림 형님이 그런 실수를 하실 리가 없어. 그렇다는 건 원래 소리가 없다는 건가?

"사림 형님만 들을 수 있다거나."

이쪽이 더 가능성이 있어 보였다. 그래서 사림 형님이 무조건 크게 불라고 하신 거고. 그렇다면 오히려 잘되었다. 홍은 아주 충분히 숨을 들이마시고서는 있는 힘껏 피리를 불었다. 아주 길게길게. 오래오래. 사림이 이곳을 찾을 수 있도록. 그럴 수 있도록. 그러고는 자신이 파악한 위치의 약도와 쪽지를 남기고서, 재촉하는 보초에게 능청스럽게 봇짐을 흔들었다.

"아이고, 다 되었습니다. 먹을 조금 갈고 가는 것이 나을 듯하여."

"서둘러라. 행수님은 기다리는 것을 몹시도 싫어하신다. 네 손모가지에 내 목숨도 달려 있음이야."

"여부가 있겠습니까? 어서 가시지요."

그렇게 보초는 아무런 의심도 하지 않고 얼른 그녀를 행수에게 데려가기 위해 걸음을 재촉했다. 홍 역시 별다른 말을 하지 않고서 슬며시 곁눈질하며 그의 뒤를 따라 융의 방으로 향했다.

✻

"꼬맹이 녀석이 일부러 우릴 부른 거야."

사림은 조금 안심은 되었지만 노예 상단의 행수와 같이 있다는 구절이 마음에 걸렸다. 그런 자들은 눈썰미가 보통이 넘는데. 조금이라도 수상한 행동을 보인다면 가차 없이 들킬지도 몰랐다. 하지만 지금은 그 녀석을 믿는 수밖에 없었다.

담 역시 약도를 파악하고서는 행여 흔적이 될까 그것을 찢어 호롱불에 태웠다.

"일단 화공이 말한 곳으로 서둘러 가지."

그렇게 사림과 담은 홍이가 알려준 곳으로 달렸다. 그녀가 말한 대로 바깥 경계를 서는 보초의 수가 무척이나 적었다. 하지만 그녀가 말한 곳에 도착하니 경계가 제법 삼엄했다. 나무로 세워진 거대한 담벼락. 그 너머로 죽은 듯이 잠들어 있는 침묵.

담은 대충 어림잡아 규모를 파악했다. 얼추 꽤 발이 넓은 노예 상단임이 확실했다.

"이제 어쩔 거냐?"

사림은 숨을 죽이고서 여전히 칼자루를 움켜쥐고 있었다. 담은 그런 사림의 모습에 피식 웃음을 지었다.

"네가 웬일로 내게 먼저 묻는 거지? 곧장 칼 들고 뛰쳐나가야 하는 거 아닌가?"

"나도 생각이란 걸 하는 놈이야."

"홋, 하지만 지금은 그냥 네 방법이 나을 듯싶다."

"뭐?"

"정면 돌파."

담의 짧은 한마디에 사림은 잠시 머뭇거리다 이내 위험스럽게 웃으며 몸을 일으켜 세웠다. 어둠 속에서 그의 눈빛이 매섭게 번뜩이고 있었다.

"그거 마음에 드는군. 네 몸은 네가 지켜."

"네놈한테 구해달라고 안 한다."

"내 발목 잡지 말란 소리다."

"설마."

그렇게 눈 깜짝할 새 사림이 먼저 칼을 휘둘러 보초들을 쓰러뜨리기 시작했다. 물론 조금의 피를 보기는 했지만 숨통을 끊어놓지는 않았다. 담 역시 사림만큼은 아니지만 제법 그럴싸하게 칼을 휘두르고 있었다. 매번 무랑과 수련을 했던 탓에 그 솜씨가 나쁘지는 않았다. 정면 돌파를 시작했으면 조용히, 그리고 재빠르게 이놈들이 다른 놈들에게 알리기 전에 끝을 내야만 했다.

그렇게 사림의 움직임이 더더욱 빨라지면서 칼자루를 아주 자유자재로 휘두르고 있었다. 그러다 마지막 놈의 발목을 끊어놓은 뒤, 비명 한 번 지르지 못하도록 입을 제대로 틀어막아 버렸다. 아주 찰나의 순간. 사림은 속 시원하단 표정으로 담벼락을 뛰어넘었고, 담은 문을 찾아 안으로 들어섰다.

그곳은 여전히 너무나도 고요했다. 가운데 큰 마당 주변으로 조그만 집이 빼곡하게 늘어서 있었는데, 아마도 저곳이 노예들을 가둬놓는 옥사 같았다.

"하나하나 다 열어?"

"그럴 수밖에."

사림과 담은 흩어져서 각자 문을 열기 시작했다. 하지만 문을 열고 열고 또 열수록 그들의 표정은 점점 굳어지면서 말문도 막혀 버렸다.

"살려주십시오, 살려주십시오. 시키는 대로 다 할 것입니다. 절대 반항하지 않을 것입니다. 그저 살려주십시오!"

노예들의 모습은 하나같이 똑같았다. 잔뜩 겁에 질려서는 누군지 확인도 하지 않고서 무릎을 꿇고 머리를 땅에 박으며 거의 반사적으로 똑같은 말을 중얼거리고 있었다. 이것은 어마어마한 공포가 그들을 집어삼킨 결과였다. 스스로는 생각조차 하지 못하도록. 오직 복종만이 살길이라는 것을 세뇌시킨 결과.

사림은 끝내 참지 못하고서 문을 쾅 닫고선 고개를 돌려 버렸고, 담은 연신 제 앞에서 거의 발가벗은 모양새로 머리를 숙이고 있는 여인들을 바라보았다. 그의 표정은 담담했다. 아니, 입을 꾹 다물고서 온갖 감정이 휘몰아치는 눈빛을 띠고 있었다. 하지만 이 속에 연목아, 그녀는 없었다.

＊

홍은 보초의 안내대로 다른 곳보다 훨씬 깨끗한 방 앞에 섰다. 그래도 행수라고 지내는 곳은 다른 곳보다 좋은 모양이지?

"들어가."

보초의 짧은 한마디에 홍은 봇짐을 꽉 움켜쥐고서 천천히 방 안으로 들어갔다. 그러자 미묘한 향이 물씬 풍기며 안쪽에서 융이 태연하게 아주 폭신해 보이는 의자에 앉아 있는 모습이 보였다. 그의 모습은 여전히 위험스럽기 짝이 없었다. 홍이 주춤주춤하며 자리에 서 있자, 그가 한 손으로 자리를 권하며 입을 열었다.

"거기 앉지. 뭔가 먹을 것이라도 줄까?"

"아니요, 괜찮습니다."

그녀는 자리에 앉고서는 태연함을 유지했다. 융은 그녀의 움직임 하나하나를 놓치지 않고 좇으며 입술 위로 더욱 짙은 곡선을 그렸다. 상당히 재미있었다. 이처럼 재미난 일은 참 오랜만이었다.

"자, 시작하지."

"예."

그녀는 심호흡을 삼키고서 천천히 벼루에 먹을 갈고, 하얀 종이를 깔아 두 손으로 붓을 쥐고서는 충분히 먹을 확인했다. 그 모습 하나하나가 무척이나 정갈하고 곧았다. 그녀는 긴장감을 숨기기 위해 연신 등줄기에 힘을 주며 붓끝에만 집중하기 위해 노력했지만, 자신을 쳐다보는 그의 시선이 자꾸만 느껴졌다. 뜨겁고 강렬하게. 차마 고개를 들 수가 없었다. 고개를 들어서 그를 마주하면, 모든 것을 들킬 것 같았다. 긴장하고 있다는 것을. 떨리고 있다는 것을 전부 다.

"……."

드디어 그녀가 쥔 붓이 종이 위를 유유히 움직이기 시작했다. 그림을 그리는 내내 홍은 사림과 그를 떠올렸다. 제대로 잘 왔을까? 약도대로 찾아갔을까? 목아 낭자를 만나고 있나? 아니면 아직 멀었나? 내가 저자와 무슨 말을 해서라도 시선을 끌고 있어야 할 텐데.

하지만 차마 먼저 입이 떨어지지가 않았다. 지금 자신의 목소리에 전혀 자신이 없었다.

그 순간 생각지도 못하게 그가 먼저 입을 열었다.

"난 사실 그림 보는 눈은 없어. 그래도 화공이 그린 그림이 좋다는 건 알아."

"부족한 솜씨 그리 봐주셔서 감사합니다."

"나도 여러 춘화를 보긴 했지만, 화공이 그린 춘화는 좀 독특했
거든. 좀 더 사실감 있다고 해야 하나?"

"……."

융의 시선이 그녀에게 멈춰들었고, 홍은 숨소리마저도 숨긴 채
연신 그 시선을 외면하며 그림을 그렸다. 그렇게 얼마나 지났을
까. 그녀의 붓이 멈춰들었다. 긴장을 전부 그림으로 숨겼더니, 너
무 빨리 끝나고 말았다. 이러면 안 되는데. 한 장 더 그릴까?

"다 그렸으면 가져오지?"

하지만 그가 먼저 눈치를 채고서 그림을 원했고, 홍은 하는 수
없이 자리에서 일어나 그에게 다가갔다. 솔직히 그림을 주는 것보
다 그와의 거리를 좁히는 것이 더 어려웠다.

마침내 홍은 어느 정도 간격을 유지하고서 그림을 건네주었다.
그가 그림을 잡자마자 걸음을 돌리려고 했지만, 융은 강압적인 어
조로 그녀의 발목을 붙잡았다.

"거기 서 있어."

"……."

그의 발치가 보인다. 융의 시선은 그림에 집중되어 있었지만,
흐르는 이 팽팽한 공기가 너무나도 숨이 막힐 듯했다. 마침내 그
림으로 향하던 그의 시선이 홍에게 향했다.

"역시 사실감 있어. 특히 여인네가 말이야."

그림 속에 여인은 한 명이었다. 달빛 아래 처연하게 서 있는 여인과 그런 여인을 뒤에서 훔쳐보고 있는 사내. 그림에서 묻어 나오는 정서는 그리움이었다. 서로가 서로를 원하는. 그렇기에 얼핏 야릇한 느낌이 묻어 나오기도 했다.

융은 연신 그림 속의 여인만을 바라보았다.

"이 여인에게선 단아하고 수줍음이 느껴지지. 마치 반가의 규수마냥, 이런 그림에 어울리지 않게. 보통 춘화에 나오는 여인네들은 대범하기 그지없거든. 기녀들이 많아서. 한데 화공의 그림 속 여인들은 하나같이 똑같아. 기녀들이 없지. 전부 다 반가의 규수들이야. 혹, 기녀를 본 적이 없는 건가?"

"그것은……."

"아니면 이런 반가의 규수들이 더 익숙한 것인가?"

그런가? 그런 것은 한 번도 생각해 본 적이 없는데. 홍은 저도 모르게 제 그림을 빤히 바라보았다. 그러다 생각지도 못한 한마디에 표정이 굳어졌다.

"혹, 그 익숙함은 자신의 모습이기 때문에?"

한순간 숨이 멎으면서 그녀의 눈빛이 흔들렸다. 무슨 말이지? 혹, 여인인 걸 들킨 건가? 아니야. 일단 끝까지 모른 척해야 해. 그냥 떠보는 말일지도 몰라. 속아 넘어가선 안 돼.

"그게 무슨 말씀이신지……. 하!"

하지만 융은 다른 손으로 그녀가 피할 새도 없이 손목을 잡고 당겼다. 그러고는 한순간에 그녀의 옷고름을 잡고서 단숨에 풀어 헤쳤다. 시린 바람이 스치며, 윗옷이 펼쳐졌다. 홍은 그 어떤 비명도 지르지 못한 채 시선이 멎어버리고 말았다. 그리고 융의 손길 아래 새하얀 살결과 어울리지 않게 가슴을 숨긴 무명천이 모습을 드러냈다. 그의 웃음 섞인 어조가 홍을 흔들었다.

"역시, 계집이군."

"……."

"다른 이는 속여도 난 못 속이지. 이 눈에, 이 손에 계집을 안고 담은 것만 수년이야. 딱 봐도 알아, 네가 계집이라는 걸. 그것도 굉장히 탐나는 계집."

홍은 그에게서 벗어나려고 했지만, 이미 손안에 들어온 그녀를 쉽사리 놓아줄 융이 아니었다.

"들어와."

그의 짧은 한마디에 기다리고 있었다는 듯, 그의 수하가 들어와서는 그에게 노예에게서 빼앗은 여인의 옷을 쥐어주었다. 홍은 불안한 시선으로 그 옷을 바라보았다. 날 선 목소리로 외쳤다.

"지금 뭐 하는 것이냐!"

"목소리도 낭창낭창하니 좋군."

"뭐 하는 것이냐고 묻잖아!"

"역시 그렇고 그런 계집은 아닌 모양이야. 그림에서도 느꼈었지. 춘화 따위나 그리는 화공의 정취는 아니라고. 두려움을 숨기려고 안간힘을 쓰려고 할 때, 무의식적으로 허리를 꼿꼿하게 세우고 체면을 유지하려고 했지. 그것은 양반이 아니라면 불가능해."

"……."

"넌 제법 이름 있는 반가의 규수가 틀림없어. 그러니 이런 모양새는 영 아니야. 최상급의 빛을 가리잖아."

홍은 생각보다 훨씬 예리하고 날카로운 그의 눈썰미에 치를 떨었다. 처음부터 그는 모두 다 알고 있었다. 알고 있으면서, 자신을 이런 식으로 몰아세우기 위해 그림을 그려달라고 헛소리를 지껄인 것이다. 다른 이가 두려워하는 모습을 즐기는 자. 이자는 미쳤다. 제정신이 아니다.

"어디 그럼."

융은 남아 있던 그녀의 윗옷도 전부 벗겨 버린다. 그녀의 하얗고 둥근 어깨가 모조리 드러나면서 잘록한 허리선이 그녀가 여인임을 여실히 증명하고 있었다. 이런 치욕스러운 순간에도 홍은 냉정함을 유지하려 안간힘을 썼다. 이미 벌어진 일. 더는 이자가 바라는 모습을 보여주고 싶지 않았다.

융은 그런 홍의 모습이 무척이나 만족스러웠다.

"그래, 아주 좋아. 이런 것에 무너지면 재미가 없지. 고고한 설난을 내 손으로 서서히 길들이는 맛이 있어야 하니 말이야."

"……."

"자, 그럼 이대로 내 손에 계속 벗겨질래, 아니면 스스로 이 옷으로 갈아입을래. 선택은 주지."

홍은 입술을 꽉 깨물며 그를 바라보았다. 더 이상 그녀는 그가 무섭지 않았고 두렵지 않았다. 어떤 인간인지 그의 모든 가면을 본 느낌이었으니까. 그의 눈동자엔 흥분이 가득했다. 그것은 새로운 사냥감을 발견한 맹수의 눈빛과도 같았다.

"선택은 자유지만 시간은 별로 못 줘."

결국 그녀는 융의 손에 있던 옷을 낚아챘다. 그러자 그는 좋아, 라고 짧게 속삭이며 그녀를 풀어주었다. 홍은 수하가 안내한 곳으로 걸음을 옮겼다. 그곳은 융의 방에 딸려 있는 아주 작은 방. 그렇게 문이 닫히고, 홍은 그제야 떨리는 손을 꽉 붙잡았다. 일이 아주 난감하게 되어버렸다. 그것도 아주 최악으로. 이대로는 사림 형님과 그를 부를 수도 없었다.

'내가 알아서 벗어나야 하는데…… . 혹, 형님과 그가 여기에 있다면 이 모습을 들켜서도 안 돼.'

일단 홍은 여인의 옷으로 갈아입었다. 하지만 옷이 속이 보일 만큼 너무나도 야릇한 옷이었다. 결코 반가의 규수에게 어울리지 않는 망측한 형색. 하지만 홍은 그 옷을 입고 당당히 밖으로 나서는 고개를 들고서 융을 노려보았다.

흐트러진 머리카락과 다듬어지지 않아 옷매무새는 엉망이었지만, 서늘한 눈빛과 그저 서 있는 모습 자체로도 고고하고 기품 있는 모습이었다. 융은 짧은 감탄사를 터뜨리며 그녀의 모습을 살폈다.

"역시 최상급이야. 내가 미안해지는군, 그런 싸구려 옷을 입히다니."

"날 노예로 팔아버릴 작정인가?"

융은 어느새 그녀에게 다가왔고, 홍은 제게 손을 대려는 그의 손목을 붙잡고서 단호하게 말했다. 그러자 그는 재미있다는 듯 잠시 뜸을 들이다 입을 열었다.

"그보단 네가 여기에 왜 왔는지가 더 중요하지. 변장까지 하면서 이곳에 들어온 진짜 목적."

"……."

"분명 여기에 있는 누군가를 구하려고 온 걸 테야. 그렇지? 보통 그러거든. 그래서 내가 가만히 생각을 해봤지. 누구일까. 누굴까. 그런데 한 명밖에 없는 것 같아. 다른 것들은 전부 이곳에 온 지 며칠이 지났거든. 근데 딱 한 명."

홍은 설마 하는 시선으로 융을 바라보았고, 그는 비릿한 미소와 함께 이름을 내뱉었다.

"그래 딱 한 명. 연목아. 그 계집이 이곳에 오자마저 네가 온 거야. 우연치곤 기가 막히게."

그리고 그 말이 끝나자마자 누군가 이곳으로 끌려왔다. 바로 손이 묶이고 입까지 막힌 채 처참하게 끌려오고 있는 목아였다. 목아는 홍을 보자마자 눈동자가 커졌고, 홍 역시 너무나도 참혹한 그녀의 모습에 말문이 막혀 버렸다. 융은 찰나의 부딪힌 서로의 시선에 박수를 치며 속삭였다.

"역시, 내가 맞혔군."

✻

노예 상단의 실태를 알게 된 사림은 마당에 서 있는 담을 향해 굉장히 껄끄러운 표정으로 입을 열었다.

"이제 어쩔래?"

"뭘 말이지?"

"일단 이곳에 연목아, 그 계집은 없어. 그렇다는 것은 다른 곳을 뒤져야 한다는 소리인데."

"그런데?"

어쩐지 담의 태도가 평소와는 조금 달라 보였지만, 사림은 끝까지 말을 이었다.

"저들은 어쩔 테냐? 저대로 둘 것이냐?"

"다른 이들을 몸소 돕는 오지랖은 없다고 하지 않았나?"

"나는 그렇지만 넌 종사관이니까…… 한데."

역시나 뭔가가 이상했다. 평소와 느낌이 다르다고 해야 할까? 사림은 입을 꾹 다물고서 담을 빤히 쳐다보았고, 담은 그런 그의 시선을 억지로 외면했다.

"지금 저들을 데리고 나오면 다 죽어. 저들도 같이 구하려면 상단 행수부터 죽여야 해."

담담한 듯하면서도 굉장히 섬뜩한 어조가 흘러나오자, 사림은 의외라는 표정을 지었다. 저 녀석이 원래 저런 성격이던가? 사람을 죽인다는 말을 저리 쉬이 내뱉는 성격은 아닌 것 같았는데.

그때, 담의 시선이 여기저기를 향하다가 이내 바닥에 쓰러져 숨을 헐떡이고 있는 보초를 향해 걸어갔다. 그러고는 짧은 숨을 삼키며 순식간에 녀석의 등을 밟고서 바로 눈앞에 칼을 내리며 입을 열었다.

"행수가 어디 있는지 말하라."

"하아, 하아, 하아!"

보초는 코앞에서 서슬 퍼런 칼끝이 아른거리자 온몸을 벌벌 떨었다. 하지만 담은 그런 녀석의 낯빛 따위 안중에도 없는 듯 차갑기 그지없는 어조로 보초를 더더욱 옥죄기 시작했다.

"그리 입을 다물고 있겠다면 사지를 절단 낼 것이다. 그러니 당장 말하라. 행수는 어디 있느냐?"

상대를 강하게 누르는 위압감. 하여 공기마저도 굉장히 날이 서 있었다. 사림은 저도 모르게 몸이 움찔했다. 처음 느껴보는 느낌. 종사관 나부랭이라고 하기엔, 기백이 장난이 아니었다.

'대체 저 녀석 뭐야.'

무엇에 저리 화가 난 거지?

"끝까지 입을 열지 않겠다?"

담은 싸늘한 시선으로 태연하게 칼을 들어 올렸고 이내 아래로 힘껏 내리려는 찰나, 보초가 비명과도 같은 소리를 지르며 결국 입을 열고 말았다.

"보, 본채! 마을 가장 한가운데 본채가 있습니다. 그곳에, 그곳에 계십니다!"

본채라. 마을 한가운데라면 찾기 어렵지는 않을 터. 담은 여전히 어쩔 줄 몰라 하며 바닥을 기고 있는 보초에게서 시선을 떼지 않은 채 입을 열었다.

"네가 먼저 가라. 화공도 그곳에 있을 테니까. 어쩌면 위험한 상황일 수도 있고."

"알았다."

속으로 홍을 더 걱정하던 찰나였기 때문에 사림은 재빨리 먼저 걸음을 움직였고, 담은 칼등으로 보초의 목 뒤를 정확히 쳐 혼절시켰다. 그러고는 홀로 이 거대한 적막과 마주하며 흔들리는 시선으로 고개를 숙였다.

'반드시 구할 것이다. 조금만, 조금만 더 버텨다오. 그대들에게 다른 말은 해줄 수 없고, 다른 그 어떤 것도 더는 들어줄 수 없고 약조할 수도 없지만, 이것만큼은 해줄 것이다. 내 이름을 걸고서라도 반드시, 구해줄 것이다.'

※

　사림은 마을 한가운데를 향해 전속력으로 달려갔다. 가다가 마주치는 이들이 있다면 피할 새 없이 그냥 베어버리고 가려 했지만, 이상하게 보초나 경계를 서는 낌새가 보이지 않았다. 뭔가 느낌이 이상했다.

　'함정인가?'

　그래, 어쩌면 그놈이 제대로 불지 않은 걸지도 모른다. 물론 그 상황에서 진실을 말하지 않았다면 정말로 간이 배 밖으로 나온 놈이겠지만. 하지만 설사 진실이라면 도대체 왜 이렇게 지키는 이가 아무도 없는 거야?

　'모르겠다. 일단 부딪히고 보는 수밖에.'

　그래, 어차피 함정이라 할지라도 망설이고 있을 여유가 없었다. 정말로 함정이라면 홍이가 저들에게 발각되었다는 것이고, 그래서 저기 저 노예들처럼 똑같은 꼴을 당하게 된다면.

　사림은 더는 생각을 하지 못한 채 칼자루를 쥔 손에 더더욱 힘을 주었다.

　그런 생각만으로도 피가 거꾸로 솟는 기분이었다. 마치 예전에 청이가, 그 아이가 기방으로 끌려갔다는 소식을 들었을 때처럼.

　'그래도 꼬맹이는 사내자식이니까. 그래도 사내니까.'

애써 괜찮을 것이라고. 그럴 것이라고 자신을 다독이며 어느새 본채에 도착한 사람은 한 치의 망설임도 없이 문을 벌컥 열었다. 하지만 그곳엔 아무도 없었다. 거의 다 타버린 모닥불이 마지막 열기를 뿜어내고 있을 뿐.

"그래도 일단 여기에는 있었다는 것인……."

그 순간, 뒤에서 섬뜩한 기척에 사림이 재빠르게 피했지만, 푹 하고 섬뜩한 소리가 울리면서 기분 나쁜 통증이 느껴졌다.

"하."

그리고 짧게 울리는 그의 헛웃음 소리. 사림은 천천히 고개를 들었다. 그러자 어둠 속에 모습을 드러낸 살수의 모습.

"나도 많이 죽었네. 이런 쉬운 수에 바로 걸리고. 꼬맹이 때문에 나도 참 많이 죽었다, 죽었어."

그의 옆구리에 날 선 단검이 박혀 들어가 피가 주르르 흘러나오고 있었다. 하지만 사림은 아무렇지도 않은 듯 칼자루를 움켜쥐었다. 오히려 억누르고 있던 무언가가 걷잡을 수 없이 터져 버린 그런 느낌이었다.

❋

"행수님! 행수님!"

융의 방으로 보초가 다급한 목소리를 하며 들어왔다. 그러고는 그의 귀에 대고 뭐라 속삭였고, 그의 입술이 엷은 곡선을 이루며 홍을 바라보았다.

"침입자가 있다는데. 혹, 너의 일행인가? 하긴 혼자 왔을 리는 없지. 넌 첩자였던 모양이야."

하지만 홍은 끝까지 입을 다물었다. 그러면서도 한편으론 안도의 숨을 내쉬었다. 사림 형님과 그가 왔구나. 무사히 이곳으로 들어왔구나. 하지만 문제는 지금이었다. 자신이 보여준 약도에 목아 낭자가 있을 거라고 여겼는데, 그녀는 지금 이곳에 있다. 게다가 자신은 그들에게 모습을 보일 수 없는 상태.

'어떻게든 낭자와 여길 먼저 빠져나가야 하는데. 그리고 다시 남장을 하고 만나야 할 텐데.'

"행수님, 이제 어찌할까요?"

"사병들을 전부 풀어서 침입자를 잡아. 그리고 노예들이 있는 곳에 경계를 강화해. 그들이 풀려나면 네놈들은 죽어."

"예, 행수님."

보초가 밖으로 나가자마자 융의 옆으로 또 다른 그림자가 드리워졌다. 움직임이 전혀 느껴지지 않았다. 하지만 분위기로 보아 그가 고용한 살수인 듯싶었다.

"넌 이곳에 남아. 분명 누군가 여기로 올 거야."

융의 시선이 다시금 홍을 향했다. 그러고는 이내 터벅터벅 걸어와서는 그녀의 앞에 섰다.

"아까 물었지? 널 어쩔 거냐고? 노예로 팔아버릴 거냐고?"

"……."

"걱정 마라. 넌 노예로 팔지 않아. 노예로 팔기엔 너무 아깝지. 넌 내가 가져야겠다."

그는 여전히 묶인 채 바닥에 엎드려 있는 목아를 힐끔거리며 말을 이었다.

"이 계집이랑 같이 도성으로 갈 거야. 그런데 괜히 저 계집을 구하겠다고 설치지 마라. 저 계집을 원하는 분은 너 같은 건 단숨에 죽일 수 있을 만큼 높으신 분이니까. 그분이 널 죽이겠다고 하면 나도 널 구할 수가 없어. 그러니 얌전히. 응?"

그렇게 융이 먼저 그곳을 빠져나갔고, 곧 다른 이들이 홍과 목아를 끌어내기 시작했다. 일단 홍은 순순히 걸음을 옮겼다. 그러면서 안타까운 시선으로 목아를 힐끔거렸지만, 목아는 애써 홍을 보지 않고 있었다.

일단 생각을 해야 한다. 그리고 정신을 바짝 차려야 해.

'저자를 한순간이라도 흔들 수 있는 방법. 그게 필요하다.'

✳

옆구리에 제법 깊이 박힌 단검. 하지만 사림은 별 신경을 쓰지 않고서 자신의 칼자루를 움켜쥐더니, 이내 한 치의 망설임도 없이 살수를 향해 칼을 휘둘렀다. 챙! 하는 소리가 울리자마자 다시금 몇 번의 날카로운 음이 더 들려왔다.

살수는 생각보다 깊은 부상에도 불구하고 무척이나 빠르게 움직이는 사림의 손짓에 조금 당혹한 기색을 보였지만, 깊이 생각할 수 없었다. 조금만 방심하면 그의 칼이 목을 꿰뚫어 버릴 것이다. 그만큼 사납고 맹렬했다.

"이봐, 좀 더 움직여. 너무 느려 터졌잖아!"

마치 물 만난 물고기마냥 사림은 상대를 극도로 몰아붙이기 시작했다. 물론 옆구리의 통증이 아예 없는 것은 아니었다. 아팠다. 그것도 더럽게 아팠다. 하지만 사림은 이를 악물고 버티고 있었다. 그래서인지 그답지 않게 식은땀이 맺혀 있었다. 하지만 그렇다고 힘과 속도가 줄어드는 것은 아니었다.

점차 살수의 움직임이 밀리기 시작했다. 어차피 이들은 대부분 암살을 하는 자들이었다. 빠른 움직임은 좋지만 체력과 힘은 그다지 좋지 못하다는 얘기. 사림은 그를 벽으로 밀어붙이면서 다시금 크게 칼을 휘둘렀다.

살수의 움직임이 완전히 사림에게 붙잡혀 버렸다. 그는 사림의 회색빛 눈동자를 보고선 저도 모르게 입을 열었다. 그것도 꽤 오랜만에 들어보는 말이었다.

"괴, 괴물……."

"하? 이 정신에 그런 게 눈에 들어오냐? 기분 나쁘네."

그 순간, 사림의 칼날이 정확히 살수의 왼쪽 눈을 그어버렸고, 그는 단말마의 비명을 질렀다. 하지만 사림의 시선은 무심했다. 안 그래도 기분이 뭣 같은데, 옛날의 기억을 떠올리게 해서 더욱 엿 같았다.

"너, 이 노예 상단에 고용된 지 얼마 안 된 모양이지? 그래서 나 같은 사람 처음 보나 봐?"

"으윽!"

"내가 아픈 건 더럽게 못 참아. 근데 지금 네놈 때문에 아파 뒈지겠다고. 지금 당장에라도 네놈 명줄을 끊어버리고 싶은데, 한 가지 걸려서 말이야."

사림은 그에게 한 발 다가섰고, 살수는 그런 그에게 두려움을 느끼고서 뒷걸음질쳤지만 사림은 다시금 가볍게 칼을 휘둘러 그의 왼쪽 다리를 그어버렸다.

"악!"

다시금 울리는 비명. 어느새 살수의 앞에 선 사림은 서늘한 시선으로 녀석을 내려다보며 짧게 외쳤다.

"우리 꼬맹이 어디 있냐?"

처음으로 그의 목소리가 미세하게 흔들렸다. 자신을 이런 함정에 빠뜨린 것을 보아하니 분명 홍의 정체가 발각된 것이다. 그렇다면 더는 이 녀석과 시간 낭비하고 있을 겨를이 없었다. 홍을 데리고 있는 것은 분명 이곳의 행수. 행수를 찾아야 한다. 홍이를 데리고 여길 빠져나가기 전에 반드시!

"당장 대답해. 꼬맹이, 홍이 어디 있어!"

하지만 살수는 입술을 꽉 깨물다가 이내 품에서 또 다른 단검을 꺼내 들었다. 사림은 슬쩍 한 발 물러서다, 아차 하는 마음에 칼을 휘둘러서라도 단검을 빼앗으려고 했지만, 살수는 단검으로 순식간에 자신의 급소를 찔러 넣었다.

"젠장!"

사림은 살수를 흔들었지만 이미 숨을 거둔 듯했다. 이놈들에게 의리 같은 것은 없지만, 윗놈에 대한 명령은 목숨과도 같았다. 그걸 생각하지 못했어.

"빌어먹을. 아오!"

✻

사림을 뒤따라 안채로 가려던 담은 갑자기 여기저기서 몰려나오기 시작하는 사병들의 모습에 이미 일이 틀어졌음을 깨달았다.

'무사한가?'

곧장 드는 생각은 오직 하나. 사림이 달려가긴 했지만 구했는지 아닌지 알 수는 없었다. 만약 구하지 못했다면.

'모두 다 위험하다.'

그때 사병들의 칼날이 날아오기 시작했고, 담은 재빨리 막으면서 눈으로 어림짐작을 했다. 생각보다 많았다. 게다가 활을 들고 있는 이들도 있었다.

'일단 몸을 피해야 하는데.'

담은 몸을 움직이면서 피할 수 있는 틈을 노렸지만 쉽지가 않았다. 결국 바람을 가르는 소리가 울렸고, 화살이 그를 향해 쏟아지기 시작했다. 담은 이 상황에서도 날아오는 칼을 피하면서 대충 몇 군데 맞을 각오를 하고 칼을 크게 휘두르려는 순간,

"엎드려!"

사림의 짧은 목소리에 담은 생각할 겨를도 없이 고개를 숙였고, 사림의 칼날이 날아오는 화살을 전부 베어내면서 그와 등을 맞대었다.

"아주 꼴이 가관이다, 양반 나부랭이."

"화공은?"

"함정이야. 이미 녀석들이 눈치를 챘어. 이대로 가다간 개죽음이야."

점점 사병들이 몰려오고 있었다. 사림은 쓰러진 자들에게서 활과 화살을 빼앗아 들고서는 공중전을 벌이고 있었고, 담은 그런 사림의 뒤를 맡아 버텨내고 있었다. 계속 이렇게 부딪힐 수는 있겠지만, 이대로 가다가는 계속 발목이 잡혀 시간을 끌게 될 것이다. 그리되면,

'꼬맹이를.'

'화공을 잃는다.'

"야, 머리 좀 써봐. 이럴 때는 나보다 네놈 머리를 굴려야 할 거 아니야!"

사림은 연신 화살을 이용해 백발백중 녀석들의 심장을 제대로 맞히고 있었다. 하지만 그의 손끝이 흔들리고 있었다. 목소리 역시 마찬가지였다.

"기다려."

"너무 오래 끌지 마라. 내가 지금 무진장 아파 뒈지겠거든!"

담은 그제야 사림의 숨소리가 평소와 다르다는 걸 깨닫고서 고개를 돌렸다. 그의 옆구리에서 피가 흐르고 있었다. 그것도 꽤 많은 양이. 그래서 상대적으로 움직임이 덜한 활을 이용하는 건가?

사림은 밀려오는 통증을 억지로 참아냈다. 아프다, 아주 미치도록. 하지만 이것만 아픈 게 아니다. 꼬맹이가 걱정돼서, 가슴이 답답해 죽을 것 같았다.

그것은 담도 마찬가지. 냉정하던 그의 눈빛이 차츰차츰 흔들리면서 결국 뭔가를 결심한 듯 먼 곳을 향해 입을 열었다.

"이런 식으로 숨어 있다면, 끄집어내는 수밖에."

✻

"지금 바로 도성으로 가실 것입니까?"

"바깥 상황을 먼저 살펴야겠다."

융은 만일에 대비해 바로 도성으로 떠날 수 있는 길을 확보하기 위해 먼저 자리를 떴다. 그리고 찰나의 침묵 끝에 홍은 재빨리 목아에게 다가가 손을 묶은 끈을 풀고 입도 풀어주었다.

"대체 이게 무슨 일입니까? 어찌 그런 모습으로……. 혹시 다른 분께도 들킨 것입니까?"

"아니에요. 저자한테만 들킨 것이에요. 나는 낭자를 구하려고 온 거예요. 사림 형님과 나리께서도 마찬가지구요."

이담. 그가 왔다는 말에 목아의 표정이 한층 낮게 흔들렸다.

"문제는 우리가 여길 빠져나가야만 한다는 건데……."

홍은 주머니 속에 아직 들어 있는 피리를 움켜쥐었다. 이걸 불면 분명 사림 형님이 오실 것이다. 하지만 그리되면 자신의 모습을 들킬 텐데.

"사림, 그자도 이곳에 있습니까?"

"아, 있어요."

"그자는 강한 것입니까? 이곳은 노예 상단. 초의 사람은 아주 최상급의 노예라서 그들이 가만두지 않을 것인데."

약간 걱정하는 듯한 목아의 모습에 홍은 싱긋 웃으면서 말했다.

"사림 형님 걱정은 마세요, 아주 강한 분이시니까."

"누, 누가 누굴 걱정했다는 것입니까!"

목아는 말을 더듬으며 얼른 고개를 돌려 버렸고, 홍은 그런 목아를 바라보며 조금 긴장을 내려놓고서 차근차근 상황을 살폈다.

"일단 여기서 나가기만 하면 사내 옷으로 갈아입고 형님을 만날 수 있어요. 그런데 정말로 도성으로 가는 건가요?"

"그럴 겁니다. 날 원하는 자가 도성에 있으니. 도성에서 절대로 벗어나지 못할 테니까."

뭔가 아는 듯한 목아의 싸늘한 어조에 홍은 잠시 움찔하고선 조심스럽게 물었다.

"혹시, 누군지 아는 건가요?"

"화공은 모르는 편이 낫습니다. 당신이 알게 되면, 당신 목숨도 위험해질 테니까."

목아는 떨리는 시선으로 유허청을 떠올렸다. 참으로 질기고 질긴 악연이다. 그 악연에 이들까지 엮이게 할 수는 없는데. 혹시나 이런 일을 걱정하여 이들을 빨리 보내려고 한 것인데.

그녀는 자리에서 일어섰다. 그러고는 홍에게 다가왔다.

"그들과 연락할 방법이 있는 겁니까?"

"피리. 이 피리를 불면 사림 형님이 우리 위치를 알게 될 거예요."

"하지만 지금 화공은 그를 만나면 안 되는 거죠? 그럼 좋습니다. 화공을 밖으로 내보낼 것입니다. 사림, 그자만 여기로 올 수 있게 해주세요. 한데 그자, 정말 강한 것이 맞는 거지요?"

"형님이라면 믿을 수 있습니다. 그런데 저를 어찌 밖으로?"

"뭔가 날카로운 것이 있으면 좋은데."

목아는 잠시 주위를 살폈고, 홍은 잠시 머뭇거리다가 이내 자신의 봇짐에서 세필붓을 꺼내 망설임 없이 두 동강으로 부러뜨려 버렸다. 그러자 제법 그 파편이 날카로워 보였다. 홍은 목아에게 그것을 건네주었다. 하지만 대체 무슨 속내인지 알 수가 없었다.

"이건 도박이긴 하지만, 그래도 승산은 있을 겁니다."

"무슨……?"

"지금부터 제가 하는 행동에 놀라지 말아야 합니다. 아시겠습니까?"

목아의 회색빛 눈동자가 단호함을 머금고서 빛났고, 홍은 그 눈빛에 고개를 끄덕였다. 잠시 후, 이쪽으로 걸어오는 발걸음 소리에 목아는 재빨리 홍과 떨어져서는 세필붓 조각을 한 손에 쥐고서 바닥에 무릎을 꿇었다. 그러곤 융이 안으로 들어왔다.

"일단 길을 뚫었으니 우리부터 나가볼까? 나머지 노예들은 저 침입자 녀석들을 먼저 죽인 뒤에 데려와도 늦지 않으니까."

융은 천천히 홍에게로 걸음을 옮겼고, 목아는 그런 그의 움직임을 곁눈질로 살피다 이내 벌떡 몸을 일으켜 세워서는 정확히 자신의 목을 향해 그 나뭇조각을 내밀었다. 홍은 갑작스러운 목아의 행동에 당황했지만 내색하지 않았다.

"너 뭐야."

융의 시선이 싸늘하게 굳어져서는 걸음을 목아에게로 향하려고 했지만, 그녀는 쥐고 있던 나뭇조각을 더 세게 붙잡고서 외쳤다.

"다가오지 마! 이대로 내 목을 찔러 버릴 테니까."

"하? 뭐야?"

"어차피 난 여기서 죽어버리면 그만이야. 잃을 게 없다고. 하지만 넌 달라. 안 그래?"

융은 걸음을 멈추고서 목아를 노려보았다. 눈빛으로 사람을 죽일 듯, 어마어마한 살기가 느껴졌지만 목아는 멈추지 않았다.

"내가 죽으면 넌 그년에게서 아무것도 받지 못할 거야. 아마 도성에서 노예 밀거래를 할 수 있도록 관군들의 눈을 가려주는 목적이겠지? 그년이라면 충분히 가능할 테니까."

그는 헛웃음을 지으며 목아를 바라보았다. 저 계집의 수에 놀아나면 안 된다.

"어차피 그분은 널 죽이려고 하는 거야. 네가 없어져도 상관없어. 오히려 좋아하실걸?"

그러자 목아는 비릿한 미소를 지으며 융의 속을 휘젓기 시작했다.

"그렇다면 차라리 너한테 날 죽이라고 명했겠지. 하지만 산 채로 데려오라고 했다며. 난 그년이 왜 날 찾는지 알아. 내게서 원하는 게 있으니까. 그러니 산 채로 데려가지 못해 그년이 내게서 원하는 것을 얻지 못하면, 넌 끝이야."

거짓이다. 허청은 무조건 저를 죽여 제 입을 막으려고 할 뿐 언을 것은 하나도 없다. 하지만 분명 산 채로 데려오라고 했을 것이다. 자신이 보는 앞에서 저를 죽이고 싶어 할 테니까. 하지만 이 사실을 융은 모른다. 그러니 섣불리 자신을 건드릴 수 없을 것이다. 목아는 그걸 이용했다. 그리고 결국,

"……원하는 게 뭐야."

목아와 홍은 눈빛을 번뜩였다. 그러곤 목아의 시선이 홍에게 향하면서 마지막 협상을 꺼내놓았다.

"화공, 화공은 풀어줘. 그렇게 해주면 널 따라서 도성까지 군말 없이 가도록 할 테니까."

융은 단번에 상황을 파악하고서는 홍과 목아를 번갈아 바라보며 이내 섬뜩한 웃음을 토해내기 시작했다.

"하하하, 하하하하! 뭐야. 이게 목적이었나? 그래? 저 화공을 내보내면 지금 겁 모르고 날뛰고 있는 침입자들이 널 구해줄 거라서?"

"목적이 있으니 이런 짓을 하는 것이지. 하지만 장난은 아니야. 난 여기서 바로 죽어버릴 수 있어."

목아는 나뭇조각을 움켜쥔 손에 더더욱 힘을 주었다. 날카로운 파편은 서늘하게 그녀의 급소를 정확히 노리고 있었다.

"너 역시 바라는 것이 있으니 날 이토록 붙잡아두고 있는 거잖아. 너도 장사치라면 알겠지? 지금 거래에선 오직 나만 협상할 수 있어. 그러니까 당장 화공을 풀어줘!"

융은 목아를 노려보았다. 당돌하기 짝이 없는 회색빛 눈동자가 결의를 품고서 자신을 똑바로 바라보고 있었다. 사실 그분만 아니었다면 저 계집이 무슨 말을 하든 신경 쓰지 않았을 것이다. 하지만 정말로 저 계집이 죽어버린다면. 그래서 그분이 노여워하여 자신에게 해가 오게 된다면 모든 것이 허사로 돌아갈 것이다. 결국 그는 저 뻔히 보이는 수에 놀아날 수밖에 없었다. 분하고 분했지만, 지금은 일단 굽히는 수밖에.

"꺼져."

"……"

"당장 꺼지라고!"

융은 홍을 향해 고함을 질렀고, 그녀는 목아를 슬쩍 바라보았다. 그러자 목아는 눈짓으로 고개를 끄덕이고 있었다. 정녕 이렇게 혼자 떠나도 되는 것인지 잘 모르겠지만, 그래도 일단은 어쩔 수가 없었다.

그렇게 홍은 그곳을 빠져나왔다. 그러고는 가쁜 숨을 몰아쉴 틈도 없이 서둘러 주머니에서 피리를 꺼내 있는 힘껏, 아주 있는 힘껏 불기 시작했다. 사림 형님이 어서 와주기를. 조금이라도 빨리, 빨리 이곳으로 와주기를 바라면서.

그렇게 홍이 사라지고, 찰나의 정적과 함께 융은 목아에게로 터벅터벅 걸어가 그녀가 위협하던 나뭇조각을 빼앗았다. 목아는 힘없이 그 조각을 넘겨주고서 고개를 돌리려는 순간, 융의 손길이 거칠게 그녀의 가는 목덜미를 꽉 움켜쥐었다.

"크윽!"

숨이 턱 하고 막히면서 고통이 밀려들었다. 하지만 융은 더더욱 그녀의 숨통을 조이며 벽에 그대로 밀어붙였다. 쿵 하는 소리와 함께 목아의 몸이 살짝 떠오르면서, 그녀는 이내 하얗게 질린 얼굴로 이젠 비명조차 지르지 못한 채 발을 바둥거렸다.

하지만 융은 그것으론 분이 차질 않았다. 고작 이따위 계집이, 감히, 감히 나를 가지고!

"감히 날 가지고 협상을 해? 산 채로 데려오라고 했지만 네년을 망가뜨리지 말라고 하진 않았지. 날 가지고 논 대가는 아주 혹독해."

"크으으읍!"

"게다가 내가 저 화공을 그냥 고이 보낼 거라 생각하나? 저 화공은 다시 내게로 올 거야. 멀리 가지 못하고 다시 내게로 올 거라고! 네년의 발악은 딱 여기까지만 봐주도록 하지."

순간, 목아가 비릿한 미소를 흘리며 융이 손을 꽉 붙잡고서 핏발 서린 시선으로 입을 열었다.

"어, 어디 한번 마음대로 해봐. 크윽, 저 화공은, 네가 생각하는 것보다 훨씬 가지기 어려운 사람이야. 하아! 절대 너 같은 놈이 손가락 하나 댈 사람이, 흡! 아니라고!"

그녀가 다른 누구도 아닌 이담, 그와 만나게 되면 분명 무슨 수를 써서라도 그는 그녀를 지켜줄 것이다. 목아는 두 사람을 바라보면서 뭔가 묘한 것을 느꼈었다. 그것은 뭐라 말로 표현할 수 없는. 물론 사림, 그가 화공을 보는 시선도 남다르긴 했지만.

"건방진 계집, 그분이 아니었더라면 널 완전히 망가뜨리는 건데!"

결국 화를 참지 못한 융의 커다란 손이 목아의 뺨을 향해 날아드려는 찰나,

"행수님, 행수님!"

다급한 목소리가 융의 움직임을 붙잡았다. 갑작스럽게 끼어든 사병의 모습에 융은 잔뜩 억눌린 목소리로 고함을 질렀다.

"대체 뭐야!"

"부, 불이, 불이 나고 있습니다! 누군가 노예들을 전부 풀어줘서 지금 난리도 아닙니다!"

융은 목아를 잡고 있던 손을 스르르 풀더니, 이내 표정이 잔뜩 일그러지면서 분노한 어조로 외쳤다.

"지금 무슨 헛소리를 지껄이는 거야!"

❇

"숨어 있다면, 끄집어내는 수밖에."

담의 단호한 속삭임에 사림은 여전히 활시위를 팽팽히 잡고서

그에게로 시선을 돌렸다.

"뭐 뾰족한 수라도 있냐?"

그는 주위를 둘러보았다. 재료도, 장소도 충분했다. 조금 무식한 방법이긴 하지만 지금은 이게 최선인 듯싶었다.

"원래 숨어 있는 쥐를 잡으려면 주변으로 불을 내게 마련이지. 그리 하면 쥐들이 전부 밖으로 뛰쳐나와 날뛰거든."

"불?"

"그래. 여길 불태우는 거야. 주변에 횃불도 많겠다, 충분할 거야. 불로 시선을 잡아끌 수 있어. 게다가 잡혀 있는 사람들까지 해방시키면 더더욱 시선이 분산되겠지."

게다가 그렇게 되면 사람들도 도망가기가 더욱 수월해질 것이다.

"행수 역시 여길 쉽게 빠져나가진 못할 거야. 잡아놓은 이들을 여기 두고 그리 할 수는 없겠지."

"불을 지른다라……."

사림은 활을 쏘면서 지형을 확인했다. 한 번 붙기만 하면 활활 타오를 수는 있을 것이다. 아마 불 때문이라도 도망치는 사람들을 잡기 어려울 터.

"한데 그리 빨리 번지겠냐? 어디 기름이라도 있는 거야?"

"주변이 전부 나무야. 폐허가 된 마을이라 아주 잘 타게 바싹 마른 나무. 기름을 부을 필요도 없다."

그러고 보니 바람도 이쪽으로 불어주고 있었다. 불이 나면 아주 활활 잘도 타오를 듯했다. 무식하긴 해도 이 빌어먹을 것들을 제대로 휘저을 수 있을 터. 그 틈에 자신들은 홍이와 목아를 찾아야만 했다.

"하지만 조금이라도 늦어지면 우리가 타 죽는다. 그건 알고 지껄이는 거지?"

"도박이지. 하지만 이대로 무작정 발이 묶여 있는 것보다는 나아."

"그렇지. 좋아, 그럼 어디 한번 해……."

순간, 사림은 말을 멈추고선 잡고 있던 시위를 풀어버렸다.

어디선가 피리 소리가 울리고 있었다. 분명, 분명 피리 소리. 그는 재빨리 소리가 들린 방향으로 고개를 돌렸다. 그러고는 저도 모르게 낮은 목소리로 속삭였다.

"홍아……."

그 찰나의 속삭임을 들은 담의 눈빛이 움찔했다. 사림은 더는 기다리지 않은 채 다시금 활시위를 붙잡고서 외쳤다.

"몇 명은 내가 끌고 간다! 갇혀 있는 사람들은 네가 풀어!"

"혹시 피리 소리를……."

"들었어! 꼬맹이도 내가 구한다."

그러곤 담의 대답을 듣기도 전에 미친 듯이 화살을 퍼부으며 몇 명을 더 맞히고는 다시금 칼자루를 붙잡고서 순식간에 틈을 만들어내고선 무척이나 빠른 속도로 돌진해 갔다.

몇몇 사병이 그런 사림의 뒤를 따랐다. 그는 달리는 와중 주변에 있는 횃불을 쏟아버리기 시작했다. 그 틈에 담도 사방에 있는 횃불을 집을 향해 마구 던지기 시작했다. 그리고 그들의 계획대로 제대로 불이 붙기 시작했다.

"안 돼, 막아! 불을 막아!"

그들의 낌새를 눈치챈 사병들이 불을 막으려고 했지만, 이미 주변으로 불길이 번지기 시작했다. 뜨거운 열기가 치솟고, 검은 연기가 피어올랐다. 벌써부터 사병들의 우왕좌왕하는 모습이 눈에 보였다. 담은 어느새 사라진 사림의 뒷모습을 좇다가 이내 걸음을 뒤로 돌렸다. 그러고는 사람들이 갇혀 있는 곳의 문을 활짝 열고서 떨고 있는 그들에게 외쳤다.

"지금부터 이곳에 큰불이 날 것이다! 너희들은 이 틈에 여길 빠져나가야 해. 불길 때문에 이곳 사병들도 우왕좌왕할 테니, 알아서 살아남아야 한다. 지금 당장!"

붙잡힌 이들은 잠시 멍한 표정을 짓다가 재빨리 상황을 판단하고서는 우르르 빠져나가기 시작했다. 뒤늦게 사병들과 보초들이 사람들을 막으려고 했지만, 이미 풀려난 그들은 살기 위해 칼을 들고, 악을 쓰며 물러설 수 없는, 살기 위해 처절하게 그들과 맞서 싸우며 앞으로 나아갔다.

담은 주변에 있는 횃불들도 남김없이 전부 바닥에 내던졌다. 이글거리며 타오르는 불길. 마치 떠오르는 태양처럼 빛나고 있었다. 간간이 그를 향해 고맙다고 외치는 목소리도 있었지만, 담은 그 인사를 받지 않았다. 자신은 저들의 인사를 받을 자격이 없었으니까.

"하아."

어느새 마을은 불바다로 바뀌고 있었다. 담은 그제야 억지로 억누르며 참고 있던 불안함을 내비치며 주먹을 움켜쥐었다. 지금, 그의 눈에 아른거리는 단 한 사람. 걱정되어 미칠 것만 같은, 불안해 견딜 수 없게 만드는 단 한 사람.

"제발, 무사해 다오."

✽

불이 나고 있다. 게다가 노예들이 도망쳐 융의 분노가 하늘을 찌르며 드러내는 살기가 공기마저 에는 듯했다. 침입자 녀석들의 짓이 분명하다. 감히, 감히 이 융을 건드리다니!

그는 목아의 멱살을 움켜쥐고서 찢어 죽일 듯한 눈빛으로 그녀를 노려보며 외쳤다.

"네년도 한패인 거냐? 그래?"

"으윽!"

"하? 내가 이대로 넘어갈 것 같아? 감히 이 융에게 싸움을 걸어오다니. 판을 아주 제대로 벌여주지. 아주 제대로 벌여줘서 전부 다 죽여 버릴 것이야!"

금방이라도 숨이 넘어갈 듯 목아는 처절하게 숨을 헐떡이며 억지로 정신줄을 놓지 않으려 안간힘을 쓰던 찰나.

"홍아!"

융의 어깨 너머로 홍을 부르며 들어온 사람의 모습에 목아는 어렵사리 눈을 뜨고서 안도의 미소를 지었다. 하, 저자가 이토록 반가울 줄이야.

사람은 융의 손에 거의 죽어가고 있는 목아를 발견하였다. 하지만 주변에 홍은 없었다. 사람은 혹여나 자신이 늦은 건가. 일이 잘못된 건가 싶어 머릿속이 하얗게 타들어갔다.

융은 갑작스럽게 등장한 사람의 모습, 특히나 그의 회색빛 눈동자를 보고서 비릿한 미소를 머금었다.

"뭐야, 이건. 초의 피가 흐르는 거냐? 이토록 귀한 것들이 넝쿨째 굴러들어오다니."

"네놈이 여기 행수냐? 그 손 놓지? 꼬맹이는 어디 있어?"

"꼬맹이? 아, 그 계……."

목아는 순간 눈을 번뜩이고서는 계집이라고 말하려는 융의 손을 사정없이 물어뜯었다.

"악! 이년이 정말!"

퍽!

융은 있는 힘껏 목아의 뺨을 후려쳤다. 그러자 힘에 밀려난 그녀가 그대로 바닥으로 쓰러지면서 엄청난 통증이 복부로부터 밀려들었다. 하지만 목아는 아픔을 느낄 새도 없이 사림을 향해 외쳤다.

"화공은 널 이곳으로 부른 뒤 무사히 도망쳤어! 그러니까 걱정할 필요 없다고!"

꼬맹이가 무사하다. 흥, 그 아이가 무사하다. 사림은 그 말에 그제야 응어리진 가슴이 스르르 풀리면서 아릿한 통증이 사라지는 것 같았다. 하지만 그 감정의 여운을 계속 느낄 새가 없었다. 사림은 곧장 칼자루를 움켜쥐고서 융을 바라보았다. 분명 저 새끼가 행수임이 틀림없었다. 지금 이 모든 상황의 원흉. 지금까지 속 끓고 애끓게 만든 장본인.

"그럼 이제 남은 건 하나네. 내가 지금 여기저기 아파 죽겠거든. 근데 이 모든 원흉이 네놈이란 말이지? 꼬맹이한테는 미안하지만, 네놈은 오늘 내 손에 죽는다."

"하? 감히 나를? 웃기는 소리."

융은 기가 막힌다는 듯 웃으며 옆에 있던 사병들에게 눈짓했고, 그들은 사림에게 전부 달려들었지만 마치 고삐 풀린 망아지마냥 사림의 칼놀림은 그 어느 때보다 매섭고 한 치의 망설임조차 없었다. 정확히 급소만을 찔러 비명 한 번 지르지 못한 채 죽어가는 이들. 피에 젖은 그의 모습은 흡사 굶주린 늑대와도 같았다.

사림은 점차 앞으로 나아가면서 여전히 바닥에 엎어져 있는 목아가 거슬려 짧게 외쳤다.

"야, 거기 너! 보기 싫으면 눈 감고 있어. 금방 끝나."

예전 같았으면 택도 없었을 배려. 사림, 그는 그렇게 조금씩 달라지고 있었다.

융은 저를 무시하는 사림의 말에 결국 자신의 칼을 빼어 들었다.

"이 건방진 새끼가!"

그의 칼날이 거칠게 사림을 향해 날아들었고, 콰 하는 날카로운 음과 함께 서로의 칼이 뒤엉켰다. 순간, 사림의 손끝이 파르르 떨려왔다. 생각보다 꽤나 묵직한 칼이었다. 평소 같았으면 아무렇지도 않았겠지만, 옆구리의 통증이 꽤나 크게 다가오면서 저도 모르게 움찔하고 말았다. 제대로 치료하지 않은 상태에서 계속 몸을 격하게 움직였더니 아무래도 뼈에 문제가 생긴 듯싶었다.

융은 가까이에서 그의 호흡이 거칠다는 것을 깨닫고는 고개를 내렸다. 옆구리에 아주 치명적인 검상이 있었다.

"흐흐흐, 뭐야. 큰소리친 것치고는 별것 없다고 생각했더니, 이유가 있었군."

"닥쳐."

융은 한 치의 망설임도 없이 사림의 옆구리를 연신 노리며 들어왔고, 그는 이를 악물고서 재빨리 몸을 피했지만 결국 융의 칼날이 같은 곳을 스치면서 저도 모르게 신음을 내뱉으며 옆구리를 움켜쥐었다.

"흡!"

바닥으로 뚝뚝 피가 새어 나오고 있었다.

목아도 그제야 사림의 상처를 발견하고선 불안한 시선으로 그를 바라보았다. 부상이 꽤 심각한 듯 보였다. 게다가 융은 계속해서 저 옆구리만 노릴 텐데!

"재미있네, 재미있어. 과연 어디까지 버티는지 보자고."

"하아, 그래. 아주 재미있어 뒈지겠다."

사림은 숨과 동시에 통증도 삼켜들었다. 아무래도 여기서 몇 번 더 무리하게 움직이면 상처가 더더욱 벌어질 것 같았다. 하지만 그는 칼자루를 놓지 않았다. 코끝으로 매캐한 연기가 스며들면서, 주변의 공기 역시 달아오르는 것을 느꼈다. 그래, 한번 버텨보자. 누가 먼저 여기를 떠나는지 끝까지 가보자고.

※

피리를 불고 난 뒤, 홍은 혹여나 누군가 자신의 뒤를 따라올까 봐 그곳을 벗어나기 위해 죽을힘을 다해 달렸다. 그런데 어쩐지 주변이 어수선하고 난리도 아니었다. 게다가 매캐한 냄새와 더불어 뿌연 연기. 공기 역시 뜨겁고. 뭐지?

"하."

그때, 그녀의 시야로 활활 타오르고 있는 마을이 눈에 들어왔다. 불이 나고 있었다. 마을이 쑥대밭이 되어서는 보초들과 도망치는 노예들이 마구 뒤엉켜 혼란스러운 상황이었다. 대체 이게 무슨 일이야? 갑자기 불이라니.

"설마."

형님과 그가 불을 지른 건가? 더 생각할 겨를이 없었다. 홍은 이미 숨을 거둔 보초의 옷을 벗겨서는 대충 갈아입고 그들을 찾기 위해 두리번거렸다. 혹시 피리 소리를 제대로 듣지 못했다면 자신이 직접 알려야만 했다. 하지만 그들의 모습은 보이지 않았다. 점점 사방으로 매캐한 연기가 메우고 있던 순간,

"악!"

멀리서 들리는 비명 소리에 홍은 본능적으로 고개가 돌아갔다. 그곳에는 도망치는 여인을 잡아끌고 가는 사병이 눈에 띄었다. 그 사병 역시 홍을 보더니 그녀의 옷차림새를 보면서 손짓했다.

"이봐, 이년 좀 데려가!"

제 옷차림새를 보고 동료라고 착각을 한 모양이었다. 그렇다면.

"그래!"

홍은 사병에게 다가섰다. 그러자 사병은 얼굴을 확인할 겨를도 없이 여인을 건네주었다. 어차피 지금 상황이 너무 다급하여 의심할 여유조차 없었다. 여인을 건네받은 홍은 사병이 등을 돌리자마

자 망설이지 않고 함께 조용히 빠져나가려고 했지만, 갑자기 사병이 뭔가 의아한 표정을 지으며 홍을 불러 세웠다.

"어이, 근데 너 어디 소속이야? 처음 본 것 같은데."

홍은 떨리는 숨을 꾹 삼키고서 더듬거리다 이내 여인의 손을 풀어주며 외쳤다.

"얼른 도망가요!"

여인은 고개를 숙이고서 미친 듯이 도망을 쳤고, 그 뒤를 쫓아가려던 사병을 홍이 막아섰다.

"하? 뭐야. 이젠 변복도 하고 있는 거야? 너도 여기 잡혀온 노예로구나. 그렇지!"

"미안하지만 난 노예가 아니야!"

홍은 어설프게 저항을 했지만 숙련된 사병에겐 어림도 없었다. 결국 그는 그녀의 손을 꽉 붙잡고서 품 안에서 침을 꺼내 들었다.

"날뛰는 노예들에겐 이게 최고지. 한숨 푹 자고 일어나면 아마 좋은 곳에 팔려가 있을 거야."

홍은 가까이 다가온 녀석의 정강이를 있는 힘껏 걷어찼다. 하지만 찰나의 순간에 침이 그녀의 손목을 스치고 말았다.

"악, 이 새끼가!"

홍은 손아귀의 힘이 약해진 틈을 타 재빨리 뿌리치고서 점점 거세게 타오르고 있는 마을 안쪽으로 있는 힘껏 달렸다. 안쪽으로 깊이 들어갈수록 사람들의 모습은 점점 사라지고 있었다.

"거기 서!"

하지만 홍에게 된통 당한 사병은 끝까지 그녀의 뒤를 쫓고 있었다. 대체 왜 저렇게 질긴 거야!

일단 따돌려야겠다는 생각에 눈에 보이는 아무 집으로 몸을 숨겼다. 이미 엉망이 되어 있는 집 안. 몸을 숨길 만한 곳을 찾으려고 했지만 곧장 쾅 하고 문이 열리면서 상기된 표정의 사병이 안으로 들어왔다.

"쥐새끼처럼 잘도 도망치는군."

"그런 댁도 되게 끈질기게 쫓아왔잖아."

뒷걸음질을 쳤지만 도망갈 구석이 없었다. 그냥 눈 딱 감고 다시 정면 돌파 해봐? 그 순간, 위에서 재 같은 것이 떨어지기 시작하더니 불길한 소리가 사방으로 울려왔다. 그러곤 순식간에 쾅! 하는 엄청난 폭발음이 울리면서 천장이 불길에 무너져 내렸다.

"악! 살려줘! 악!"

무너진 천장이 그대로 사병의 머리 위로 쏟아지면서 무서운 화마가 그대로 그를 집어삼켜 버렸다. 타들어가는 그의 모습에 홍은 숨을 헐떡이며 그 자리에 주저앉고 말았다. 너무나도 끔찍한 모습. 하지만 그게 문제가 아니었다. 불길이 번지면서 나가야 할 길을 완전히 막아버렸다. 그녀 역시 이곳에서 나갈 방법이 없어진 것이다.

"살려주세요! 살려주세요! 아무도 없어요! 여기 사람이 갇혔어요! 이봐요!"

하지만 아무런 소리도 들리지 않았다. 게다가 소리를 지르면 지를수록 매캐한 연기가 목구멍으로 파고들면서 통증이 밀려들었다.

"하아, 하아, 크으윽!"

다시금 천장이 무너져 내렸다. 한 번만 더 무너지면 이 집 자체가 완전히 무너질 것 같았다. 홍은 어렵사리 걸음을 옮겨보았지만 연기가 숨을 막고, 눈앞이 자꾸만 빙글빙글 돌면서 머리가 어지러웠다. 아무래도 조금 전 그 수면 침에 스친 약 기운이 조금 스며든 듯싶었다.

'여기서, 여기서 쓰러지면 안 되는데…….'

홍은 힘을 내서 몸을 일으키려고 했지만, 이내 다시금 다리가 풀리면서 몸이 완전히 무너져 내리고 말았다.

"콜록, 콜록, 하아, 콜록!"

따가운 기침이 터져 나오면서 홍은 두 손으로 입을 막고 고개를 숙였다. 이대로 죽는 건가? 죽나? 하지만, 하지만…….

"하."

순간 홍은 저도 모르게 헛웃음을 터뜨렸다. 죽음 따윈 두렵지 않다고 생각했는데. 어차피 한 번 죽었던 목숨이니까. 그런데 지금 그녀는 살고 싶었다. 살아서, 보고 싶은 사람이 있었다. 바로.

"이담."

머리와 가슴으로 맴돌며 꾹 억눌렀던 이름이 짧게 스쳤다. 그를 보았고 다시 만났기에. 게다가 이곳에서도 그는 위태로워 보였으니까. 그래서 그때처럼 그의 옆에 있어주고 싶었다. 그때처럼 그의 숨 쉴 틈이 되고 싶었다. 설사 그는 자신을 기억하지 못한다고 하더라도. 그래도.

"……아…… 홍…… 아……."

멀리서 아련한 목소리가 맴돌았다. 너무나도 낮익은 목소리. 꿈에서도 수없이 들었던 그 목소리. 하지만 그럴 리가 없는데. 그럴 수가 없는데.

'또 꿈인가? 내가, 결국 정신을 잃었나?'

"홍아!"

그리고 불길 속에서 목소리가 더욱 크게 울리며 간절한 그림자가 아른거렸다. 바로 이담, 그의 모습. 홍은 바닥으로 쓰러져서는 저를 향해 달려오는 그를 꿈처럼 바라보았다. 그가 제 이름을 알리 없는데. 마치 예전의 그 눈빛으로 저를 이리 바라볼 리도 없는데.

'그래, 꿈인가 보다. 그것도 무척이나 행복한 꿈.'

결국 홍은 눈에 그를 담고서 미소를 지으며 정신을 잃어버렸고, 그 순간 그녀 앞에 진짜 담이 달려와 쓰러지는 그녀를 끌어당겼다.

호흡이 가쁘게 뛰면서 눈앞에 아무것도 보이지 않았다. 담은 오직 그녀를 온몸으로 끌어안으며 불길 속을 뚫고서 가까스로 집을 빠져나왔다.

그가 나오자마자 건물이 그대로 무너져 내렸다.

담은 뜨거운 바람을 삼키며 그제야 제 품에 안겨 있는 그녀를 바라보았다. 심장 소리가 제 가슴으로 울리고 있었다. 가냘프긴 했지만 숨도 쉬고 있었다. 그녀가, 무사하다.

담은 금방이라도 울 것 같은 눈동자로 억눌렀던 목소리를 내뱉었다.

"또다시, 널 잃는 줄 알았다."

그토록 답답했던 가슴이 그녀를 본 순간 전부 녹아내리면서 그제야 숨통이 트이는 듯싶었다. 담은 고개를 숙여 그녀의 이마에 입을 맞추며 속삭였다.

"미안하다. 항상 앞에 있겠다고 하였는데, 이제야 그대 앞에 나타나서."

시간을 거슬렀어도, 기억을 잃었어도, 넌 그대로구나. 오지랖 넓은 것까지. 그래도 이리 무사하게 내게 와줘서.

"고맙고, 또 고맙다."

정말 기적처럼 시간을 거슬러 그녀를 찾아 헤매었고, 제 발치 아래 익숙한 안료통이 떨어졌을 때, 그때의 떨림을 잊지 못했다. 물론 그 안료통을 아직 가지고 있다는 생각에 자신처럼 과거를 기억할지도 모른다고 기대했지만, 사내로 변복한 채 그녀는 자신을 외면했다. 하지만 서운하지 않았다. 오히려 너무나도 간절했던 그 모습 그대로여서. 그토록 그리워하고 애타게 찾았던 그 모습 그대로여서. 오직 그것이 너무 감사하고 고마울 뿐이었다.

그래서 설사 그녀가 자신을 기억하지 못한다고 하더라도 상관없었다.

궐 안의 나비가 되지 말라고 하였다. 내가 너에게 갈 것이니, 이 담의 여인이 되어달라고.

그러니 앞으로 그리되면 되는 것이다. 다시금 그녀의 기억에 저를 새기면 되는 것이니까. 그때 미처 하지 못한 것들을 다 하면서.

서로가 서로를 연모하는 마음이 그저 순수한 마음이 될 수 있는 그러한 인연, 평범한 부부의 연.

"홍아."

떨리는 목소리가 새어 나오고, 담은 그녀의 말간 얼굴을 연신 쓰다듬고서 살며시 손을 쥐어주었다.

열일곱 살, 그녀는 예나 지금이나 여전히 물불 안 가리고 뛰어드는 오지랖과 하나도 변하지 않은 사랑스러운 모습 그대로였다.

"이리 다시 내게 와줘서 고맙다. 너무나도 고마워."

담은 그녀의 손목을 조심스럽게 쓸어내렸다. 그곳엔 스스로 목숨을 끊으려 했던 상처가 남아 있었다. 마치 그에게 절대 그때의 시간을 잊지 말라고 경고하듯, 되돌아온 시간 속에서도 그 상처만큼은 여전히 남아 그를 아프게 뒤흔들었다. 그는 그 상처 위로 조심스럽게 입술을 누르며 속삭였다.

"이젠 내가 너를 지킬 것이다. 오직 너만의 하늘이 되어서 반드시, 반드시 함께할 것이야."

네가 가장 가고 싶었던, 함께 가자고 약조했던 그 호월산에 이제야 함께 가게 되었다. 그곳에서 말할 것이다. 연모한다고. 단 한 순간도 잊은 적 없이, 이젠 정말 함께하고 싶다고.

하지만 아직은 자신이 해야 할 일이 있었다. 휘서의 뒤를 탄탄히 하는 것. 그렇기에 맹월, 그들을 막아야만 했다. 그것이 자신이 한때나마 세자위에 있었던 마지막 책임감이자 무게가 될 테니까.

7장
그 사내와 그 사내의 진실

사림과 융은 계속해서 서로를 향해 칼을 휘둘렀다. 하지만 아직
까진 그 누구 하나 밀리지 않고 버티고 있었다. 융은 이를 갈며 사
림을 노려보았다. 분명 치명상인데도 악착같이 견뎌내고 있었다.
괴물 같은 놈! 하지만 이대로 시간을 끌게 되면 위험하다. 불길이
곧 이곳까지 번지게 될 것이니. 혹, 저놈이 노리는 것이 그것인
가? 함께 죽기라도 하겠다는? 하, 어림도 없지. 절대로 이런 곳에
서 죽을 수는 없지!

"네놈이 무슨 생각을 하는지 모르겠지만, 난 반드시 여기서 살
아 나갈 것이다. 반드시 살아 나갈 것이야!"

그러자 사림은 다시금 크게 칼을 휘두르며 짧게 외쳤다.

"그럼 얼른 날 죽여보던가. 날 죽이지 못하면, 네놈이 살아 나

가는 일은 절대로 없어.”

다시금 맹렬하게 파고드는 사림의 칼날에 융의 시선이 조금 흔들렸다. 여기서 무너질 순 없다. 이리 허망하게 무너질 순 없었다. 저 계집만 그분에게 넘기면 도성의 상권이 제 손에 들어오게 된다. 그것만 들어오면 그야말로 이 융의 세상이 되는데.

“고작 네까짓 놈 때문에 그걸 포기할 순 없지!”

그는 이제 아예 대놓고 사림의 옆구리만 노리기 시작했다. 아무리 괴물 같은 놈이라도 인간은 인간. 옆구리에 한 번만 더 치명상을 입히면 이놈은 반드시 무너질 것이다. 지금도 위태로운 숨소리가 느껴지고 있었으니까.

공격적으로 파고들던 사림은 결국 방어적으로 한두 걸음을 물러설 수밖에 없었다. 딱 한 번. 딱 한 번만 저놈의 움직임을 잡을 수 있다면 단번에 숨을 끊을 수 있는데.

사림은 연신 녀석의 빈틈을 노리려고 했지만 쉽지가 않았다. 상대도 제법 하는 칼잡이인데다 자신의 몸이 점점 둔해지고 있었다.

‘무모하지만 차라리 한쪽 팔이라도 내주고 녀석을 붙잡을까……’

그때, 사림의 눈빛이 크게 한 번 흔들렸다. 바로 융의 어깨 너머로 목아, 그녀가 다가오고 있었다. 저 계집 지금 대체 뭐 하려는 거야!

목아 역시 저를 힐끔거리고 있는 사림을 보고선 입 모양으로 짧게 속삭였다.

'가만.'

'뭐?'

그 순간.

목아는 재빨리 두 손을 허공 위로 치켜 올리고선 그대로 융의 뒤를 향해 달려들었다. 바로 조금 전 떨어뜨렸던 세필붓의 나뭇조 각을 들고서!

융은 뒤에서 느껴지는 기척에 재빨리 칼을 휘둘러 목아를 밀쳐 냈다.

"이 미친년이 진짜 죽고 싶…… 으윽!"

하지만 채 말이 끝나기도 전에 짧은 신음 소리와 더불어 그의 입에서 피가 쏟아져 나왔다. 그 찰나를 놓치지 않고 사림이 그대 로 녀석의 등을 꿰뚫은 것이었다. 융은 믿을 수 없다는 시선으로 천천히 고개를 돌려 사림을 쳐다보았다. 사림은 쓴웃음을 내뱉으 며 속삭였다.

"내가 너 죽인다고 했지? 감히 누구 앞에서 등을 보여?"

"이…… 이…… 이 새끼!"

하지만 사림은 꿰뚫은 칼을 그대로 뽑아냈다. 그러자 엄청난 피 가 출렁 쏟아지면서 융은 그대로 무릎을 꿇고서 거친 숨을 내쉬었 다. 이럴 수는 없다. 이대로, 이대로 저런 놈에게!

도성에만 가면 된다. 그분께 저년만 넘기면 다 끝나는 것이다!

융은 땅을 기며 목아에게 다가가기 시작했다. 목아는 융이 휘두른 칼에 손목이 긁혀 피가 흐르고 있었다. 사림은 재빨리 융의 앞을 가로막고서 살벌하게 외쳤다.

"그만 포기해! 안 그러면 진짜로 여기서 네놈 목을 따버릴 테니까."

융은 핏발이 서린 시선으로 사림의 발을 움켜쥐었다. 그러곤 살기가 이글거리는 목소리로 씹어 내뱉듯 외쳤다.

"양, 양제…… 양제마마…… 으윽!"

순간, 사림의 눈동자가 싸늘하게 멎으면서 융의 멱살을 붙잡아 올렸다.

"방금 뭐라고 했어. 네놈이 청이를 어찌 알아. 어찌 알고 감히 그 더러운 입에 올리는 거야!"

사림의 분노 끝에 가장 당황하고 놀란 것은 목아였다. 저자가 어찌 유허청을 아는 거지? 게다가 청이라고?

"말해, 새끼야! 말하라고! 네놈이 어째서 그 이름을 올리는 건지 당장 말해!"

그때, 목아가 사림의 손을 붙잡았다. 그러자 사림은 살기 어린 시선으로 목아에게 외쳤다.

"놔!"

"네놈부터 놔."

"뭐?"

"어차피 그자는 이미 죽었어."

사림의 손에 융은 이미 숨이 거의 사라지고 있었다. 하지만 그는 융을 놓을 수가 없었다. 도대체 이자가 왜. 청이, 자신의 하나뿐인 누이동생 청이의 이름을!

"내가 하나 묻지."

사림은 어쩐지 서늘한 목아의 목소리를 들었다. 그러곤 그녀의 입에서도 청이의 이름이 나왔다.

"유허청."

"……."

목아는 사림을 똑바로 바라보았다. 자꾸만 손끝이 떨려왔다. 설마설마 했는데. 이제 보니 그의 모습, 특히 얼굴이, 얼굴이 그녀와 닮아 있었다. 그렇다면 정말로 이자가, 이자가…….

"그 계집과 네가, 혈연관계인 것이냐?"

그러자 사림은 곧바로 그녀를 향해 짧게 외쳤다.

"네가 함부로 말할 아이가 아니야!"

"정말인 거냐? 정말로?"

"내 누이동생이긴 하지만 더는 아니다. 그 아인 그저 세자 저하의 여인일 뿐이야."

목아는 잠시 멍한 표정을 짓다가 이내 실성한 사람처럼 웃기 시작했다.

"하. 하하하하! 사람 연은 참 알다가도 모르겠다더니. 그 계집의 오라비를 이리 만날 줄이야. 그 계집은 날 죽이려고 하는데 그 오라비는 이렇게 날 살리게 될 줄이야!"

사림은 목아의 말에 주먹을 움켜쥐었다. 저게 무슨 개소리이고 헛소리인가. 청이가 누굴 죽여? 대체 지금!

"그게 무슨 말이야. 청이가 널 죽이려고 했다니, 그게 무슨!"

하지만 그는 말을 끝까지 이을 수가 없었다. 주변이 흔들렸다. 매캐한 연기가 밀려들면서 어느새 불길이 걷잡을 수 없게 번지고 있었다. 목아는 싸늘한 시선으로 뒷문을 향하며 말했다.

"모든 건 나가서 설명해 주지. 이대로 죽을 순 없잖아? 화공도 어떻게 됐는지 모르고."

목아의 입에서 홍이에 대한 말이 나오자, 사림은 그제야 움찔했다. 그러곤 파르르 떨리는 눈길로 애써 혼란스러운 머릿속을 억누르며 목아와 함께 그곳을 빠져나왔다. 얼마 지나지 않아 화염이 그렇게 집을 삼키며, 융의 목숨과 거대한 노예 상단 역시 불길 속에 사라지고 있었다.

마을은 거의 불길 속에 사라지고 있었고, 밖으로 빠져나온 사람들은 안도와 감사의 숨을 삼키고 있었다. 잡혀 있던 이들이 대부분 무사히 빠져나온 듯싶었다.

사림은 연신 사방을 둘러보면서 홍을 찾았다. 제 상처 따윈 별로 신경도 쓰지 않고서. 그러다 제 옆에 침묵한 채 서 있는 목아를 바라보며 묵직한 어조로 속삭였다.

"설마 청이, 그 아이가 이번 일에 관련되어 있는 거냐?"

절대로 그럴 리가 없다고, 그럴 수가 없다고 생각했지만, 그는 저도 모르게 떨리는 목소리로 물었다.

목아는 굉장히 침착한 시선으로 사림을 바라보았다.

"그런 거냐?"

또다시 묻는 목소리. 떨고 있었다. 그가, 무척이나 떨고 있었다. 그렇다는 건 그는 지금의 유허청, 그 계집을 모른다는 건가? 그 계집의 실체를?

'그래도 완전히 믿을 수는 없어.'

"나중에, 나중에 다 말해주겠다."

사림은 입술을 꽉 깨물었다. 설마, 설마라고 생각했다. 아니, 지금도 아닐 거라고 믿고 있었다. 절대로 아닐 거라고.

그는 목아의 손등에 굳어진 핏자국을 보면서 그녀를 붙잡았다.

"뭐, 뭐야."

"거기서 미쳤다고 끼어드냐? 칼이 조금만 더 깊이 들어갔어도 네 손목은 이미 잘렸어."

"하? 고맙다고 해야 하는 거 아닌가? 내가 틈을 만들어준 거잖아."

"그러게. 천하의 사림이 계집 도움이나 받고."

사림은 천으로 목아의 손등을 묶어주었다. 그녀는 어쩐지 상처가 화끈거리는 것 같아 그를 밀쳐 내려는 순간, 그의 움직임이 멎어 있었다. 눈빛 또한 흔들리는 모습. 그의 시선을 좇으니 그 끝에 이담, 그가 있었다. 정신을 잃은 홍을 안고서⋯⋯.

"가봐."

목아의 속삭임에 사림은 그제야 정신을 차리고서 한 걸음을 내디디려 했지만 문득 움직이지 못한 채 그저 다가오는 그들의 모습을 바라볼 뿐이었다. 담의 시선이 오직 꼬맹이 녀석을 향해 있었다. 아주 소중히, 소중히 안고 있는 모습.

"뭐 해. 안 가봐? 걱정했잖아."

"아파서."

"뭐?"

사림은 옆구리를 붙잡고서 헛웃음을 지었다.

"더럽게, 참 더럽게 아프네."

✳

노예 상단이 화염 속에 사라졌다. 무사히 도망쳐 나온 사람들은 연신 고맙다는 인사를 하며 흩어졌고, 목아는 유목민들이 있는 곳으로 돌아갔다.

"목아야! 목아야!"

그날 이후 잠도 한숨 자지 않고 목아를 기다리던 우석은 무사히 돌아온 딸아이를 끌어안으며 연신 목아를 더듬어 나갔다.

"괜찮은 거지? 정녕 괜찮은 것이지? 네가 목아가 맞는 것이지!"

"괜찮아요, 아버지. 저예요. 저 연목아예요."

목아는 눈물을 쏟는 우석에게 연신 괜찮다고 속삭이며 그를 달래었다. 그러곤 치명상을 입은 사람과 여전히 깨어나지 못하는 홍을 치료하기 위해 유목민 중 의원인 자를 서둘러 불러들였다.

담은 여전히 홍을 안고 있다가 천막 안에서야 어렵사리 그녀를 내려놓았다. 품 안에서 모든 온기가 사라지는 느낌이 들었다. 그는 아주 조심스럽게 손을 뻗어 아직 가냘프게 숨을 내쉬고 있는 홍의 얼굴을 쓸어내렸다. 얼핏 그녀의 입꼬리가 부드럽게 올라간 듯 보였다.

"무슨 꿈을 꾸는 것이냐."

"……."

"그 꿈속에, 내가 있으면 좋을 텐데."

그 꿈속에서라도 그대가 나를 기억하고 있다면, 꿈속에서도 내가 그대를 지켜주고 있다면 좋을 텐데.

✳

하루가 지나고 새벽. 사림은 홍을 만나기 위해 천막으로 걸음을 옮겼다. 만난 이후 제대로 얼굴을 볼 수가 없었다. 의원의 말로는 그저 잠을 자고 있는 것이라고, 곧 깨어날 수 있을 거라 말했다.

하지만 천막 앞에 도착한 사림은 다시금 주춤했다. 얼핏 보이는 틈 너머로 담의 모습이 보였다.

하루를 꼬박 새서 이곳을 지키고 있었던 거야? 대체 왜? 그 정도로 사이가 가까워졌나? 그럴 리가 없잖아.

"......"

사림은 벌컥 안으로 들어가려고 했지만 처음 홍을 안고 있던 담을 발견했을 때와 마찬가지로 이상하게 발걸음이 떨어지지가 않았다. 기분 나쁜 무언가가 발목을 잡는다. 그러곤 떨어지지 않는 시선으로 두 사람을 바라본다.

녀석은 아무것도 하지 않고 그저 꼬맹이를 지켜만 보고 있었다. 그런데 그런 시선이 어쩐지 낯이 익었다.

"소중한 이가 자신을 지키기 위해 아파하고 힘들어했다면, 그 모습을 지켜봐야만 하는 이에게도 너무나도 끔찍한 일일 테니까."

"혹, 너도 있었던 것이냐?"

그때 꼬맹이의 서글프게 휘늘어졌던 눈빛. 그리고 녀석의 뒷모습을 바라보았던 그 눈빛과 닮아 있었다.

그러고 보니 꼬맹이는 제 이름을 녀석에게 제대로 말하지 않았다. 현이라고 속였지. 그땐 별 신경을 안 썼는데, 왜 그런 것일까? 대체 왜?

'혹, 서로 아는 건가?'

그런데 왜 지금껏 모른 척을 한 거지? 아님 내가 너무 앞서 생각한 것인가?

사림은 미간을 찡그리며 고개를 돌렸다. 이상하게 어딘가 욱신거렸다. 옆구리 상처가 또 터진 건가? 왜 이렇게 아프지…….

결국 사림은 천막 안으로 들어가지 못한 채 걸음을 돌렸다. 그런데 그의 뒤쪽에서 목아가 빤히 바라보며 서 있었다.

"뭐야."

사림은 혹여나 안에서 들을까 최대한 목소리를 낮췄고, 목아 역시 짤막하게 그를 붙잡았다.

"잠시 얘기 좀 해. 유허청에 대한 얘기야."

그의 표정이 다른 의미로 굳어지면서 입술 너머로 묵직한 숨이 새어 나왔다. 그러곤 목아의 뒤를 복잡한 걸음으로 따랐다.

그들이 도착한 곳은 깎아 내릴 듯 가파른 벼랑 위. 파도가 제법 새벽기를 머금고서 시리게 출렁이고 있었고, 하늘 역시 푸른빛에 매섭게 부서지고 있었다. 사림은 잠시 먼 곳을 응시하다가 목아에게로 시선을 돌리며 먼저 입을 열었다.

"말해."

들을 준비가 되었다는 건가. 목아는 조금 긴장한 기색으로 사림을 살폈다.

처음엔 그를 불러다가 모든 걸 얘기할 생각이었다. 그런데 어쩐지 지금은 망설임이 생겼다. 하지만 그가 정말로 들을 준비가 되었다면 최대한 솔직하게 말해야만 했다.

"융이 날 잡아간 이유. 그건 단순히 날 노예로 팔기 위해서가 아니야. 그는 날 도성으로 데려가려고 했어."

"……."

"양제, 유허청이 날 데려오라고 사주했기 때문이야."

믿고 싶지 않았던 진실이 드러나고 있었다. 도대체 이런 무서운 일에 왜 그 아이가 연관되어 있는 것인가. 도대체 왜!

"청이가 대체 왜 널 데려오라고 그런 녀석에게 사주한 거야?"

실낱같은 희망. 사림은 그걸 붙잡고서 물었다. 하지만 그것 역시 모래알처럼 빠져나가고 말았다.

"유허청은 날 죽이고 싶어 하니까. 내가 듣지 말아야 할 것을 들었거든. 그러니 어떻게든 내 입을 막아야 하겠지. 이걸 믿든 안 믿든 네 자유야. 하지만 네게 거짓을 말할 이유는 없어. 너도 융이 유허청의 이름을 들먹이는 걸 똑똑히 들었지? 진실을 알고 싶다면 제대로 봐. 네 머릿속에 유허청이 어떤지는 몰라도 지금은 절대로 아니야. 그런 모습은 없어."

"……."

"막말로 양제는 정비도 아닌 후궁. 세자의 후궁으로 궐에 있는 거야. 초의 여인으로 그곳에서 살아남기 위해 뭔 짓을 못 하겠어? 변하지 않으려고 해도 변해야만 하는 곳인데. 양제는 처음부터 목적이 있어서 궐에 들어간 거야. 그건 네가 더 잘 알 거라고 생각해."

내가 더 잘 알고 있다라. 하지만 지금의 청이는 내가 모르는 아이다. 도저히 머릿속으로 그려지지 않는 그러한 아이다.

"이젠 내가 하나 물을게. 당신, 지금 어디로 가고 있는 거야?"

"네가 그걸 왜 물어."

"이 산을 넘으면 춘곽. 춘곽 넘으면 그 끝은 호월산. 호월산이야?"

대답은 없었지만 부정하지 않았다. 목아는 저도 모르게 나지막이 한숨을 내쉬었다. 자신이 유허청에게서 들은 비밀.

"혹, 너도 병판의 아들과 무슨 관계가 있는 거야?"

"그게 무슨……."

뭔가 불길한 느낌이 들었다. 사림은 저도 모르게 느껴지는 떨림에 주먹을 꽉 붙잡았지만 소용이 없었다. 목아 역시 잠시 뜸을 들였다. 그날 유허청에게서 들은 말은 딱 하나였다.

"그날 유허청이 한 말은 오직 하나였어. 병판의 아들을 호월산에 두어야 한다고. 이름이, 도준이라고 했었지."

사림은 목아의 말이 제대로 귀에 들어오지 않았다. 아니, 대체 무슨 말을 하고 있는지 판단이 서질 않았다. 유도준의 행방불명에 청이, 그 아이가 개입되어 있다는 건가?

"도대체 네가 지금 무슨……."

"정확히는 모르지만 분명 도준이라는 이름을 말하는 것을 똑똑히 들었어. 그를 호월산에서 절대로 나오지 못하게 해야 한다고."

목아의 말이 이어질수록 사림의 시선이 눈에 띄게 흔들리며 선명히 굳어지고 있었다.

"물론 거기까지만 듣고 얼른 자리를 피했지만, 내가 들은 걸 유허청이 눈치챘고, 그래서 도망친 거야."

청이가 정말 유도준을 납치하여 호월산에 가둔 것인가? 하지만 도대체 왜? 물론 그 아이가 유도준에게 얼마나 원한이 가득한지는 알고 있었다. 자신도 그놈을 금방이라도 찢어 죽여 버리고 싶으니까. 하지만 그렇다고 해도 지금 자신이 세자의 후궁인데 들키면 어쩌려고 이렇게까지 하는 거지? 유도준은 병판이 끔찍이도 아끼는 장남, 가문을 이어갈 유일할 적자이다.

그런 유도준을 건드린다는 것은, 즉, 병판을 건드린다는 것일 터. 아직 세자의 기반이 약한 지금 육조(이조, 호조, 예조, 병조, 형조, 공조)를 건드려서 이로울 것이 없었다. 오히려 자신의 편으로 끌어들여야지. 게다가 지금의 병판은 조선의 군권을 움켜쥐며 노론 영수인 좌상의 오른팔로 숨은 실세로 자리 잡고 있다. 세자의 가장 강력한 기반인데.

'그래, 아니야. 세자의 후궁인 청이가 그렇게까지 할 리가 없어.'

"네가 잘못 들은 것이다. 그 아이가 병판을 건드려서 득 될 것이 없어. 설사 사실이라고 해도 잘못 알고 있는 거야."

"어떻게 생각하든 당신 자유지. 아무튼 난 얘기했어. 후에 일이 막히게 되면 내 얘기를 잘 생각해 봐."

더는 그에게 어떤 말도 해줄 것이 없었다. 진실은 이미 펼쳐졌고, 앞으로의 결정은 저자의 몫이니.

그렇게 목아가 돌아섰다. 사림은 멀어지는 그녀의 발자국 소리를 들으며 시선은 거칠게 휘몰아치는 바다를 멍하니 바라보았다. 잇새로 고통스러운 신음이 쏟아졌다. 어쩌다 이렇게 되었을까. 네가, 청이 네가 대체 왜.

무척이나 착한 아이였다. 그 어떤 경우에도 울지 않고, 웃으며 버티던 아이였다. 집안에서 온갖 수모와 구박을 당해도 구김살 없이 오히려 오라버니인 저를 달래고, 어머니를 안아주던 아이. 그런 아이가 유도준, 그 자식의 손에 망가졌다. 그 자식이 그 아이를 기방으로 팔아넘기면서 모든 운명과 시간이 어긋나 버렸다.

"청아, 정녕 복수 때문에 궐에 들어간 것이냐? 나는, 나는 네가 궐에서 대접받고 행복하게 살길 바랐는데……."

물론 그때와는 다를 테지. 그런 일을 당하고, 어떻게 세자의 후궁이 되어서 궐에 갔는데. 어쩌면 복수심이 있을지도 모르지. 하지만 그래도 믿고 싶었다. 네가 아직 거기까진 아닐 것이라고. 차라리 원망하고 미워하려면 자신을 미워하라고. 너는 그저 행복하게 살길 바랄 뿐인데…….

사림은 고개를 돌렸다. 이상하게 홍이 보고 싶다. 지금쯤이면 담도 없을 것 같고, 그 아이의 얼굴을 보고 싶었다. 그 아이의 얼굴을 보면 이상하게 조금 마음이 편안해질 것 같았다.

그렇게 홍이 있는 천막 근처까지 간 사림은 순간 흠칫하고서 걸음을 멈췄다. 아직 이른 새벽. 인기척이 느껴졌다. 뭐야, 혹 아직 남아 있는 노예 상단인가?

"이것들이 아직 정신을 못 차리고."

그때 저 멀리서 재빠르게 뛰어가는 그림자를 발견하고선 사림은 허한 웃음을 지으며 그 뒤를 쫓기 시작했다. 오냐. 안 그래도 기분 완전 구린데, 잘 만났다, 잘 만났어!

❋

이른 새벽, 허청은 머리부터 발끝까지 단정한 품새로 어딘가를 향해 걸음을 재촉하고 있었다. 그녀의 걸음이 멎은 곳은 용마루가 없는 매끈한 기와 곡선에 고즈넉한 기품을 품고 있는 교태전이었다.

"기다리고 계시옵니다."

허청은 살짝 고개를 숙이고서 그렇게 교태전 안으로 들어섰다. 그러자 달콤한 매화향과 더불어 효경이 그녀를 맞이했다.

"어서 오게."

"문후 드리옵니다, 마마."

"앉으시게."

허청은 조심스럽게 그녀와 마주 앉았고, 효경은 환한 표정을 지으며 그녀의 아랫배를 슬쩍 살펴보며 말했다.

"아기씨는 잘 자라고 계신가."

"물론이옵니다. 하나, 더 귀히 자라셨으면 하는 마음에 마마를 이리 뵙자고 청한 것이지요."

허청의 말에 효경의 표정이 살며시 굳어졌다. 어딘가 불안해 보이는 모습. 그 모습에 허청은 살짝 풀어진 표정으로 속삭였다.

"염려 놓으시옵소서, 마마. 아무도 모르는 일이옵니다. 게다가 이 모든 것이 오로지 저하를 위한 일이 아니겠사옵니까."

"물론 그렇지만, 그래도 불안하네. 만약 이 사실을 병판이 알게 된다면……."

"그것은 걱정하지 마시옵소서. 제가 알아서 할 것이옵니다."

효경은 떨리는 손끝을 꽉 붙잡았다. 병판의 아들이 행방불명된 사건의 배후에 지금의 중전과 허청이 있었다. 이처럼 엄청난 일을 저지른 이유는 오직 하나. 지금의 세자를 지키기 위해서였다. 효경은 세자의 뒤를 봐주고 있는 지금의 노론을 완전히 믿을 수가 없었다. 그들이 언제 이를 드러내며 세자를 꼭두각시처럼 휘두를지 장담할 수 없는 일. 그 때문에 지금의 세자가 노론을 견제하기 위해 소론의 실세인 영상의 여식을 세자빈으로 맞이하려고 하는 것. 하지만 그리되면 노론 역시 가만히 당하고만 있지는 않을 것이다. 해서 그들을 견제할 약점이 필요했다. 그런 와중에 허청이 제게 다가온 것이다.

"마마, 세자 저하를 지키기 위해서, 병판의 시선을 잠시 다른 곳으로 돌려야 하옵니다."

"하지만 어떻게?"

"병판의 약점은 오직 하나. 그의 장자이옵니다. 그를 잠시 제 수중에 두겠습니다. 그리되면 그가 조정에서 잠시 눈을 뗄 것이옵니다. 저하께서 세자빈마마를 무사히 맞이하시고, 제대로 소론에게 힘을 주실 수 있으실 때까지. 그때까지만."

너무나도 엄청난 일에 효경은 선뜻 나설 수 없었지만, 그녀의 말을 믿고 결국 일을 저지르고 말았다.

"병판의 자제는 무사히 데리고 있는 것이지?"

"물론이지요. 염려 마시옵소서. 훗날 그는 아무것도 기억하지 못할 것이옵니다."

그렇게 불안해하는 효경을 달래고서 교태전을 빠져나온 허청은 싸늘한 시선으로 자신의 배를 소중히 감싸 안았다. 병판의 목숨을 끊어내고 자신의 복수를 완성하기 위한 첫걸음. 혹여나 일이 잘못되어도 이 일에 효경, 중전마마께서 계시기에 그녀가 자신을 지켜줄 방패가 되어줄 것이다. 혹여 훗날 저하께서 알게 되어도 그냥 넘어갈 수밖에 없겠지.

그나저나 지금쯤이면 병판이 유도준을 찾기 위해 발 빠르게 움직여야 하는데, 그러한 움직임이 보이질 않고 있었다. 아니면 전혀 예상치 못한 이가 움직이고 있을지도. 그것을 알아내야만 했다. 아직은 병판이 자신의 손에 유도준이 있다는 사실을 알게 해선 아니 되니까.

"한데, 세자빈의 행방은 아직도 묘하단 말인가? 대체 어디에 꼭꼭 숨어 있기에!"

✻

한참을 홍에게서 시선을 떼지 못하던 담은 무의식적으로 제 손을 살포시 움켜쥐는 그녀의 움직임에 엷은 미소를 띠며 안도의 한숨을 내쉬었다. 이제 곧 의식이 깨어날 것 같았다. 괜히 여기서 마주치면 부담될지도 모르니까 자리를 피하는 것이 나을 것 같았다.

그는 살짝 헝클어진 그녀의 머리카락을 조심스럽게 정리해 주고선 천천히 천막을 빠져나왔다. 아직 새벽이 완전히 가시지 않아 날이 제법 쌀쌀했다. 게다가 하늘이 심상치 않은 것이,

"눈이라도 올 것 같군."

내일 아침 유목민들이 떠난다고 한다. 담은 오늘 우석을 만날

생각이었다. 그들은 명으로 떠난다고 한다. 해서 그들이 무사히 명까지 갈 수 있도록 도움을 조금 줄 생각이었다.

그때, 멀리서 목아가 걸어오고 있었다. 목아 역시 담을 발견하고서는 잠시 흠칫했지만 이내 모른 척 스쳐 지나가려 했다. 하지만 그런 목아를 부른 것은 다름 아닌 담이었다.

"만약."

"……"

"내가 지금 사과해도 되는 것이라면 사과하고 싶다."

"대군마마께서 세자위에 내려오신 것을 후회하십니까? 후회하신다면 그 사과가 제게 의미가 있습니다."

"……아니, 후회하진 않아. 다시금 선택의 순간이 온다고 하여도 난 세자위를 떠날 것이다."

목아는 담을 똑바로 바라보았다.

"그렇다면 그 사과는 제게 의미가 없지요. 대군마마께서 진심으로 하시는 말씀이 아니신데."

"아니, 사과는 진심이다. 세자위를 떠나면서 내게 내려진 무게이고, 앞으로도 계속 감당해야 한다면 그럴 생각이다."

단호했다. 정녕 세자위에 미련이 없는 모습. 하지만 피하진 않겠다는 건가? 그렇다면 대체 왜? 왜 세자위를 내려놓은 걸까.

"대체 왜 내려오신 것입니까? 세자 저하를 지키기 위해서 많은 이들이 목숨을 잃었습니다. 특히나 현비마마께서는 무고하게 눈을 감으셨지요. 그러니 누구보다 그 자리를 지키셔야 하는 것이 아니옵니까?"

목아는 이제야 그에게 물을 수 있었다. 도대체 왜 떠난 것인지.

"그때도 보아하니 그 옆에 있던 호위무사마저도 있을 수 없는 일이라 하더군요. 백성들이 저하를 믿고 기다린 것은 저하께선 반드시 보위에 오르실 것이라 믿었기 때문입니다. 그 때문에 더더욱 배신감이 클 수밖에요."

담은 잠시 하늘을 바라보았다. 이렇게 스스로 하늘을 제대로 마주 볼 수 있게 된 것은 홍이 덕분이었다. 그전에는 그저 보는 것도 벅찼고, 그럴 시간적 여유도 없었으니까. 게다가 그는 그 자리가 너무나도 버거웠다. 그런 자신이 한 나라의 왕이 될 자격이 있을까.

"나는 이미 한 번 하늘이었다. 모두를 위해 하늘이 되어야만 했지. 천하가 내 발아래 있었고, 이 세상 모든 만물을 내가 품고 지켜야만 했지. 하지만 딱 하나. 가장 원했고, 지키고 싶었고, 절박했던 딱 하나는 내가 지키지 못했다. 오히려 나를 지키고자 스스로 날개를 꺾었지."

홍이가 저를 위해 날개를 꺾고, 스스로 추락하는 모든 순간을 그저 지켜봐야만 했다. 고작 한 나비를 위한 하늘이 될 수 없었기에. 그럴 수 없었기에.

"그때는 그래야만 했다. 하지만 이젠 아니야. 난 이미 한 번 모

두의 하늘이 되었었으니, 그 때문에 그 하나를 잃었어야 했으니,
이젠 내가 가슴에 새긴 약조를 지켜야만 해."

그녀에게 했던 약조. 그 약조를 위해 다시 시간을 거슬러 돌아
온 것이다.

"그러니 지금의 나는 그대들이 생각하는 세자로서의 자격도 자
질도 없다. 지금의 세자를 믿어라. 반드시 그대들의 새로운 희망
이 되어줄 것이다. 물론 지금 세자의 기반은 노론이지만, 그런 것
에 흔들릴 만큼 나약한 아이가 아니다. 지금은 그때를 기다리는
것뿐. 분명 강력한 왕권으로 노론과 소론에게 흔들리지 않을 것이
며, 그들 모두에게 공정한 시선을 보내는 그러한 왕이 될 것이야."

담은 휘서를 믿었다. 예전에도 그 아인 감정에 흔들리거나 하지
않았다. 누구보다 냉철한 판단력과 시선을 가졌기에 담은 그 아일
믿고 세자위를 물려준 것이었다.

"태양은 반드시 다시 떠오를 것이다."

목아는 떨리는 시선으로 담을 바라보았다. 그 역시 많은 고뇌와
생각, 용기가 필요했을 것이다. 우리가 그를 간절히 바랐던 것처
럼 그도 그런 간절한 것이 있는 것일까? 그게 뭘까. 그가 이토록
절박하게 지키고 싶어 하는. 오직 그것만을 위한 하늘이 되겠다고
말하는 그것은.

그녀는 저도 모르게 떠오르는 누군가를 입에 담았다.

"화공과 어떤 사이이십니까?"

그러자 담은 전혀 당황하지 않고서 살포시 웃으며 속삭였다.

"나의 얼굴을 처음으로 그려준 아이지."

눈물로 가슴에 새기듯, 나의 얼굴을 그려주었던.

속삭이듯 말하는 담의 목소리와 눈동자가 한없이 다정하고 애틋하기만 했다. 그녀는 느낄 수 있었다. 지금 그는 사내다. 하늘도, 세자도, 대군도 아닌 그저 한낱 사내. 그는 그저 평범한 사내가 되고자 한다. 한 여인을 연모하는 그러한 사내가 되고 싶어 하는 것이다.

'그는 알고 있는 거야, 화공이 여인인지를. 그리고 그 화공을 연모하고 있구나.'

서로 어떤 사이인지는 모른다. 하지만 홍이 그의 앞에 서면 달라지는 것은 느낄 수가 있었다. 뭔가 다른 이가 뭐라고 말할 수 없는 그러한 연이 닿아 있는 것 같았다.

그는 감히 제게 노론이 품고 있는 세자를 믿으라고 한다. 그런데 이상하게 반발심이 생기지 않았다. 정말로 그의 말대로 이루어질 것 같은. 그래서 사람들은 그를 믿었던 걸까? 이런 확고한 믿음을 주었기 때문에?

이분이 하늘이 된 세상이 궁금하기는 했다. 하지만 그건 불가능하겠지. 그렇다면 이분이 믿는 하늘을 한 번, 다시 한 번 기다려보고 싶었다.

"다시는 대군마마께 기대거나 기다리지 않을 것입니다."

"……."

"하지만 대군마마를 원망하지도 않겠습니다."

그렇게 목아가 돌아섰다. 담은 그런 그녀의 뒷모습을 바라보면서 어느새 떠오르는 태양을 지켜보았다.

✻

그림자의 뒤를 미친 듯이 쫓던 사림은 거의 코앞까지 왔을 때, 녀석이 갑자기 픽 쓰러지는 것을 보고선 당황한 기색으로 재빨리 뛰어갔다. 입에서 검붉은 피를 토해내며 죽어버린 녀석. 아무래도 스스로 독을 마신 듯싶었다.

"뭐야, 이건 대체."

대체 누구기에 이렇게 망설임 없이 제 숨을 끊어버린 거지? 노예 상단 놈들은 아닌 것 같은데……. 뭔가 기분이 꺼림칙했다. 하지만 이미 죽어버린 녀석이라 뭔가를 알아낼 수도 없고.

사림은 망설이다 녀석의 몸을 샅샅이 뒤져 보았다. 별로 특별한 것은 보이지 않았다. 그러다 품에서 뭔가가 잡히는 것을 보고선 그것을 꺼내보니, 여인의 얼굴이 그려진 용모파기였다.

"추노꾼인가? 하지만 그렇다고 이렇게 자결할 필요는 없잖아."

하는 행동은 딱 자객이나 살수인데.

사림은 용모파기를 천천히 살펴보았다. 굉장히 단아하고 고운 규수가 그려져 있었다. 보아하니 노비는 아닌 것 같고, 어느 귀한 댁의 규수 같은데. 그런데 뭘까…….

"왜 이렇게, 낯이 익지?"

분명 처음 보는 얼굴인데 이상하게 낯설지가 않았다. 누굴 닮은 것 같기도 하고. 누구지? 누굴까. 지나가다 본 것인가? 하지만 이런 귀한 규수가 함부로 밖을 돌아다닐 리는 없고, 자신이 알 리도 없는데. 솔직히 이런 용모파기로 만들어진 것도 수상하긴 했다.

사림은 썩 좋지 않은 기분에 용모파기를 제 품 안에 숨기고선 죽어버린 그림자를 잠시 바라보다 이내 걸음을 돌렸다.

잠시 후, 사림이 완전히 자리를 비우자 죽은 줄 알았던 그림자가 눈을 번쩍 뜨고서는 자리에서 일어나 주변을 살피더니 이내 순식간에 모습을 감춰 버렸다.

사림은 아주 조심스럽게 천막 안을 살폈다. 다행히 홍이 혼자 있었다. 그는 머뭇거리는 걸음으로 안으로 들어섰다. 어쩐지 하루 사이에 얼굴이 많이 파리해지고 상한 듯 보여 안쓰럽기만 했다. 사림은 담이 앉아 있던 그 자리 그대로 앉아 아주 살포시 그녀의 손을 마주 잡았다. 희미하지만 온기가 감돌았다. 그 온기에 그의 거친 입꼬리가 부드럽게 휘늘어지면서 저도 모르는 사이 그의 회색빛 눈동자 가득 홍을 담고 있었다.

"꼬맹이, 무슨 잠을 이렇게 오래 자냐. 괜히 무섭게."

그래도 얼굴은 편안해 보였다. 좋은 꿈을 꾸는 듯싶었다. 그런데 저렇게 눈을 꼭 감고 있는 모습을 보니 어쩐지 계집 같아 보였다. 하긴 평상시에도 밤톨만 해서는 뽈뽈거리고 다니는 모습이 사내 같지는 않았지. 물론 목숨이 여러 개인 것처럼 구는 배포만큼은 사내대장부 저리 가라지만.

"……."

그때, 홍의 얼굴을 유심히 바라보던 사림의 눈빛 위로 의아함이 스쳐 지나갔다. 뭔가, 어디서 본 것 같은 느낌인데.

'용모파기?'

그럴 리가. 용모파기에 그려진 건 분명 계집이었는데. 아무리 녀석이 계집 같다곤 하지만 그래도 사내잖아.

사림은 저도 모르게 슬그머니 그녀의 아래쪽을 바라보았다. 그러다 이내 화르르 달아올라서는 헛기침을 하며 제 품에 있던 용모파기를 꺼내보았다. 그러곤 아주 조심스럽게, 조심스럽게 그 용모파기를 홍의 얼굴 바로 옆에 갖다 대보았다. 그런데.

"닮았다."

그의 눈동자가 미세하게 떨리면서 마른침을 꿀꺽 삼켰다. 이목구비와 눈매, 전체적인 분위기가 너무나도 유사했다. 혹, 남매인 건가? 그렇지 않고서야 이렇게 닮을 수는 없는데…….

"저…… 저……."

그때, 홍의 표정이 일그러지면서 바짝 마른 입술 너머로 신음이 뒤섞인 목소리가 새어 나왔다.

"홍아?"

"저…… 저…… 저하…… 저…… 하……."

'저하?'

그러다 홍의 눈이 번쩍 떠지자 사림은 흠칫 놀라며 얼른 용모파기를 숨겼다.

"하아, 하아, 하아."

거칠게 내쉬는 숨소리. 사림은 잠시 넋을 잃다가 이내 정신을 차리고선 그녀를 붙잡았다.

"홍아? 괜찮으냐? 내 모습 보여?"

"……형님?"

"그래, 나다. 괜찮냐? 어디 아프진 않고?"

어느새 식은땀이 이마에 맺혀 있었고, 낯빛이 너무나도 창백했다. 분명 행복한 꿈을 꾸는 줄 알았는데. 아니었던 건가? 그리고 아까 내뱉은 말.

"저…… 저…… 저하…… 저…… 하……."

분명 저하라고 한 것 같은데. 내가 잘못 들었나? 하긴 저하라고 불릴 수 있는 사람은 단 한 사람,

'세자뿐인데, 녀석이 세자 저하를 꿈에서 부를 일이 뭐가 있어.

내가 잘못 들은 거야.'

홍은 잠시 주변을 살펴보며 모든 것이 꿈이라는 걸 깨닫고선 거친 숨을 내쉬었다. 그러다 문득 누군가를 찾으며 외쳤다.

"형님, 나리는요?"

"뭐?"

"나리 말입니다. 무사하십니까? 예?"

깨어나자마자 양반 나부랭이 놈부터 찾다니. 사림은 어쩐지 가슴께가 답답해지면서 아릿한 통증이 밀려들었다. 하지만 애써 아무렇지 않은 척하며 몸을 일으켜 세우려는 홍의 어깨를 강하게 눌렀다.

"양반 나부랭이 놈이 무사하지 않으면 어쩔 거냐? 네 걱정이나 해. 너 아주 위험했다고. 죽을 뻔했어."

"무사하신 것이지요? 괜찮은 것이지요?"

"그래, 괜찮다. 아주 멀쩡해. 대체 뭐냐? 꿈에 양반 나부랭이라도 나온 거냐? 꿈에서 죽디?"

"그, 그런 건 아닙니다. 목아 낭자는요? 다들 괜찮은 겁니까?"

"빨리도 물어본다. 다 괜찮다. 모두 무사해. 여긴 유목장이야."

사림이 짧게 상황 설명을 해주자 홍은 그제야 막힌 가슴이 뚫리는 듯했다. 다들 무사하고, 그도 무사하다. 그제야 숨이 쉬어지면서 입가로 엷은 미소가 스쳤다.

"다행입니다, 정말로 다행입니다."

"그래, 다행이지. 네가 이리 무사하니."

사림은 홍의 여린 어깨를 툭툭 두드려 주었다. 그 나름대로의 표현이었다. 서툴기 짝이 없지만, 네가 무사해서 다행이라고. 이리 무사히 돌아와 주어서 너무나도 고맙다고.

홍은 사림의 그런 손길에 그를 바라보며 환한 미소를 지었다.

"형님께 너무 고맙습니다. 이 피리 덕분에 살았습니다."

그녀는 품에서 피리를 꺼내 보여주었다. 정말로 이 피리가 없었다면 그리 용기 내지 못했을 것이다. 그가 바로 제 옆에 있는 것처럼 느껴져서 얼마나 큰 위안이 되었는지 모른다.

"이제 돌려 드리겠습니다."

하지만 사림은 돌려주려는 홍의 손을 살포시 쥐며 다시 그녀에게로 돌려주었다.

"가지고 있어, 나중에 또 위험해지면 불어야지. 네 녀석이 언제 어디로 뛸지 모르니, 이렇게라도 해야 내가 안심하겠다."

"형님……."

"언제든 불어라. 무슨 일이 있어도 달려갈 테니까."

그의 손길이 잠시 망설이다 이내 그녀의 머리카락을 부드럽게 쓸어내려 주었다. 아까보다 훨씬 다정한 손길에 홍은 고개를 끄덕이며 속삭였다.

"예, 형님."

잠시 후 목아가 들어왔고, 사림은 그 자리를 슬그머니 빠져나오면서 제 품에 있던 용모파기를 잠시 쥐어보았다.

그래, 아닐 거다. 홍이일 리가 없지. 그저 닮은 사람일 것이다.

"그래, 아무것도 아닐 거다."

그는 애써 고개를 털어내면서 찜찜한 기분을 억지로 누르고는 걸음을 옮겼다.

✻

어스름이 내려앉은 저녁 무렵. 이른 아침에 유목민들도 이곳을 떠난다고 했다. 이젠 그들도 이곳을 떠나 춘곽으로 간다. 호월산으로 가기 위한 마지막 마을. 그곳에선 하늘만 맑으면 호월산이 보일 정도로 그 거리가 가까웠다.

홍은 목아의 지극한 보살핌 덕분에 기력을 많이 회복한 상태였다. 그렇게 대충 정신이 되돌아오니, 맑은 머릿속으로 그의 모습이 자꾸만 아른거렸다.

그는 하루 종일 우석과 있었다고 들었다. 유목민들이 이곳을 떠나 명으로 무사히 갈 수 있도록 도움을 주고 있는 모양이었다. 아무리 그래도 제 걱정은 하나도 안 한 건가? 아무리 바빠도 얼굴 정도는 비출 수 있잖아. 그래도 며칠이나 같이 지냈는데.

"내 이름 한 번도 안 불러줄 것이오?"

"흥, 이름은 불러서 뭐 하게."

그녀는 천막에 스치는 풀 그림자를 아련하게 바라보았다. 꿈속에서 그를 만났었다. 예전 그대로의 모습으로 늠름하고 탁월한 세자 저하의 모습. 제 이름을 다정하게 불러주고, 따뜻한 손길이 연신 내려앉으며 아주 찰나의 행복한 모습이 스쳤었다. 꿈속에서라도 그가 나를 기억하고, 내가 그를 기억하며 행복하다고 느꼈었다. 물론 금방 제 눈앞에서 사그라지면서 어둠 속에서 연신 그를 찾아 헤매야만 했다. 그때의 어둠은 죽기 직전의 모습 같았다.

그때, 내가 정말로 죽어버렸다면 아마도 그 길고 긴 어둠을 홀로 헤매면서 아무리 불러도 들려오지 않을 그의 목소리만을 찾았을지도 모르겠다.

그래서 눈을 뜨자마자 그를 보고 싶었는데. 기억하지 못해도 그래도 제 옆에 그가 있다는 걸 확인하고 싶었는데.

"하아……."

묵직한 한숨을 내쉬며 멍하니 눈만 깜빡이던 홍은 갑자기 풀 그림자가 어그러지면서 이내 낯익은 그림자가 서리는 것을 보고선 눈을 동그랗게 뜨곤 고개를 번쩍 들었다. 그리고 이내 들려오는 목소리.

"화공, 아직 깨어 있소?"

담의 목소리였다. 홍의 시무룩하던 눈빛이 환하게 피어나면서 애써 퉁명스러운 목소리를 냈지만, 휘늘어진 입꼬리까지 막을 수는 없었다.

"이 늦은 시각에 어인 일이십니까?"

"정신을 차렸다기에……."

"참으로 일찍 아셨습니다."

홍은 바람에 흔들리는 그의 그림자를 연신 바라보았다. 이리 그림자만 보아도 가슴께가 아릿해지면서 미세한 열기가 피어올랐다.

"혹, 서운했던 것이오? 내가 너무 늦게 와서?"

"누, 누가 들으면 나리를 기다렸는 줄 알겠습니다!"

뭔가 속내를 꿰뚫는 듯한 어조에 홍은 저도 모르게 발끈하고 말았고, 이내 가벼운 웃음소리가 공기 너머로 흩어졌다.

"물론 아니겠지. 아니라고 하겠소."

이런 순간에도 이리 놀리고 싶은 건가? 어찌 안으로 들어오지 않고 밖에서 저러는 것이야?

그때, 꽤나 낮은 목소리가 떨리듯 바람결에 스쳐 왔다.

"화공은 어떨지 몰라도, 무척이나 걱정했었소. 이것은 진심이오. 깨어나서 내가 얼마나 기쁜지 모를 것이오. 이제야 와서 미안하오. 하지만 이리 화공을 혼자 볼 수 있으니 좋군."

"예?"

담의 그림자가 잠시 하늘을 향하는 듯 보였다. 그러고는 아까보다는 조금 환한 목소리가 들려왔다.

"오늘도 별이 참 예쁘오."

그 모습에 홍 역시 고개를 들었다. 물론 하늘이 보일 리 없었다. 하지만 어쩐지 그때의 하늘이 떠오르면서 눈에 훤히 보이는 것 같았다.

"게다가 달빛도 참 좋지."

"해서, 또 별이나 보자는 말입니까?"

"보자고는 안 했소. 그래도 뭐, 화공이 정 보고 싶다면."

홍은 그의 모습에 피식 미소를 지으며 조심스럽게 밖으로 빠져나왔다.

풀벌레 소리 하나 들리지 않는 적막 속에 쏟아지듯 흐르는 별빛과 훤히 비추는 달빛만이 그 적막을 채우며, 한 폭의 그림처럼 하얀 도포 자락을 날리며 서 있는 그의 뒷모습이 보였다.

그녀는 선뜻 다가가지 않은 채 그의 모습을 멍하니 바라보다 이내 손가락으로 뒷모습을 슬쩍 그려보았다.

그 먼 과거에서도.

"걱정 마라, 이젠 제대로 네 앞에 있을 것이니."

그리고 지금도.

"언제나 화공의 앞에 내가 있을 것이오. 그러니 절대로 겁먹지 말고, 두려워하지 마시오."

언제나 제 앞에 있어주겠다고 말한 사람.

저 하늘의 별들이 수없이 긴 세월 속에서도 그 자리에서 그대로 빛나고 있듯, 제게 그도 저 별과 같았다.

해서 처음으로 고마웠다. 다시 시간을 거슬러서, 이렇게 살아서 다시 그를 만나게 된 것이. 너무나도, 너무나도.

"감사합니다."

이른 아침 물안개가 자욱했고, 잔뜩 흐린 하늘 너머로 공기가 차가웠다. 마치 눈이 내릴 듯한 그러한 날씨. 떠날 준비를 마친 유목민들은 마지막으로 머문 자리의 흔적을 지워 나갔고, 홍 역시 어느새 줄어든 봇짐을 들쳐 메고서는 목아를 찾아갔다. 그녀는 얼굴을 반쯤 가리는 커다란 삿갓을 쓴 채 이동할 준비를 마친 상태였다.

"낭자."

"춘곽으로 가는 건가요?"

"맞아요."

목아는 말없이 홍을 바라보았다. 어쩐지 참 신기한 여인이었다. 분명 나이도 아직 어리고 키도 저보다 훨씬 작은데 이상하게 저보다 훨씬 연륜이 묻어나는 느낌이 드는 건 왜일까?

"주고 싶은 게 있어서 잠깐 들렀어요."

"나한테요?"

홍은 싱긋 웃으면서 봇짐에서 뭔가를 꺼내 들었다.

"틈틈이 그린 거예요. 마음에 들지는 모르겠지만."

그녀가 건넨 것은 이곳의 풍경이었다. 굉장히 굵은 선을 이용해 파도가 휘몰아치는 풍경을 그대로 담아내고 있었다. 그러면서도 바람에 흔들리는 들판은 섬세한 여인의 정취가 물씬 느껴졌다.

"명으로 가서도 조선을 잊지 말아줘요."

"……."

"비록 이곳에서의 기억이 좋진 않겠지만 그래도 기억해 줬으면 좋겠어요."

홍은 그녀가 조선을 미워하지 않았으면 했다. 더 나아가 이담, 그분도 용서하길 바랐지만 그건 너무 큰 이기심일지도 모른다.

목아는 잠시 그림을 바라보았다. 어쩐지 그분의 목소리가 힘 있게 울리는 것 같았다. 조금 먼 훗날이 되면, 그때가 되면 아무렇지 않게 기억할 수 있을까? 그럴 수 있을까?

"반드시 태양은 떠오를 것이다."

대군마마와 이 화공은 닮았다. 아닌 듯하면서도 아주 미묘하게 사람을 뒤흔드는 구석이 말이다.

"기억하도록 할게요."

목아의 속삭임에 홍은 기쁜 마음으로 웃으면서 그렇게 함께 천막을 빠져나왔다. 그녀의 어깨 너머로 담과 사림이 함께 보였다. 하지만 목아의 시선은 사림에게 더 오래 머물렀다. 처음과 달리 그가 참 아프게 와 닿는다. 그가 향하는 마음이 보이기 때문에. 아마 그는 앞으로 더 아프고 아플 것이다. 소중한 이를 어쩌면 두 번이나 잃게 될지 모르니까. 그새 정이라도 든 것인지, 목아는 그저 그가 무사하길 바랄 뿐이었다.

그렇게 목아와 유목민들은 별다른 작별 인사 없이 떠나갔다. 어차피 그들에게 이별은 익숙한 것이고, 떠난다는 것 역시 특별한 것은 아니었다. 머물 자리가 없어 고단하지만 묶인 곳이 없기에 자유로운.

그들이 떠난 빈자리 위로 하얗게 서린 하늘 아래 눈꽃이 휘날리기 시작했다.

"어, 어!"

홍은 제 손바닥 위로 스르르 녹아내리는 눈송이에 환한 미소를 지었다. 제법 바람이 차가워지고, 그녀의 두 볼이 붉게 얼어가자 사림은 영 신경 쓰이는 눈길로 그녀의 옆에서 바람을 막아섰다.

"괜찮냐? 의식이 깨어난 지 하루밖에 안 지났는데."

"흠, 역시 괜찮지가 않습니다."

"그래? 역시 좀 힘들지?"

사림은 그녀답지 않게 약한 소리를 하자 정말로 많이 아픈 건가, 하는 생각에 안절부절못했지만 홍은 다른 의미로 인상을 찡그리며 속삭였다.

"그게 아니라 이 풍경을 그리지 못해 아쉬운 것입니다. 하나밖에 없던 세필붓도 부서지고, 종이도 없고, 벼루도 잃어버렸습니다. 그래도 형님께서 주신 안료는 아주 소중히 잘 간직하고 있으니 염려 놓으십시오!"

그녀가 제법 가벼워진 짐을 두드리며 호기롭게 말하자, 사림은 헛숨을 내쉬며 고개를 가로저었다.

"그래, 고맙다. 아주 고마워."

"아무래도 춘곽에서 필요한 걸 좀 사야겠습니다. 이러다간 막상 호월산에서 그림을 그리지 못하는 불상사가 생길 수도 있으니 말입니다."

제 딴에는 굉장히 심각한 고민을 하며 여비가 남아 있는지 확인했고, 사림은 점점 굵어지는 눈발에 점점 하얗게 쌓여가는 홍을 보고선 제 윗옷을 슬쩍 벗어주려는 찰나, 그녀의 앞으로 담의 그림자가 스치면서 이내 뭐라 말할 틈도 없이 그녀의 머리 위로 휘항(조선시대 방한모)을 씌워주었다.

"나, 나리?"

홍은 당황했지만 담은 태연하게 휘항을 씌우고선 야무지게 매

듭을 매어주었다. 그의 손길이 맨살에 스치면서 미세한 열꽃이 화르르 피어오르며 그녀의 말문을 막아버렸다.

"저는 괜찮습니다."

"볼이 얼어 터질 것 같소."

"나리도 춥지 않으십니까."

"그리 신경 쓰이면 고맙다고 이름이나 한 번 불러주던가."

"감사히 잘 쓰겠습니다."

홍은 고개를 숙이고서 눈 내리는 날 강아지마냥 뛰어가 버렸다. 괜히 의식을 하니 쑥스럽고 부끄러워 그 이름을 담기가 어려웠다. 하긴 예전에도 그 이름을 부르진 않았지. 차마 담지 못할 그런 이름이었지. 해서 혹여나 다음 생에 만나게 되면 그의 이름을 마음껏 불러보고 싶다고 생각했으면서.

'하지만 막상 부르려니까 정말 입이 안 떨어진다고!'

가만히 잘 있던 심장이 두근 반 세근 반이 되어 예전처럼 빠르게 뛰어올랐다. 처음도 아니면서 마치 첫정을 느낀 여인네처럼 이게 무슨 해괴한 느낌이지! 아무리 열일곱으로 돌아왔다지만.

홍은 두 손으로 제 볼을 가득 감쌌다. 따스한 온기가 스미면서 입술이 절로 곡선을 이루었다.

"참, 따뜻하다."

✲

담은 홍이 새긴 눈 발자국 위를 조용히 걸었다. 사림은 그런 담을 서늘한 시선으로 바라보았다. 또다시 그때처럼 불쾌한 감정이 휘몰아친다. 그가 홍이에게 다가갈수록, 그의 그림자가 그 아이의 옆에서 점점 선명해질수록 이 불쾌한 감정은 점점 보기 싫게 커지면서 어느새 아릿한 통증으로 그를 괴롭혔다. 하지만 도통 이것이 뭔지 알 수가 없어서 더 답답하기만 했다.

'단순히 내가 저 녀석이 싫은 건가? 물론 좋지는 않지만 그래도 그렇게 싫진 않은데.'

생각보다 검술도 괜찮아서 뒤를 맡길 수도 있고, 양반 나부랭이이긴 하지만 그렇게 건방지거나 오만하지도 않고, 어느 정도 머리도 있는 것 같고. 그리고, 그리고…….

'홍이랑 제법 많이 친해진 것 같고.'

"안 오느냐?"

담은 문득 뒤가 허전하여 넋을 잃은 사림을 빤히 바라보자, 그는 그제야 정신을 차리고서 성큼성큼 걸음을 옮겼다.

"내가 정말 답답해서 그러는데."

"뭐?"

"이거 하나만 묻자. 꼬맹이 녀석이랑 언제 그렇게 친해진 거냐?"

자신이 생각해도 어이가 없었지만 사림은 꽤 진지했다. 그리고 그 모습에 담은 너무나도 자연스럽게 입을 열었다.

"친해진 건가? 그런 것치고는 내 이름 한 번 안 불러주고 나리, 나리, 하면서 선을 딱 긋던데."

"네 눈엔 그리 보이냐?"

"하면, 네 눈엔 어찌 보이느냐?"

귀히 여기는 듯 보인다. 차마 그 이름 한 번 부르기가 어려울 정도로 그렇게.

하지만 사림은 그저 말을 삼켰다. 그러곤 괜히 실없는 소리 했다며 고개를 가로저었다. 대체 뭐가 이리 답답할까. 마치 제 물건을 남에게 빼앗긴 것 같은. 그래, 갑자기 꼬맹이가 이 녀석이랑 너무 친해져서 그런 거야. 친 누이동생을 딴 놈한테 시집보내는 것처럼. 잠깐, 꼬맹이는 계집이 아니잖아! 왜 자꾸 계집 동생이랑 비교하냐고!

하지만 문득 고개를 들었을 때, 새하얀 눈 속을 타박타박 걷고 있는 그녀의 모습은 사내의 휘항과 어울리지 않았다. 남색이나 자색이 뒤섞이고 예쁜 장식으로 어우러진 계집의 휘항이 더 어울릴 것 같았다.

'허. 정녕 내가 남색이라도 되는 건가?'

곱기는 왜 저렇게 고와서는!

"저기."

"무엇이냐, 또?"

사림은 잠시 망설이며 제 품에 있는 용모파기를 그에게 보이려다 괜히 미친놈 소리를 들을 것 같아 정신을 바짝 차렸다.

"아무것도 아니다. 얼른 가자, 얼른. 이러다가 날 새겠다! 날씨도 이런데 산에서 밤을 보낼 거냐?"

사림은 괜한 잡생각을 털어내며 서둘러 홍에게 뛰어갔다. 그러자 그녀는 스스럼없이 그를 향해 환한 미소를 보여주었다. 홍이 사림에게 느끼는 감정은 아마 친 오라비와 같을 것이다. 하나뿐인 그의 오라비 민규헌을 보는 듯한 시선. 하나 사림은 아니다.

"계집임을 끝까지 몰라야 할 것인데."

담은 사림과 홍의 발자국이 어지럽게 뒤엉킨 것을 잠시 바라보았다. 만약 사림이 홍이 계집인 것을 알게 된다면 아마 누르고 있던 마음이 봇물 터지듯 터질 것이다. 그저 동생, 가족이라 여기며 누르던 마음이 사실은 연정이라는 것을.

담은 사림이 끝까지 모르길 바랐다. 사내로서의 투기심과 더불어 홍이, 그 아이가 또다시 소중하다 여기는 사람을 잃게 하고 싶지 않았으니까.

✳

평범한 나그네 차림으로 술 한 잔을 기울이고 있던 백각 앞에 또 다른 술잔이 채워졌다. 그는 고개조차 들지 않고 누군지 다 안다는 것마냥 입을 열었다.

"어찌 되었느냐?"

"융이 죽었습니다. 그 상단 역시 전부 불에 타 없어졌습니다."

생각지도 못한 말에 그는 움찔하며 고개를 들었다. 그러자 그의 앞으로 사림이 놓쳤던 그 그림자가 앉아 있었다. 이들은 백각이 조선 팔도로 풀어놓은 첩자들로 중요한 정보를 모으는 이들이었다.

"그토록 거대한 노예 상단이 불에 타 없어졌다고?"

"예, 전부 사실입니다. 융은 그 자리에서 죽었습니다."

하, 정말 기가 막힐 노릇이다. 노예 상단의 행수 융과 양제마마께서 뭔가 뒷거래를 하는 것 같아 조사 중이었는데, 갑자기 그들이 전부 죽었다라……. 이걸 어떻게 판단해야 하는 걸까.

"누구의 짓이냐? 혹, 양제마마 쪽인 것 같더냐?"

"그것은 아닌 것 같고 외부에서 잡혀온 이들을 구해내기 위해 벌인 일인 듯합니다. 한데."

"한데?"

그림자는 잠시 망설이다 목소리를 한층 낮추었다.

"세자빈마마를 본 듯합니다."

"뭐?"

"용모파기와 흡사한 자를 보았습니다. 처음엔 융이 잡아왔었는데, 알고 보니 계집이었습니다. 곧 다시 사내 변복을 하긴 했지만,

분명 세자빈마마가 확실합니다."

백각은 떨리는 시선으로 그림자를 바라보았다. 이게 대체 무슨 상황인가. 융의 뒤를 조사하다가 그토록 오리무중이던 세자빈마마의 행방을 알게 되다니. 잠깐. 융이 잡아왔다고? 그렇다면 양제마마께서 벌써.

"양제마마께서 세자빈마마의 행방을 아시는 것이냐?"

"융은 그 여인이 세자빈마마인 것은 전혀 모르는 눈치였습니다. 우연인 듯합니다."

"우연이라……. 그렇다면 천운이지만."

"제가 끝까지 쫓으려고 했으나 일행 중 누군가 제 기척을 느끼고 쫓아와서 놓쳤습니다. 하지만 분명 가는 방향은 춘곽인 듯합니다."

춘곽이라면 호월산. 지난번 항구 마을에서도 호월산 쪽으로 가는 것 같다고 들었다. 그렇다면 행선지는 확실해진 것. 그런데 일행이 있다고?

"일행이 있단 말이냐?"

"자세히는 보지 못했으나 상당한 실력자인 듯했습니다. 노예 상단을 무너뜨린 것도 그렇고 곧장 기척을 느끼고 따라오는 것을 보니……."

"그것도 사내?"

"예."

세자빈마마께서 낯선 사내와 함께하고 계신다. 이것을 지금 숨겨야 하나, 모두 보고를 해야 하나. 아니, 차라리 자신이 직접 알아본 뒤에 움직이는 것이 나을 것 같았다. 자칫 이것이 세자빈마마와 더불어 세자 저하에게도 해가 될지도 모르니 사실로 드러나게 된다면 그 일행이라는 자의 목숨을 자신이 직접 끊어야만 했다.

춘곽. 춘곽이라……. 이곳에서 다행히 멀지 않았다. 조선 최고의 환락가이자 호월산으로 넘어가기 위해 온갖 상인들과 사냥꾼들이 모이는 곳. 다른 이름으론 향 없는 꽃들이 머무는 곳이라 일컫는 곳.

"나는 춘곽으로 직접 가겠다. 너는 세자빈마마에 관한 것은 제외하고 저하께 직접 보고드려라."

"예, 알겠습니다."

그렇게 백각은 자리에서 일어나 춘곽으로 향했고, 그림자는 잠시 그곳에 머문 뒤 조용히 사라졌다.

8장

향 없이 피어난 꽃

조선 최고의 환락가인 춘곽을 상징하는 붉은 홍등이 꽃처럼 무수히 피어난 밤. 그 속에 담과 사림 그리고 홍이 서 있었다. 눈을 돌리는 곳마다 지독히도 화려하고 다채로운 색감에 홍은 눈을 뗄 수가 없었고, 사림은 행여나 이 많은 사람들 틈에 꼬맹이가 휩쓸릴까봐 눈을 떼지 않고 있었다. 담 역시 홍에게서 몇 보 떨어지지 않은 채 주위를 살폈다. 그는 이곳에서 먼저 간 무랑을 만나야 했다. 사림 역시 유도준에 대한 정보를 얻어야 했는데, 사실 이곳에서 가장 활발하고 은밀한 정보가 오가는 곳은 기방이었다.

춘곽에서 가장 크고 화려한 기방은 모란각. 그러나 사림은 그곳에 발걸음하고 싶지 않았다. 그곳은 유도준이 청이를 팔아넘긴 곳이자 청이를 마지막으로 본 곳, 사무치게 쓰라린 상처가 있는 곳이었다.

'될 수 있으면 그쪽 근처에는 가고 싶지도 않은데.'

그는 홍이에게서 시선을 고정한 채 담에게 말했다.

"네놈 무랑인가 뭔가 하는 놈과 만날 장소가 정해져 있지?"

"그런데?"

"내가 볼일이 좀 있으니 먼저 가 있어라."

볼일이라는 말에 담은 의아한 시선으로 그를 보았다. 그러고 보니 그는 사림에 대해서 아는 것이 없었다. 어쩌다가 홍이와 함께 다니고 있는지. 호월산에는 왜 가는 것인지. 요즘 너무 자주 봐서 그렇지만 초의 피가 섞인 이를 그리 쉽게 볼 수 있는 것도 아니고.

'특히 무예 실력이 굉장한데.'

"뭘 그리 보냐?"

"주막에 흰 끈을 매어놓은 곳이 있을 거다. 그곳으로 와라."

"흰 끈?"

"그래."

"그러지. 행여나 꼬맹이한테 허튼수작하면 죽는다."

"홋."

담의 웃음소리가 영 거슬렸지만, 사림은 애써 꾹 참고서 먼저 걸음을 옮겼다. 녀석이 꼬맹이랑 붙어 있는 게 싫기는 했지만, 그래도 믿고 맡길 자는 저 녀석밖에 없었다. 그렇다고 어떤 위험이 있을지 모르는데 자신이 꼬맹이를 데리고 다닐 수도 없고.

'일단 후딱 한 기방부터 가보자.'

역시 기방만 한 곳이 없다고 판단하고서 모란각을 제외하고 두 번째로 큰 기방으로 향하던 사림은 갑자기 저만치서 달려오는 기생과 쾅 하고 부딪히고 말았다.

"아욱! 젠장!"

"송구합니다. 송구합니다, 나리!"

코끝으로 미향이 물씬 풍겨들었고, 그 독한 향에 사림은 미간을 찡그리며 눈을 떴다. 그러자 바로 코앞에 굉장히 앳된 기생이 저를 빤히 쳐다보고 있었다. 정확히 말하자면 자신의 회색빛 눈을.

'역시, 가리고 다녀야 하나?'

괜한 일에 휘말리면 골치 아프니까.

"이봐, 떨어져."

"아? 예, 예! 그런데 혹시……."

하지만 기생이 무슨 말을 건네기도 전에 사림은 옷을 탈탈 털어내고서는 제 갈 길 가버렸고, 기생은 그런 그의 뒷모습을 넋을 잃고 바라보며 속삭였다.

"설마, 사림 도련님?"

✳

홍은 춘곽의 화려하고 매혹적인 모습에 완전히 미혹되어 넋을 잃어버리고 말았다. 항구 마을도 사람이 많다고 생각했는데, 이곳은 사람들뿐만 아니라 눈이 아플 정도로 다양한 색채가 쏟아져 흐르고 있었다. 홍등과 더불어 다양한 색채의 등이 피어올라 있었고, 풍악패와 남사당패, 다른 나라에서 물 건너온 진귀한 물건을 시작으로 귀하다는 호랑이 가죽과 짐승 가죽을 파는 이들도 아주 많았다.

'이곳이라면 좋은 세필붓을 구할 수 있을 것 같은데.'

하지만 생각보다 여비가 충분하지 못했다. 종이와 벼루도 사야 하는데, 다 구할 수 있을까?

"구해야 할 물건이 있지 않소?"

어느새 옆으로 다가온 담의 모습에 홍은 흠칫 놀라서는 고개를 들었다.

"사림 형님은요?"

"잠시 볼일이 있다고 하였소. 화공이 필요한 걸 먼저 사도록 하지."

"한데 돈이 충분할지 모르겠습니다."

담은 뭘 그런 걸 걱정하냐는 듯 홍의 손을 잡고서 사람들 틈을 유유히 빠져나가기 시작했다. 홍은 행여나 놓칠세라 그를 꽉 붙잡고서 외쳤다.

"어딜 가시는 것입니까!"

하지만 그녀의 목소리는 다른 이들의 함성 소리에 파묻혀 버리고 말았다.

그렇게 얼마쯤 걸었을까. 그의 걸음이 멈춘 곳은 어느 화방이었다.

담은 그녀의 손을 놓아주고선 점잖게 뒷짐을 지고서 주인을 불렀다.

"주인장."

"예, 예, 선비님! 뭐 필요하신 것이 있으십니까?"

"세필붓과 종이, 그리고 벼루 모두 최상급으로 보여주시오."

"예!"

"최상급이라니요! 그리 좋은 건 필요 없습니다. 그럴 돈도 없고……."

홍이 담의 옷자락을 잡고 끌었지만, 그는 꿈쩍도 하지 않았다. 명색이 대군인데 이런 것 하나 제대로 사주지 못할까 봐? 더 반짝이고 좋은 것을 사주고 싶은 걸 꾹 참고 있는데.

"그림 값이라 생각하시오. 이것들로 그린 그림을 내게 처음으로 주는 것이오."

"또 춘화 말입니까?"

"이번엔 화공이 그리고 싶은 걸 주도록 하시오. 내 초상화도 좋고."

초상화라니. 홍은 말도 안 된다며 고개를 가로저었다. 그때 주인장이 이것저것 최고급으로 가져와 펼쳐 보이자, 현혹되지 않겠다고 다짐했던 홍의 눈동자가 커다랗게 변하면서 이내 이것저것을 만져 보며 무척이나 기뻐하고 있었다.

담은 그 모습에 기가 찬 듯 헛웃음을 지었다. 아무리 지금은 남장을 하고 있다지만 그래도 명색이 여인인데 저런 것들을 저리도 좋아하다니. 예전에도 그랬었나?

'하기야 당주홍을 받고 좋아하긴 했었지.'

왕의 색이라면서, 그것으로 자신의 얼굴을 그려주었다. 그녀의 시선에 담긴 제 모습엔 애틋함과 애절함이 가득 담겨 있었다. 또한 숨길 수 없는 연정의 깊이까지도. 물론 그것을 직접 받진 못했다. 궐을 떠나던 날, 눈물로 그려 올린 마지막이자 작별의 선물. 해서 그는 이번엔 직접 초상화를 받고 싶었다. 제 얼굴을 그리는 그녀의 모습을 하나하나 눈으로 담으면서, 눈물이 아닌 웃음으로 맞이하고 싶었다.

"주인장, 주인장, 좋은 물건 많이 들어왔는데!"

그때 화방으로 방물장수가 들어섰다. 하지만 화방 주인은 연신 홍이를 구슬리느라 바빠 보였고, 방물장수는 때를 잘못 맞췄다 생각하며 돌아서려는데 담이 덥석 그를 붙잡아 세웠다.

"이보게."

"예? 예?"

"혹 여인의 장신구 같은 것도 있는가?"

담은 힐끔힐끔 홍의 눈치를 살피며 조심스럽게 물었고, 방물장수는 짙은 미소를 그리며 제 짐을 풀어놓았다.

"물론이지요. 명에서 들여온 진귀한 것들과 더불어 저 멀리 서역에서 들여온 것들도 많이 있지요. 이런 물건 구하기 힘들 것입니다. 우리 훤칠한 선비님께서 맘에 품은 정인이라도 있으신가 봅니다?"

담은 방물장수의 말을 무시하고서 그가 내놓은 물건들을 바라보았다. 정말로 화려하고 아름다운 물건들이 많았다. 하지만 무엇 하나 그의 시선을 사로잡는 것이 없었다.

'이건 너무 튀고, 이건 너무 화려해.'

연신 그의 시선이 빠르게 움직이다 이내 작은 비녀 하나에 손가락이 멈춰들었다.

"이건."

"아이고, 우리 선비님이 물건 보는 눈이 있으시네. 그게 겉으로 보기엔 수수한 듯하지만 이 붉은빛이 살짝 감도는 옥이 아주 비싼 물건이지요. 게다가 세공도 얼마나 섬세한지."

하얀 옥 무늬 사이로 붉은빛이 살짝 감도는 것이 마치 홍의 붉어진 홍조 같았다. 게다가 금방이라도 날아갈 듯 섬세하게 내려앉은 나비의 모습.

그는 이것이 아주 마음에 들었다. 궐에서는 이런 조그만 선물 하나 주는 것도 너무 힘들었는데. 이제부턴 이런 것 저런 것 다 해주고 싶고, 다 해보고 싶었다.

"이걸로 주시오."

담이 그녀 몰래 그렇게 물건을 사는 동안, 홍은 결국 주인장과 밀고 당기기를 한 끝에 만족스럽게 물건을 고를 수 있었다. 물론 아주 최상급은 아니었다. 그런 걸 받을 수도 없었고, 또한 쓰기가 너무 아까울 것 같아서.

"나리?"

홍은 저만치 떨어져 있는 담을 불렀고, 그는 뭔가 흠칫해서는 얼른 비녀를 뒤로 숨겼다.

"무엇 하십니까?"

"아무것도 아니오. 다 산 것이오?"

"방물장수가 온 것 같던데. 뭐, 필요한 것이 있으셨습니까?"

모르는 줄 알았는데, 알고 있었던 모양이다. 담은 애써 시치미를 떼고서 태연하고 고개를 가로저었다.

"아니오. 전부 다 계집 물건뿐이었소. 한데 다 최상급으로 산 것이오?"

홍은 남은 돈을 그에게 돌려주면서 말했다.

"제가 쓰기 좋은 물건으로 샀습니다. 그게 최상급이지요. 하면 갈까요?"

어쩐지 흥이 난 듯 그녀가 경쾌하게 걸음을 옮겼다. 그 뒷모습이 너풀너풀 나비와도 같았다. 담은 비녀를 슬쩍 들어 올려서는 그녀의 뒷모습에 살짝 갖다 대며 상상했다. 이걸 꽂고 제게 걸어오는 그녀를. 무척이나 사랑스러울 그녀의 모습을.

담은 비녀를 소중히 품에 넣어두었다. 아직은 때가 아니었다. 호월산, 그곳에서 줄 생각이었다.

"내게 와달라고. 평생을, 평생을 아껴줄 것이라고."

담과 홍은 흰 끈이 매어진 주막에 도착할 수 있었다. 고작 하루도 지나지 않았는데 워낙 사람들이 많다 보니 홍은 벌써 지친 기색을 보였고, 담은 그녀의 앞에 앉아서 간단히 요기할 거리를 시키고선 주변을 둘러보았다.

"이곳으로 무랑이 오는 것입니까?"

"그럴 것이오."

홍은 잠시 주변을 살피며 목소리를 한껏 낮추었다.

"그 아편 밀거래에 관한 것입니까?"

담은 대답하지 않았지만 홍은 알 수 있었다. 아직 그 일이 완전히 끝나지 않았음을. 그때,

"도련님."

기다리던 무랑이 드디어 담의 앞에 나타났고, 홍은 반가운 마음에 손을 흔들었지만 무랑의 표정은 썩 좋지가 않았다.

"왔구나."

담 역시 뭔가 심상치 않은 기색을 느끼고선 목소리를 낮추었다. 그 덕분에 그녀 역시 무거운 공기를 느끼며 한껏 숨을 죽이

고 있었다.

✳

날이 저물수록 이곳 춘곽의 불빛은 더더욱 휘황찬란해지는 듯싶었다. 밤에 뜨는 태양이라고 했던가. 하지만 사림은 이러한 분위기가 영 껄끄럽고 기분 나쁠 뿐이었다. 어느새 삿갓을 구해 쓴 사림은 얼굴을 한껏 가리고서 기방 앞에 걸음을 멈추었다. 역시나 이런 곳에는 온갖 은밀한 정보가 모이는 법.

"딱히 오고 싶진 않았지만."

이런 곳에 꼬맹이를 데려오는 것도, 들어가는 모습도 보이기 싫었다. 물론 자신은 일 때문에 가는 것이다. 일!

그렇게 사림은 굳어지는 입매를 억지로 풀어내고서 기방 안으로 들어가려는 찰나, 뭔가 말랑한 손이 그의 팔목을 와락 끌어안았다. 그러곤 이내 굉장히 낯익은 향기가 코끝을 파고들며 머리를 어지럽게 했다.

사림이 흠칫 놀라 고개를 돌리니, 그의 눈앞에 아까 전 자신과 부딪혔던 그 여인이 안겨 있었다. 대체 뭐야, 이거?

"어찌 모란각을 두고 이곳으로 오십니까? 참으로 서운합니다."

"뭐, 뭐?"

"정녕 저를 모르시겠습니까? 사림 도련님."

사림 도련님? 감히 어떤 간 큰 계집이 제 이름을…… 자, 잠깐, 이 얼굴. 이 목소리. 설마!

"너는 준정?"

❁

무랑과 담은 방으로 자리를 옮겼다. 홍은 그들이 편하게 얘기를 나눌 수 있도록 밖에서 기다리기로 했다.

안으로 들어선 무랑은 그래도 한껏 목소리를 낮추고서 지금껏 조사한 사항을 보고했다.

"아직 춘곽에서 대규모로 춘화 거래를 한 흔적은 없습니다. 그저 기방과 기방 사이로 작은 거래만 오고 갈 뿐. 하지만 이 역시 극소수입니다."

"그저 평소처럼 기녀들이나 술 마시러 온 선비들이 끄적이는 것이겠지."

"예. 한데 곧 기회가 생길 듯합니다."

"기회?"

"곧 모란각이라는 기방에서 아주 큰 그림 경매가 이뤄진다고 합니다. 그림뿐만 아니라 각종 진귀한 물건들도 오갈 예정인데, 높으신 양반들이 모여 유희를 할 예정이라고 합니다. 제 생각엔 그때가 물건 풀리기 딱 적합할 것 같습니다."

분명 맹월의 손에 아편이 남아 있었다. 그것이 거래되면 군자금이 늘어날 터. 결코 포기하지 않으려고 할 테지. 그렇다면 이번 유희가 그 기회가 될 것이다.

"모란각이라……."

"이곳에서 가장 큰 기방입니다."

"그럼 거기서 그날까지 기다려야 한다는 것인데."

"제가 어떻게든 방법을 물색하겠……."

그때, 그들의 말을 끊고서 문이 벌컥 열리면서 사림이 안으로 들어섰다. 그는 잔뜩 일그러진 인상으로 거친 숨을 내쉬며 툴툴거렸다.

"그놈의 흰 끈 찾는다고 죽는 줄 알았네. 사내새끼들이 소심하게 흰 끈이 뭐냐, 흰 끈이."

무랑은 오랜만에 보는 사림의 낯짝에 한숨을 내쉬었다. 어쩜 저자는 저리도 달라진 점이 없이 무례한지.

"어찌 이리 벌컥벌컥 마음대로 들어오느냐!"

"이 정도 기척도 못 느끼는 네놈이 멍청한 것이지."

"역시나 그놈의 방자함은 달라지지 않는구나."

사림은 무랑의 말에 콧방귀를 뀌고서 자리에 털썩 주저앉았다.

"잠깐 들었는데, 모란각에서 머물기를 원하는 것이라면 내가 해결할 수 있을 것 같은데."

"네놈이 어찌!"

"사실 그곳엔 일각도 있고 싶지 않지만, 어쩔래?"

사림은 무랑을 째려보며 말을 끝까지 이었다.

"방도가 있는 것이냐?"

담은 무랑을 말리면서 계속 하라는 듯 사림에게 눈짓을 주었다.

"아는 이가 그곳에 있다. 이곳에 있을 동안 지낼 곳을 마련해 주겠다고 하도 난리인지라."

"그게 누군데?"

사림은 생각만 해도 골머리가 아픈지 지끈거리는 머리를 붙잡고서 자리에서 일어나 문을 벌컥 열었다. 그러자 바깥에서 웬 화려한 복색의 여인이 홍의 얼굴을 마구 만지고 서 있었다. 홍 역시 표정이 굉장히 난감해 보였다.

"어쩜 사내시면서 이리 피부가 비단결이십니까. 이년보다 더 좋은 것 같아서 샘납니다."

"아, 아니, 그게…… 낭자도 어여쁘시오."

"낭자라니! 그냥 준정이라 불러주시어요. 쑥스러워하시는 모습도 어찌 이리 귀여우십니까."

"하하하하."

담은 사림의 시선이 그 여인에게 향하는 것을 보고선 의외라는 표정을 지었다.

"이곳에 정인이 있었던 것이냐?"

"무슨 말이야! 그냥 예전에 연이 좀 있었던 거야. 정인이라니!"

사림이 흥분하여 목소리를 높인 탓에 준정이 고개를 휙 돌리고 선 사림을 향해 마구 손을 흔들며 뛰어들었다. 모든 사내들의 시선이 그런 그녀에게로 향하면서 입가가 헤벌쭉하게 늘어지고 있었다.

"도련님!"

"그 도련님이라는 소리 하지 말라고 했지, 소름 돋는다고!"

"도련님을 도련님이라 부르지 뭐라 부릅니까? 그리고 얼른 가시어요. 이런 주막보다는 모란각에서 아주 편하게 지낼 수 있게 모시겠습니다."

어느새 그에게 딱 달라붙어서는 온갖 아양을 떠는 준정의 모습에 사림은 울컥이는 것을 꾹 참고서 담과 무랑에게 손가락질을 하며 말했다.

"이 녀석들도 좀 같이 데려가야겠다."

준정은 그제야 이곳에 사림 말고도 다른 이가 있었다는 것을 깨닫고선 멍하니 사태를 보고 있는 담과 무랑을 향해 살포시 눈웃음을 지어 올렸다.

"도련님의 벗이라면 제게도 은인이지요. 전혀 부담 갖지 마시고 오시어요. 도련님도 어서, 어서요!"

잡아끄는 손길에 사림은 속수무책으로 끌려가기 시작했다. 무랑은 그러한 사림의 모습을 기가 막힌다는 듯 쳐다보았다.

"저놈이 저리 쩔쩔매다니. 누군지는 몰라도 대단한 여인입니다."

"그래도 우리로선 잘되었다. 자연스럽게 모란각에 숨어들 수 있게 되었으니."

담은 사림의 뒷모습을 바라보다 이내 홍에게로 시선을 두었다. 그녀는 끌려가는 사림의 모습이 신기하여 웃음을 터뜨렸다.

"하하핫, 형님이 저리 약한 모습을 보일 줄이야."

"그게 아니다!"

그녀의 혼잣말을 들은 사림이 벌겋게 달아오른 표정으로 거머리처럼 달라붙은 준정을 떼어내려고 했지만, 그녀는 쉽사리 그의 옷자락을 풀어주지 않았다.

"아잉, 왜 그러셔요. 오랜만에 만났는데 이 정도 포옹은 봐주시어요!"

"너랑 내가 뭐 그리 좋은 연으로 만났다고!"

"그래도 도련님은 제게 은인이십니다. 평생 잊지 못할 은인이요. 다시 만나게 되어서 얼마나 기쁜지, 도련님은 모르십니다."

준정은 그의 팔을 한껏 끌어안으며 이내 사림에게 파묻혔고, 사림은 한숨을 내쉬며 고개를 푹 숙였다. 어찌 이리 큰 죄를 짓고 있는 기분이 드는 걸까? 특히나 꼬맹이 녀석이 이걸 보고 있다는 생각을 하니 더더욱 가슴이 벌렁거리며 천불이 끓어올랐다.

결국 그들은 준정의 바람대로 모란각으로 향했다. 홍은 연신 사림에게서 눈을 떼지 못했고, 사림은 그러한 홍의 시선에 죽을 듯한 표정을 지으며 끌려가야만 했다. 담은 이 모든 상황을 그저 지켜보며 그녀의 뒤를 그림자처럼 따랐다.

춘곽 최대의 기방이라는 명성에 걸맞게 하늘을 가득 메울 듯한 홍등이 붉게 피어나 마치 거대한 꽃밭을 보는 듯한 착각에 빠질 만큼 모란각은 화려했다. 달빛을 벗 삼아 풍유가 절로 흐르고, 여인들의 웃음소리가 그에 걸맞게 간드러지게 울리며 그야말로 천상이 이곳인 듯했다.

그들은 다른 이의 눈에 띄지 말아야 했기에 준정을 따라 뒷문으로 들어갔다.

홍은 살짝 긴장한 상태로 주춤주춤 걸음을 옮겼고, 그 뒤를 담이 따랐다.

준정에게 붙잡힌 사림의 표정은 아까보다 훨씬 차갑게 굳어져 있었다. 기억하고 싶지 않은 과거가 그의 발목을 잡고서 스멀스멀 떠오르기 시작했다. 귓가에 연신 울리는 누군가의 목소리. 바로 어린 청이의 울음소리.

"도련님."

준정은 그런 사림이 걱정되어 슬쩍 불러보았고, 사림은 애써 정신을 차리고서 그녀와 함께 걸음을 멈춰 섰다.

이곳은 모란각에서 가장 깊숙한 곳에 위치한 별채였다. 홍등이 아닌 그저 은은한 달빛이 서린 곳으로 모란각이라고 할 수 없을 정도로 고즈넉한 적막이 흐르고 있었다.

"여긴 제 개인 공간이라 아무도 오지 않습니다. 그러니 안심하시어요."

바짝 경계하고 있던 무랑은 그 말에 슬쩍 눈꼬리를 내렸다.

"자, 그럼 어서 들어오시어요. 많이 피곤하실 텐데."

준정은 그들을 방 안으로 들어가게 했고, 홍은 그녀에게 고개를 숙여 보이곤 안으로 들어섰다. 무랑은 잠시 담의 곁에 다가와 짧게 속삭였다.

"주위를 둘러보겠습니다."

"조심해라."

"예."

그렇게 무랑이 사라지고 담은 잠시 주변을 바라보다 흐트러진 홍의 신발을 가지런히 놓고선 함께 안으로 들어갔다.

"이게 다 뭐냐."

방으로 들어온 사람은 거하게 차려진 술상을 보고선 어이없는 표정으로 준정을 노려보았다. 그러자 그녀는 살포시 미소를 지으며 사람의 어깨를 잡고 자리에 앉게 만들었다.

"오랜만에 오셨는데 대접을 해야 하는 것이 아니어요."

"그러니까 어떻게 알고 준비했냐고."

"도련님을 보자마자 바로 준비했지요."

"하? 결국 날 처음부터 여기로 데려올 작정이었구나?"

"당연하지요! 하면 어딜 가시려고 했습니까? 정녕 다른 기방으로 가실 작정이었습니까?"

"사림 형님, 볼일이 있으시다더니 기방이셨습니까?"

홍은 술뿐만 아니라 상다리가 휘어질 정도로 차려진 음식을 보면서 사림에게 말하자 그는 다시금 펄쩍 뛰며 아니라고 외쳤다.

"그것이 아니다! 그것이 아니라고!"

"오자마자 갈 곳이 있다는 큰 볼일이 기방이었구만."

담까지 홍의 말에 가세하자 사림은 얼굴을 붉히며 답답한 가슴을 마구 두드렸다.

"너, 너 양반 나부랭이! 너!"

"사내라면 당연한 것이지요. 자, 자, 도련님, 한 잔 하시어요."

"그게 아니라니까, 진짜!"

사림은 연신 아니라고 외치면서 타들어가는 속에 술을 벌컥벌컥 들이켰다. 그렇다고 사실대로 말할 수도 없고. 특히 준정, 이 아이 앞에서는 더더욱 말할 수가 없었다.

그렇게 술자리는 펼쳐졌다. 준정은 연신 사림의 옆에 앉아 까르르 웃음을 지었고, 홍은 요 며칠 제대로 된 음식을 먹어본 적이 없었던지라 무척이나 행복하게 음식을 입안으로 밀어 넣었다.

"화공."

"예? 예?"

두 볼이 미어질 듯한 홍의 모습에 담은 터져 나오려는 웃음을 꾹 누르며 물을 건네주었다.

"천천히 먹으시오. 누가 빼앗아가지 않소."

"아, 아."

홍은 그제야 이성을 되찾고서 음식을 꿀꺽 삼켰다. 지금 뭐 하는 거야, 민홍. 아무리 배가 고팠다고 이렇게 게걸스럽게 먹는 모습을 보이다니! 한동안 사내로 지냈더니, 정녕 사내처럼 되어버린 건가! 여인으로서의 체통은!

그녀는 부끄러움이 물씬 밀려들면서 제 앞에 있는 것이 술인지도 모르게 대뜸 꿀꺽 마셔 버리고 말았다.

"화공, 그거 술이오."

담이 재빨리 술잔을 빼앗았지만 이미 한 잔 제대로 마셔 버린 상황. 처음 맛보는 술맛의 찌릿함에 홍은 몸을 부르르 떨면서 눈을 크게 깜빡거렸다.

술맛이 이런 것이로구나. 뭔가 되게 쓰긴 한데, 기분이 좋아지는 것 같았다. 이래서 사내들이 술에 환장하는 건가?

"한 잔 더 주십시오."

"뭐요?"

담은 갑자기 한 잔 더 달라는 홍의 말에 기가 막힌다는 표정을 지었지만, 홍은 이 기회에 술을 더 마셔보고 싶었다. 언제 또 이런 기회가 오겠어?

"한 잔 더 줘보십시오. 저도 사내대장부입니다! 마실 수 있단 말입니다."

"하지만 화공, 화공은 아직 술을 마시기엔."

"키가 작다고 나이도 적은 줄 아십니까? 제 나이 열일곱입니다. 밤톨 취급하지 마십시오!"

고작 한 잔 마셨으면서 홍은 붉어진 얼굴로 연신 한 잔 더 달라고 떼를 쓰기 시작했다.

담은 이 상황을 어찌해야 할지 몰라 난감하기만 했다. 그 한 잔에 벌써 취기가 돌고 있는 건가?

"이보시오, 화공."

"한 잔 더. 네? 한 잔 더 주십시오, 나리. 네? 네?"

담이 영 줄 생각이 없어 보이자 홍은 그에게 바짝 다가가서는 그의 옷깃을 잡고서 마구 흔들기 시작했고, 그러한 모습에 그의 눈빛이 미세하게 흔들리기 시작하면서 저도 모르는 사이 그녀에게 술잔을 건네주고 말았다.

"헤헤!"

홍은 술잔을 홀짝거리며 한 잔에서 또 한 잔, 또 한 잔에서 또 한 잔을 마시고 말았다. 결국 눈매가 축 휘늘어진 홍은 배시시 웃는 얼굴로 옆에서 어쩔 줄 몰라 하는 담을 빤히 바라보았다.

새하얀 도포를 입고 반듯한 갓을 쓴 그의 모습은 그림에 나오는 귀공자처럼 우아하고 멋있기만 했다. 하긴 완벽하기 그지없었던 세자 저하셨는데.

붓으로 반듯하게 그린 듯한 얼굴선을 따라 오뚝하게 솟은 코끝을 타고 단정히 웃고 있는 입술까지. 저 입술로 제 이름을 다정하게 부르며 안아주곤 했었는데. 홍아, 홍아, 하면서. 아니, 밤톨아, 밤톨아, 했던가.

"헤헤헤."

홍의 눈동자가 담을 담고서 연신 미소를 지었다. 담은 헛웃음을 짓다가 이내 멍하니 그녀를 바라보았다. 타들어갈 듯한 얼굴엔 연신 웃음이 감돈다. 그리고 그 웃음 끝에 걸린 사내가 오직 자신이라는 사실에 가슴께가 자꾸만 뜨겁게 일렁였다.

"벌써 취한 것이오?"

"나리는…… 나리는…… 목소리가 참 좋습니다."

"……."

"그 목소리로…… 목소리로……."

한 번만, 딱 한 번만 더 홍이라고 불러주면 좋을 텐데. 홍이라고, 아니면 밤톨이라고. 예전처럼 그리 불러주면 좋을 텐데. 그러고 보니 그의 입술은 참 따뜻한데. 굉장히 부드럽고 달콤하고 다정한…….

"딸꾹!"

"……."

갑자기 그녀의 얼굴이 더더욱 벌겋게 익어가면서 딸꾹질이 터져 나오기 시작했다.

"딸꾹, 딸꾹! 읍!"

홍은 너무나도 망측한 상상에 당황하여 입을 꾹 눌렀지만, 연신 딸꾹질과 더불어 그의 입술만 자꾸 뚜렷하게 눈에 들어왔다.

대체 이게 뭐야. 왜 갑자기 이러는 거야!

"화공?"

"예? 딸꾹! 딸꾹!"

갑자기 딸꾹질이 더 심해지는 그녀의 모습에 담은 피식 미소를 지으며 한 손으로 턱을 괴고선 야릇한 시선을 보내며 속삭였다.

"혹시 말이오."

"딸꾹! 딸꾹!"

"이상한 생각 한 거 아니오? 날 보고서."

"아, 아닙니다! 딸꾹! 제가 나리를 보고 무슨 생각을! 저, 전 사내입니다. 아주 멀쩡한 사내! 딸꾹!"

"누가 뭐라고 하였소? 어찌 그리 놀라시오? 혹, 진짜로⋯⋯."

"아닙니다! 아닙니다!"

담의 짓궂은 장난에 홍은 취기가 한순간에 달아나면서 고개를 휙 돌리고 말았다. 하지만 속이 엄청 찔렸다.

'민홍, 대체 무슨 생각을 한 거야. 정신 차려! 이 술이라는 것이 이렇게 사람을 잡는구나, 잡어!'

담과 홍이 그렇게 서로만의 공간에 있을 때, 사림은 연신 그들을 바라보며 굳어진 표정으로 금방이라도 폭발할 듯 주먹이 꿈틀 꿈틀 거리고 있었다.

대체 둘이서 뭐 하는 짓이야? 꼬맹이 저놈은 갑자기 안 마시던

술을 왜 마시고 난리고, 저 양반 나부랭이 놈은 그걸 왜 안 말리고
난리야!

"도련님?"

연신 이런저런 얘기를 하던 준정은 제 얘기를 하나도 듣지 않는
사람의 모습에 의아한 표정을 지으며 그의 시선을 쭉 따라갔다.
그러자 그 끝에 화공의 모습이 보였다. 사내치고는 너무나도 조그
만 몸집과 곱디고운 얼굴. 고작 술 몇 잔에 얼굴이 붉어져서는 어
쩔 줄 몰라 하는 모습까지.

"……."

준정은 조금 서늘한 시선으로 홍을 바라보다 다시금 고개를 돌
려 여전히 그쪽으로 시선을 떼지 못하는 사람의 얼굴을 두 손으로
붙잡았다.

"도련님!"

"어? 어? 왜."

"전 예전의 어린애가 아닙니다."

"뭐?"

그녀는 영문 모를 말을 남긴 채 담을 향해 부드러운 목소리로
속삭였다.

"취한 것 같으니 화공을 데리고 나가는 것이 좋겠습니다. 잠잘
곳은 옆쪽 작은채에 준비를 해놓았습니다."

"그럼 내가……."

사림이 기다렸다는 듯이 일어나려고 하자 준정은 재빨리 그의 손을 꽉 붙잡고서 속삭였다.

"도련님껜 아직 드릴 말씀이 있습니다."

"화공은 내가 데려가지."

담은 괜찮다고 말하는 홍을 일으켜 세우고선 거의 안듯이 데리고는 밖으로 빠져나갔다. 사림은 그러한 두 사람의 모습을 끝까지 바라보며 왠지 모를 무거운 숨을 내쉬었다.

✽

취하지 않았다며 혼자 걷겠다고 홍은 칭얼거렸지만, 이미 그 모습 자체가 취한 상태였다. 그래도 하도 고집을 피우기에 담은 그녀를 놓아주었고, 홍은 애써 두 다리에 힘을 꽉 주고서 한 걸음, 한 걸음 걸음마를 하듯 내디뎠다.

"헤헤, 거 보십시오! 잘 걷지 않습니까. 전혀 취하지 않았습니다!"

"그렇소. 아주 잘 가고 있소."

"절대로, 절대로 어린애 취급하지 마십시오! 특히 밤톨이라 절대로 부르지 마십시오!"

"한 번밖에 안 불렀소. 그걸 아직도 기억하고 있었던 것이오?"

담은 불안불안한 시선으로 연신 비틀거리는 그녀의 뒤를 따라 걸었다. 하지만 유난히 밝은 달빛 아래 헤실헤실 웃는 그녀의 모습이 너무나도 사랑스러웠다. 마치 나비처럼 옷자락도 펄렁거리고 있었고.

그때, 잘 가던 그녀의 걸음이 우뚝 멈춰 섰고 그도 덩달아 걸음을 멈추었다.

"무슨 일이오?"

"졸립니다."

"하아?"

"자야겠습니다."

"자, 잠깐, 화공!"

대뜸 졸린다고 하더니 이내 땅바닥에 누우려고 하자 담은 황급히 달려가 쓰러지는 그녀를 안아 올렸다. 정말이지 다시는 술잔을 건네주지 않으리라. 절대로, 절대로!

결국 담은 홍을 들쳐업었다. 가볍고 부드러운 느낌이 등 뒤로 느껴지면서 바짝 긴장감이 밀려들었다. 담은 애써 묵직한 숨을 내쉬고서 걸음을 옮겼다. 그에게 업힌 홍은 뭐가 그리 좋은지 그의 목을 와락 끌어안고서 연신 뜨거운 숨결을 그의 목덜미 뒤로 내쉬며 얼굴을 묻었다.

"헤헤, 따뜻합니다."

어리광을 부리는 모습. 어쩐지 이런 모습은 예전에도 본 적이 없는 모습인 것 같았다. 뭐, 술이 꼭 나쁘진 않군.

"어찌 이리 가볍소. 정말이지 이리 계집 같아서야."

홍은 그의 등에 몸을 맡긴 채 멍한 시선으로 조그맣게 속삭였다.

"정녕 제가 계집이면 어떨 것 같습니까?"

분명 화를 낼 것이라 생각했는데 갑작스러운 그녀의 물음에 담은 움찔했다. 그러곤 제 속내를 조금 풀어놓았다.

"그냥, 많이 떨릴 것 같소."

홍이 널 처음 본 순간부터 내게 세자빈으로 다가온 그 순간까지, 나는 매 순간순간이 너무나도 떨렸었다. 진정 믿을 수 없이 떨렸어.

홍은 담의 대답을 듣지 못한 채 느리게 눈을 깜빡이고 있었다.

담은 그렇게 같은 자리를 연신 맴돌며 시간이 멈춰 버린 듯한 이 순간을 조금 더 느끼고 있었다. 하지만 밤바람이 조금 차가워지고 그녀의 떨림이 느껴지면서 담은 하는 수 없이 작은채로 들어가 그녀를 조심스럽게 바닥으로 내려놓았다. 그녀는 이미 가냘픈 숨을 내쉬며 잠이 든 듯 보였다.

담은 조심스러운 손길로 이불을 여미고, 흐트러진 그녀의 머리카락을 정리하고서 슬쩍 빠져나가려는 찰나, 자고 있는 줄 알았던 그녀가 갑자기 그의 손을 덥석 붙잡았다.

"자고 있었던 것이 아니었소?"

"……담……."

"……."

순간, 적막 속에 울린 조그만 목소리. 그 목소리에 담은 그대로 몸이 굳어지면서 심장이 미친 듯이 뛰어올랐다. 분명, 담. 담이라고.

"화공?"

그때, 홍이 잡고 있던 담의 손을 끌어당겼고, 그대로 그의 손등 위로 입술을 대며 또다시 짧게 속삭였다.

"담……."

손등 위에서 그녀의 붉은 입술이 뜨겁게 속삭이며 꿈틀거렸다. 그 열기는 그의 손끝을 타고 심장을 미친 듯이 뒤흔들었다. 매번 이름을 불러달라고 장난스럽게 속삭이긴 했지만 이렇게 진짜 그녀의 목소리에서 제 이름이 흘러나오니 뭐라 말할 수 없는 감정이 휘몰아쳐 무슨 말을, 어떤 표정을 지어야 할지 알 수가 없었다. 너무나도 떨리고 또 떨려왔다.

"하……."

벅차오르는 열락 속에 나지막이 숨이 터져 나왔다. 어느새 달빛이 구름에 사라지고 어둠이 살포시 내려앉았다. 홍은 붉게 달아오른 얼굴로 까만 눈망울을 반짝이며 제 앞에 있는 사내를 마구잡이로 휘저었다. 어느새 그녀의 다른 손길이 살포시 담의 한쪽 뺨을 감싸 안았다. 그녀의 뜨거운 체온이 스미면서 담의 눈동자가 아련하게 가라앉으며 낮게 속삭였다.

"만약 화공이 여인이라면."

"……."

"나는 화공에게, 화공에게……."

하지만 그는 차마 뒷말을 잇지 못했다. 홍은 그러한 담을 물끄러미 바라보더니 이내 환한 미소를 지으며 살포시 눈을 감았다. 적막 속에 그녀의 숨소리가 가냘프게 흩어졌고, 그 모습에 담은 피식 웃으며 아직도 제 손을 잡고 있는 그녀의 조그만 손가락을 한 번 꽉 잡아주었다. 어느새 달빛이 다시 환하게 비춰왔다. 마치 한순간의 꿈인 것처럼 모든 것이 아득하기만 했다. 하지만 여전히 그의 손등은 그녀의 숨결로 뜨거웠고 귓가에 맴도는 그의 이름이 그를 뜨겁게 감싸고 있었다.

담은 말간 얼굴로 잠이 든 홍을 지그시 바라보며 차마 잇지 못했던 말을 속삭였다.

"화공이 여인이라면, 나는 그대에게 사내가 될 수 있는 것이오?"

내게 넌 언제나 여인이었는데. 한없이 아프고 사랑스러운 나비.

❋

별당에 남겨진 준정과 사림은 잠시 짧은 침묵을 삼켰다. 사림은 자꾸만 담과 홍의 뒷모습이 아른거렸다. 그래서 괜스레 답답해지는 마음에 술잔을 비웠고, 준정은 그러한 그의 모습을 제 눈동자에 새기며 차마 하지 못했던 속내를 비추었다.

"도련님께서 다시 이곳으로 오실 줄은 정말이지 꿈에도 생각하지 못했습니다."

사림은 움켜쥐었던 술잔을 잠시 주춤하며 허한 웃음을 삼켰다.

"너야말로 여기 있을 줄 몰랐다. 그 난리가 났을 때 도망가지 그랬냐."

"묶인 몸이 아닙니까. 양제마마나 도련님처럼 제가 갈 곳이 있는 것도 아니고."

다시금 다른 이에게서 청이의 이름이 들린다. 그것도 이곳에서. 속이 다시금 까맣게 타들어갔다. 그것을 눈치챈 준정이 조금 더 조심스럽게 말을 이었다.

"지금도 이곳이 싫으신 거 압니다. 어찌 다시 오셨는지는 모르겠지만, 너무 반가워서. 해서 이리 욕심을 부렸습니다. 하지만 정 싫으시면."

"아니다. 어차피 며칠은 이곳에 있어야 하니까. 그리고 벌써 몇 년이나 지난 일인데."

다시금 그의 술잔에 술이 채워진다. 하지만 그 속도가 빠르다. 게다가 그의 목울대가 조금 거칠게 꿈틀거리는 것을 준정은 느낄 수 있었다. 그도 그녀도 이곳에서 처음 만났다. 하지만 결코 좋은 연은 아니었다. 그녀가 사림, 그를 처음 만났을 때 그는 무척이나 무서운 얼굴과 동시에 상처받은 얼굴이었다. 희귀한 회색빛 눈동자가 엉망으로 일그러진 모습.

준정은 홀로 술잔을 채우려는 그의 손길을 막으며 직접 술을 따랐다.

"그날은 몹시도 비가 왔었지요."

"⋯⋯왔었지, 아주 차갑게."

시간이 흘러 잊었다는 것은 거짓말. 눈을 감으면 떠오르고, 매 순간순간 집어삼키는 기억.

그날은 비가 폭풍처럼 쏟아지던 날이었다. 잠시 한눈을 판 사이 어린 누이, 청이가 집에서 사라졌다. 어머니는 미친 듯이 청이를 찾아 헤맸고 사림 역시 청이를 찾아 헤매었다. 그러다 문득 하루 종일 유도준, 그 자식이 보이지 않는다는 것을 깨달았다.

"유도준. 유도준 그 자식, 어디 있어!"

사림은 뭔가 불길한 생각에 평소 유도준과 붙어 다니던 종놈을 때려잡았다. 그리고 결국 그놈이 사고를 친 걸 알게 되었다.

"추, 춘곽⋯⋯."

"뭐?"

"춘곽에⋯⋯ 네놈 동생 년, 팔아치우러⋯⋯."

한순간 머리가 멍해지고 눈앞이 하얗게 타들어가면서 판단을 할 수가 없었다. 잘못 들은 줄 알았다. 춘곽이면 환락가. 아무리

서녀라지만, 그래도 병판의 핏줄이 조금이라도 섞여 있는데. 아무리 싫어도 피가 조금이라도 섞인 여동생인데. 기방에 팔아넘겼다고? 기방에? 기녀로?

"유도준! 유도준!"

사림은 춘곽으로 달려갔다. 그러곤 수소문 끝에 찾아간 모란각을 뒤집어엎었다. 회색빛 눈동자가 시뻘겋게 충혈될 정도로. 움켜쥔 주먹 끝에서 피가 새어 나올 정도로 그렇게 오직 청이를 찾기 위해 안간힘을 썼다. 그리고 벌컥 연 방 안에서 준정을 만났다. 청이와 똑같은 나이에 같은 날 팔려온 아이. 아직 몸이 채 자라지도 않은 어린아이가 파르르 떨면서 제 온몸을 끌어안으며 도준에게 저항하고 있었다. 사림은 청이를 팔아넘기고, 그곳에서 태평하게 계집질을 하려는 도준의 모습에 더는 붙잡고 있을 이성이 남아 있지 않았다.

"유도준!"

"하? 뭐야. 괴물 자식, 여기엔 어쩐 일이냐? 아. 네 동생 년 때문에 온 건가?"

"청이, 어디 있어."

"고년 하도 앙칼져서 기녀 노릇 시키면 어떨까, 하도 궁금해서 모란각에 집어넣었더니 제법 어울리더라고. 게다가 초의 여인이 오죽 귀하냐? 이곳 행수가 어찌나 좋아하던지."

"어디 있냐고 물었다."

"어디 있긴. 아마 지금쯤 사내 품에서……."

퍽!

"악!"

그 뒤로 그는 말을 이을 수 없었다. 사림은 무지막지할 정도로 유도준을 향해 주먹을 날렸다. 흡사 수라와도 같은 표정. 피가 흩어지고, 간신히 빠져나온 준정은 넋을 잃은 표정으로 그런 사림을 바라보았다. 하지만 어찌나 처절하면서도 슬퍼 보이던지, 가슴께가 욱신거리며 그 감정이 전해지는 것 같았다.

"네놈이 인간이야! 인간이냐고! 아무리 싫어도, 아무리 징그럽게 싫어도! 그래도 피가 섞인 동생인데. 동생인데!"

"네, 네놈이 감히 나한테, 나한테! 뒈지고 싶어? 네놈 어미도 같이 뒈지고 싶냐고!"

"그 입 닥쳐!"

거의 숨이 넘어갈 듯한 유도준의 모습. 하지만 사림은 이놈을 진정 죽이겠다는 작정으로 칼을 빼내어 그대로 목을 노려갔다. 그러자 유도준은 겁에 질린 그 와중에도 사림을 향해 독설을 퍼부었다.

"너 같은 더러운 괴물 놈이 감히 병판 대감의 장자를 죽이려 하느냐! 그래, 죽여봐라. 죽여봐! 네놈도 죽을 것이다. 아니, 네놈만 죽을 것 같으냐? 네놈 어미도, 그 동생 년도. 다 같이 죽는 거야!"

"으으으!"

"천한 놈. 천한 핏줄. 감히 그 괴물 같은 얼굴로 우리 집안에 누를 끼쳤으면 잠자코 엎드려 있을 것이지. 네 동생 년은 이곳이 어울린다. 네 어미와 같이 더러운!"

"닥쳐!"

더는 참을 수가 없었다. 그래, 어차피 살아남아 봤자 인간 취급도 받지 못한다. 그러니 저 버러지만도 못한 놈을 죽이고 나도 죽을 것이다. 죽을 것이야!

그렇게 사림의 칼날이 그대로 유도준의 목을 꿰뚫으려는 순간, 누군가 겁도 없이 그런 사림의 뒤를 끌어안았다.

"그, 그만하십시오!"

준정이었다. 그녀는 그가 사람을 죽이는 모습을 볼 수가 없었다. 절대로 그리 두면 안 될 것 같았다.

"이거 놔라. 네년도 죽고 싶은 게냐!"

"유, 유허청 아씨는."

"……."

"무사하십니다. 아직은 무사하십니다. 그러니 어서 가셔서, 가셔서 구하십시오!"

그녀의 말에 사림은 칼자루를 움켜쥐고선 파르르 떨었다. 이대로 이놈을 죽여야 하는데. 죽여 버려야 하는데. 하지만 정말로 이놈을 죽이면 빌어먹게도, 정말로 빌어먹게도 어머니도 죽고 청이도 죽는다. 나 하나가 아니라 다 죽는 것이다. 그것도 어쩌면 더

비참하게.

"하아, 하아."

"어, 어서……."

사림은 잡고 있던 칼자루를 놓았다. 쨍그랑 하는 소리가 그토록 처절할 수가 없었다. 그는 어느새 정신줄을 놓아버린 채 숨만 겨우 내쉬고 있는 도준을 노려보고선 그대로 걸음을 뒤로 옮겼다. 준정은 그런 그의 뒷모습을 향해 짧게 속삭였다.

"제 이름은 준정입니다."

"……."

"고맙습니다."

하지만 그는 말없이 그 방을 빠져나갔다.

비가 억수같이 쏟아지던 날. 참으로 억수 같은 연이 만나던 날이었다. 준정은 그때의 사림을 결코 잊지 못했다. 그를 끌어안으며 말렸던 그 모든 순간, 그 찰나의 순간을. 가슴이 터질 듯 벅차올랐고, 심장이 뜨겁게 뛰어올랐다. 지독히도 차가운 그의 눈동자에 모든 것이 멎어버렸던 그때의 강렬했던 기억.

"저는 그때 양제마마의 도움도 많이 받았었습니다. 도련님께는 큰 은혜를 입었고요."

"말은 바로 해라. 솔직히 난 널 구하거나 그럴 생각 없었어. 그냥 그 자리에 네가 있었을 뿐."

"그래도 제겐 은혜입니다."

"오히려 네가 날 살렸지. 게다가 아직 넌 이곳에 있지 않느냐."

"하지만 그리 비참하게 몸이 더럽혀지진 않았지요. 그것이 얼마나 감사한지 모릅니다. 한데."

"……."

"마마를 뵌 적이 있으십니까?"

사림은 텅 빈 술잔을 내려놓았다. 춘곽에서 청이를 구하고, 그 손을 놓친 후에 멀리서 얼굴만 보았을 뿐 만나지 않았다.

"나 같은 거 만나서 뭐 하겠냐. 괜히 그 아이에게 해가 갈 뿐이지. 이제 좀 쉬어야겠다. 너도 그만 쉬어라."

그는 비틀거리며 자리에서 일어나 진한 숨을 내쉬며 그렇게 방을 빠져나갔다.

준정은 그런 그의 뒷모습을 바라보았다. 그때와 똑같은 뒷모습이지만 느낌이 달랐다. 그때보단 많이 부드러워진 느낌. 다행인 걸까? 정말 많이 나아지신 걸까? 하지만.

"도련님은 진정 아무것도 모르시는군요. 마마께서 지금 어디까지 와 계시는지. 그리고 무슨 일을 하셨는지도."

밖으로 나온 사림은 작은채로 가지 않고 바람 좋은 곳에 털썩 주저앉아 살며시 눈을 감았다. 이곳은 아직 자신이 기억하는 청이가 또렷하게 있는 곳이다. 착하기만 했던 아이. 밝디밝았던 그러한 아이.

"오라버니는 나 못 지켜줘. 절대 못 지켜준다고!"

"미안, 하다. 미안해……."

✳

이른 아침. 원래라면 모란각이 조용해야 할 시각이지만 곧 다가올 높으신 어른들의 유희 준비를 위해 꽤나 부산스럽게 움직이고 있었고, 준정 역시 이곳의 으뜸 기녀로서 그 준비가 한창이었다.

담은 평범한 선비의 복색으로 주위를 둘러보고 있었다. 기녀들이 가끔씩 그를 힐끔거리긴 했지만 이미 준정이 자신의 손님이라고 큰소리를 친 터라 입맛만 다시며 가까이 오지는 않고 있었다.

"어머, 나리."

준정은 멀리서 담을 발견하고선 화사한 연분홍빛 치맛자락을 움켜쥐며 달려왔다. 여전히 그녀에게선 짙은 분내가 묻어나고 있었다.

"사림 도련님껜 이미 말씀을 들었습니다. 이번 유희에 있을 그림 경매에 관심이 많으시다고요."

"그림을 모으는 취미가 있다. 해서 좋은 그림을 구하고 싶은 마음에."

"그러시군요."

일단 모르는 이가 많아야 하는 일이기에 준정에겐 그저 그림 경매에 참여하는 정도로 알려놓았다.

"경매는 저곳 자화당에서 이뤄진답니다. 온갖 진귀한 그림들이 모이게 되지요."

"듣자 하니 굉장하다던데."

"예. 그림뿐만 아니라 다른 값비싼 물건들도 나온답니다. 경매로 이뤄질 때도 있고, 높으신 나리들이 내기를 걸면서 가져가기도 하고요."

담은 준정과 함께 자화당으로 들어섰다. 겉과 속이 모두 화려한 전각이었다. 눈이 아플 정도 붉은 지붕을 끝으로 자색의 모란꽃이 가득 새겨져 있었으며, 기둥 아래 금장과 비단, 나비를 새겨놓은 휘장과 더불어 홍옥으로 장식된 벽과 가구, 바닥은 윤이 날 정도로 좋은 나무가 깔려 있었다. 이 정도만 보아도 이번 유희가 얼마나 사치스러울지 짐작이 갔다. 나라의 녹을 먹는 이들이 이런 곳에서 흥청망청이라. 담의 시선이 저절로 차갑게 가라앉으며 입매가 딱딱하게 굳어졌다.

"그림은 미리 모아서 그 가치를 확인한 후에 경매물품으로 선정되지요. 그러니 절대로 물건을 의심하지 않으셔도 된답니다."

생각지도 못한 정보였다. 그림을 먼저 미리 모아둔다니. 그렇다면 그때가 바꿔치기할 수 있는 절호의 기회인데. 문제는 그 많은 그림 중 어떤 것이 아편으로 그려진 것인지 알 수 없으니.

그렇게 담은 자연스러운 표정을 지으며 준정과 함께 자화당을 빠져나왔다.

"제가 많은 도움은 되지 못하겠지만 그래도 살짝 좋은 그림에 대해 귀띔은 해드리겠사와요."

"고맙구나."

"아니에요. 고작 이 정도뿐이라서 송구할 따름이어요."

그때 모란각의 입구 쪽이 소란스러워졌다. 기녀들이 쭉 모여 있었고, 그 사이로 방물장수가 서 있는 모습이 보였다. 아무래도 기방으로 물건을 팔러 온 듯했다.

"언니, 언니는 안 살 거야! 예쁜 거 진짜 많은데!"

다른 기녀가 준정을 향해 외쳤고, 그녀가 고개를 가로저으려는 찰나 그 옆을 지나가는 사람을 발견하고선 뭔가 눈빛을 반짝이며 담에게 고개를 숙여 보였다.

"하면 나리, 또 필요하신 것이 있으면 부르시어요."

"그리 하마."

그렇게 준정은 사람을 향해 달려갔다. 담은 순식간에 환한 미소를 지으며 달려가는 그녀의 뒷모습이 어쩐지 홍과 닮았다는 느낌이 들었다. 눈에 보일 정도로 누군가를 절절히 연모하는 모습. 어젯밤, 그 꿈과도 같았던 미열이 다시금 스치며 담의 입술 위로 봄바람이 살포시 내려앉았다.

"도련님, 도련님, 이것은 어떻습니까? 예? 이것은요?"

유도준에 대한 정보를 얻기 위해 잠시 외출을 했던 사림은 들어오는 길에 준정에게 딱 걸려서는 지금 되도 않은 상황에 말려들고 있었다. 세상에, 감히 사내대장부가 계집들이나 하는 노리개 앞에서 뻘쭘하게 서 있어야 하다니. 하지만 방물장수는 그저 뭐가 그리 좋은지 싱글벙글 웃으며 이것저것을 준정에게 보여주었고, 그녀는 사림의 손을 꼭 잡고서 그의 눈엔 죄다 똑같아 보이는 노리개를 마구 흔들어댔다.

"이것이 어여뻐 보입니까?"

"어."

"하면 이것은요?"

"어."

"도련님! 어떤 것이 예쁜지 골라주셔야지요."

"그러니까 그걸 내가 왜 고르냐고! 네가 그냥 대충 골라."

사림은 버럭 신경질을 내다가 조그만 가락지 하나에 시선이 꽂혔다. 아무런 무늬도 없는 백옥 빛이 감도는 가락지.

준정은 시무룩한 표정으로 화려한 모란 노리개를 만지작거렸고, 사림은 잠시 머뭇거리다 이내 그 가락지를 집어보았다.

"어머, 가락지네요? 근데 너무 밋밋한 것 같은데."

"준정이 네가 하기엔 너무 수수하지."

방물장수도 덩달아 거들었지만 사림은 어쩐지 이게 마음에 들었다.

"나는 이거 주시오."

그러곤 대뜸 가락지를 사버리는 모습에 준정은 뭔가 잔뜩 기대하는 시선으로 모란 노리개를 내려놓았다.

"나는 되었소. 그만 가보시오."

"예? 하지만 준정아, 그 모란 노리개가 참으로 어울리는데."

"되었다니까."

준정은 새침하게 눈을 흘기며 고개를 돌렸고, 방물장수는 아쉬움에 한숨을 내쉬며 그렇게 가락지 하나를 팔고선 걸음을 돌렸다.

"한데 도련님, 어찌 그것을 사셨습니까? 지금 보니까 제법 예쁜 것 같기도 한데."

그녀는 슬그머니 그의 팔에 꼭 붙어서는 애교 섞인 목소리로 속삭였지만, 사림은 제 손바닥 위에 있는 가락지를 보고선 허탈한 웃음을 내지었다. 도대체 내가 왜 이걸 산 거지? 뭐에 홀렸나? 도대체 왜.

'그 녀석을 떠올리며 이것을 산 거야!'

"사내도 이런 가락지를 끼려나?"

"예?"

"아무리 봐도 계집의 물건인데. 괜히 미친놈이란 소리 들으려나? 아님 이상하게 여길까?"

"도련님……."

사림은 가락지를 소중히 움켜쥐었다. 어쩐지 그 아이의 손가락에 어울릴 것 같았다. 수수한 듯하지만 단아하고 깨끗한. 가늘고 여린 홍이의 손가락에.

"미쳤구나, 미쳤어."

지난번 휘항 때부터 왜 자꾸 꼬맹이한테 예쁜 것이 어울릴 것이라 여기는지.

'그 이상한 용모파기 때문이다. 그걸 버리던지 해야지!'

"내 말 신경 쓰지 마라."

그는 가락지를 제 품에 넣고선 머리를 긁적였다.

준정은 그 모습을 보면서 저도 모르게 화공을 떠올렸다. 이상하다. 도련님이 그 화공을 보는 시선, 눈빛, 모든 것이 이상하다. 어제부터 가슴께가 답답하고 서늘한 것이 혹, 내가 그 화공에게 투기를 하는 것인가? 하지만 사내가 아닌가. 물론 사내치고는 너무 곱기는 했지만. 게다가 담 도련님도 그 화공을 살뜰하게 챙기시던데.

"그 화공, 도련님께 어떤 존재이십니까?"

준정이 떨리는 손길로 그의 옷자락을 더욱 꽉 움켜쥐며 물었다.

"뭐? 어떤 존재라니. 미쳤냐?"

"왜 그리 발끈하십니까? 그냥 의형제 그런 것이냐고 묻는 것이지요."

"의, 의형제다, 친동생처럼 아끼는."

사림은 괜히 뜨끔해서는 그답지 않게 말을 더듬고 말았다. 그리고 그 모든 것이 준정을 불안하게 만들었다. 도대체 이 상황을 어찌 판단해야 하는 것이지? 어찌 받아들여야 하는 것이지?

"그만 가보마."

그는 한숨을 푹 쉬고선 준정에게서 멀어졌고, 그녀는 그런 사림의 모습을 빤히 바라보며 살며시 주먹을 움켜쥐었다.

＊

담과 사림이 각자의 일로 정신이 없을 때, 홍은 작은채 마루에서 오랜만에 편안한 마음으로 먹을 갈고 있었다. 기억에 깊이 박힌 춘곽의 화려한 밤을 그려보고 싶었다. 하늘을 가득 메우던 홍등의 신비스러움과 수많은 사람들의 표정들까지. 그리고,

'아편으로 그려진 그림. 그 그림들도 기억해 내야 하는데.'

지금 그에게 그 아편 밀거래가 얼마나 중요한지 대충은 눈치채고 있었다. 그러니 어떻게든 기억을 해내야만 했다.

"그런데 난 어제 어떻게 방에 왔더라?"

어제의 기억이 하나도 없었다. 지금도 약간 머리가 울리는 듯했

다. 술을 조금 마셨던 기억은 있는데, 그 뒷일이 어떻게 이렇게 깨끗하게 사라질 수 있는지. 정녕 그 술이라는 것이 무시무시한 것이로구나. 함부로 마실 것이 아니야.

"뭐, 망측스러운 일을 하진 않았겠지?"

얼핏얼핏 그의 목소리를 들은 것 같기도 하고. 하지만 그게 꿈인지 현실인지도 판단할 수가 없었다. 나중에 한번 물어볼까? 내가 혹 실수하지 않았냐고.

"그러고 보니 사림 형님도 그렇고, 다들 왜 이렇게 바쁜 거야?"

사림 형님도 그도 이른 아침부터 모습이 보이질 않더니 지금까지도 오리무중이었다. 무랑도 보이질 않고. 다들 뭐가 그리 바쁜 걸까. 혹, 같이 아편 밀거래에 대해서 조사 중인가?

"그런 거라면 나도 데려가지."

홍은 조금 시무룩한 표정으로 적당히 먹을 갈고서 새로 산 세필 붓을 쥐어 올리려는 찰나, 그녀의 앞으로 조그만 그림자가 드리워졌다.

"화공."

그녀는 익숙한 목소리에 고개를 들었다. 그러자 준정이 굉장히 수수한 복색으로 홍을 향해 말간 미소를 짓고 있었다.

"아, 낭자."

"그냥 준정이라 불러주시어요. 낭자라는 소리가 민망합니다."

사림에게 자세히 듣진 못했지만, 예전에 잠깐 스쳤던 연이라고 했다. 그 스친 연을 가지고 큰 은인이라 말하고 있다고. 하지만 제 눈에도 준정은 사람을 무척이나 따르고 좋아하는 듯 보였다.

"한데 어쩐 일이십니까?"

"화공께 한 가지 청이 있습니다."

"제게요?"

"예."

홍은 조금 의아한 표정을 지었지만, 준정은 그녀가 쥐고 있는 세필붓을 바라보며 속삭였다.

"제 초상화를 그려주시겠습니까?"

"초상화요?"

갑자기 초상화라니. 하지만 준정은 무척이나 진지한 표정으로 고개를 끄덕였다.

"예. 화공께서 제 초상화를 그려주셨으면 좋겠습니다. 물론 값은 치를 것입니다."

"아니, 그런 뜻이 아니라 갑자기 초상화라니. 저는 사람을 직접 그려본 적은……."

아니, 한 번 있었다. 그분의 어진을 그려본 적이 있었다. 그때가 처음이자 마지막이었지만.

"저는 제 모습을 좋아해 본 적이 없습니다. 매번 사내들에게 비치는 모습은 그저 끔찍한 악몽과도 같았지요."

그녀의 목소리가 담담하게 흘렀다.

"하나, 이제부터 좋아하려고 합니다. 좋아하고 싶습니다. 그러니 화공께서 제 얼굴을 그려주세요. 화공이라면 있는 그대로의 저를 그려주실 것 같습니다."

그래서인지 어제와는 다르게 화려함을 벗겨낸 모습인 건가? 처음엔 모란꽃처럼 화려했는데, 지금은 매화꽃처럼 청초한 듯 보였다. 이러한 제 본모습을 보여주고 싶은 이가 있는 건가?

"갑자기 그런 마음을 품으신 이유가……."

준정은 아무런 망설임 없이 홍을 향해 똑바로 말했다.

"연모하는 이가 있습니다. 그분에게 당당해지고 싶습니다. 그러니, 제 자신부터 좋아해야지요."

뭐라 말할 수 없는 단단함이 전해지는 듯했다. 누군가를 향한 뜨거운 마음. 정인을 품은 여인의 간절함. 홍은 엷은 미소를 지으며 고개를 끄덕였다.

"많이 부족하겠지만 최선을 다하겠습니다."

홍의 말에 준정은 환한 미소를 지으며 그녀의 손을 꼭 붙잡았다.

"감사합니다. 감사합니다, 화공!"

홍은 붙잡은 손끝에서 느껴지는 떨림에 저도 모르게 가슴께가 아련해졌다. 누군가를 이리 순수하게 바라보고 연모할 수 있는 그녀가 조금은 부럽게 느껴졌다.

어느새 주변으로 붉은 노을빛이 감돌고, 홍은 진지한 시선으로 제 앞에 앉아 있는 준정을 바라보았다. 머리카락 한 올까지 집중하면서 어느새 그녀의 손길이 준정의 얼굴을 꼼꼼히 만지고 더듬었다. 길고 서늘한 눈썹과 오뚝한 콧날을 타고 도톰한 입술선 아래의 턱은 조금 뾰족하다. 마치 그녀의 얼굴 위로 밑그림을 그리듯 움직이던 그녀의 손끝이 이번엔 세필붓을 잡고 종이 위로 빠르게 움직였다.

준정은 그런 홍을 유심히 바라보았다. 역시나 너무나도 작고 가녀린 몸. 사내라고 하기엔 골격부터가 달랐다. 게다가 사내의 손길이라고 하기엔,

'기분 나쁘지도 않았어.'

그려지는 그림의 먹선 역시 무척이나 섬세하다. 대체 이 화공은……

홍이 준정을 살피고, 준정 역시 홍을 살피면서 어느덧 초상화가 완성되었다. 아직 안료로 색을 칠하진 않았지만, 준정은 그저 그것을 달라고 하였다.

"색을 칠하면 더 나을 텐데."

"아니어요. 전 이 모습이 더 좋사와요. 참, 곱네요."

그녀는 곱고 단아하게 그려진 초상화를 바라보며 미소를 지었고, 홍은 그 모습에 저도 모르게 가슴이 간질거리면서 진심으로 속삭였다.

"연모하는 이와 잘되었으면 좋겠습니다."

"솔직히 다시는 뵙지 못할 것이라 여겼는데, 정말 기적처럼 다시 뵙게 되었습니다. 그러니, 아마도 잘될 것입니다. 아니, 꼭 그리될 것입니다."

준정은 초상화를 살포시 움켜쥐고서 마지막으로 홍의 모습을 바라보며 방을 빠져나왔다.

어느새 주변으로 어스름이 감돌고 멀리서 모란각 홍등의 불빛이 스미고 있었다. 초상화를 바라보는 준정의 눈빛이 서늘하기 그지없었다.

"······역시 사내가 아닌 것 같다."

너무나도 수상하고 수상하여 초상화를 핑계로 화공을 살폈다. 한데, 아무리 봐도 사내가 아닌 것 같았다. 하지만 확실한 물증이 없으니. 게다가 계집이라면 대체 왜 사내 복색으로 다니는 것이지? 사림 도련님과 다른 분들도 모르는 것 같던데. 그런데 어찌 도련님은······.

"아니야, 아닐 거야."

도련님이 다른 누구를 그리 담으실 분이 아니다. 특히 사내인지 계집인지도 모를 자를.

준정은 애써 부정했다. 그저 이끌리는 것. 운명 같은 그러한 것들은 집어치웠다. 자신은 더 이상 어린 계집이 아니다. 모란각 최고의 기녀가 되었다. 다 자신 있었다. 도련님을 사로잡을 자신이. 도련님에 대해서 누구보다 잘 알고 있다. 그의 아픔과 상처까지 전부! 그리고 자신 역시 도련님과의 연이 결코 그저 그런 스치는 연이라고 생각하지 않았다.

"절대, 안 져. 절대로 안 진다고."

방 안에 덩그러니 남겨진 홍은 물건을 정리하다가 문득 그녀가 머문 빈자리를 바라보았다. 준정의 마음이 그저 부러웠다. 저리 마음껏 연모하고, 떨려보고, 설레어 하며 기다릴 수 있는. 예전의 제 모습처럼. 그저 연모하는 마음만 가득하면 다 되는 줄 알았던. 하지만 지금 그분은 세자 저하가 아니시잖아.

"……."

그래, 지금 그분은 세자 저하가 아니시다. 대군마마시니까. 그렇다면 어쩌면 가능하지 않을까? 그저 순수하게 연모할 수 있는. 그 누구도 그 마음 때문에 다치지 않을 수도 있지 않을까? 아파하지 않을 수도 있지 않을까? 그가 저를 기억 못 하는 건 중요하지 않다. 내가 아직 그를, 그를.

"하지만."

홍은 텅 빈 종이를 바라보았다. 준정의 아름답고 어여뻤던 모습이 새겨진다. 하지만 지금 제 모습은 볼품없는 사내의 모습. 이런 저를 그가 좋아해 줄 리가 없다. 오히려 속인 것에 대해서 더 기분 나빠할지도 모른다. 게다가 지금 자신은 쫓기는 신세다.

"……당신은 세자 저하가 아니지만, 나는 이미 누군가의 세자빈이니까."

그는 궐에서 벗어날 수 있지만 자신은 아직도 궐 안에 갇혀 있다. 그것도 다른 사내의 나비가 되어야 하는. 그는 대군이다. 그에게 섣불리 다가가게 되면, 그는 죽는다. 죽게 된다. 감히 세자의 여인을 탐한 죄로.

"다시금 그때의 그 일을 반복할 수는 없어."

그러니 이번 일만 끝내면 조용히 사라져야 해. 조용히, 그를 떠나야 해.

하지만 그렇게 마음먹어도 눈가로 맺혀가는 눈물을 참을 수가 없었다. 시간을 거슬러도 그와 자신은 맺어질 수 없다. 절대로, 맺어질 수가 없다.

✳

무랑과 담은 자화당을 연신 살폈다. 몰래 들어갈 수 있는 통로와 그림이 모이게 된다는 장소까지 전부 다 파악할 수 있었지만, 문제는 어마어마한 그림들이 모이게 될 터. 거기서 어떻게 아편으로 그려진 그림을 찾느냐인데…….

"일단 제가 먼저 들어가서 그림을 살펴보겠습니다."

무랑의 말에 담은 별로 기대하지 않는 어조로 말을 이었다.

"기억이나 하느냐? 설마 하나하나 냄새라도 맡아보려고?"

"그건……."

"그러다가 날 샌다. 혹, 꼬리라도 보여서 맹월이 달아나게 되면 더 골치 아파져."

"혹, 그 화공은 기억하지 못하는 것입니까?"

담은 애써 잊고 있던 사실에 입술을 살며시 깨물었다. 그래, 처음엔 그런 이유로 홍의 곁으로 갔다. 하지만 그것은 그저 함께 있기 위한 명분이자 핑계일 뿐. 처음부터 그녀를 이런 일에 끌어들일 생각은 없었다.

"기억할 리가 없지. 그저 잠깐 보았던 것뿐인데."

"그래도 혹시 모르니 함께 그림을 살피는 것이……."

"그건 내가 알아서 하마."

무랑은 어쩐지 못마땅해하는 듯한 그의 어조에 더는 나서지 않았다. 그때 멀리서 사림이 걸어오고 있었다. 무랑은 괜히 그와 마주치고 싶지 않아 먼저 다른 곳으로 걸음을 옮겼다.

삿갓을 깊이 눌러쓴 사림의 표정은 보이지 않았지만 굉장히 굳어 있었다. 기방과 더불어 온갖 도박장을 뒤졌는데도 그 어디에도 유도준에 대한 사소한 흔적도 남아 있지 않아 난감했다. 그럴수록 자꾸만 묵아, 그 아이의 말도 안 되는 말이 떠오른다.

"그날 유허청이 한 말은 오직 하나였어. 병판의 아들을 호월산에 두어야 한다고. 이름이, 도준이라고 했었지."

하지만 사림은 이내 고개를 가로저었다. 아니다. 그건, 절대 거기까지는 아닐 것이다. 좀 더 살펴봐야겠다. 다시금 기방을 이 잡듯이 뒤질 것이다. 그래서 반드시 유도준의 행방을 알아내고 말것이다!

그때, 그는 그제야 제 앞에 누군가가 있다는 것을 깨닫고서 고개를 들었다.

"양반 나부랭이, 여기서 뭐 하냐? 밀거래 때문인가? 알지? 그것만 끝나면 우린 바로 쫑이다, 쫑."

"그러는 너는 대체 화공과 왜 함께 다니는 것이냐? 호월산엔 왜 가는 것이고?"

"그건 네가 알 바 아니고."

"아, 그래?"

담은 사림을 의심하고 싶진 않았다. 게다가 그가 홍이를 마음에 두고 있는 모습을 보니 더더욱 그는 위험한 이가 아닐 거라 여겼다.

"먼저 간다."

사림은 눌러쓴 삿갓을 붙잡고서 그를 스쳐 지나가려는 찰나, 뜬금없이 담이 그를 붙잡았다.

"사림."

"뭐냐? 오늘따라 왜 이리 날 붙잡아? 서로 오래 얼굴 마주할 사이는 아니지 않나?"

"술이나 한잔하지."

정말로 뜬금없는 소리에 사림은 고개를 휙 돌렸다. 달빛 아래 새하얀 도포 자락이 더 빛나는 듯 보였다.

"참 이상하네, 오늘따라."

"두 번 말하기 민망하니까 대답이나 해."

"나도 답하긴 뭐하니까, 따라와."

사림과 담은 서로 술잔을 기울였다. 평범한 막사발에, 평범한 막걸리. 멀리서 듣기 좋은 풍악 소리가 들리고, 뭐가 그리 좋은지 사내와 여인들의 웃음소리가 넘실거리고 있었지만 그들이 자리 잡은 이곳은 그저 고요하기만 했다.

"조선 최대의 환락가에서 청승맞게 사내랑 술잔을 맞대고 있다니. 양반 나부랭이, 돈도 많아 보이는 놈이 그래, 고작 막걸리냐? 주안상도 없이?"

"해서 기방에 가고 싶으냐? 여인들 분 냄새 맡으면서? 뭐, 원한다면 그리 해줄 수도 있고."

그러자 사림은 미친 듯이 웃으면서 막걸리를 쭉 들이켰다.

"크하! 그러니까 나도 미친놈이지. 그냥 이러고 있는 게 더 좋으니."

"처음 이곳으로 올 때 일각도 있기 싫다고 말했었지. 왜 그런 거냐? 여인을 싫어하고 그런 건 아닌 것 같은데."

사림은 빈 술잔을 잠시 바라보다 이내 벌러덩 뒤로 누워서는 공허한 하늘을 바라보았다.

"누이동생이 여기로 팔려왔었다. 그런데 내가 제대로 구해주지 못해서, 제대로 지켜주지 못해서 떠나 버렸지."

술병을 움켜쥐던 담의 손길이 움찔했다.

"그 아이가 처음으로 내게 못된 말을 했었다. 한데 그게 다 맞는 말이라서 무슨 말을 할 수가 없었어. 떠나겠다고 하는 손을 잡을 수도 없었지. 그런 말을 하게 만든 내가 못난 놈이고 한심한 놈이었으니까."

술기운이 감돌았다. 그 속에서 술기운이 아니면 차마 하지 못할 말들이 조금씩 조금씩 새어 나오고 있었다.

"해서, 그 누이동생과 화공이 닮은 것이냐?"

속내를 꿰뚫는 담의 목소리에 사림은 잠시 주춤하다 이내 고개를 끄덕였다.

"뭐, 처음엔 그랬지. 나이도 엇비슷하고. 눈을 떼기가 무서워서 나도 모르게 지켜주고 싶었고, 그때와는 달리 제대로 지켜주고 싶고."

그런 줄 알았는데. 그런 것이라고 생각했는데. 사림은 뒷말을 삼켰다. 그리고 지그시 눈을 감았다. 홍이의 모습이 아련하게 스쳐 갔다. 그러다 제 품 안에 있는 가락지가 묵직하게 다가왔다. 요즘은 뭔가가 좀 이상했다. 그 아이를 보면 볼수록 더더욱 제 자신이 이상해지는 것 같았다.

담은 더 이상 말이 없는 사림을 복잡한 시선으로 바라보았다. 처음엔 그랬다라. 하면 지금은 다르다는 말이 아닌가.

"한데 넌 정인이나 정혼자는 없는 거냐? 양반 나부랭이 놈들은 빨리 혼인하던데. 집안에서 맺어주고 뭐, 그런."

"지키고 싶은 여인이 있다."

사림은 감고 있던 눈을 떴다.

"정인, 정혼자. 그런 말로는 부족할. 내 숨을 쉬게 하고 심장이 되어버린 그러한 여인."

"……"

"나 역시 너처럼 제대로 지켜내질 못해서, 그 곁에 있어주질 못해서, 씻을 수 없는 상처를 주고 말았지."

사림은 담을 빤히 바라보았다. 갓 그림자에 서린 그의 얼굴은 그저 담담해 보였다. 하지만 뭔가 묘한 느낌이 들었다. 이건 노예 상단에서 그의 의외의 모습을 보았을 때랑 뭔가가 비슷했다. 양반 나부랭이. 종사관으로서 몰래 변복을 하고 아편 밀거래를 쫓는다고 했지만, 정말로 그것이 다일까? 그저 종사관일 뿐일까?

"해서 그 여인은?"

서로의 시선이 맞부딪히면서 담의 단호한 대답에 사림은 저도 모르게 가슴께에 묵직한 통증을 느껴야만 했다.

"찾아 헤맸는데, 찾았고. 이젠 꼭 지켜줄 것이다, 반드시."

뭔가 아주 기분 나쁘고 아릿한 그러한 통증이었다.

✳

홍은 마당을 서성이며 사림과 담을 기다렸다. 도대체 하루 종일 무엇을 한다고 이리 코빼기도 보이지 않는 걸까? 혹, 무슨 일이 생긴 건 아닐까? 그러고 보니 무랑은 얼핏 본 것 같은데. 그 옆에 그는 보이지 않았는데.

"아……."

그녀는 떨리는 가슴을 움켜쥐며 천천히 숨을 내쉬었다. 그러곤 저도 모르게 허한 미소를 지었다. 자신이 생각보다 그를 많이 걱정하고 있구나. 생각보다 훨씬 더 그리워하고, 보고 싶어 하고 있구나. 특히 준정의 애틋한 그 마음을 듣고는 더더욱. 그리고 그와 헤어져야 할 시간이 다가오고 있음을 깨닫고서는 더더욱.

'이곳에서 그 밀거래를 해결하게 된다면, 그와 헤어져야 해. 그 시간이 얼마 남지 않았어. 그 남은 시간 동안만큼은.'

조금 더 그를 보고 있어도 되지 않을까? 더 이상의 미련도 없이. 물론 아픔은 남겠지만 그래도 지금의 순간을 버팀목 삼아서.

"화공."

그때, 담의 목소리가 울리면서 붙잡은 심장이 빠르게 뛰어오르는 걸 느끼며 홍은 고개를 들었다. 멀리서 그의 모습이 보였다.

그녀의 입꼬리가 환하게 올라가면서 홍은 저도 모르게 그를 향해 뛰어갔다.

"나리!"

"화공, 넘어지겠소."

담은 저를 향해 달려오는 홍을 얼른 잡아주었다. 하지만 홍은 그에게서 풍기는 진한 술 냄새에 미간을 찡그리며 그를 밉지 않게 노려보았다. 아무리 여기가 환락가라지만 설마 이런 중요한 시기에 술을 마신 거야? 어제도 마셨으면서!

"술 마시셨습니까?"

"어제 화공도 그리 마시지 않았소. 화공 때문에 내가 어제 얼마나 고생을 했던지."

"예? 고생이라니?"

"설마 기억 못 하는 것이오? 어제 술 마시고 막 아무 데서나 자려고 하고, 야릇한 생각을 했는지 딸꾹질도 막 하고. 그래서 내가 업어주기도 했는데?"

홍의 얼굴이 붉게 달아오르면서 이내 미친 듯이 고개를 흔들었다. 그럴 리가 없다. 그럴 리가! 나는 조용히 내 발로 방에 들어와서 그냥 잠만 잤어! 잠만!

"그럴 리가 없습니다. 괜히 저를 놀리시는 것이지요!"

"내가 그런 걸로 화공을 왜 놀리겠소? 아, 밤톨이라 부르지 말라고 울먹이기도 했지."

물론 울먹이진 않았지만. 그래도 담은 홍의 표정이 너무 우스워 저도 모르게 계속 놀려주고 싶었다.

"아, 아닙니다!"

하지만 어쩐지 뭔가 어렴풋이 떠오르는 것 같기도…… 아니야. 아무것도 떠오르지 않아! 그럴 리가 없어. 아니라고 해야 해, 잡아떼야 해! 그렇지 않으면!

'정숙한 여인이 그런 망측한 짓을!'

"그러고 보니 이런 것도 했소."

"예?"

그때, 담이 홍의 손을 덥석 잡더니 이내 확 끌어당기면서 거의 그녀의 허리를 감싸 올렸다.

홍은 갑자기 그의 숨결이 확 와 닿자 심장이 쿵 하고 내려앉으며 시간이 멈춰 버린 것처럼 느껴져 그의 눈동자만 빤히 바라보았다. 금방이라도 입술이 와 닿을 듯, 너무나도 가까웠다. 그녀는 점점 커다래진 눈망울로 숨을 꿀꺽 삼켰고, 담은 여전히 그녀의 허리를 안고서 이내 그녀의 손목을 부드럽게 올려 제 입술에 닿을 듯 말 듯한 채 속삭였다.

"담."

"……."

"이라고 화공이 불러주기도 했는데. 이렇게."

손등 위로 그의 뜨거운 숨결이 가라앉으며 이내 가슴이 터져 버릴 듯 빠르게 요동치기 시작했다. 내가 그의 이름을 불렀다고? 그것도 이런 식으로? 이렇게? 대체 어제 무슨 일이 있었던 거야! 왜 이렇게 하나도 기억이 안 나냐고!

"이, 이것 좀……."

부끄럽고 떨려서 더 이상 그와 시선을 마주할 수가 없었다.

어느새 여인의 얼굴로 어쩔 줄 몰라 하는 홍의 모습에 담은 엷은 미소를 지으며 갑자기 그녀의 어깨 위로 쓰러져 내렸다.

"나, 나리……. 악! 나리!"

그의 몸이 휘청이며 쓰러지자 홍은 필사적으로 그를 안아 들었다. 하지만 정신을 놓아버린 것인지 그는 미동조차 없었다. 이러면 안 되는데, 안 되는데!

"나리, 정신 좀 차려보십시오. 나리? 나리!"

하지만 꿈쩍도 하지 않는다. 도대체 무슨 술을 이리 많이 마신 것이야! 이런 적은 한 번도 없었는데.

"으으윽, 나리!"

점점 그의 무게가 그녀를 짓눌러 오고 있었다. 쬐그만 그녀가 감당하기에 그는 너무나도 몸집이 컸다. 하지만 한 나라의 대군, 게다가 세자 저하셨던 그를 길바닥에서 자게 할 수는 없는 일. 결국 홍은 이를 악다물고서 그의 허리를 꽉 안고 거의 끌다시피 데려가기 시작했다.

"하아, 하아, 으윽! 정신 좀, 차려보십시오! 으윽!"

혹여나 깨어나지 않을까, 연신 그를 불렀지만 소용이 없었다. 그저 쿨쿨 숨소리만 요란하게 들릴 뿐. 정말로 요 술이 요물이구나. 나도 다시는 마시지 않겠지만, 이분도 절대로 마시지 못하게 해야지, 절대로!

그렇게 땀을 뻘뻘 흘리면서 작은채에 도착한 홍은 젖 먹던 힘까지 짜내며 마지막으로 그를 들어 올리려는 순간,

"흐으음."

"나리?"

"화공? 여기가 어디……."

"작은채 앞입니다. 또 쓰러지시기 전에 어서 들어가십시오!"

홍은 행여나 그가 또 정신을 놓을까 봐, 놓더라도 안에서 쓰러지길 바라는 마음으로 그를 마구 밀어 넣었고, 담은 그러한 그녀의 모습에 자꾸만 새어 나오려는 웃음을 꾹 눌렀다. 사실 정신은 아까부터도 멀쩡했다. 괜히 그녀가 민망할 것 같아서 정신이 없는 척한 것이지. 뭐, 어제 저도 그 긴밤 고생을 했으니까.

'서로 퉁 치는 것이오.'

게다가 그에게도 썩 나쁠 것이 없었다. 이리 마음껏 그녀를 안아보았으니까. 따스하고 다정한 체온에 잠시나마 눈을 감을 수 있었으니, 참 좋았다.

❊

"대, 대체 뭐야. 도대체, 뭐냐고."

멀리서 그들의 모습을 지켜본 준정은 떨리는 숨을 내쉬며 손끝을 꽉 붙잡았다. 조금 전 담과 홍의 모습. 결코 사내들끼리 오가는 그러한 감정의 모습이 아니었다. 역시나 이상하다. 모든 것이 전부 다. 화공, 그가 사내라면 이럴 수가 없다. 만약 정말 사내가 아니라 계집이라면. 그렇다면.

'담 도련님은 그걸 알고 계시는 건가?'

아니, 그게 문제가 아니야. 일단은 화공이 진정 사내인지 계집인지부터 알아봐야 해. 정확하게 확인하지 않으면 불안해서 견딜 수가 없을 것 같았다.

준정은 자꾸만 답답하게 조여오는 제 가슴을 꾹 눌렀다. 사림 도련님께서 사신 가락지, 사림 도련님의 시선, 그 끝에 항상 서 있는 화공의 모습. 만약 정말로 화공이 계집이라면. 해서 사림 도련님이 화공을 저도 모르는 사이, 사내라는 사실도 망각할 정도로 그렇게 마음에 품은 것이라면.

"그래도 포기 못 해. 절대로, 포기 안 해."

✳

춘곽의 홍등불빛이 와 닿지 않는 곳. 그곳에 반란군 맹월과 그들의 수장 비형이 서 있었다. 비형은 항구 마을에서 챙겨온 아편 그림을 유심히 살폈다. 몇몇 개는 타버렸지만 그래도 대부분 무사히 이곳까지 가져올 수 있었다.

"수장 어른."

"준비는 마쳤느냐?"

"예. 내일 모란각으로 그림들이 들어가게 될 것입니다."

내일 모란각으로 운반된 뒤, 이틀 뒤에 시작되는 그림 경매까지 결코 실수 없이 물건을 제대로 넘겨야만 했다. 이것이 그들에겐 마지막 기회였다. 결코 놓쳐서는 안 되는 기회.

어느새 비형의 눈빛이 매섭게 가라앉으며 움켜쥔 칼자루에 힘이 들어갔다.

"마지막에 마지막까지 결코 실수해선 안 된다. 항구 마을에서의 손해가 막심해. 이번만큼은 반드시 부족한 군자금을 채워야만 한다."

"예, 수장 어른."

비형은 삿갓을 깊숙이 눌러쓰고서 밖으로 나왔다. 달이 어느덧 희미한 초승달의 모양으로 서려 있었다. 이번에 아편을 팔아넘겨 제대로 군자금이 마련되면 새로운 무기와 함께 거사일을 정할 것이다. 바로 조선의 태양을 바꾸는 일. 썩어빠진 조정을 뒤엎고 새로운 태양을 맞이하는.

"목숨을 걸어서라도 반드시, 해낼 것이다."

＊

항아리를 품에 안고서 걸음을 옮기는 준정의 표정이 한층 어두웠다. 어젯밤, 그녀는 한숨도 제대로 잠을 이룰 수가 없었다. 사림 도련님을 다시 만난 것은 무척이나 기쁜 일이었지만 그의 주변에 있는 한 사람, 사내인지 계집인지 도통 알 수 없는 화공이 자꾸만 그녀의 머릿속을 어지럽게 하고 있었다. 해서 오늘은 무슨 일이 있어도 그 화공의 정체가 대체 무엇인지, 누구인지 반드시 확인할 작정이었다.

'화공이 무척이나 좋은 사람인 건 알고 있어. 해서 이렇게까지 하고 싶지는 않았는데……. 미안합니다, 화공.'

그런데 걸어가던 준정의 걸음이 순간 주춤하더니 이내 그녀의 시선이 한곳에 머무르면서 표정이 차갑게 일그러졌다. 시선 끝에 있는 사람은 사림이었다. 그리고 화공도 함께. 무슨 얘기를 하고 있는지 사림의 손길이 너무나도 익숙하게 화공의 머리카락을 쓰다듬고 있었다. 얼핏 보아도 굉장히 다정한 손길. 게다가 엷은 미소를 띤 모습까지도.

항아리를 움켜쥔 준정의 손끝이 떨려왔다. 도련님이, 도련님이.

'저렇게도 웃으실 수 있구나. 저리도 다정하게 그러실 수 있었구나.'

저런 모습은 처음 보았다. 자신이 기억하는 사림의 모습은 지독히도 차갑게 상처받은 회색빛 눈동자였으니까. 그래서 분하고 분했다. 그래서 더더욱 화공이 미워지고 있었다.

✳

홍은 사림의 앞에 삐쭉삐쭉 서 있었다. 굉장히 안절부절못하는 모습에 사림은 의아한 표정을 지었다. 오늘도 그는 유도준에 대해 알아보기 위해서 기방을 나서던 차였다. 그런 그를 홍이 붙잡아 세운 것이었다. 물어볼 것이 있다면서. 그러고는 지금 이렇게 고민하는 모습이라니. 대체 뭐야. 무슨 일이 있었던 거야?

"뭐냐, 꼬맹이. 말을 해. 무슨 일 있었냐? 혹 누가 너 괴롭히더냐? 말해봐. 내가 그놈들을 당장!"

"형님."

"어? 어?"

어쩐지 굉장히 비장한 눈빛을 보내는 탓에 사림은 저도 모르게 움찔해서는 말문을 막혀 버렸고, 홍은 심호흡을 하고선 현실을 똑바로 즉시하기로 했다. 자신이 술을 마셨던 그날, 대체 무슨 일이 있었는지 말이다.

"형님, 제가 그날 술을 마시고 혹 무슨 실수라도 한 것이 있습니까?"

"뭐? 갑자기 뜬금없이……."

"아니면 제가 실수한 것을 보셨습니까? 나리에게 말입니다."

홍의 입에서 양반 나부랭이가 나오자 알게 모르게 그의 입매가 굳어졌다.

사실 그는 알지 못한다. 담과 홍이 함께 밖으로 나간 뒤로 준정과 있었으니까. 하지만 계속 신경이 쓰였다. 지금도 그녀가 하는 말이 몹시도 거슬렀다. 그날 무슨 일이 있었나? 그래서 묻는 건가? 이렇게 물어야 할 정도로 엄청난 일인가? 그 양반 나부랭이자식, 어제 제대로 물어보는 건데!

그리고 보니 어제 그 녀석이 이상한 말을 했었지.

"찾아 헤맸는데, 찾았고. 이젠 꼭 지켜줄 것이다, 반드시."

그놈이 그렇게 말할 정도로 가슴에 품은 정인. 게다가 찾았다니. 자꾸만 그 목소리가 맴돈다. 기분 나쁘게. 무척이나 찜찜하게.

"형님?"

그리고 저도 모르게 제 앞에 서 있는 홍이가 눈에 들어온다. 말도 안 되게. 있을 수가 없는데.

사림은 주먹을 꽉 움켜쥐고서 서늘한 어조로 고개를 가로저었다.

"난 모른다. 그때 난 같이 나가지 않았으니까. 그렇지만."

"……."

"뭔 일이 있었겠냐? 너나 그놈이나 다 사내이고, 그놈은 마음에 품은 정인도 있다던데."

"……정인이요?"

정인이라는 말이 홍의 심장으로 콱 하고 박히면서 한순간 입을 뗄 수가 없었다. 그분에게 정인이 있단 말인가? 마음에 품은 여인? 그래, 그럴 수 있지. 그분은 훤칠하고 준수하여 예전에도 다른 여인들이 남몰래 연모하곤 했었지. 그러니 그중에 어느 참한 규수가 눈에 들어올 수도 있었겠지. 게다가 세자 저하는 아니라고 하지만 그분은 왕실의 핏줄을 이어받은 대군이다. 지금껏 혼인을 하지 않은 것이 더욱 이상한 일. 이미 나와의 연은 오래전 끝난 것이고, 그분은 그런 연조차 알지 못하니까. 그런데, 그런데 역시나 머리로는 알겠는데 가슴은 모르겠다. 그저 서운하고 서운하다. 제 앞에 사림 형님이 있는 걸 알면서도 자꾸만 눈가가 시큰거리면서 애써 잔잔함을 가장하고 있던 마음 한가운데 큰 돌덩이가 쿵 하고 내려앉아 출렁이는 느낌이었다.

"꼬맹아."

괜한 심술에 저도 모르게 이상한 말이 튀어나왔다. 그러곤 어쩐지 홍의 표정이 심상치 않아 보이자, 살짝 고개를 숙여 그녀의 어깨를 두드렸다.

"꼬맹아, 아니, 홍아. 괜찮냐? 어디 아파?"

"아, 아닙니다. 어디 가시려고 하신 것이 아니십니까?"

"아, 뭐."

홍은 사림의 목소리에 얼른 정신을 차리고선 억지로 입꼬리를 올렸다. 사림은 그 모습이 영 마음에 들지 않았다. 웃는 낯짝이 예쁘긴 하지만, 그래서 계속 보게 되어서 지금 그녀가 억지로 웃고 있다는 걸 알 수 있었다. 자신에게 뭔가를 숨기려고 하는 그녀의 모습이 영 마음에 들지 않았다.

"억지로 웃지 마라."

"……."

"나한테 뭐든 숨기지 마. 숨기려고 하지도 말고."

"그런 거 없습니다."

사림은 문득 그녀의 가는 손가락을 보고선 제 품에 아직 간직하고 있던 가락지가 떠올랐다. 이걸 줘도 되나? 줘도 이상하게 생각하지 않을까? 그전에 내가 줄 수나 있을까?

"형님? 전 정말 숨기는 거 없습니다."

사림은 계속 움찔움찔 망설이다 이내 한숨을 내쉬고선 그녀의 머리카락을 예전처럼 가볍게 쓰다듬었다.

"알았다, 알았어. 알았으니까, 혹시나 나중에라도 나한테 뭐 숨기지 말고. 나중에 네놈한테 줄 게 있다."

"예?"

"그때, 너무 이상하게 생각하지는 말고."

사림은 피식 웃고서는 볼일이 있다며 사라졌고, 홍은 헝클어진 제 머리를 더듬고서 그의 뒷모습을 바라보았다. 줄 것이 있다고? 그게 뭐지? 저번처럼 안료인가? 그리고 숨기지 말라니.

'그러고 보니 아주 없는 건 아니네. 내가 여인인 걸 숨기고 있으니까.'

혹시라도 나중에 그가 알게 되면 어찌 될까. 원망하려나, 미워하려나. 사림 형님께 미움받고 싶지는 않은데. 훗날 내가 직접 밝히고 용서를 빌면 그래도 조금은 이해해 주지 않을까?

'그도 이해해 주려나.'

문득 담이 떠올랐다. 그리고 정인이라는 말이 다시금 아프게 와닿는다. 잘된 일이라고 생각해야 하나? 그렇게, 생각해야 하는데.

"화공."

"예?"

순간, 뒤에서 들려온 준정의 목소리에 홍이 고개를 휙 돌린 순간 뭔가 쨍그랑 하고 깨지는 소리와 함께 그녀에게로 차가운 물이 확 하고 쏟아졌다.

"아……."

"화, 화공!"

준정은 물에 빠진 생쥐 꼴이 되어버린 홍을 보고선 어쩔 줄 몰라 했다. 홍 역시 당황했지만 이내 대충 물기를 털어내며 준정을 향해 웃었다.

"저는 괜찮습니다. 그보단 괜찮으십니까?"

아무래도 이쪽으로 오다가 발을 헛디뎌 물 항아리를 떨어뜨린 듯싶었다. 준정은 제 손수건으로 그녀의 물기를 연신 털어내며 울먹였다.

"송구해요. 제가 그만 이런 실수를……."

"괜찮습니다. 그냥 물인데요, 뭘."

"하지만 이러고 계시면 고뿔에 걸리셔요. 따라오십시오, 어서."

그녀는 괜찮다고 만류하는 홍을 마구잡이로 끌고 가서는 입을 만한 옷 한 벌을 가지고 어느 헛간으로 데려갔다.

"이걸로 갈아입으셔요."

"그럴 필요는 없는데……."

"제가 너무 송구해서……."

홍은 조금 난처했지만 준정이 하도 애절하게 바라보는 탓에 하는 수 없이 고개를 끄덕였다.

준정이 밖으로 나갔고, 홍은 젖은 옷을 바라보다 이내 아주 조심스럽게 옷고름을 풀었다. 혹여 누군가 보는 것은 아닐까, 연신 주변을 살폈지만 창문 하나 없는 헛간이라 볼 사람은 없을 것 같았다. 홍은 조금 안심한 마음으로 젖은 옷을 벗었다. 그러자 그녀의 새하얀 살결이 드러나면서 가슴을 가린 가리개가 도드라지게 보였다. 그리고 문틈 사이로 숨을 죽인 채 그 모습을 지켜보던 준정의 눈동자가 미친 듯이 떨려왔다. 새하얀 속살과 가슴만 정확하게 가린 모습. 그래도 얼핏 보면 봉긋한 가슴이 있는 듯했다. 가녀린 선과 비록 머리카락이 짧기는 했지만 누가 보아도 계집의 모습이었다.

"하아, 하아, 흡!"

준정은 입을 가린 채 고개를 돌렸다. 심장이 빠르게 뛰어오르며 온몸이 떨려왔다.

계집이다. 여인이었다. 혹시 모른다고 그렇게 느끼고는 있었지만, 그래도 이리 사실로 드러나자 준정은 사림의 모든 행동이 다시금 선명하게 떠올랐다.

화공에게 웃어주던 모습. 머리를 쓰다듬어 주는 모습. 누가 보아도 귀히 여기며 아껴주고 지켜주려는 모습. 그리고 역시나 그 가락지의 주인 역시.

'어, 어찌. 어찌……'

빠르게 뛰어오르던 그녀의 가슴이 이내 차가운 불꽃을 일으키며 다른 의미로 가쁜 숨을 몰아쉬었다.

홍이 밖으로 나오자 준정은 얼른 표정을 숨기며 울먹였다.

"정녕 송구합니다, 화공."

"정말 괜찮으니 신경 쓰지 마세요."

환하게 웃는 홍의 모습을 보면서 준정은 제 가슴을 꽉 붙잡았다. 대체 무슨 목적으로 사내 복색을 한 채 사림 도련님 곁에 있는지는 모르겠지만 계속 이대로 둘 수는 없다. 그분의 마음이 점차 점차 커져서 결국 화공이 여인이라는 것을 알게 되면 절대로 안 된다, 절대로.

"아직 식사 전이시지요? 제가 맛난 것을 대접하겠사와요."

"뭐, 그렇게까지는……."

"저번에 초상화를 그려주시고 돈도 받지 않으셨잖아요. 고마움의 표시라고 생각해 주시와요."

홍은 그녀의 말에 어렵사리 고개를 끄덕이고서 함께 걸음을 옮겼다. 자화당 쪽으로 가니 무척이나 많은 수레가 들어오고 있었다. 그러자 준정은 살짝 당혹스러운 표정을 지었고, 멀리서 다른 기녀가 그녀를 부르고 있었다.

"언니! 어디 있었어요! 얼른 와서 그림 좀 봐줘요! 일손이 딸려 죽겠는데."

"알았어, 곧 갈게!"

홍은 그림이라는 말에 매서운 시선으로 점점 더 늘어나는 수레를 바라보았다. 혹시, 저 그림들이 경매에 들어가는.

"화공, 송구해요. 제가 일이 좀 있어서. 이대로 쭉 가서 제 이름을 대면 준비된 음식을 드릴 거예요."

"신경 쓰지 마세요. 한데 그림이라고 하면 이번 그림 경매에 나올 것들인가요?"

"맞아요. 이틀 뒤 열리는 유희와 관련된 그림들이죠. 담 도련님도 관심이 많으시던데, 화공께서도 그림이니 관심이 있으시겠어요?"

그렇게 말하곤 준정은 자화당 쪽으로 걸음을 옮겼고, 홍은 그녀의 말을 되새기며 떨리는 손을 붙잡았다. 그가 관심을 보였다면 분명 아편 그림과 관련된 것이 분명했다.

이틀 뒤라⋯⋯. 이틀 뒤. 한데 왜 내게 말을 하지 않은 거지? 보아하니 거래가 이뤄지기 전에 그림들을 바꿔치기해야 하는 것 같은데.

"그것 때문에 나와 함께 다니신 것이 아닌가."

아니면 날 믿지 못하는 건가? 그림을 기억하지 못할 거라 생각하는 건가?

"시간이 지나면 기억이 날 것이오."

"그대는 기억할 것이오, 반드시."

그리 말씀하셨으면서. 물론 아직도 가물가물하기는 하지만 제대로 그림들을 보면 떠오를지도 모른다. 그때 보았던 것들을. 게다가 특징은 알고 있으니까.

홍은 끝없이 들어가는 수레를 바라보면서 뭔가 결심한 눈빛으로 재빨리 걸음을 뒤로 돌렸다.

✻

유도준에 대해서 아무것도 알아낸 것이 없었다. 이젠 남은 곳은 정말로 여기 하나. 모란각뿐이었다. 하지만 준정에게 물을 수는 없었다. 그건 그 아이에게 상처였다. 그렇다면 어쩔 수 없이,

"다른 기녀에게 물어야 하는데."

사림은 주변을 둘러보았다. 뭐가 그리 바쁜지 다들 분주해 보였다. 사림은 그중 어린 기녀를 붙잡았다.

"어이, 뭐 좀 물어보자."

어린 기녀는 삿갓을 푹 뒤집어쓴 사내의 모습에 흠칫했지만 애써 침착하게 미소를 지었다.

"무슨 일이시어요, 나리?"

"혹 유도준이라는 자를 아느냐?"

"유도준?"

"그래. 이 기방에 온 적이 있었다던가, 아니면 그 이름을 들어 봤다거나."

하지만 어린 기녀는 잘 모르겠다며 고개를 가로저었다. 하긴 딱 봐도 햇병아리 기녀다. 설사 녀석이 이곳에 왔었다고 해도 이런 어린 기녀가 알 리가 없지. 좀 더 이곳에 오래 있었던 기녀나 아니면 으뜸 기녀에게 물어야 할 텐데.

사림은 답답한 마음에 삿갓을 벗어내고서는 머리를 긁적이며 한숨을 내쉬었다.

그리고 그 모습을 멀리서 준정이 바라보고 있었다. 어린 기녀와 무슨 말을 한 것 같은데.

　"무슨 일이시지?"

　요즘 들어 외출이 잦으시기는 했다. 게다가 왜 춘곽에 오신 건지도 알 수가 없고. 분명 목적이 있으실 텐데. 그것과 관련 있는 것일까?

　사림이 자리를 떠나고, 준정은 조금 전 사림과 있었던 그 어린 기녀를 붙잡아 세웠다.

　"준정 언니!"

　"아까 그 도련님께서 네게 무슨 말을 하시더냐?"

　"예?"

　"아까 삿갓을 쓴 도련님 말이다."

　"아, 그분이요? 모르겠어요. 갑자기 유도준이라는 분에 대해서 아는지 물으시던데. 혹, 아시어요?"

　어린 기녀의 입에서 유도준이라는 이름이 튀어나오자 준정의 눈빛이 한없이 흔들리기 시작했다. 그분이 어째서 유도준을 찾는 거지? 설마.

　"설마, 도련님께서. 설마……."

　병판 대감께서 그 일을 도련님께 맡기신 것인가? 그렇다면 그 화공도 이 일과 관련이 있는 건가?

　그림이 들어온다는 소식에 담은 무랑을 만나러 갔다. 그러다가 멀리서 낯익은 이를 보게 되었다. 바로 기녀와 함께 서 있는 홍의 모습. 담은 곧장 그녀에게 가려다가 문득 걸음을 멈춰 서서는 홍을 빤히 바라보았다. 기녀에게서 뭔가를 건네받는 모습. 여인의 옷이었다. 담의 눈빛이 차갑게 굳어지면서 뭔가 불길한 생각이 스쳤고, 그는 바로 자화당 쪽으로 달려갔다.

　무랑은 마지막으로 들어오는 수레를 바라보고 있었다. 족히 수십 점의 그림이 이곳에 도착한 듯싶었다.

　"무랑!"

　담의 목소리에 무랑은 재빨리 고개를 숙였다. 그러자 그의 앞에 선 담이 굉장히 날 선 목소리로 외쳤다.

　"혹 화공에게 무슨 말을 한 것이냐?"

　"예?"

　"그림에 관해서 무슨 말을 한 것이냐고 물었다."

　무랑은 저도 모르게 몸을 움찔하고선 입술을 깨물었고, 그러한 모습이 더더욱 수상하여 담의 목소리가 한층 더 낮게 그의 머리 위로 떨어졌다.

　"무랑, 제대로 답하라."

　결국 그는 어렵사리 입을 열고서 사실대로 말했다.

"화공이 먼저 그림에 관해서 물었습니다. 대군마마의 말씀도 계셔서 아무 말도 하지 않으려고 했는데, 하도 조르는 통에 혹시 뭔가를 기억한 건가 싶어서……. 그저 아주 조금, 조금 말했었습니다. 마마? 대군마마?"

하지만 담은 무랑의 말을 채 끝까지 듣지 않고서 작은채를 향해 달려갔다.

그 아이가 대체 무슨 짓을 저지르려고. 대체 무슨 짓을!

❋

홍은 받아온 기녀 옷을 펼쳐 보았다. 속이 훤히 보일 만큼 저고리가 짧고 색도 화려한 것이 망측하긴 했지만 누가 봐도 이곳에 있는 기녀라고 착각할 것 같았다. 그녀는 옷자락을 한껏 움켜쥐고서 심호흡을 내쉬었다.

"잘될 거야. 그래, 잘될 거야."

그녀는 이 옷을 입고 모란각 기녀로 변복하여 자화당으로 직접 들어갈 생각이었다. 그래서 모여 있는 그림들을 꼼꼼히 살펴보면 분명 아편으로 그려진 그림을 찾을 수 있을지도 모른다.

"찾기만 하면. 해서 제대로 잘 바꿔치기만 한다면, 더는 위험한 일을 하지 않으시겠지."

홍은 떨리는 손으로 제 옷고름을 풀었다. 펄럭이는 옷자락 너머로 그녀의 하얀 속살이 보였다. 꾸물거릴 시간이 없었기에 재빨리 윗옷을 벗어 내린 순간, 벌컥 문이 열리면서 누군가 안으로 들어섰다. 그러곤 그 누군가의 모습에 홍의 눈동자가 미친 듯이 흔들리며 이내 그대로 굳어지고 말았다.

"나, 나, 나리……."

그녀의 시선 끝에 담이 있었다. 그것도 굉장히 차가운 표정. 그의 시선이 자신의 속살로 향하자 홍은 심장이 쿵 하고 내려앉으면서 재빨리 윗옷으로 가리려고 했지만 성큼성큼 다가온 담이 그녀의 손목을 거칠게 붙잡고서 서늘한 어조로 말했다.

"지금 뭐 하는 것이오."

"나리, 그게…… 그러니까……."

하지만 그녀가 무슨 변명을 하기도 전에 담이 잡고 있던 손목을 강하게 끌어당기고선 그대로 그녀를 제 품에 끌어안았다. 떨리는 그의 손길. 뜨겁게 요동치는 그의 품 안에서 홍은 그의 짧은 한마디에 그만 말문이 막혀 버렸다.

"제발, 하지 마라. 아무것도 하지 마. 제발, 제발……."

"나리……."

뭐지? 분명 다 보았을 텐데. 그런데 왜 놀라지 않는 거지? 내가, 내가 여인이라는 것을…… 설마 이미 알고 있었던 건가? 이미?

'도대체, 어떻게…….'

※

사림이 유도준을 찾고 있다는 사실과 더불어 그 화공도 관련되어 있을지도 모른다는 것에 준정은 연신 제 방 안을 맴돌며 입술을 깨물었다. 그러다 떨리는 시선으로 텅 빈 종이를 바라보았다. 어차피 명분을 찾고 있었잖아. 지금 이것이 아주 좋은 기회일 수도 있어. 도련님과 화공을 떼어놓을 아주 좋은 기회. 그리고 이미 자신은 마마와 한배를 탄 몸.

준정은 뭔가 굳게 결심을 하고서는 자리에 앉아 붓을 들고서 침착하게 글을 써 내려가기 시작했다.

─양제마마, 준정이옵니다.

※

자신을 끌어안은 담을 홍은 떨리는 손으로 밀어냈다. 그리 세게 밀어내지 않았음에도 담은 스스로 그녀에게서 멀어졌다. 지금 그녀가 얼마나 혼란스러울지 알았으니까. 사실 이런 식으로 그녀가 여인이라는 것을 알고 있었다고 밝힐 생각은 없었는데.

그녀는 흔들리는 시선으로 여전히 너무나도 태연하게 저를 바라보는 그를 향해 입을 열었다.

"알고, 계셨습니까? 제가, 제가, 여인이라는 사실을?"

담은 묵직한 숨을 내쉬며 어깨에 어설프게 걸려 있는 윗옷을 제대로 여미어주었다.

"알고 있었소."

"어떻게, 대체 어떻게……."

"지금 그게 중요한 게 아니지 않소. 세상을 속이고 사내로 지내려고 했다면 끝까지 지켰어야지. 그랬어야지. 한데 지금 뭐 하는 것이오? 저 옷을 입고 대체 무슨 짓을 하려고 했단 말이오."

어깨를 붙잡은 그의 손끝이 미세하게 떨려왔다. 홍은 그런 그를 바라보며 흔들리는 마음을 애써 강하게 붙잡았다.

"왜 제게 말씀하지 않으셨습니까, 아편으로 그린 그림을 찾아야 한다고. 그것 때문에 저와 함께하고 계신 것이 아니셨습니까?"

"해서, 기억하는 것이오?"

"직접 보면 기억할 것입니다. 저는 한 번 본 그림은 절대로 잊어버리지 않습니다. 그때는 당황해서 잠시 기억이 흔들렸지만, 특징은 다 알고 있습니다. 그러니 제가 그곳으로 직접 가면 됩니다. 그래서 똑같이 따라 그리면 바꿔치기할 수 있습니다."

"그래서 그것 때문에 기녀인 척해서 자화당으로 갈 생각이었소?"

"혹시라도 들키게 되면 이 편이 안전하니까……."

"그게 안전하다고? 제정신이오?"

홍의 어깨를 붙잡은 그의 손에 절로 힘이 들어갔다. 다소 성난 듯한 어조에 그녀는 눈을 커다랗게 떴다. 어쩐지 불안해 보이는 모습.

"이곳이 어딘 줄 아시오? 기방이오. 그것도 춘곽에 가장 큰 환락가. 자칫 잘못해서 들키면 당신이 어떻게 되는 줄 알고 그런 소리를 하시오?"

"들키게 되면 기회를 봐서 다시 사내로……."

"왜 이렇게 겁이 없고 무모해!"

"나, 나리?"

"아무것도 하지 말라고, 제발! 당신이 노예 상단에 잡혀갔을 때, 행방도 모르고 그렇게 되었을 때, 내가 얼마나 미칠 것 같았는지 알긴 아는 것이오? 대체 왜 이리 겁이 없소. 도대체 왜 이렇게!"

그의 격한 감정이 그대로 그녀에게 전해지고 있었다. 불안해 보이는 모습이 아니라 그는 정말로 불안해하고 있었다. 나 때문에. 내가 걱정되어서 이렇게까지.

"도와드리고 싶으니까요."

"……."

"도와드리려고 나리를 따른 것입니다. 그런데 아무런 도움이 되지 못한 채 짐만 되고 싶지 않습니다."

홍은 제 어깨를 붙잡은 그의 손을 살포시 감쌌다. 그 모습에 담은 가슴께가 아릿해지며 절로 고개가 숙여졌다. 시간을 거스르기 전에도 그녀는 항상 저를 위해선 아무런 망설임이 없었다. 이 조 그만 몸으로 겁도 없이 뛰어들더니, 어느 순간 제 목숨도 그렇게 끊어내고 말았다. 그녀가 남긴 어진을 움켜쥐며 이 궐에서 고통받 을 바에는 차라리 놓아주는 것이 옳은 것이라고, 그런 것이라고 수도 없이 저를 다독이고 다독였다. 그런데 호월산으로 가던 그녀 가 스스로 몸을 던졌다는 소식을 듣게 되었다.

"비, 빈궁마마께서, 빈궁마마께서……."
"아니다. 그럴 리가 없어! 그럴 리가."
"저하!"
"아…… 아…… 아. 아!"

정말로 세상 모든 것이 무너지는 것 같았다. 심장이 갈기갈기 찢어지다 못해 으스러져 내 모든 숨이 사라지는 듯한 절망감. 그 녀를 잃었다는 상실감이 뒤덮으며 고통조차 느끼지 못할 정도로 그렇게 모든 시간이 멈춰 버리는 것 같았다. 그런데 되돌아온 시 간 속에서조차 이 여인은 왜 이리 나를 위해서……. 왜 이렇게 나 를 위해서.

'날 기억조차 못 하면서. 아무것도 기억하지 못하면서. 그러면 서도 어찌, 어찌!'

"나리?"

홍은 그의 손을 단단하게 마주 잡았다. 그리고 담은 스스로 그녀와 눈을 마주했다. 하지만 사실은 보고 싶지 않았다. 분명 흔들릴 테니까. 그녀의 목소리, 눈빛, 표정을 보게 되면 흔들려서 이 손을 놓아줄 것 같았다.

"절 믿으세요. 믿는다고 나리께서 그러셨잖아요. 제 앞에 계셔주세요. 위험하지 않게 지켜주세요. 그러신다고 하셨잖아요."

그리고 살포시 미소 짓는 그녀의 커다란 눈망울. 예전이나 지금이나 자신은 그녀의 눈빛을 이겨내지 못했다. 단 한 번도 이겨본적이 없었다. 이 눈빛에 끝내는 폐위시켜 달라는 그 말을 들어주며 보내줄 수밖에 없었지.

"정말이지 구제불능."

"나리……."

"오지랖도 엄청나게 넓고."

"저도 압니다. 제가 참 구제불능에 오지랖도 넓다는 거."

당신과 관련된 일이면 나도 모르게 먼저 나서 버리는걸요. 이 사내를, 이 사람을 그저 도와주겠다는 그 마음 하나뿐. 또다시 이마음에 품고 연모하게 되어버렸다. 우연이라도 마주치면 모른 척할 것이라고. 절대로 엮이지 않을 것이라고. 그것이 서로를 위한일이라고 그리 되새기고 되새겼지만, 결국 또다시 제 마음에 그를 담아버렸다. 첫정이자 나의 마지막 정.

담이 잠시 밖으로 나가고, 홍은 다시금 옷고름을 풀고서 노란 저고리를 입었다. 다홍빛 치마도 곱게 차려입고 조금 길기는 했지만 그래도 짧은 머리카락을 억지로 틀어 올리고선 빌려온 소박한 장신구도 달아보았다. 오랜만에 분도 칠해보고 입술연지도 찍어보았다. 그에게 어여쁜 모습을 보여주고 싶었다. 다른 참한 규수들처럼 곱디고운 그러한 모습을.

그렇게 잠시 후 홍은 밖으로 수줍게 걸음을 옮겼고, 담은 기억 속에 고스란히 남아 있는 그녀가 제게로 걸어오자 심장이 그때만큼이나 뜨겁게 뛰어올랐다.

"……."

마치, 예전 궐 안에서 보았던 그 모습처럼. 어여쁘게 날아오르는 나비. 아니, 그때보다 더 아름다운 모습으로 날갯짓하여 다가오는 그만의 나비.

홍은 저를 빤히 바라보며 아무 말 하지 않는 그의 모습에 괜스레 쑥스러워져서는 고개를 돌리며 속삭였다.

"그리 이상합니까?"

"그게 아니라…… 어색하오."

"그, 그렇지요?"

그래, 뭘 기대한 거야. 무슨 말을 기대한 거냐고.

홍은 조금 속상한 마음에 더더욱 고개를 숙였고, 담은 영 어울리지 않는 머리장식에 잠시 머뭇거리다 이내 그때 샀던 옥비녀를 품에서 꺼내 그녀의 머리카락 사이로 조심스럽게 꽂아주었다.

"이게 무엇입니까?"

홍은 머리카락에 꽂힌 비녀를 매만지며 당혹스러워하자 담은 헛기침을 한 번 하고서는 부끄러움을 누르며 태연하게 말을 이었다.

"방물장수에게서 산 것이오. 줄 사람이 있어서 샀는데, 이제야 좀 어울리는 것 같소."

다른 것보다는 줄 사람이라는 말이 콕 와 닿았다. 정인인 것인가? 어딜 가도 이리 떠올리며 이런 것을 살 만큼 그리 소중히 담은 분인가?

홍은 괜스레 나쁜 마음이 생길 것 같아 애써 외면했다.

"꼭 돌려 드리겠습니다."

그러곤 화려한 전모를 뒤집어쓰고서는 어설프게나마 슬쩍 붙잡고서 걸음을 옮겼다. 담은 그런 그녀의 그림자를 불안한 시선으로 뒤따랐다.

기녀로 변복을 한 홍은 쉽게 자화당으로 들어갈 수 있었다. 물론 모란각이 한창 바쁜 시각이라 경계가 느슨한 것도 한몫을 하기도 했다. 안쪽으로 깊숙이 들어가니 굉장히 다양한 그림들이 놓여 있었다. 풍경화부터 시작해서 풍속화와 초상화, 민화 그리고 춘화 등등. 홍은 춘화를 중심으로 그림을 살펴보았다.

"이건 아니고, 이건 색이 너무 짙어. 이것도 너무 짙은데. 이건 너무 옅고."

생각했던 것보다 춘화의 종류가 너무나도 다양했다. 이러다가 그때 본 것과 헷갈리는 건 아닌지. 그녀는 너무 조급하게 생각하지 않기로 했다. 차분하게, 차분하게 그때 그림을 기억하려고 애를 쓰면서 그림을 넘기던 순간, 어디선가 익숙한 향기가 느껴지는 듯했다.

"이건, 그때 맡았던 향기!"

분명 그 지하에서 맡은 적이 있는 향이었다. 홍은 향을 따라서 걸음을 옮겼다. 그러자 그녀의 눈에 굉장히 익숙한 그림들이 놓여 있었다. 홍은 그림이 특징과 더불어 향을 맡고서는 이것이 아편으로 그려진 그림이라는 것을 확신했다.

"찾았다."

대충 봐도 열 점이 조금 넘어 보였다. 홍은 이번엔 좀 더 제대로 그림을 기억하기 위해서 한 점, 한 점 꼼꼼히 살피고 눈으로 외우기 시작했다. 그리 썩 잘 그린 그림은 아니다. 어차피 처음부터 감상이 목적이 아닌 그림이니 잘 그릴 필요가 없었겠지. 그렇다면 다행이다. 베껴 그리는 데에도 그리 오랜 시간이 필요 없을 테니까.

그렇게 홍은 그림을 전부 눈으로 기억하고서는 조심스럽게 자화당을 빠져나왔다. 밖에서는 초조한 기색으로 그녀를 기다리던 담이 서 있었다. 담은 홍과 시선을 마주하고선 한걸음에 그녀에게로 다가왔다.

"괜찮소?"

"그것보단 그림을 찾았냐고 묻는 것이 먼저 아닙니까?"

"……."

"보았습니다. 그리고 다 기억하였습니다. 열 점이 조금 넘어 보였습니다. 얼른 가서 모작을 해야……."

하지만 말을 채 끝내기도 전에 담이 얼른 그녀를 끌어당겼다. 홍은 순간 놀랐지만 멀리서 기녀들의 목소리가 들리고 있었다. 담은 행여나 얼굴이라도 들킬까 봐 더더욱 품 안에 그녀를 가두었다.

"잠시만 가만히."

그의 목소리가 낮게 울리고, 그와 동시에 가슴이 꿈틀거렸다. 홍은 숨을 꾹 누른 채, 그에게서 느껴지는 심장 소리를 들으며 살포시 입술을 깨물었다.

"어머, 나리, 여기서 무얼 하십니까?"

"잠시 이 아이와 놀고 있었다."

기녀들은 처음 본 훤칠한 선비님의 모습에 혹하였다가 이미 다른 아이를 품고 있는 모습에 조금 샐쭉해져서는 누구인지 보려고 시선을 요리조리 돌렸지만 선비님에게 폭 안겨 있던지라 얼굴이 제대로 보이질 않았다.

"가던 길 가지 않는 것이냐?"

재촉하는 선비의 목소리에 기녀들은 부러운 시선을 보이며 고개를 숙이고선 얼른 자리를 비켜주었다. 그렇게 기녀들의 걸음이 멀어지자 담은 그제야 살며시 그녀를 풀어주었다.

"감사합니다, 나리."

"내 일을 도와주는 것이 아니오. 작은채에 도착할 때까지 바짝 붙어 가는 것이 좋겠소."

"예?"

잠깐 붙어 있었던 것도 너무나도 민망하였는데, 계속 붙어서 가자고?

"남들이 보기에 기방에 온 손님처럼 보여야 하지 않소."

"물론 그렇기는 하지만……."

괜히 들키면 그도 곤란해지겠지? 홍은 하는 수 없이 전모를 조금 더 깊게 눌러썼고, 담은 엷은 미소를 지으며 그녀의 여린 어깨를 바짝 끌어당겨서는 거의 안은 듯한 모습으로 걸음을 옮겼다.

그녀의 어깨를 움켜쥔 손끝에서 따스한 온기가 피어오르면서 어디선가 꽃향기를 머금은 봄바람이 불어오는 것 같았다. 그저 이렇게 걷기만 하는 것인데도 모든 것이 벅차게 느껴지는 기분.

"무척."

"……."

"어여쁘오."

생각지도 못한 한마디에 홍은 저도 모르게 숨을 꿀꺽 삼켰다. 심장이 미친 듯이 뛰어오르면서 붉은 꽃망울이 터지는 듯했다. 혹여나 그러한 제 얼굴을 들킬까 봐 홍은 고개를 더더욱 푹 숙였고, 담은 살짝 달아오른 그녀의 귓불을 바라보며 더는 아무 말 하지 않고서 그저 물끄러미 그녀의 모습을 바라보았다. 그저 이렇게 보는 것만으로도 행복하다고 느끼면서.

그렇게 두 사람은 달빛이 가려진 길을 서로 같은 감정을 품은 채 조용히 걸어가고 있었다.

9장
위험한 밤의 유희

　작은채로 돌아온 홍은 얼른 옷을 갈아입었다. 조금 아쉽기는 했지만 그래도 다른 이에게 들켜서는 안 되니까. 저고리와 치마를 벗고, 다시금 사내 옷으로 갈아입으면서 마지막으로 머리를 올렸던 옥비녀를 조심스럽게 풀어내었다. 짧게 떨어지는 머리카락, 그리고 그녀의 손에 미련처럼 남겨진 옥비녀. 다시 돌려줘야 하는데. 그래야만 하는데. 이상하게 손이 떨어지지가 않았다. 지금 돌려주면, 이 비녀는 진짜 주인을 찾아가겠지. 그가 마음에 품은 정인에게로.

　그제야 옥비녀에 조그맣게 새겨진 나비가 눈에 띄었다. 그분의 마음속엔 이젠 다른 나비가 날고 있는 것일까.

　'안 돼, 민홍. 정신 차려. 흔들리지 마. 그분을 잡으면 안 돼.'

그때, 그의 목소리가 들려왔다.

"다 갈아입은 것이오?"

홍은 저도 모르게 비녀를 뒤로 숨겼고, 잠시 후 문이 열리면서 담이 안으로 들어섰다.

"왜 대답이 없소?"

"참으로 불쑥불쑥 잘도 들어오십니다."

"뭔가 말에서 찬바람이 부는 듯한데."

"제가 여인인 것은 대체 어떻게 아신 것입니까? 혹, 목아 낭자와 얘기했던 것을 들으신 것입니까?"

그녀는 뭔가 찔리는 마음에 얼른 말을 돌려 버렸고, 담은 다른 의미로 움찔하고선 얼른 고개를 끄덕였다.

"그렇소. 다 들었소."

"하아, 그러셨군요. 하면 이 일은 계속 비밀로 해주십시오. 특히 사림 형님께는 더더욱."

"내 입이 제법 무겁소. 그러니 그대에게도 말하지 않고 지금껏 다물고 있었지 않소."

담은 무척이나 능청스럽게 상황을 마무리하려고 했다. 그녀가 목아라는 여인에게 제 성을 밝힌 것은 좀 의아하긴 했지만. 그래서 그 여인이 그녀에게만큼은 경계심 없이 다가왔던 건가? 반한 것이 아니라?

홍은 저도 모르게 뒤로 숨겨 버린 옥비녀를 만지작거리다가 이내 제 못난 마음을 책망하며 그것을 그에게 내밀었다.

"중요한 것이 아니십니까."

"아, 그건."

"돌려 드리겠습니다."

담은 머뭇거리며 옥비녀를 다시 가져갔다. 원래 그녀의 것이 맞기는 했지만 아직 제대로 줄 명분이 없었으니까. 계획대로 호월산에서 주는 수밖에.

"이러고 있을 시간이 없지요? 어서 모작을 하도록 하겠습니다."

홍은 애써 마음을 다잡고서 얼른 그림 그릴 준비를 했다. 그러자 담은 그 자리에 털썩 앉아서는 손을 내밀며 말했다.

"먹은 내가 갈겠소."

"예?"

"벼루가…… 아, 여기 있군."

담은 태연하게 벼루를 찾아서는 먹을 갈기 시작했다. 홍은 괜찮다고 그를 말리려 했지만, 그는 그 말을 무시한 채 정갈하게 먹을 갈기 시작했다. 홍은 그 모습을 바라보다 이내 포기하고선 종이를 펼쳐 들었다. 어쩐지 예전으로 돌아간 것 같았다. 그는 먹을 갈고, 자신은 그림을 그리고. 호월산을 보여주겠다며 묘운각을 지천의 꽃으로 물들였던 그곳에서.

담은 먹을 갈면서 그녀의 모습을 훔쳐보았다. 항상 그림을 그릴 때면 그녀는 더 이상 조그만 여인이 아닌 것 같았다. 태산처럼 커다란 존재가 되어서 거침없이 휘늘어지는 선을 보이며 다채로운 빛을 보여준다. 그리고 그 모습을 지켜보는 것이 너무 좋았다. 그렇게 오래오래 함께하고 싶었었는데……

"그나저나 내 초상화는 언제 그려줄 것이오?"

"예? 제가 언제 그려 드린다고 했습니까?"

"값을 치러야 하지 않소. 그 종이도, 세필붓도, 벼루까지 전부 다."

"값은 꼭 치를 것입니다."

"아니, 난 그림으로 받겠소. 내 초상화로 말이오."

그냥 흘러가는 얘기인 줄 알았는데. 정말 초상화로 받겠다는 건가? 하지만 그릴 수나 있을까. 지금 이렇게 같이 있는 것도 너무 떨리는데. 아직은 그의 얼굴을 똑바로 마주할 자신이 없는데.

어느덧 새벽녘이 밝아오고 있었다. 담은 먹을 갈던 손을 멈추고서 어느새 꾸벅꾸벅 졸고 있는 그녀에게 다가갔다. 이미 그림은 완성된 상태였다.

"화공, 화공."

"……"

"홍아."

나지막이 울리는 목소리. 하지만 홍은 그 목소리를 듣지 못했다. 담은 안쓰러운 시선으로 그녀를 조심스럽게 눕혔다. 하루를 꼬박 새워서 모든 그림을 완성시켰다. 이 귀한 그림을 그런 놈들에게 또다시 줘버려야 한다는 사실에 화가 났지만.

"너무나도 고맙고 고맙다."

담은 잠시 망설이다 그녀의 이마에 살며시 입을 맞추었고, 어느새 그녀의 입가가 슬그머니 곡선을 그리며 숨소리가 엷어지고 있었다.

이른 아침, 담은 홍의 그림을 무랑에게 건넸고, 무랑은 재빨리 자화당에서 그림을 바꿔치기했다. 담은 제 손에 들어온 아편 그림을 서늘한 시선으로 바라보았다.

"곧 맹월이 이곳으로 올 것이다. 그 움직임을 반드시 잡아야 한다."

"물론이옵니다."

"잔당은 필요 없다. 그 수장만 무너뜨리면 역도들은 흩어지게 마련이야. 백안이라는 것 외에는 단서가 없지만, 그래도 반드시 찾아야 한다."

무랑은 고개를 끄덕이고서 먼저 몸을 숨겼다.

❋

융의 갑작스러운 죽음과 함께 그 계집의 생사 역시 불분명하다는 소식을 접한 허청의 신경은 날로 날카로워지고 있었다. 게다가 분명 병판이 움직여야 하는데 그조차도 알 수 없으니…….

"마마, 진 상궁이옵니다."

이 시각에 굉장히 은밀하게 들려오는 목소리에 허청은 침착하게 입을 열었다.

"들라."

잠시 후, 문이 열리면서 진 상궁이 다급하게 다가와 고개를 조아리며 속삭였다.

"마마, 모란각에서 서찰이 왔사옵니다."

"모란각?"

모란각이라면 분명 준정이 보낸 것일 터. 갑자기 그 아이가 무슨 일이지?

허청은 빠르게 서찰을 펼쳐 보았다. 진 상궁 역시 무척이나 긴장된 표정으로 그녀의 안색을 살폈다. 잠시 후, 그녀의 입꼬리가 묘한 곡선을 이루더니 이내 환희에 찬 표정으로 웃음을 내지었다.

"하, 하하하하!"

"마마?"

"하늘은 결국 나를 돕는구나. 그래, 그래서 내가 알지 못한 거였어. 그런 것이었어!"

생각지도 못했다. 병판이 누구도 아닌 사림 오라버니를 움직이게 했을 줄이야. 유도준을 찾는 이가 오라버니였을 줄이야! 그만큼 병판이 조심스럽게 움직이고 있다는 것이겠지. 한데 어찌 그 일을 받아들이셨을까. 오라버니가 그 누구도 아닌 유도준을 찾는 일에. 병판이 대체 무슨 약조를 하였기에.

허청은 다시금 사림이라고 적힌 이름을 가만히 바라보았다. 그러고 보니 참.

"참 오랜만에 보는 이름이군."

그날 이후 단 한 번도 보지 않았던 사람. 핏줄도 끊어내고, 과거를 남김없이 지워내며 이 자리에 올랐다. 오직 복수를 하기 위해서. 가장 높은 곳에 오르기 위해서.

잘되었다. 오라버니가 움직이는 것이라면 병판은 결코 장자 유도준에 대해서 아무것도 알아내지 못할 것이다. 오라버니는 제 말이라면 결코 거역하지 못할 테니까.

한데 마지막에 적힌 문장이 조금 마음에 걸렸다.

—사림 도련님 곁에 사내로 변복을 한 계집이 있었습니다. 뭔가 마음에 걸려서 용모파기를 함께 보냅니다.

허청은 서찰 뒤에 따로 보내온 용모파기를 바라보았다. 그때, 그녀의 시선이 떨려오면서 이내 진 상궁을 향해 외쳤다.

"진 상궁, 그 용모파기를 가지고 있는가?"

"무슨 말씀이옵니까?"

"백각에게서 빼돌린 그 용모파기. 세자빈의 용모파기 말이네!"

허청은 백각이 전국 각지에 그림자들을 돌려 세자빈의 용모파기로 그녀를 찾고 있다는 사실을 알고 있었다.

"마마, 이것이옵니다."

그녀는 진 상궁이 건넨 용모파기를 재빨리 비교해 보았다. 그리고 닫혀 있던 입술에서 거친 숨이 터져 나왔다.

"진 상궁."

"예, 마마."

"이것 좀 보게. 닮았는가? 아니, 닮았어. 분명 닮았어. 영상의 딸. 그 계집과 똑같다고!"

또한 머나먼 기억 속의 그 모습과도 똑같았다.

그래, 그래서 그토록 찾을 수가 없었구나. 백각 역시 그래서 행방조차 알 수가 없었던 것이야. 남장을 하고 있어서. 이렇게 모든 눈을 속이고 있었기 때문에!

"정녕 하늘이 내게 오시는구나. 아가, 보이느냐. 이 어미가 교태전을 차지할 날이 얼마 남지 않았구나. 하늘이 그리 무심하지는 않으신 모양이구나."

허청은 진 상궁에게 준정이 보낸 용모파기를 쥐어주며 서늘하게 속삭였다.

"지금 당장 춘곽 모란각으로 살수들을 보내어라. 그리고 이 용모파기의 사내를 반드시 내 눈앞에 데려와라, 반드시!"

＊

시간은 흐르기 시작했고, 마침내 환락과 쾌락이 가득한 밤의 유희가 시작되었다. 겉으로 보기엔 그저 화려하고 사치스럽기 짝이 없는 분위기였지만, 어둠 속에 초대받지 않은 이들이 스미면서 점점 폭풍 전야와 같은 지독한 적막이 몰려들고 있었다.

홍등의 불빛이 밤하늘을 붉게 수놓으며 모란각 밤의 유희, 연회가 시작되었다.

담과 무랑은 연회를 즐기는 선비의 복색으로 변복을 하고서 그림 경매가 열리는 자화당에 자리를 잡고 있었다. 행여나 의심을 살까 봐 부채를 펼쳐 들고서 여유로운 표정으로 주위를 살피는 담의 시선은 매섭기만 했다. 지금까지는 그리 어렵지 않게 일이 풀리고 있었다. 하지만 단 한 가지 걸리는 것은,

'만약 경매에 참여한 이들이 물건보다 자금을 먼저 내놓을 수가 있으니, 맹월의 존재를 반드시 찾아야 한다.'

무랑 역시 그 얘기를 듣고서 신경을 바짝 곤두세우고 있었다. 그리고 그런 자화당 밖에서는 사림이 삿갓을 깊숙이 눌러쓴 채 지나가는 양반네들을 바라보고 있었다. 얼핏 보기에는 모란각을 지키는 호위무사처럼 보이기도 했다. 그는 온갖 높으신 양반 나부랭이들 틈에서 유도준에 대한 단서를 찾을 계획이었다. 또 그 백안

을 가진 자 역시.

'그놈이 우리 꼬맹이 녀석을 위험하게 했으니, 제대로 몇 대 패
줘야 속이 시원하지. 게다가.'

"조만간 그럴 날이 있을 거네. 그땐 목숨을 걸어야 할 거야. 자네
말대로 완전 끝장을 볼 테니 말이지."

어쩐지 묘하게 기분 나쁜 사내였다. 내내 찜찜하고 거슬렸는데,
이번 기회에 그놈이 누구인지 제대로 알아야 할 것 같았다.

✻

모란각이 들썩이고 있을 때, 작은채에서 기다리고 있는 홍의 안
색은 영 좋지 못했다. 물론 담에게 오늘 밤은 절대로 이곳을 벗어
나지 않겠다고 약조하기는 했지만, 그녀는 담과 무랑이 하는 대화
를 듣고 말았다. 그림이 가짜라는 사실이 드러나기 전에 자금을
먼저 받게 된다면 모든 것이 허사가 된다고.

'불안해서 가만히 있을 수가 없어.'

홍은 멀리서 희미하게 흘러나오는 불빛을 바라보았다. 사림 형
님 역시 지금 저곳에 계신다. 툴툴거리긴 하여도 그 역시 그를 돕
고 있는 것이다.

"역시 이대로 있을 순 없어."

자신만큼 그 그림에 대해서 제대로 알고 있는 사람은 없다. 그러니 그림을 사려고 하는 양반들에게 살짝 귀띔을 할 수 있을 것이다. 하지만 저쪽에선 제 얼굴을 알고 있을 테니.

"기방에 기녀가 있는 것은 당연한 일."

결국 그녀는 다시 한 번 여인의 옷으로 갈아입었다. 어차피 자신을 사내로 알고 있을 테니까 움직이기가 수월할 것이다. 게다가 지금은 모란각 전체가 분주하고 바쁘니까, 자신 같은 기생은 신경도 쓰지 않을 테고. 가시덤불에 바늘을 숨기듯, 여인들 속에 여인으로 숨어들면 쉽게 알아차리지 못할 것이다.

그렇게 홍은 혹시 몰라 전모로 얼굴을 꼼꼼히 숨기고서 치맛자락을 어설프게 붙잡은 채 작은채를 빠져나갔다.

※

마침내 자화당에서 그림 경매가 시작되었다. 이번 연회에서 가장 높은 관심을 받고 있는 만큼 구경꾼뿐만 아니라 직접 참여하는 이들도 굉장히 많아 꽤 넓은 자화당이 좁아 보일 정도였다.

"자, 자! 다들 주목하십시오! 이 풍경화는 그냥 풍경화가 아닙니다. 명에서 건너온 그림으로 예전 황실에 있었던 화공, 운도의 그림이올시다!"

"오오오!"

이런 곳에서 이뤄지는 경매치고는 그림 수준이 꽤나 높았다. 어느새 사람들의 시선이 전부 그림으로 향하고, 그사이 삿갓을 쓴 비형이 자연스럽게 경매장으로 숨어들었다. 아직 자신들의 그림이 나오려면 조금 더 기다려야만 했다. 그래도 어떤 변수가 생길지 모르니.

'하지만 절대로 실패해서는 안 된다. 이번 자금에 거사의 승패가 달려 있음이다.'

어느새 칼자루를 움켜쥔 비형의 손등이 하얗게 드러날 정도로 힘이 들어가 있었다.

그리고 그리 멀지 않은 곳에서 무랑이 그림에 시선을 박은 채 슬며시 입을 열었다.

"생각보다 사람이 너무 많습니다."

"……."

"차라리 물건을 사들인 자 옆에서 기다리는 것이……."

"자, 자! 이것은 보기만 해도 아랫도리가 벌떡 설 발칙한 수작! 춘화이올시다!"

그때, 담의 시선이 차갑게 굳어지면서 입술을 살며시 깨물었다. 드디어 가짜 그림들이 나오기 시작했다. 정확히 열 점의 그림들. 그림이 나오자마자 양반들이 높은 숫자를 부르고 있었는데, 아무리 좋게 봐도 명에서 온 그림보다 못한 그림이지만 그 값은 두 배로 치솟고 있었다.

"대군마마."

마침내 담이 고개를 슬쩍 끄덕였고, 무랑은 순식간에 자화당을 빠져나갔다. 맹월이 그리 쉽게 양반들과 직접 마주칠지는 모르겠지만, 그래도 할 수 있는 것은 모조리 다 하여 그들의 꼬리를 잡아야만 했다.

그렇게 가짜 그림들의 거래가 끝이 났다. 역대 최고 가격으로 팔려간 그림들. 하지만 낙찰받은 이들은 진짜 주인들이 아니었다. 진짜는 따로 맹월을 만나 그림과 자금을 교환할 터.

'계속 여기 있는 것은 시간 낭비다.'

담은 부채를 펄럭이며 자리에서 일어섰다. 그때 그와 동시에 일어선 이가 있었다. 삿갓을 깊숙이 쓴 채 유유히 빠져나가는 이. 담은 무심코 고개를 돌리다가 그 사내의 뒷모습을 빤히 바라보았다. 칼을 쥐고 있었다. 그것도 굉장히 경계가 뒤섞인 움직임.

그의 눈빛이 어느새 그자의 마지막 걸음을 연신 좇고 있었다.

❋

그림 거래가 끝나자마자 비형은 자화당을 빠져나왔다. 그러자 몸종으로 변복을 한 그의 수하가 다가와 고개를 숙이며 속삭였다.

"수장 어른."

"지금부터 챙겨라. 절대 그림부터 넘겨주지 마. 그들이 어떻게 변심할지 모르니."

"알겠습니다."

비형이 그에게 신신당부를 하고서 자리를 옮기려는 찰나, 멀리서 또 다른 이가 다급하게 그에게 달려오고 있었다. 바로 항구 마을에서 행수로 변복을 했던 자. 비형은 어쩐지 가슴께가 싸해지면서 불길한 생각이 밀려들었다.

"수장 어른! 큰일 났습니다."

"무슨 일이냐."

"거래를 하겠다고 한 이들이 전부 거래를 취소하겠다고……."

"뭐?"

"그림이, 그림이 가짜라고 합니다. 해서 먼저 그림을 보여달라고 하고 있습니다."

"어디서 그런 말도 안 되는!"

역시나 양반놈들은 믿을 수가 없다. 이런 식으로 가격을 더 깎아서 헐값으로 가져가려고? 그렇게 둘 수는 없지. 안 그래도 항구마을에서 손해를 본 자금이 얼마인데!

결국 비형이 직접 그들을 만나기 위해 걸음을 옮겼다. 그리고 멀리서 그림을 사겠다고 한 양반들이 하나같이 얼굴을 가린 채 그를 기다리고 있었다. 아편을 사려고 하는 이들은 대부분 고위급 관리들이었다. 백성들의 피고름 같은 녹봉으로 아편을 사들이는 자들. 이렇게 조선은 제대로 썩은 물이 악취를 풍기고 있었다. 비형은 역겨움이 밀려들었지만 애써 꾹 누르며 짧게 입을 열었다.

"그림이 가짜라니, 그게 무슨 말씀이십니까?"

"감히 너 같은 장사치가 우리를 속이려고 하다니!"

"속이다니요?"

"그렇게 떳떳하면 그림부터 가져오거라. 그것이 진짜인지 아닌지 확인할 것이니!"

"하, 좋습니다. 만약 그림이 진짜라면 이 거래는 다시 행해져야 할 것입니다. 돈을 두 배로 쳐서 말입니다. 그래도 먼저 그림을 보시겠습니까?"

그들은 잠시 웅성거리더니 이내 고개를 끄덕이며 말했다.

"좋다. 그리 하지!"

비형은 솔직히 조금 의아했다. 돈을 두 배로 받겠다고 했는데도 확인을 하겠다고 하다니. 뭔가 다른 속내가 있는 걸까? 그것이 아니라면…….

그렇게 그들의 앞으로 그림이 도착했다. 그 순간, 양반들의 표정이 딱딱하게 굳어지더니 이내 그림을 향해 다가가 그대로 찢어버렸다. 비형은 그들의 행동에 서슬 퍼런 시선으로 칼을 빼 들었다.

"지금 뭐 하는 짓입니까!"

"이것 봐라. 이 그림은 그저 한낱 그림일 뿐이다. 대체 어디에 물건이 있단 말이냐!"

그러자 옆에 있던 행수가 설마, 하는 시선으로 다가가더니 냄새를 맡고 그림을 살피며 사색이 된 표정으로 비형을 향해 말했다.

"수, 수장 어른. 그, 그림이, 그림이, 물건이 아닙니다."

칼자루를 움켜쥔 비형의 손등에서 핏줄이 솟아나기 시작했다.

행수는 다른 그림들도 다 찢어보면서 확인했지만, 그 어느 그림에도 아편의 흔적이 남아 있지 않았다. 가짜다. 누군가 그림을 바꿔치기한 것이다.

"감히 장사치 주제에 누굴 속이고 돈을 가로채려고, 으윽!"

그때, 비형의 칼날이 양반의 목덜미를 향하며 싸늘하게 읊조렸다.

"누구냐."

"네, 네놈이!"

"나는 지금 눈에 뵈는 것이 없다. 죽고 싶지 않으면 당장 말하라. 누구에게서 들은 것이냐. 누구에게서 그림이 가짜라는 것을 들었냔 말이다!"

지독한 살기가 칼날을 휘감으며 금방이라도 목을 꿰뚫을 듯 사납게 울부짖자, 양반은 바들바들 떨며 입을 열었다.

"누가 말해준 것이 아니라 들은 것이다."

"들었다?"

"웬 기생 아이 하나가 이번 경매에 가짜 그림이 있다고 하면서,

저것과 똑같은 그림을 가지고 있었다. 그래서 우리가 의심할 수밖에 없는, 윽!"

"대감!"

주변에 있던 양반들이 비명을 지르며 달아나려고 했지만, 비형이 재빠르게 그 자리에 있던 양반들의 목을 모조리 베어 죽였다.

"수장 어른, 이 일을 어찌!"

"기생. 그 기생년이 가지고 있는 것이 진짜다. 당장 찾아! 여기 있는 기생들을 모조리 죽이는 한이 있더라도 반드시 물건을 되찾아!"

✳

그림 경매는 끝났지만 유희는 이제 시작인 듯 풍악 소리가 더더욱 커지고 있었다. 소란스럽고 시끄러운 공간 속에서 담은 최대한 정신을 집중했다.

"도련님."

무랑은 담의 곁으로 가서는 곁눈질로 살피며 속삭였다.

"움직임을 발견했습니다. 맹월인지 아닌지는 모르나, 굉장히 다급하게 뭔가를 찾고 있는 듯했습니다. 아무래도 그림이 가짜인 것이 밝혀진 모양입니다."

"거래는?"

"무산된 듯합니다. 한데 어찌 알았을까요?"

"우리에겐 기회지. 그들의 뒤를 쫓아 맹월임이 밝혀지면 포도청에 급서를 넣어라. 이곳을 철저히 막아야 해."

"예, 하면 도련님은?"

"나는 수장을 찾는다."

담은 자꾸만 그 삿갓을 쓴 남자가 거슬렸다. 물론 확실한 물증은 없지만, 꺼림칙한 의심은 풀어주는 것이 나을 터.

✻

비형은 모란각의 행수를 찾기 위해 달렸다. 기녀들을 모조리 죽이기엔 시간이 없었다. 게다가 어쩌면 처음부터 기녀가 아닐지도 모른다. 의도적으로 접근한 것이라면.

'혹, 양제인가? 그 독사 같은 계집이 눈치를 챈 것인가.'

달려가는 그의 시야 너머로 점점 사람들이 없어지고 있었다. 자화당에서 꽤 멀리 떨어진 곳. 그때, 어디선가 발자국 소리가 들려왔다. 그쪽을 향해 고개를 돌리자 다급하게 뛰어가는 기녀가 보였다. 전모를 써서 얼굴이 제대로 보이진 않았지만 굉장히 어설픈 몸짓. 그러다 결국 발을 헛디디면서 전모가 앞으로 떨어지며 말간 얼굴이 드러났다. 지금 이 시각에 자화당에 있지 않은 것도 이상한데, 머리부터 발끝까지 그 어떤 장신구도 없는 어설픈 모양새.

"하아, 하아."

가쁜 숨소리가 들리고, 비형은 그녀를 빤히 쳐다보다 문득 움직임을 멈추었다. 굉장히 낯이 익었다. 어디서 본 거지? 어디서? 아!

"화공……."

항구 마을에서 춘화를 그렸던 그 화공! 물론 그 화공은 사내였지만, 한데 계집이었나? 아니면 그냥 변복? 뭐가 되었든 아무래도 찾은 것 같았다. 그림을 빼돌린 범인. 그리고 양반들에게 그림이 가짜라고 은근슬쩍 흘린 범인 역시도.

그래, 처음부터 범상치 않기는 했지. 춘화 따위를 그릴 솜씨도 아니었고. 그런데 이리 질기게 제 발목을 잡다니. 혹시 양제의 사람인가? 처음부터 내게 의도적으로 접근한 것인가? 그래서 그 그림을 그리 쉽게 발견하고는……

"역시 그때 살려두는 것이 아니었는데. 죽였어야 했는데……."

비형은 다시금 뛰어가는 그녀를 눈으로 좇으며 칼자루를 움켜쥔 채 그 뒤를 따르기 시작했다. 혹시 일행이 있을지도 모른다. 그러니 혼자일 때를 노려야 한다. 만약 정말로 양제의 사람이라면 반드시 저 목숨을 끊어야만 했다.

✻

사림은 삿갓으로 표정을 숨기며 어째 어수선한 분위기에 집중하고 있었다. 물론 연회니 뭐니 때문에 사람들이 많아서 그런 것일 수도 있지만 뭔가 꺼림칙한 기운이 느껴졌다. 이는 결코 양반 나부랭이들의 기운이 아니었다.

'슬슬 움직이는 건가.'

하지만 움직이는 이들이 너무 많아서 제대로 파악하기는 어려웠다. 백안. 백안을 가진 사내. 하지만 사림은 얼굴을 보지 않아도 알 것 같았다. 그때 그 특유의 기백을 결코 놓칠 리가 없었다.

'묘했으니까.'

벽에 기대어 상황을 살피던 사림이 천천히 몸을 일으켰다. 그는 옷 춤에 잘 숨겨둔 칼자루를 움켜쥐고서 본격적으로 그를 찾아 움직이려는 찰나, 뒤에서 준정의 목소리가 그를 붙잡았다.

"도련님."

사림은 느릿하게 고개를 돌렸다. 그러자 그곳에 준정이 서 있었다. 눈이 아플 정도로 화려한 옷차림새에 머리에는 온갖 장신구가 주렁주렁 달려 있었고, 코끝으로 찡하게 파고드는 미향이 독하기만 했다. 하지만 미색만큼은 참으로 곱디고왔다.

"무슨 일이냐? 바쁘니까 빨리 말해."

사림은 대수롭지 않게 말을 툭 던졌다. 하지만 준정은 조금 망설이는 듯 입술을 살짝 깨물었고, 그제야 그는 그녀를 똑바로 바라보았다.

"왜 그래? 정말 무슨 일 있냐? 누가 함부로 희롱이라도 하디?"

준정은 저도 모르게 피식 웃으며 고개를 가로저었다. 그러곤 진지한 시선으로 계속 숨기려고 했던 말을, 되도록이면 끝까지 몰랐으면 했던 그 말을 입에 담았다.

"도련님이 이곳으로 오신 이유. 혹, 유도준을 찾고 계신 것입니까?"

그녀에게서 유도준이란 이름이 나오자 사림의 시선이 잠시 흔들리다 이내 짙은 한숨을 내쉬었다. 조심한다고 조심했는데 결국 그녀의 귀에 들어간 모양이었다.

"들은 거냐? 내가 좀 더 조심했어야 했는데. 솔직히 남은 곳이 이곳밖에 없어서. 이왕 이렇게 된 거 좀 제대로 물어보자. 혹, 유도준이 최근에 이곳에 온 적 없었느냐?"

"왔었습니다."

드디어 처음으로 실마리가 잡히는 듯하자 사림의 표정에 환희가 스쳤다. 역시 여기에 온 것이었다. 녀석이 호월산에 갔을 리가 없지. 청이 그 아이와 관련된 일도 아닐 것이다. 목아, 그 계집이 분명 잘못 들은 거야.

"그래? 그렇다면 녀석이 어디로 갔는지……."

"하지만 도련님은 더는 이 일에 나서지 마십시오. 그러다간 도련님이 죽습니다."

서늘하게 내뱉는 그녀의 어조에 사림의 얼굴 위로 미소가 사라졌다.

"……내가 유도준을 찾는다는 거, 다른 기녀들에게 들은 것이 아니냐?"

"들은 것은 맞습니다. 그리고 왜 유도준을 찾는지도 알고 있습니다. 그가 행방불명된 것이지요? 해서 병판 대감께서 도련님께 청을 하신 것이지요?"

그녀의 말이 계속 이어질수록 사림의 시선은 더더욱 딱딱하게 굳어졌고, 이내 경계 어린 눈빛으로 준정을 노려보았다. 이 아이, 뭔가를 알고 있다. 유도준이 행방불명된 이유. 그것이 아니라면 그 배후.

"찾지 마십시오. 이 일에 더는 관여하지 마십시오. 도련님이 하실 수 있는 일은 아무것도 없을 것입니다. 저는 더는 도련님이 이 일에 휘말리지 않았으면 합니다."

"이번 행방불명에 네가 관련되어 있는 거냐?"

솔직히 이런 기생 따위가 감히 병판의 일에 관련되어 있을 거란 생각은 들지 않았다.

"도련님……."

"아니면 네 뒤에 배후가 있는 거냐?"

분명 배후가 있다. 그자가 유도준을 데리고 있는 건가? 대체 누구지? 감히 병판을 건드리는 간 큰 자가. 설마 정말로, 정말로 청이, 그 아이가…….

'아니다. 그건 아니야. 하지만.'

사림은 미간을 찡그리며 주먹을 꽉 움켜쥐었다. 그러곤 한껏 목소리를 낮추고서 차마 내뱉고 싶지 않은 이름을 내뱉었다.

"혹시 말이다."

"……."

"혹시 이번 일에 청이, 그 아이가……."

하지만 사림은 말을 채 끝까지 잇지 못하고서 준정의 어깨 너머로 보이는 한 사내에게 시선이 멎어버렸다. 삿갓을 쓰고서 다급하게 걸어가는 사내. 분명 본 적이 있다. 그래, 삿갓남. 멀리서도 단번에 느낄 수 있는 이 지독한 살기! 분명 그자다, 백안!

"도련님?"

준정은 말을 멈춘 채 기묘한 표정으로 변해가는 사림을 보고선 슬며시 고개를 돌렸지만, 그곳엔 아무도 없었다. 그때 사림이 준정의 어깨를 아프게 움켜쥐며 속삭였다.

"넌 그 일에 대해서 내게 다 말해야 할 것이다. 설사 그 일에 청이가 관련되어 있다고 하더라도."

그러고는 사림은 준정을 지나쳐 미친 듯이 달리기 시작했다.

순식간에 제 시선에서 사라진 그의 빈자리를 바라보면서 준정은 치맛자락을 움켜쥐며 떨리는 눈을 감았다. 도련님은 이미 알고 계신 건가? 마마와 관련되어 있다는 것을?

✳

홍은 전모를 붙잡고서 작은채를 향해 달렸다. 일은 제대로 풀린 듯싶었다. 일부러 진짜 그림을 가지고 가짜 그림이 경매로 흘러든 것 같다고 소문을 퍼뜨렸다. 아마 아편 그림을 산 양반들은 제대로 혹했을 것이다. 바보가 아닌 이상 진품인지 아닌지 확인하려 들 테고. 나머지 일은 무랑과 그가 알아서 하겠지. 자신은 재빨리 작은채로 돌아가야만 했다. 행여나 남들의 눈에 띄기 전에 말이다.

'혹 다치시진 않겠지. 무랑과 함께 있으니까. 게다가 그리 쉬이 당할 분도 아니시고.'

괜히 내가 발목 잡히지 않도록, 얼른 몸을 숨겨야 해.

작은채는 역시나 조용했다. 멀리서 희미하게 들리는 풍악 소리가 아니면 이곳이 모란각인지도 모를 정도로. 그렇게 홍은 쓰고 있던 무거운 전모를 벗어내고서 숨을 좀 돌리려는 찰나.

"화공."

어깨 너머에서 들려오는 낯익은 목소리에 홍은 움직임을 멈추고서 숨을 꾹 눌렀다. 등 뒤로 소름이 돋아나며 식은땀이 밀려왔다. 하지만 홍은 고개를 돌리지 않았다. 그러자 저벅저벅 다가오는 소리가 크게 울리면서 마침내 바로 뒤에서 그의 목소리가 들려왔다.

"정녕 계집이었나?"

마침내 비형이 홍의 어깨를 거칠게 잡아 돌렸다. 달이 구름에 가려 칠흑같이 어두운 밤이었지만 홍은 비형을 단번에 알아볼 수 있었다. 슬쩍 올라간 삿갓 너머로 선명하게 보이는 백안. 그것도 무척이나 살벌하게 일그러진 눈빛이었다.

"처음부터 알아차리지 못했다니. 내 감도 많이 죽었군."

"누구십니까?"

홍은 애써 침착하게 말을 내뱉었지만, 비형은 그런 그녀의 어깨를 으스러뜨릴 정도로 꽉 움켜쥐었다.

"으윽!"

"되지도 않은 짓은 집어치워라. 내가 분명 그때 말했었지, 다시 마주치지 않았으면 한다고."

"이러한 일로 또다시 마주치는 일이 없었으면 좋겠군. 내 망설임 은 오늘이 마지막일 테니까."

분명 그랬었다. 자신 역시 다시 보고 싶지 않았는데. 이리 질긴 악연이 될 줄은 몰랐다.

"한데 다시 마주친 것도 모자라, 감히 내 그림을 빼돌려? 당장 내놓아라. 그렇지 않으면 그때 죽이지 못한 목숨을 제대로 거두어 갈 것이니!"

어깨를 누르는 힘이 더더욱 강해지면서 그 고통에 비명을 지를 것 같았지만 홍은 물러서지 않았다.

"노, 놓으십시오. 저는 이곳의 기녀일 뿐입니다! 대체 무슨 말을 하시는지. 윽!"

"시간 끌지 말고 당장 말해! 그게 어떤 것인 줄 아느냐? 너 같은 것이 함부로 다룰 물건이 아니다. 아니면 네년도 처음부터 양제, 유허청 그 계집과 한패였던 것이냐!"

유허청?

순간, 그의 입에서 그녀의 이름이 나오자 홍은 몸을 움직일 수가 없었다. 어째서 지금 이 상황에 그 여인의 이름이 나오는 것이지?

비형은 미동조차 없는 홍의 모습에 이를 갈며 결국 칼자루를 움켜쥐려는 순간, 뭔가를 눈치채고서 재빠르게 몸을 옆으로 돌렸다. 그리고 이내 매섭게 떨어지는 칼날.

홍은 저도 모르게 바닥에 털썩 주저앉아서는 흔들리는 시선으로 갑자기 나타난 사림을 바라보았다.

"하아, 하아, 하아."

사림의 칼날이 정확히 비형을 노리고 있었다. 하지만 하필이면 사림 형님이라니. 지금 제 모습을 알아보기라도 한다면!

비형은 사림을 노려보며 헛웃음을 삼켰다. 유장준의 아들을 이렇게 다시 만나게 되다니.

"이렇게 또 만나네."

"분명 다시 만나면 끝장을 낼 것이라 말했는데."

"그래서 그 끝장 오늘 한 번 보려고."

사림은 칼을 고쳐 잡았다. 이곳은 작은채. 녀석이 이쪽으로 올 줄은 몰랐다. 혹시 녀석이 이번에도 꼬맹이를 노리는 건가? 만약 그런 것이라면.

'몇 대 패주는 걸로는 절대로 못 끝나지.'

그러다 문득 바닥에 쓰러진 기녀를 떠올리고서 고개를 돌렸다. 그러곤 정면으로 부딪힌 얼굴에 저도 모르게 흠칫했다. 어둠에 가려지긴 했지만 이상하게 낯이 익었다. 어디서 본 것 같은……

'용모파기?'

홍은 사림과 마주치자마자 고개를 휙 돌렸다. 하지만 계속 시선이 느껴지는 듯했다.

'알아본 건가?'

하지만 사림은 깊게 생각할 겨를이 없었다. 비형의 칼이 무자비하게 날아들었고, 사림은 그 칼을 막아 세우며 말도 안 되는 생각에 입술을 깨물었다.

'꼬맹이랑 닮았다. 하지만 그럴 리가 없잖아!'

�֍

모란각으로 여러 명의 인영이 아주 조심스럽게 스며들었다. 인기척을 완벽히 지우는 모양새가 꽤나 실력 있는 살수들 같았다. 그리고 그런 살수들을 백각이 멀리서 지켜보며 고개를 들었다.

"춘곽의 모란각이라……."

춘곽으로 오기 전 양제마마의 움직임을 파악했다는 정보를 받았다. 그것도 춘곽에 모란각으로 말이다. 사실 양제마마께서 가지고 있었던 용모파기는 백각이 일부러 흘린 것이었다. 어차피 그쪽은 세자빈마마께서 실종된 사실을 알고 있으니 이를 역으로 이용하려는 목적이었다. 그리고 이렇게 그 꼬리를 잡게 되었다. 마마께서 보낸 살수들이 이곳으로 왔다는 것은 즉,

'세자빈마마께서 이곳에 계신다!'

※

비형의 칼을 막아내는 사림의 칼이 자꾸만 흔들리고 있었다. 그만큼 그의 머릿속은 너무나도 혼란스러웠다. 그 기녀. 분명 용모파기와 닮았다. 그런데 자꾸만 홍의 얼굴이 함께 떠올랐다. 물론 처음부터 그 용모파기가 미묘하게 홍이랑 닮았다고 생각을 하기는 했지만.

'하지만 말도 안 돼. 꼬맹이는 사내잖아. 계집일 리가 없다고. 물론 사내치곤 너무 예쁘긴 하지만. 계집이 더 어울리긴 하지만. 그래도, 그래도 그럴 리가 없잖아!'

"윽!"

그때 미처 피하지 못한 비형의 칼날이 사림의 어깨를 베어냈고, 그는 한두 걸음 뒤로 물러나서는 어깨를 움켜쥐었다. 제법 피가 새어 나오고 있었다.

비형은 아까부터 집중하지 못하는 사림의 모습에 냉소를 머금었다.

"감히 칼날 앞에 다른 생각을 하다니. 날 너무 우습게 여기는구나. 다음번엔 반드시 네놈 목이 베일 것이다."

사림은 곧장 고개를 돌렸다. 하지만 그곳엔 그 기녀가 보이지 않았다. 어딜 간 거지? 다시 한 번 더. 한 번 더 보면!

그때, 비형의 칼날이 매섭게 사림을 몰아붙이기 시작했고, 사림은 이를 꽉 깨물고서 일단 칼에 집중했다. 이러다간 정말로 어깨가 아니라 목이 달아날 테니 말이다.

"아직도 정신을 못 차린 건가?"

"네놈은 왜 여기 있는 거지? 우리 꼬맹이한테 또 무슨 볼일이 있어서? 그 녀석 목숨은 내 거다. 함부로 하면 넌 나한테 죽어. 그때 못다 한 빚은 오늘 받아야겠다."

사림의 움직임이 점점 빨라지기 시작하면서 비형은 이제야 좀 재미있다는 듯 여유롭게 입꼬리를 올렸다. 역시 만만치 않은 상대였다.

"뭐야. 그 화공과 일행인 것이냐? 그 계집을 연모라도 하는 것이야?"

그 순간, 매섭게 몰아치던 사림의 칼날이 움찔하며 비틀거렸다.

그게 무슨 말이야. 계집이라니? 연모라니?

비형은 갑자기 미친 듯이 흔들리기 시작하는 그의 표정을 보고선 의외라는 듯 입을 열었다.

"설마 너도 속이고 있었나? 그 화공이 사실 계집이라는 사실을? 아까 보았던 그 기녀가 바로 네가 찾던 그 화공인데. 같은 일행이 아니었나 보군."

사림의 움직임이 급속도로 느려지면서 빈틈이 생겨나고 있었다. 그 틈에 비형의 칼이 다시금 사림의 어깨를 노려왔지만 사림은 그것을 막아낼 수가 없었다. 머릿속을 꽉 채운 것은 오직 하나. 꼬맹이, 홍이가. 계집. 계집이란 사실. 아까 전 그 기녀가 마치 눈앞에 있는 것처럼 그의 시야를 가로막고 있었다.

"완전 넋이 빠졌군. 이대로 죽을 건가? 그렇다면 죽여주지."

병판의 서자. 하지만 괴물 같은 놈이다. 훗날 자신의 일에 걸림돌이 될지도 모르니 차라리 여기서 죽이는 것이 나을 터.

그렇게 비형의 칼이 정확히 사림의 목을 노리며 들어온 순간, 챙 하는 소리와 함께 또 다른 칼이 비형을 막아 세웠다.

"네놈이구나."

담은 살벌한 시선으로 삿갓에 가려진 비형을 노려보았다. 비형은 생각지도 못하게 끼어든 칼에 고개를 들었지만, 이내 안색이 창백하게 일그러지면서 떨리는 목소리로 말도 안 되는 이름을 내 뱉었다.

"유, 윤영대군⋯⋯."

담은 저를 알아보는 비형의 모습에 난처한 표정을 지었다. 그러곤 평소답지 않게 넋을 잃어버린 사림 쪽으로 고개를 돌렸다. 하지만 그는 한 치의 망설임 없이 그들을 지나쳐 작은채 쪽으로 달려가 버렸다. 아무래도 모든 것을 알게 된 모양이었다. 홍이가 여인이라는 사실을.

작은채로 달려가는 사림은 머릿속이 터져 버릴 것 같았다. 홍이가 계집이란 말인가? 정말로 계집? 그럼 그 용모파기도 홍이가 맞는 건가? 도대체, 도대체 뭐가 어떻게 돌아가는 거야. 아니, 저 자식이 거짓을 말하는 것일 수도 있다. 내 눈으로 직접 봐야겠다. 직접 들어야겠다. 그 아이가 계집인지. 정말인지. 그렇다면 도대체 왜 그 사실을 숨겼는지. 그 용모파기는 대체 무엇인지! 지금은 아무것도 믿지 않을 것이다! 아무것도!

〈3권에 계속⋯⋯〉